I

L'ADJUDANT retraité Chalumot approcha le briquet de sa cigarette, tordit le cou pour préserver de la flamme ses longues moustaches, puis, clignant l'œil à cause de la fumée, épousseta le revers de son veston. Au contact des rubans multicolores rayonnant autour de la boutonnière, sa main se fit plus caressante; et ravi, le menton au creux de l'épaule, il contempla ces derniers attributs d'une gloire ancienne.

Le petit arc-en-ciel des décorations était à jour : médaille militaire, croix de guerre, croix du combattant, médailles du Maroc, de la victoire, des blessés, Dragon d'Annam... La veille, la femme d'Adrien Chalumot avait visité toutes les merceries de Reims afin de renouveler les rubans. Occasion unique : Simon Chalumot, leur fils, entrait à l'Ecole militaire préparatoire des Andelys, et l'adjudant retraité se devait de l'y conduire. Depuis son retour à la vie civile, cinq années auparavant, en 1924, ce serait bien la première fois que l'adjudant Chalumot se retrouverait parmi de vrais militaires, des militaires en activité, parés du képi, cuirs au torse, et dans leur cadre habituel.

Mais Adrien Chalumot ne prévoyait point la monotonie de ce voyage aux côtés d'un enfant dont il s'était jusque-là peu soucié, par ignorance et manque d'affection. Le paquet de tabac gris acheté à l'aube en gare de Reims lui avait été d'un grand secours. Maintenant, l'ultime cigarette si souvent rallumée enfin à bout de course, Chalumot s'ennuyait ferme.

Il jeta son mégot sous la banquette, s'étira, fit craquer ses phalanges, regarda le couple de voyageurs affaissés en face de lui, obliqua lentement les yeux vers Simon, debout dans le couloir, qui, les mains aux poches, soufflait son haleine sur la vitre et tâchait d'en égaliser l'opacité précaire.

— Viens donc t'asseoir, Simon...

Le fils Chalumot ne se retourna pas; il dit, entre deux expirations :

— J'regarde, p'pa...

Puis, ôtant une main de sa culotte, il effaça la buée pour justifier sa réponse.

— Le monstre, il cherche encore à grandir! dit Chalumot aux voyageurs, avec un sourire fin.

Depuis le départ de Paris, c'étaient là les premières paroles qu'il leur adressait. Comme les voisins, des paysans, lui rendaient son sourire, il attaqua bravement, heureux de n'être plus seul.

— S'il veut, le bougre, il sera officier à vingt ans. Moi, j'avais pas son instruction... J'ai pas pu aller bien loin dans la carrière. Je ne suis qu'adjudant... Tandis que lui, s'il veut s'en donner la peine... Hein, Simon?

Simon lorgna son père d'un œil vide, et, gêné de le voir mettre des étrangers dans le secret familial, s'approcha de la porte de communication.

— J'vais aux cabinets, p'pa...

Le temps qu'il y passa permit à Adrien Chalumot

de vanter aux paysans les sources de joie et les mille avantages du métier des armes. Tout en glissant certains souvenirs d'Indochine et du Chemin des Dames, il les persuada de la magnanimité du gouvernement qui avait eu l'initiative de créer les écoles d'enfants de troupe — gratuites, oui, monsieur — où les fils des soldats de carrière pouvaient s'assurer un brillant avenir et l'accorder aux conceptions paternelles.

— Mon garçon, dit Chalumot, a été reçu premier au certificat d'études. Premier sur trente-cinq! Vous vous rendez compte! C'est qu'il est doué, le monstre! Moi, à son âge, je travaillais déjà chez les autres, à lier des fagots. J'ai appris à lire au régiment, quand je me suis engagé. Dans ces conditions...

Il s'arrêta, torturé par un désir violent de fumer, se fouilla, fut tenté de ramasser quelques-uns des nombreux mégots épars sous la banquette, puis, à contrecœur, secoua dans sa paume la doublure de ses poches.

— Plus de tabac? dit le voyageur.

— Eh non! Un paquet d'gris depuis c'matin! D'ordinaire, il me fait la journée. C'est à cause du petit, ça... L'émotion...

— J'fume point, dit l'homme. Dommage... J'vous en aurais offert une miette. Mais v'là bientôt Saint-Pierre-du-Vauvray. A la buvette, i z'en ont...

Simon revint, et Chalumot le regarda complaisamment.

— Approche un peu qu'on te voie... Et enlève ta casquette...

Simon n'hésita pas. C'était une casquette ridicule, large et plate, à l'usage des cultivateurs endimanchés, mais qu'on avait cru bon de lui choisir pour parfaire sa tenue d'enfant bien élevé, correct, prêt aux hautes destinées militaires.

— Quel âge que ça lui fait? demanda la femme.

— Treize ans, dit Simon, en enfonçant les mains dans ses poches. Grand et svelte, il se sentait toujours honteux de ses longs bras qui dépassaient les manches des vestons habituellement trop justes.

— Il est rien fort, dit l'homme. L'en paraît quinze facilement. Mon gamin, qui m'aide à la ferme, est plutôt petit pour ses douze ans. Mais lui, c'est à l'intérieur, dans les nerfs. I m'charge un tombereau de fumier à lui tout seul, sans respirer, comme un homme...

La paysanne approuva d'un hochement de tête, puis, s'adressant à Simon :

— Ainsi, tu veux être militaire comme ton papa?

Simon se dandina, tira les mains de ses poches, les y replongea, s'assit enfin près de Chalumot.

— Oui, dit-il sans lever les yeux.

Mais il ajouta, d'un trait :

— C'est-à-dire que c'est papa qui veut. Moi, j'pensais être explorateur, comme mon grand-père qu'est mort...

— L'écoutez pas, dit Chalumot. Son grand-père est mort, seulement il était pas explorateur. Il racontait des histoires au gosse pour se faire voir, c'est tout... Il tenait un débit de vins dans un trou des Ardennes. Le plus loin qu'il a été, c'est à Rethel... A cinquante kilomètres! Toutes ses inventions, c'est dans les livres qu'il les trouvait, j'suis sûr. Parce qu'il lisait, le monsieur, fallait voir! Le gamin, lui, il y croyait... Y avait que son grand-père qui comptait. Un Tartarin!... Un feignant qui n'avait même pas fait la guerre... Réformé pour ses pieds plats...

Simon faisait pivoter sa casquette sur ses doigts, de plus en plus vite à mesure que Chalumot sabotait la mémoire de l'ancêtre. Il s'arrêta pile, et, sans regarder son père :

— P'têt' que c'est pas vrai non plus qu'il a gagné une course de tricycles quand il était jeune? Même que sa médaille elle est encore à la maison, au-dessus de la cheminée, près du vase que t'as cassé un jour que...

— Bon, dit Chalumot en posant une main maladroite sur les cheveux de son fils, pour le tricycle c'est possible. Il était fort comme un bœuf, l'animal! Mais l'explorateur, s'il y en a un dans la famille, sache que c'est ton père, mon p'tit gars... Au Tonkin, dans la brousse, à quatre pattes, alors que j'étais sergent à l'époque...

Le paysan lui toucha le genou.

— V'là Saint-Pierre-du-Vauvray. Pour vot' tabac, vous avez le temps avant la correspondance. Le train des Andelys, il est à dix heures douze...

— Je vous remercie, dit Chalumot en se levant pour prendre dans le filet la valise de son fils. Ah! les monstres de gosses! Toujours plus malins que leurs pères. Là-bas, à l'Ecole, faudra qu'il cède. Sans ça, mitard et compagnie! Tiens, Simon, empoigne donc ta valise... Fais voir que t'es un homme, bon Dieu!

Simon remit sa casquette en s'arrangeant pour laisser à découvert quelques mèches bouclées, puis, tandis que son père tournait le dos, la main sur la portière, et que le paysan lui envoyait un sourire bonasse, il haussa les épaules avec un air de dédain et d'entier scepticisme.

L'Ecole était en bordure des champs, à quatre kilomètres du Grand-Andely, et Chalumot y mena son fils d'un pas réglementaire. La valise gênait la marche de Simon, et, pour qu'il pût suivre la cadence, Chalumot consentit à l'en soulager. L'adjudant avançait avec fougue, saoulé de souvenirs. Quand Simon perdait le contact, il marquait le pas imperceptiblement, sur la pointe de ses bottines à boutons, et ressemblait à quelque danseur tâtant le terrain avant de s'élancer dans le quadrille.

— Le jarret tendu, Simon! Frappe du talon! Profite de mes conseils. En arrivant, tu en remontreras à tes collègues. Une... Deux!

— Fait chaud, dit Simon. Et j'ai faim, aussi. Je mangerais bien un des biscuits qu'm'man a mis dans une valise. T'sais? Les biscuits où y a du chocolat entre...

Chalumot l'en dissuada. A l'Ecole, un fameux déjeuner devait l'attendre, son premier repas d'enfant de troupe, sa première gamelle, et un gâteau n'aurait pu que lui couper l'appétit. D'ailleurs, à un coude de la route, apparut le mur d'enceinte de l'Ecole; à travers les peupliers, des bâtiments dressaient leurs pans de briques rougeâtres. Chalumot s'arrêta pour rouler une cigarette. Puis, soudain affectueux, il mit son bras sur les épaules de Simon, et, toujours au pas réglementaire, l'entraîna joyeusement.

Du corps de garde, un planton les aiguilla vers la

salle d'honneur où l'on recevait les nouveaux élèves. Simon eut le temps d'apercevoir quelques enfants assis au pied des arbres qui cernaient deux grandes cours carrées, bordées de hautes bâtisses. Il aurait voulu s'immobiliser, contempler les lieux qui le tiendraient captif durant des mois, des années, tout comprendre, tout juger d'un coup, et réfléchir. Mais son père le poussait sur les marches d'un étroit perron, et Simon le gravit avec une nonchalance que lui imposait sa subite peur de l'inconnu. Chalumot devina vaguement le sérieux de l'épreuve; il pensa même atténuer l'appréhension qu'à cette minute Simon dissimulait mal. Avant qu'il eût assemblé les mots de réconfort, un lieutenant surgit, protecteur, le bras tendu pour une invitation à marcher sans crainte.

— Entrez, jeune homme, dit-il à Simon.

Chalumot ôta son chapeau, et, au garde-à-vous, la poitrine bombée, les décorations en évidence :

— Adjudant Chalumot, mon lieutenant! Je vous amène mon fils.

— Bravo! dit le lieutenant. Un solide gaillard... Tenez... Entrez donc dans la salle d'honneur, sur votre gauche. On va l'incorporer immédiatement. Encore bravo!

Simon ne vit pas tout de suite l'imposante table verte, les fichiers qui la zébraient d'un bout à l'autre bout, et les trois gradés assis en face de la porte, comme des examinateurs aux questions orales du certificat d'études. Planté sur le seuil, Chalumot portait la main à sa tempe pour un digne salut. Il y alla d'une nouvelle annonce et fit un pas de côté afin que son fils entrât à son tour. Tout cela était convenable, dans les normes, réglé ainsi qu'aux grandes manœuvres, et le capitaine, qui, debout près de la fenêtre, admirait les platanes en train de dépouiller leurs feuilles, se déplaça vers l'adjudant Chalumot, comme s'il se devait de le féliciter.

— Votre fils est le premier élève de la métropole que nous recevons. Vous êtes en avance! Mais il va retrouver des camarades arrivés d'Indochine et d'Afrique du Nord...

Chalumot rectifia son garde-à-vous.

— Fallait que mon garçon soit là le 29 septembre, d'après sa feuille de route. C'est aujourd'hui le 29 septembre... Donc...

— Ah! dit le capitaine en se dressant sur la pointe des pieds pour se laisser ensuite mollement retomber sur les talons, vous, au moins, vous êtes pour l'exactitude! C'est vraiment très bien. Toutefois, votre interprétation des directives est par trop personnelle. Il était spécifié, si je ne m'abuse, que les élèves résidant en France pouvaient se présenter à l'Ecole entre le 29 et le 30 septembre à minuit, afin que ceux qui ont un très long parcours ou des correspondances difficiles ne soient pas désavantagés...

Il pivota, très souple, vers la table où les sous-officiers, menton sur les mains jointes, attendaient qu'on leur livrât le jeune Chalumot.

— Nous sommes bien d'accord, Walter?

— Parfaitement, mon capitaine.

— Alors, dit le capitaine à Chalumot, votre fils eût pu profiter d'une bonne journée supplémentaire dans sa famille.

Chalumot regarda son fils, et Simon crut voir un

vrai regret dans ses yeux écarquillés. Il en vint même à supposer que son père allait dire, en claquant encore les talons :

— Eh bien, mon capitaine, nous faisons demi-tour et nous reviendrons demain soir, à minuit moins cinq...

Sa gorge se serra. En effet, Chalumot joignit les talons.

— Vous avez raison, mon capitaine, dit-il. Mais le petit était impatient d'entrer à l'Ecole. Comme moi, il a le métier dans le sang...

— Tout est pour le mieux, dit le capitaine, étonné que le petit Simon, qui grimaçait, cachât de si fortes dispositions. Nous allons donc procéder aux formalités. A vous, Walter...

Quand Chalumot eut affirmé que son fils n'avait pas contracté de maladie contagieuse depuis sa visite d'incorporation, l'année précédente, à l'hôpital militaire de Reims, et qu'il eut tiré de son portefeuille une série de pièces, de certificats que le sous-officier Walter et ses collègues se passèrent de main en main, avec un air de profond intérêt, le capitaine revint vers lui.

— Vous êtes libre, dit-il, d'aller déjeuner en ville avec votre fils. Vous nous le ramènerez cet après-midi, avant la soupe, pour qu'on lui attribue un lit et qu'il ait le temps de se faire des camarades...

Chalumot fut pris au dépourvu. Mais il évalua rapidement le poids de cet autre long tête-à-tête, les complications qui en résulteraient. Il lui faudrait commander les plats au restaurant, affronter le public, se surveiller... Ce serait provoquer l'ironie de son fils, peut-être se discréditer à ses yeux...

Cette fois, il n'osa regarder Simon avant de dire au capitaine :

— Je dois rentrer à Reims le plus tôt possible. En tout cas, pour le petit, avec vous j'suis tranquille. On le soignera comme à la maison...

D'une main négligente, le capitaine frotta les cheveux de Simon. Geste nécessaire en un tel moment, après une pareille sentence.

— Eh bien, mon bonhomme, on va te conduire à ton dortoir.

Il poussa Simon vers la porte, gentiment, et Chalumot suivit avec la valise. Au bas du perron, devant le désert de cette cour où les arbres et le soleil mettaient une poésie par trop mélancolique, Simon fit un rude effort pour ne pas pleurer. Il marcha, tête basse, sa casquette entre ses mains croisées sur le ventre.

— On va se quitter, mon p'tit gars, dit Chalumot lorsqu'ils furent seuls. Faut pas avoir peur. C'est pour ton avenir qu'on se sépare de toi. On aura de la peine aussi. Mais dans trois mois tu viendras nous voir, et c'est vite passé, trois mois. Quand j'pense que j'ai eu ma première permission en septembre 1915, après un an de baroud... Qu'est-ce que t'en dis, monstre?

Ils étaient arrivés en face du corps de garde. Pendant que son père lui parlait, Simon tripotait sa casquette, les yeux à terre. Un sergent arpentait le gravier, à quelques mètres, guettant Simon afin de le piloter dans l'Ecole. Chalumot prit son porte-monnaie.

— Voilà dix francs, Simon, pour t'acheter des choses à la cantine... Allez, accompagne-moi jusqu'à la grille. .

— J'peux pas, dit Simon, y a l'monsieur qui m'attend.

— C'est juste, dit Chalumot. Alors, au revoir, mon p'tit gars.

Il essuya ses moustaches d'un revers de main, baisa son fils sur les deux joues. Simon lui répondit à peine, et, se penchant sur sa valise :

— P'pa, c'est vrai c'que tu m'as dit, un jour, qu'il fallait pas saluer la tête nue?

— Jamais! dit Chalumot en se redressant, bien heureux que son garçon s'intéressât à des problèmes d'une pareille importance.

Simon regarda son père du coin de l'œil.

— Alors, toi, pourquoi qu't'as salué le capitaine, t'à l'heure, sans ton chapeau?

— Monstre! s'écria Chalumot, peut-être vexé. C'est ma foi vrai. J'te félicite...

Il lui tapota la joue et s'en fut, d'un pas scandé, la main droite lissant sa moustache, tandis que le sergent s'approchait de Simon. Quand il eut franchi la grille, Chalumot se retourna pour adresser à son fils un dernier geste d'adieu. Mais l'allée était vide, à perte de vue...

II

FAJAL prit une barre de nougat dans sa caisse à paquetage, lorgna Simon qui rêvait, étendu sur son lit. Puis il contempla la friandise, l'approcha de ses lèvres, hésita.

— Chalumot, t'en veux encore un bout?

— T'es chic, dit Simon en tendant la main. Moi, j'ai pus rien à t'donner. Cette nuit, j'avais trop faim, alors j'ai mangé tous mes biscuits au chocolat...

Le petit Fajal, de Perpignan, maigre et noir, suça ses doigts.

— Au réfect, j'peux pas bouffer. C'est trop gras et ça sent mauvais. Le poisson, c'midi, comment qu'il était vilain!

— J'm'y ferai jamais, dit Chalumot. A la maison, d'jà, j'étais difficile, t'sais. Les navets, les carottes, les oignons, le bœuf au sel, des tas de trucs encore, j'les laissais de côté. Mon père i gueulait, tu penses! I m'disait qu'j'en verrais de l'autre. Mais ma mère, elle avait bon appétit. Alors elle m'aidait à tout finir. Et pis, dans l'fond, elle était moins vache que mon père, sûr...

— Et la boisson! dit Fajal. Ça pique, putain!...

— C'est du cidre. Forcément, on est en Normandie. Mais du pas bon, çui-là... Avec les pommes qui traînent le long de la route, qu'ils l'font... Il doit pas coûter cher...

Fajal inspecta soigneusement sa caisse à paquetage, fit une grimace, ferma le couvercle à clef.

— Le caporal a dit que l'examen c'était demain après-midi. Tout le monde est presque arrivé. On est au moins deux cents. L'examen, tu comprends, ça nous classera pour les études. Paraît même que les quinze meilleurs ils vont à Autun, où qu'on prépare les grandes écoles. Tu sais bien, Saint-Cyr et Saint-Maixent...

— Tu parles que j'sais, dit Simon. Mon père, c'était sa marotte. Il m'a répété des milliers de fois qu'il y avait pas plus beau, pour un militaire, que d'aller à Saint-Cyr ou à Saint-Maixent. Si j'y allais, un jour, i s'rait drôlement jouasse. Il a déjà dit aux voisins qu'plus tard i m'verraient revenir avec des galons de capitaine, que j'étais instruit, que j'étais intelligent, et qu'il voudrait bien être à ma place. Parc' que mon père, entre nous, il est rien nul! Pas même son certificat d'études, qu'il a eu. Ma mère, c't'elle qui lui faisait ses rapports, dans l'temps. Elle l'a dit un jour qu'ils étaient en colère tous les deux, et qu'i s'reprochaient des choses...

— En quoi qu't'es fort, toi? demanda Fajal.

— En tout, dit Simon, simplement. Mais c'que j'aime le mieux, c'est les rédacs, l'histoire et la géo. Au certif, j'ai eu 97 points sur 100...

— T'es balèze! P'têt' que tu vas aller à Autun, alors... Et qu'on s'verra plus...

— Pas sûr, dit Simon. Depuis le certo, j'ai pas ouvert un livre. L'instituteur, pendant les grandes vacances, il aurait voulu m'avancer un peu en algèbre et en géométrie. Moi, j'y ai dit que c'était déjà bath que j'aie eu la mention très bien, et qu'maintenant j'lirais des romans d'aventures, parc'que j'l'avais mérité. Après tout, qu'il a dit, l'instituteur, t'as un peu raison, Chalumot. Et il m'a même r'filé des livres de Fenimore Cohoper et de Rudyard Kiplingue...

— Moi, dit Fajal, j'ai pas eu de mention, au certo, mais mon père m'a quand même acheté une montre. Tiens, tu la vois... C'est d'l'or, dessus. Elle est belle, hein? Et toi, qu'est-c'qu'on t'a payé?

Simon se releva, s'assit sur son lit.

— Ça vaut l'os. Mon cadeau, j'l'ai eu deux mois avant le certificat. Oui, mon vieux. Un chouette vélo, avec un guidon d'course et des pneus fins. Mon père, il avait tellement la trouille que j'l'aie pas, l'certif, et que j'entre pas aux enfants de troupe, qu'il m'a récompensé avant pour que j'aie de la reconnaissance et que je travaille. J'pouvais lui jouer un vache tour... D'autant plus que l'vélo, maintenant, c'est lui qui va s'en servir pour s'balader...

— Et après ton certo, dit Fajal, t'as eu quand même quèque chose?

— Oui, dit Simon. On a fait un grand repas, à la maison. L'instituteur est v'nu... Avec sa femme. Elle était bien, t'sais... De temps en temps, l'jeudi pis l'dimanche, j'allais chez eux pour me perfectionner en arithmétique, et j'y ai vu l'derrière, quand elle faisait son ménage, le matin. Tu m'crois pas, Fajal? J'te l'jure... J'te raconterai des trucs encore, tu verras. Et pis, pour mon certif, j'ai eu aussi le droit de lire les bouquins que mon grand-père, qu'était explorateur, gardait au grenier. Un tas! Y en avait des fameux, t'sais... *Les Pardaillans, Naz-en-l'air, la Porteuse de pain, les Trappeurs de l'Arkansas, Fantomas, Rocambole...* D'autres même, où y avait des scènes d'amour drôlement tapées. Quand on reviendra de chez nous, à Noël, j't'en ramènerai quèqu's-uns...

Fajal se pencha.

— Devine c'que l'lisais, moi, à l'école, en douce? *Frou-Frou,* un journal cochon...

— Oh! j'connais! s'écria Simon. Mais moi, sais-tu où qu'je l'lisais? Au catéchisme...

Une cavalcade emplit soudain l'escalier, des groupes se bousculèrent à l'entrée du dortoir, et Beaufretin, en passant, tira la jambe de Simon.

— Debout, les mecs... C'est l'appel!

Simon regarda machinalement vers les fenêtres. Il faisait encore jour, et les feuilles frétillaient à la cime des arbres.

— Sept heures et demie, dit Fajal, les yeux sur son bracelet-montre. C'est pas drôle de se pieuter si tôt.

— Surtout, dit Simon, qu'on peut pas dormir. Moi je pense, je pense... Ça doit être ça, l'cafard... Je trouve même que mon père il était bon type, des fois. Pourtant, c'est lui qui m'a foutu ici...

Quatre grandes travées partageaient le dortoir; dans chacune d'elles, face à face, s'étendaient deux rangées de cinq lits. A leur pied les élèves s'étaient immobilisés; mais tous bavardaient, et Simon n'entendit pas le faible avertissement qu'un d'eux lança, d'une extrémité de la chambre :

— Le caporal!

Fromentel entra, le calot réglementairement

d'aplomb sur le crâne, pointes dressées, les yeux distendus derrière son binocle.

— Appel dans cinq minutes! Tout le monde doit être au garde-à-vous près de son lit... Tenue correcte, sans coiffure... Et le silence le plus total, n'est-ce pas!

Il parlait d'une petite voix aiguë, racontait son boniment d'un ton uni, comme une leçon, n'osant encore affronter du regard ces dizaines d'enfants qu'il intimidait néanmoins en cette première prise de contact. Dans un coin du dortoir s'élevait son alcôve à ciel ouvert; Fromentel s'y dirigea, tâchant d'affermir sa marche, bien que sa veste de drap bleu clair, boudinée sous le ceinturon, le gênât aux entournures. Il vit alors Chalumot allongé sur son lit, dans la travée voisine, et obliqua tout en se composant une mine engageante pour faciliter l'entrevue.

— Eh bien, mon petit, on a déjà sommeil? N'ai-je pas dit qu'il fallait être debout au moment de l'appel?

— P't'êt, m'sieur, dit Chalumot en posant un pied sur le plancher, sans hâte.

— Pas monsieur, mais caporal, dit Fromentel. Voyez, j'ai deux galons noirs sur mes manches. C'est là l'insigne de mon grade. Bien sûr, vous ne pouvez point, tout de go, connaître les règles et les usages du métier militaire, votre nouveau métier. Toutefois...

Un hurlement interrompit sa dissertation. Levault, fort des premiers conseils, s'était soulagé d'un « Garde à vous » prodigieusement sonore.

— C'est très bien, dit le sergent Le Cam en pénétrant dans le dortoir, avec un geste de sympathie pour Levault. Mais un officier m'accompagne, et c'est « Fixe » qu'il fallait crier...

— Et « A vos rangs, fixe » s'il se fût agi du commandant de l'Ecole, dit le lieutenant Bargheloni, dans un sourire de condescendance.

Fromentel s'était précipité, le carnet à la main; sur un signe de Le Cam il commença l'appel.

— C'est moi! dit Chalumot, à son tour.

Bargheloni, qui parcourait le dortoir et détaillait les enfants d'un coup d'œil mesuré, se retourna.

— Où est ce Chalumot?

— C'est moi, dit encore Simon, en levant la main. Le lieutenant vint à lui, et tous les regards le suivirent.

— Voyons, dit Bargheloni, n'avez-vous pas entendu vos camarades? Ici, lorsqu'on vous appelle, il n'est qu'une seule façon de répondre. On dit : « Présent! » ce qui prouve que vous êtes là, à cet instant précis, qu'on peut disposer de vous pour telle ou telle chose, pour telle ou telle mission, selon les besoins du service, dans un but déterminé. « Présent! » c'est clair, c'est net, absolument sans équivoque. Chalumot? « Présent! » On sait que vous n'êtes pas ailleurs, qu'il est possible de compter sur vous, que le soldat Chalumot, en somme, est à son poste. Est-ce bien compris?

Chalumot regardait Bargheloni dans le blanc des yeux.

— J'chais pas, m'sieur...

— Hum! dit Bargheloni, étonné. Qu'à cela ne tienne. Le caporal Fromentel vous commentera mes explications.

Quand il se fut éloigné, Simon dit à Fajal, à voix basse :

— Tu penses que je l'savais, son truc. Mon père, à

la maison, chaque fois qu'il m'appelait, fallait que j'lui réponde « Présent », à lui aussi. Alors, j'ai voulu un peu changer, pour voir...

Lorsque du terre-plein lui parvinrent les cris des joueurs de volley-ball, Simon sentit céder sa volonté. Jusque-là, sans doute par habitude plus que par conscience, il accordait une réelle attention à l'examen. Le problème des courriers allant en sens contraire ne l'avait pas gêné. Simon s'était plu, même, à l'orner d'un graphique où des bonshommes stylisés semblaient marcher d'un pas allègre. Quant à la rédaction — son fort — d'un fait d'armes, il pensait l'avoir réussie. Peut-être y trouverait-on deux ou trois fautes d'orthographe, de ces fautes inévitables sans l'aide du dictionnaire; mais Simon n'avait pas craint d'user de quelques termes savants, qui frapperaient les correcteurs. Délaissant un récit historique que lui offrait la récente lecture d'un livre d'Erckmann-Chatrian, il s'était décidé pour la relation d'un exploit guerrier de son père, l'adjudant Chalumot. Rien de plus simple. Le père de Simon l'avait tant de fois raconté, non sans de curieuses variantes, aux amis de la famille, aux parents, surtout à son fils, afin qu'il en prît de la graine au cas d'une éventuelle épopée...

Et Simon se disait qu'il toucherait à coup sûr le jury. Parler de bravoure, de sacrifice, de drapeau haché par les balles, de soldat blessé sous un ciel d'orage en criant : « Vive la France! » c'était heureux, quand les nouveaux maîtres arboraient sur la poitrine maintes médailles glorieuses...

Puis vint la question d'histoire : la guerre de 70, et

Simon regarda son compagnon de table avec un sourire béat. Il allait « en mettre »... Les noms de batailles et de généraux se pressaient : Le Mans, Chanzy, Bapaume, Bourbaki, Villersexel... Et Gambetta, les ballons captifs, la dépêche d'Ems, les cochons de Prussiens, les lunettes de Faidherbe, le siège de Paris, ses rats et ses chiens, Birmarck, l'ennemi héréditaire...

C'est alors que Simon entendit les joyeuses clameurs des quelques élèves déjà libérés de cet important examen. Il les imagina sautant de part et d'autre du filet de volley-ball, se rappela son succès, la veille, après le repas de midi, quand il avait marqué quatre points de suite. Et il capitula lui aussi, laissant Napoléon III se débrouiller dans la cuvette de Sedan.

Sur l'estrade, le professeur annonçait comme par hasard :

— Vous avez encore trois quarts d'heure devant vous.

Le caporal Fromentel allait et venait entre les rangées de tables, et Simon attendit qu'il fût à sa hauteur.

— J'ai fini... J'peux sortir?

Le caporal prit la feuille.

— C'est peu pour une si grave question. Voyons... La guerre de 70, hein?... Allez... Cherchez... Creusez-vous... Du courage!

Chalumot avala sa salive. Vexé, il faillit se rasseoir et renouer avec Mac-Mahon. Mais l'inspiration surgit, qui sauverait tout, et son amour-propre et le match de volley-ball.

— J'l'ai fait exprès, caporal. Les autres ont dit qu'les premiers ils partaient à Autun, pour les grandes écoles... Et moi, j'veux pas y aller aux grandes écoles...

— Ah! dit le caporal, surpris.

Chalumot fonça vers la porte, sans même un coup d'œil à Fajal qui rêvait douloureusement, le manche du porte-plume dans la narine.

La malchance voulut que les deux équipes fussent formées lorsque Simon arriva, hors d'haleine, sur le terre-plein. Il piaffa longtemps, avec d'autres garçons, en spectateur, croyant qu'un des équipiers le reconnaîtrait et l'exigerait aussitôt dans la partie, juste hommage à ses fraîches qualités de volleyeur. Personne ne le vit cependant, et Simon dut ruser. Il s'esclaffait quand un joueur maladroit manquait la balle, souhaitant que l'intéressé lui dît, rageur :

— Viens-y, viens-y donc, toi, si t'es plus malin...

Un élève se reçut lourdement et quitta le court à cloche-pied.

— Vous m'prenez, les gars? cria Chalumot. J'sais jouer...

— Oui, dit un garçon rougeaud en remontant le pantalon de golf qui lui bridait les fesses, t'es vacheum grand, toi. Au filet, tu vas t'défendre.

Mais le blessé revenait, souriant :

— Ça va mieux. J'retourne à ma place...

Et Chalumot rejoignit la touche à reculons. Que lui servait d'avoir bâclé son examen, s'il ne goûtait pas une compensation immédiate? Contrit, il balayait le sol du pan de sa veste trop vite ôtée. D'autres cris l'alertèrent. Sous le préau, derrière le bâtiment, des enfants faisaient le cercle autour des barres parallèles. Simon abandonna le terre-plein à regret. Il n'avait point de pratique des barres parallèles. Mais peut-être suffirait-il de s'y essayer pour réussir, comme le grand Fontaine, un de ses voisins de lit, d'extraordinaires galipettes. Sous le préau, il retrouva des élèves de son dortoir, encore peu fréquentés, et dont il se rappelait à peine les noms. Le gros, aux oreilles décollées, c'était Renoux, ou Menoux... Il discutait l'examen avec un de ses camarades; la question d'histoire, précisément... Chalumot venait là pour s'intéresser aux barres parallèles, pour tâcher d'imiter le grand Fontaine, et il ne pouvait qu'écouter Menoux qui demandait à Fourreau, son inséparable :

— T'as parlé du maréchal Lebœuf, toi? Non! Important! La guerre, elle est partie de là, mon vieux...

— Sûr, dit Chalumot. Même que sa phrase, au maréchal Lebœuf, c'est : « Il ne manque pas un bouton aux guêtres de nos soldats. »

Menoux bégaya, secoua sa tête écarlate avant de se lancer.

— Pas vrai! Il a dit que même si la guerre devait durer deux ans, il ne manquerait pas un bouton de guêtre. C'est pas pareil, tu comprends... Moi, j'suis certain d'avoir une bonne note. J'en ai mis quatre pages pleines.

Chalumot souffrait le martyre. Il n'avait pas mentionné le maréchal Lebœuf, ni cité la phrase approximative. Coûte que coûte, il devait se rattraper sur quelque chose, affirmer sa valeur, et oublier, dans la joie temporaire, son échec à la composition d'histoire. Justement, Fontaine sautait des barres parallèles après un rouleau peu orthodoxe, mais qui avait étonné les camarades.

— Et à la lutte, dit Chalumot à Fontaine, t'es fort?

Moi, à l'école, on m'a jamais battu. Tu veux qu'on s'mesure?

Fontaine ne voyait aucun moyen de se défiler. Les autres attendaient, bouche ouverte, friands de ce tournoi possible. Et, tout résolu qu'il était, Chalumot n'intimidait point Fontaine, dont le père professait à Joinville-le-Pont...

— Viens-y, dit Fontaine en s'arc-boutant.

Chalumot bondit. Il possédait une technique personnelle, expérimentée sur tous les copains de la communale, et Fontaine n'y résista pas. Après l'avoir ceinturé aux flancs, Simon appuya son menton. avec rudesse, au creux de l'œsophage. Deux ou trois torsions violentes, et Fontaine, asphyxié, se coucha sur le sol.

— Mince! dit-il.

Chalumot se releva, heureux de mériter les regards admiratifs des camarades. Mais sa victoire n'était pas complète.

— T'essayes? dit-il à Menoux.

Menoux rougit de plus belle, se détourna.

— Je m'bats jamais, même pour de rire...

— Une fois! dit Chalumot, qui songeait toujours à la guerre de 70. J'te f'rai pas mal, va. C'est pour voir seulement...

Sans honte, Menoux s'éloignait, entraînant son ami Fourreau.

— Tu t'dégonfles! cria Chalumot.

Alors, Barthélemy s'approcha de Simon. Il arrivait de l'Ecole enfantine Hériot, et portait un uniforme bleu horizon. Chalumot savait déjà toute son histoire, pareille à celle de Jaquelin, de Faouen, de Muller, de Le Calvé, mutés eux aussi de La Boissière, après leur réussite au certificat d'études. Tous pupilles de la nation, ils faisaient depuis l'âge de cinq ans l'apprentissage du garde-à-vous, du salut, de la gamelle. Dès leur entrée aux Andelys, cette autre Ecole militaire, ils avaient provoqué l'intérêt de tous les enfants encore vêtus de leurs habits civils. Mais si Faouen et Jaquelin, moqueurs, effrontés, s'étaient distraits aux dépens des « bleus », en revanche Barthélemy montrait une réserve un peu triste que rien ne troublait.

— C'est un Breton. I sont renfermés...

— Faouen aussi, c'est un Breton. Pourtant, lui, qu'est-ce qu'i peut rigoler! Et comment qu'il répond au caporal et au sergent. Il a pas les foies...

Chalumot fut un instant démonté quand Barthélemy lui posa la main sur l'épaule, sans sourire. Il contempla le maigre et blanc visage de fille, affronta les yeux impassibles.

— J'te prends, dit Barthélemy. Tu m'fais pas peur. Les grands comme toi, j'les casse. Surtout quand ils veulent trop la ramener. T'es prêt?

— Oui, dit Chalumot, décontenancé. Mais sa garde n'eut pas d'effet. Barthélemy l'avait saisi par le cou, d'une détente, et sous la pression Chalumot s'agenouilla. C'était à son tour d'étouffer; Barthélemy le serrait si fort qu'il ne pouvait même pas demander grâce. A contrecœur, pour qu'enfin son adversaire le lâchât, il dut toucher des deux épaules Barthélemy, très calme, lui pesa de ses genoux sur les biceps.

— T'as gagné, dit Chalumot. Mais j'te r'trouverai une aut' fois. Parc'que, aujourd'hui, j'mattendais pas à ta prise...

— Quand tu voudras, dit Barthélemy. Et j'te f'rai

lécher mon derrière. T'as une figure qui m'plaît pas. Quand j'tai vu débarquer avec ta grande casquette, j'ai dit à Jaquelin : « Il a l'air con, çui-là... »

Soudain, il y eut alentour un remous bruyant, et les spectateurs se dispersèrent.

— Tus! Tus!

Apercevant l'adjudant Moustache, Barthélemy libéra Chalumot, qui mit du temps à se relever.

— Alors, lui dit l'adjudant, on veut faire son petit gladiateur? Passe encore pour le moment... Vous n'abîmez que vos effets personnels, mais s'il s'agissait de votre tenue militaire, je vous apprendrais à me connaître. De toute manière, un garçon bien élevé ne se bat pas comme un chiffonnier. Avez-vous déjà fait des corvées depuis que vous êtes ici?

— Oui, dit Chalumot en s'époussetant. J'ai balayé les escaliers des deux étages, le premier jour...

D'un doigt, l'adjudant titillait sa moustache américaine.

— Pour n'en pas perdre l'habitude, vous les rebalayerez demain. Annoncez-vous...

— Que je m'annonce? dit Simon.

— Eh bien! Votre nom, votre prénom, votre chambre... Et au garde-à-vous, s'il vous plaît! Vous n'êtes plus dans les jupons de madame votre mère...

— Oh! dit Simon, ma mère ne me dorlotait pas beaucoup...

— Vous vous appelez? demanda l'adjudant, sans impatience.

— Chalumot Simon. J'suis à la chambre 2. Caporal Fromentel...

— C'est bon. Rompez! Mais dès demain, lorsque

vous aurez perçu votre uniforme, n'oubliez pas qu'il appartient à l'Etat, et que vous devez respecter l'Etat dans ce qui est sa possession. Donc, ayez soin de vos habits. Quant à votre costume civil, on l'expédiera chez vous. Inutile, non plus, de le détériorer. Peut-être que votre frère pourra le mettre...

— J'ai pas d'frère, dit Simon. Alors!

— Et apprenez également, élève Chalumot, qu'on ne doit pas répondre sur ce ton à ses supérieurs. Vous me semblez animé d'un très mauvais esprit, et je ne vous souhaite pas de tomber dans ma section. En attendant, je vous inscris encore pour la corvée de lavabo...

En montant au dortoir malgré l'interdiction formelle, Chalumot songea qu'il venait de vivre une pénible journée. Mais il acceptait à regret sa part de responsabilités. Il lui était difficile de réprimer d'un coup tout élan, toute impulsion enfantine. Il lui fallait le temps de s'acclimater, de se plier à la règle que son père, l'adjudant Chalumot, avait en vain tenté de lui inculquer. A moins qu'il ne refusât ce régime de soumission et ne se rebellât jusqu'au renvoi final... Que d'autres jours passent, et Simon déciderait. Présentement, il importait de ne point surexciter l'adjudant Pommier, dit Moustache. Entre eux, la glace était rompue. Et pour bénéficier d'une paix relative, sans doute valait-il mieux se dissimuler, ou jouer les innocents...

Il médita de s'étendre sur sa couchette, de dormir, sinon d'évoquer les vacances, ces bonnes semaines de désœuvrement chez des cultivateurs, parents de Mme Chalumot. Le dortoir était désert; dès le seuil, dans cette navrante solitude, l'amertume, la tristesse, les déplaisirs accablèrent Simon. A cette heure, huit jours auparavant, il pêchait sur les bords de l'Aisne, libre encore de courir à l'aventure, de se rouler dans l'herbe, de hurler, de cracher dans l'eau, d'y pisser même, sans que quelqu'un s'avisât de lui en faire le reproche... Mais, par bonheur, il vit sa casquette de carnaval accrochée sous la planche à paquetage. Ce lui fut comme une détente. Puisqu'on renverrait chez lui ses habits civils, c'était l'occasion de se débarrasser à jamais de ce grotesque accessoire. Simon ne se trompait point, qui avait fait la moue, à la maison, le jour de l'essayage devant sa mère, son père, et des voisins conviés pour la circonstance. Barthélemy avait fondé sur cette casquette un jugement à son égard : « Il a l'air con, çui-là. » Toute la faute en incombait à la famille Chalumot, arriérée, inepte en matière d'élégance et de bon goût. Qu'on retourne cette casquette à Mme Chalumot, et sans doute devrait-il encore la porter, en permission, pour la moindre cérémonie, la plus humble des visites. Simon prit alors la casquette, redescendit les escaliers en la cachant sous son veston de velours, se dirigea vers les cabinets accotés au mur d'enceinte, entre le bâtiment et le terre-plein. Des élèves jouaient toujours au volley-ball, mais Chalumot leur prêta peu d'attention. Il entra dans les cabinets fraîchement badigeonnés d'un goudron granuleux. Cinq ou six stalles crevassées, mal entretenues, s'alignaient, hautes d'un mètre. Tels des ex-veto sur les piliers d'église, de multiples graffiti tatouaient la pierre et les poutres enchevêtrées sous le toit. Des noms, des dates, des initiales, des cœurs, des têtes de mort et des tibias croisés. « Le Corre, 1925... Quéfellec, 27-28... Paul et Léa... Vive la Bretagne!... Deux ans de galères : 1921-1922. Honneur aux gars de Recouvrance... » et, sous la charpente, encore visible quoiqu'on se fût acharné, en haut lieu, avec force goudron, à la combler, une épigramme à la mémoire d'un quelconque gradé : « Maquaire est une belle vache. » Chalumot pensa qu'un jour il inscrirait peut-être son nom à la suite, ou qu'il remplacerait Maquaire par Pommier, dit Moustache. Puis il pénétra dans une loge, roula sa casquette, la mit délicatement dans l'orifice au ras du sol, et l'enfonça du bout de sa chaussure. Il se redressa, soulagé. La récente série de désagréments prenait du recul. C'était une victoire, à distance, sur le père Chalumot, sur ses méthodes, ses « directives ». Un premier pas vers l'affranchissement de sa tutelle et le refus de ses conceptions bornées.

III

Le lendemain, on rassembla dans la cour les quelque deux cents jeunes élèves. Les sous-officiers et les caporaux se vengèrent de leur peine à mouvoir cette masse inexpérimentée en ne répondant pas aux questions que les enfants, curieux, leur adressaient de toutes parts.

Mais, bientôt, venant de la salle d'honneur, apparurent le lieutenant Bargheloni, un capitaine dont la main mutilée s'insérait entre deux boutons de la tunique, et, derrière eux, un couple de civils, des professeurs, qui se donnaient en marchant le masque de croque-morts.

Les gradés s'agitèrent à l'intérieur du carré, et par des mines et des roulements d'yeux invitèrent les élèves à bien se tenir.

— Les résultats de l'examen, dit Chalumot. J'parie! Ils ont fait rien vinaigre pour corriger tous les devoirs...

Le sergent Billotet se retourna, les sourcils haussés.

— Encore vous, Chalumot, évidemment...

Simon regimba, prenant à témoin ses camarades intimidés.

— J'ai pas fait d'mal, quoi! J'disais...

L'adjudant Moustache l'interrompit. Hors du carré,

il commandait un « Compagnie garde à vous » si sec que le sergent Billotet lui-même, pris à contre-pied, exécuta le mouvement avec un retard perceptible.

Bargheloni salua, non sans une certaine désinvolture. Mais le capitaine-major, le torse droit, la nuque dans les épaules, garda la main gauche à la tempe jusqu'à ce qu'il fût au milieu des enfants.

— Repos! dit Bargheloni. Puis, à l'un des civils :

— Monsieur le professeur principal, à vous...

Le professeur principal Saladon reçut de son adjoint quelques feuilles de papier, affermit sa voix, et pivotant avec lenteur pour que tout le monde pût l'entendre :

— Mes enfants, nous voici à un tournant décisif. L'examen que vous subîtes hier nous a permis de vous juger et de vous répartir selon vos aptitudes, au seuil de cette première année scolaire. Mes collègues et moi avons noté vos épreuves avec la rigueur la plus grande. Vous êtes ici les protégés de l'Etat, mais l'Etat, grevé de charges et de devoirs, n'a ni le loisir ni les moyens de s'intéresser aux éléments douteux. En conséquence, trente-trois d'entre vous, dont les résultats nous ont paru trop faibles, seront renvoyés dans leur famille.

Une rumeur s'enfla le long des rangs, et les gradés aiguisèrent leurs regards. D'emblée, Simon Chalumot fit le vœu d'être parmi ce rebut. Il n'avait pas encore songé qu'il fût si simple de retourner chez soi, de fuir cette carrière qu'on lui désignait d'autorité, sans même savoir s'il possédait l'héritage des dispositions paternelles. Puis, imaginant l'accueil de l'adjudant Chalumot, Simon changea le cours de ses souhaits. Son jeune orgueil l'y aida; il lui semblait vexant, en effet, de passer pour un ignare aux yeux de cet aréopage. Sans doute Barthélemy l'épiait-il, à l'affût d'une occasion qui le poussât à l'amoindrir encore.

— Les dix premiers élèves que nous allons appeler, dit le professeur Saladon, ont le mérite d'être désignés pour rejoindre l'Ecole d'Autun. Leurs épreuves sont particulièrement brillantes; et, s'ils le veulent, le plus bel avenir leur est acquis.

Le capitaine-major remua sa main valide pour demander la parole.

— L'Ecole d'Autun, jeunes gens, est une pépinière d'officiers de valeur. Des généraux, des colonels, nombre d'officiers arrivés ici, comme vous, en culottes de garçonnets, sont sortis de cette Ecole pour faire et continuer à faire la gloire et le renom de l'armée française!

D'un autre geste, il convia le professeur principal à commencer l'énumération, mais, après une telle période, l'enchaînement manqua d'aisance. Les dix héros répondirent à l'appel, et il y eut chaque fois, dans tout le carré, une extrême agitation. On désirait voir les lauréats, chercher sur leurs traits la marque de l'exceptionnel, déceler aussi, non sans amertume, les signes d'une joie mêlée de quelque vanité. Comme tous, Simon se désarticula, s'appuya même sur les épaules d'un voisin grognon, et ne put, en fin de compte, que découvrir le huitième du lot, un nommé Calandier, chétif, sans traces apparentes de génie. A ce moment, il reconnut Menoux, dans les rangs opposés, plus écarlate que de coutume, auquel l'espérance et l'angoisse faisaient un visage de clown. On venait d'appeler le dernier « Autunois », et Chalumot, qui observait toujours Menoux, applaudit à sa déception.

— I crânait trop, avec sa guerre de 70...

Mais il réfléchit en même temps sur son propre sort, et, dans l'atmosphère de panique, ressentit soudain une cuisante appréhension. Devant les regards admiratifs qui fêtaient chaque concurrent bien placé, il regretta de n'avoir point donné toute sa mesure lors de l'examen, afin de décrocher lui aussi la timbale et de goûter quelques instants de gloire. Il regrettait si bien, seul avec ses remords, qu'il ne s'entendit pas nommer à la seizième place, alors que Menoux, encore ignoré, se congestionnait de plus en plus. Le professeur principal éleva la voix :

— Chalumot Simon...

— Présent!

Le lieutenant Bargheloni, reconnaissant Chalumot dressé sur la pointe du pied, eut un sourire. Peut-être constatait-il agréablement que ce jeune élève savait exploiter les conseils, en répondant, bien qu'avec retard, selon les règles militaires.

— Eh bien! Vous rêviez? dit M. Saladon. D'ailleurs, Chalumot, votre cas nous étonne. Vous avez obtenu les plus hautes notes en orthographe, en composition française, en arithmétique, mais une des plus basses en histoire! Vous eussiez, sans cela, conquis tous les lauriers et gagné votre admission à l'Ecole d'Autun. Comment se fait-il que vous ayez si peu soigné votre devoir sur la guerre franco-allemande? D'autant plus, n'est-ce pas, monsieur Marmoset, que le début de cette composition d'histoire laissait préjuger...

— On ne peut mieux, dit le second civil. C'est bien

dommage pour ce jeune garçon, fort doué, j'en suis sûr...

Le lieutenant Bargheloni prit une initiative qui déplut à Simon.

— Approchez un peu, jeune homme...

Simon quitta les rangs, s'avança, traînant les pieds, et faillit bien, sous cette foison de regards, perdre tout son contrôle. Il fut près d'enfouir une main dans sa poche, pernicieuse habitude qu'il conservait en dépit d'innombrables réprimandes de l'adjudant Chalumot, son père.

— Alors, dit le professeur principal, comptez-vous nous expliquer cette faille... (M. Saladon annula ce terme trop savant), ce trou dans vos connaissances? A l'école communale, il me semble, la guerre de 1870 a dû vous être commentée?

— C'est à cause du volley-balle, dit Chalumot, qui n'aimait point mentir.

On s'esclaffa de tous côtés, mais les officiers et les professeurs ne participèrent pas à l'intermède.

— A cause du volley-ball! s'exclama M. Saladon. Voyons, éclairez-nous un peu...

Chalumot se dandinait sur place, et, quand même gêné qu'on le trouvât si drôle, se grattait le derrière en un réflexe idiot.

— Nous vous écoutons, dit le capitaine-major penché vers Chalumot, et sérieux comme s'il se fût agi d'une interrogation à l'Ecole de Guerre.

— Ben voilà, dit Chalumot, mais c'est difficile à expliquer. J'étais bien en train d'la faire, la composition d'histoire, quand j'ai entendu des copains qui criaient dehors, et qu'avaient l'air de rudement s'amuser au ballon. Alors, j'ai pas pu résister. Parce que moi, le ballon, que ça soit au fotballe ou au volley-balle, j'aime ça... Même que s'il y a une équipe, ici, à l'Ecole, j'voudrais en être...

Discrètement, le caporal Fromentel s'était déplacé d'un pas, et guettait sur les lèvres de Chalumot la fin du discours. Il salua d'un geste large, en décomposant presque le mouvement, soucieux de prouver son application.

— Il est peut-être de mon devoir, dit-il, de signaler que l'élève Chalumot m'a fait, à la suite d'une observation sur la faiblesse de sa copie, une réponse désobligeante...

— C'est pas vrai, ça! s'écria Chalumot, prenant les devants.

Le capitaine-major tapa du pied, rejeta la tête en arrière, les sourcils gonflés, en une furieuse attitude de réprobation.

Puis, à Fromentel :

— Parlez, caporal!

Le caporal prit le temps de toiser Chalumot. Il jubilait de pouvoir enfin montrer sa fausse puissance d'homme aux complexes multiples. Mais le lorgnon, de guingois, annihila son effet.

— Textuellement, mon capitaine, l'élève Chalumot m'a dit : « Je l'ai fait exprès pour ne pas aller aux grandes écoles! »

Simon crut que le silence, pourtant total, s'amplifiait encore, et il y mesura l'effrayante franchise de sa repartie. Reniement de toutes les traditions de l'Ecole, défi, insolence même, qu'on lui ferait payer cher. Il osa cependant lever les yeux vers le groupe de gradés et de professeurs, mais sans aucune arrogance, par simple inquiétude. Seul, le lieutenant Bargheloni gardait le sourire dans la stupeur générale.

— Parfait! dit le capitaine en relâchant son maintien guindé, comme écrasé sous la honte d'un pareil aveu. Nous verrons cela.

Simon fut surpris qu'on ne lui demandât point les raisons de sa dérobade devant les chances de « grand avenir ». Sans doute le capitaine-major voulait-il épargner aux autres élèves la dangereuse influence d'une profession de foi faite au grand jour, et non conforme à la logique. A l'accoutumée, le père Chalumot entravait les désirs de révolte de son fils, et Simon souhaita vivement que l'affaire n'eût pas de suites fâcheuses.

Le capitaine conversait avec M. Saladon; ils examinaient ensemble de longues listes...

— Adjudant Pommier, dit le capitaine, l'élève Chalumot est affecté à la 1re section, la vôtre. Vous m'aurez ce garçon à l'œil, n'est-ce pas?...

— Entendu, mon capitaine! cria l'adjudant Pommier, joyeusement.

Simon eut un brusque vertige; une légère transpiration piqua ses reins et ses mollets. Puis, un petit choc dans le bas-ventre lui fit serrer rudement les cuisses.

— Moustache! pensait-il. Moustache! Qui m'a promis que si je tombais sous sa coupe...

Et il se voyait, jour après jour, balayant, lavant, astiquant les escaliers, les latrines, les lavabos, harcelé sans trêve, bête noire d'un homme qu'il connaissait à peine, qu'il n'avait jamais offensé personnellement, et qu'on autorisait à lui servir de bourreau...

Fâché d'être le point de mire de cette foule attentive, Simon se permit un mouvement de recul. Mais le capitaine-major le stoppa net, en équilibre sur la jambe gauche.

— Chalumot!

Au hurlement, des élèves baissèrent la tête, et Chalumot, toujours sur une jambe, tel un héron, s'aperçut que les regards de ses camarades, en face, semblaient le blâmer. Crescendo, le capitaine-major lançait d'autres vocalises.

— Qui vous a commandé de rompre? Et la discipline? Je vous l'apprendrai, mon petit ami. Plus vite que vous ne le voudrez. Au garde à vous! Saluez! Repos! Garde à vous! Saluez! Qui m'a fichu un pareil loustic! Repos! Garde à vous! Rompez! Chalu...

Un remous dans le carré, derrière le capitaine-major, laissa le champ libre à Chalumot.

— Mon capitaine, dit Moustache, c'est un élève qui s'est évanoui... Le nommé Fontebleu. Celui qui pleurait depuis son arrivée.

— Qu'on l'emmène à l'infirmerie, dit le major, promptement. D'ailleurs, le cas de Fontebleu est tranché. Demain, on le renverra à sa mère et à ses douillettes. A-t-on jamais vu un pleurnichard de cet acabit! En attendant, Pommier, occupez-vous de lui. Il serait capable de se laisser mourir sur place pour nous causer des désagréments. Ça fait douze ans que j'accueille des contingents d'élèves, et c'est bien la première fois qu'il m'est donné de rencontrer de tels spécimens... Drôle de génération, nom de d'là! Il faudra que ça change, messieurs!

Tout à la pensée de Fontebleu qu'on emportait vers

l'infirmerie, les élèves détendaient leur attention, et le capitaine y vit une injure à son égard.

— Et du silence, quand je parle!

Le caporal Fromentel, d'une ridicule pâleur, enleva son lorgnon et tenta de calmer ses boy-scouts.

— Chut! Chut!

Ce qui n'empêcha point Fajal de souffler à Chalumot :

— L'a d'la veine, Fontebleu. D'main, il sera à la maison. C'était un truc balèze, ça, de pleurer tout le temps.

— Faut savoir, répondit Chalumot, la main rabattue devant sa bouche. Moi, j'peux plus pleurer beaucoup. Mon père i voulait pas qu'un futur officier chiale comme une gamine. Alors, à force, il m'en a coupé l'envie. Sans ça, c'tait un bon truc, y a des chances. Il les a vachement eus, Fontebleu...

Certes, on évoquerait souvent ce grand gars bouffi, innocent et triste, apparemment plus âgé qu'aucun autre élève, qui, depuis le premier soir d'exil, n'avait cessé de répandre toute l'eau de son corps, tantôt en silence, tantôt avec des borborygmes déchirants, ou des phrases hachées, douloureux appels à sa mère et à son petit frère Nicolas. Au début, bien des élèves s'étaient fait un devoir de chercher l'apaisement à ce déluge. Mais Fontebleu résistait aux marques de sympathie, aux moyens de consolation les plus raffinés. Il avait même compliqué sa détresse d'un jeûne rigoureux, sans risques d'ailleurs, tant il était rondouillard et riche de réserves. Quant à l'examen, il l'avait ignoré carrément, se contentant de mouiller les pages blanches que le caporal Fromentel lui apportait à chaque composition, avec une constance toute mécanique, pour les mêler ensuite aux autres copies, après avoir, gravement, inscrit en travers le nom de Fontebleu, non sans peine, car le stylo rechignait sur les cloques humides.

— A votre âge, disait le capitaine-major, continuant sa péroraison, à treize ans, mon père, encore colonel d'artillerie, me conduisait sur le terrain de manœuvres, afin que mes jeunes oreilles se fassent au bruit du canon. Et, sur son ordre, j'aidais les servants, dans la fumée et le tonnerre des départs, à mettre en tas les douilles. J'étais fier, croyez-moi, et j'en ai gardé une grande reconnaissance à mon père, le général de brigade des Aubelles, tué devant Sarrebourg en août 1914...

Subjugués par la magnificence de tels souvenirs, les gradés donnaient à leur garde-à-vous une raideur inhumaine; et, bien après que le capitaine-major eut terminé sa digression, ils conservèrent cette forte attitude.

— Poursuivons, dit le capitaine des Aubelles au professeur principal. Nous sommes en retard. Il faudra que les formalités d'habillement marchent bon train. Le commandant exige que les élèves soient entièrement prêts le 3 octobre. Allons-y... Nous en étions restés à Chalumot... Ce maudit lascar qui nous a fait perdre notre temps! Plaise à Dieu qu'il soit unique en son genre...

Simon entendit qu'on s'intéressait encore à son humble personne, mais, occupé justement à déboutonner avec prudence la patte de bretelle du garçon qui lui tournait le dos, il ne broncha point. Sa farce accomplie, il sourit aux anges, et s'écarta pour que Fajal partageât son plaisir. Mais Fajal, de Perpignan, transi, les yeux inquiets, tendait l'oreille obstinément.

— On m'a pas encore appelé, dit-il à mi-voix. Et ils en sont au quatre-vingt-douzième. Punaise! Pourvu que j'sois pas renvoyé! Mon père, i s'rait pas content, t'sais! Et j'devrais lui rendre ma montre, c'est sûr...

IV

Aucun élève n'avait encore aperçu le commandant Félix, qui semblait être pour les gradés, au seul écho de son nom, une sorte d'épouvantail. Il allait enfin se découvrir à l'occasion d'une revue générale, qu'on tentait, à tous les échelons, de bien préparer. Maintenant vêtus d'un uniforme, les enfants s'affolaient sous les ordres, et l'application exagérée qu'ils mettaient dans leurs mouvements en accusait la maladresse.

Après une mauvaise nuit, tellement on les avait prévenus des mille écueils de cette inspection, ils s'étaient levés avec peine, lourds de fatigue et d'angoisse. Un silence peureux succédait au brouhaha qui, d'ordinaire, entourait chaque réveil. Le caporal Fromentel, cheveux hirsutes au sortir de l'alcôve, expulsa sa panique en de courts gueulements précipités. Puis, alors qu'il reprenait son souffle, le sergent Billotet arriva pour le relayer. Méthode plus efficace, parce que plus virile :

— Bon Dieu d'bon Dieu! Ça dort, ça dort! Dans dix minutes, tout le monde en bas pour le café... Vous entendez? Dix minutes, pas une de plus. Et les deux derniers, de corvée de latrines pendant huit jours. Huit! Allons, Fromentel, secouez-les! Et qu'on ne fasse pas d'impair. D'abord, présentation en tenue de travail. Au fur et à mesure que vous êtes prêts, descendez vous rassembler dans la cour. J'y verrai plus clair pour asticoter les lambinards...

— Pressons, Billotet, pressons!

— D'accord, mon adjudant!

Pommier présidait aux ébats, passant d'un dortoir à l'autre, de son allure discrète, traîtresse au possible, surgissant à l'improviste derrière l'élève qui croyait avoir le temps de bâiller.

— Voulez que j'vous aide?

Il fonçait ensuite au lavabo, s'encadrait dans la porte, à point pour guigner un enfant, l'index plaqué sous le robinet, en train d'asperger ses camarades.

— Chocard, si je me souviens? C'est parfait. Vous vous présenterez à moi après la revue. Je vous indiquerai un meilleur système...

Par bonheur, Chalumot n'était pas là. Sans doute se fût-il permis, malgré la gravité du moment, cette même plaisanterie anodine, afin d'étaler son insouciance. Mais, perdu dans le fourniment qu'on lui avait octroyé la veille, par lots, aux magasins de l'Ecole, il venait de se résoudre à ne pas sacrifier aux ablutions matinales. Contraire aux règles, certes. Cependant, un manque de soins de propreté lui coûterait peu auprès d'un retard au rassemblement. A moins que, son désarroi paraissant s'accroître, l'un n'empêchât pas l'autre... Près de lui, Castelin — un brave petit gars, selon l'adjudant Moustache — paradait en tenue, et consciencieusement lavé...

— Dis, Castelin, comment qu'tu l'as mise, ta ceinture de flanelle? Et ta cravate? Les caneçons, ça s'attache en bas, dis? Comme ça? Tu veux pas m'trier mes affaires un coup, puisque t'as fini, toi? J'trouve plus ma veste. J'ai fait tout tomber, t'à l'heure, en tirant ma chemise de sous le tas. J'vais m'faire punir, c'est sûr. Vas-y, Castelin, t's'ras un chic type...

Castelin n'avait pas répondu. Pour cause! Moustache espionnait, muet, ironique, planté derrière Chalumot qui gesticulait, les jambes nues.

— Et si je vous amenais le planton du commandant, monsieur Chalumot? Hein? Pas d'ordre, pas de jugement. Vous êtes mal parti, mon gaillard...

— Pas ma faute, mon adjudant. Tout s'en mêle...

— Les autres, comment font-ils? Regardez votre camarade Castelin...

— I sont forts, les autres. P'têt' qu'on leur a appris, chez eux. Ça s'pourrait. Moi, mon père...

— Ne discutez pas. Et dépêchez-vous... Sans ça... D'ailleurs, vous êtes de corvée d'escaliers, si je ne me trompe?

— Oui, mon adjudant.

— C'est fait?

— Ben non. Même pas commencé, même. J'croyais que...

— On ne croit que ce qu'on voit. Moi, je vois que vous êtes un paresseux, un loustic, un cabochard, et je crois que je fais bien, en conséquence, de vous ajouter deux jours de corvées. Vous balayerez les escaliers après la soupe, et je viendrai exprès, vous m'entendez, exprès, m'assurer de l'exécution. Compris?

— Oui, dit Chalumot, les mains crispées sur son caleçon long, le premier qu'il eût jamais porté.

— Oui, mon chien...

— Oui, mon adjudant, dit Chalumot, de plus en plus hostile. Puis, à part soi : « Mince alors! »

— Vous dites?

— Rien... mon adjudant!

— Méfiez-vous...

Chalumot s'était habillé tant bien que mal. Mais, quand il arriva dans la cour, en compagnie d'une douzaine de retardataires, du réfectoire revenait le gros des élèves lestés du quart de jus habituel. Pour Simon, la privation fut légère; en quatre jours, il n'avait pas oublié le bol de phoscao bien sucré que sa mère lui présentait, tous les matins, après y avoir fait mitonner de petits cubes de pain frais...

Par sections — elles étaient composées selon l'ordre de classement à l'examen — avec de larges intervalles entre les rangs pour que les gradés y pussent circuler, on déploya les élèves le long des bâtisses, et ils attendirent, en se fignolant, la présence des officiers. Lorsque surgit le capitaine des Aubelles, Simon, si fort qu'il se crût, perdit de sa contenance. Il baissa les yeux, et cette heureuse humilité lui fit apercevoir les lacets de son caleçon qui pendaient sur ses brodequins gonflés de pièces. Il n'avait jamais su faire de vrais nœuds sans l'aide de Mme Chalumot, et il se contenta d'enfouir les cordons dans ses chaussettes. Des échanges d'ordres entre gradés, des commandements, une série de manœuvres, simples en apparence, mais sans réussite immédiate, préludèrent à la première inspection. Puis, flanqué du lieutenant de compagnie, des adjudants, des sergents, des caporaux de sections, le capitaine-major passa la revue en examinant chaque élève d'un coup d'œil froid. Il s'arrêtait par-ci, par-là pour tripoter une vareuse, un pantalon, une coiffure, et, le coup de pouce donné, prenait l'air satisfait du monsieur capable de mener à bien son affaire sans le secours du tailleur ou du chapelier. Il vit Chalumot, parut ne point le reconnaître, s'avança vers lui, pensant rectifier un détail, se ravisa, et dit, légèrement tourné sur sa suite :

— Les caporaux devront enseigner à leurs hommes la meilleure manière de nouer une cravate. Que, dorénavant, je n'aie plus de ficelles devant les yeux. Un soldat bien cravaté, c'est la base d'une parfaite discipline...

tandis que le caporal Fromentel se caressait le col d'une main timide.

Quand le capitaine-major se fut éloigné, Simon retrouva quelque aisance. Il se mit de lui-même au repos, s'étira, crut bon de s'intéresser à son uniforme.

La veille, lors de leur venue aux magasins d'habillement, les élèves, aiguillonnés par une curiosité maligne, n'avaient pas songé qu'on s'apprêtait à couronner leur transplantation. En civil, ils pouvaient toujours espérer un rappel de leurs parents pris d'un soudain remords. Ou franchir l'enceinte de l'Ecole et se mêler, enfants si parfaitement anonymes, à l'humanité libre qui vivait non loin de la caserne... Mais, jouissant de l'imprévu, ils avaient accueilli la distribution profuse avec la même allégresse qu'ils témoignaient, naguère, devant les cadeaux de la famille, aux heureux jours de Noël et du Nouvel An. Qu'on leur donnât trois chemises de grosse toile à rayures, trois caleçons d'homme, quelques paires de chaussettes en coton rougeâtre, tous accessoires pareils à ceux de leurs pères, et ils bayaient, pleins d'un étonnement enjoué. La rugosité des mouchoirs, des serviettes de toilette, le surprenant format des cravates militaires, tout cela les stupéfiait sans les attrister. Et ils acceptaient, ravis, avec des rires innocents pour les objets les plus baroques, la collection de brosses, les ciseaux grêlés de rouille, le dé tronqué, la trousse à couture, le martinet, la patience, le flacon de Miror...

Chalumot se fit un turban de la longue bande de flanelle qu'on lui avait remise sans en spécifier l'utilité. L'adjudant Moustache, égaré dans la cohue, n'était pas à craindre, et le succès de Simon fut total.

Se regardant maintenant à loisir, mieux encore, s'admirant chez ses voisins si semblables à son image, Chalumot remarquait, non sans satisfaction, qu'il se rapprochait d'un collégien plus que d'un apprenti soldat. Et le pantalon flattait son amour-propre, lui que sa mère contraignait, peut-être par économie, malgré sa taille, à vêtir des culottes ridiculement courtes.

Le bleu marine de l'ensemble valait mieux, certes, que le bleu horizon légendaire du costume des anciens de l'Ecole enfantine Hériot. Cependant, sur les pointes du col rabattu, deux grenades rouges étaient un dangereux symbole. Simon n'aima point le béret de gros drap, d'un diamètre exagéré, qu'il fallait mettre sans vain souci d'élégance, la bordure au ras des oreilles, pour que le cheveu, attribut trop personnel, fût bien dissimulé. Autrefois, les enfants de troupe portaient le képi; mais cette coiffure s'était vite transformée en un ustensile innommable, à la visière cassée et recassée, qui n'eût pas déparé la panoplie d'un légionnaire à tous crins...

Cette tenue de travail manquait de fraîcheur. D'autres élèves, deux ou trois ans de suite, avaient endossé ces frusques avachies, élimées, dont la doublure grisâtre débordait. Des plis disgracieux fronçaient l'étoffe autour des torses, et les pantalons, souvent trop petits, souvent trop grands, donnaient à ces enfants immobiles l'aspect de mannequins, tandis que le visage perdait toute expression dans l'ombre du béret démesuré. La veste s'ornait d'une double rangée de boutons de cuivre, ternes et mal fixés, qu'il faudrait sans doute recoudre et briquer le soir même...

— T'les as tous, toi, tes boutons? demanda Simon à son voisin.

Le voisin, si fluet, si minuscule, qu'on l'aurait cru sorti de la maternelle, se tourna pour que Chalumot en fît l'inventaire.

— T'as d'la veine, dis...

Simon voulut s'assurer de la solidité du fil, mais le bouton qu'il toucha lui tomba dans la main. L'enfant, soudain pâle, ouvrit la bouche afin d'ameuter l'assemblée...

— Gueule pas! dit Chalumot. C'est rien. J'te l'recoudrai...

L'autre en douta. Il rougit cette fois, les larmes au bord des yeux, respira bruyamment.

— Gueule pas, surtout! dit encore Chalumot, inquiet.

L'inspection terminée, l'état-major se replaçait devant la compagnie, et l'adjudant Pommier, sur un signe du capitaine des Aubelles, se redressa, talons joints, poings serrés.

— Garde à vous! Remontez au dortoir, et dans cinq minutes rassemblement avec les fausses manches. Rompez les rangs!

Débandade, ascension des escaliers, ruée vers les chambres en un tonnerre de cris, de clameurs, de bruits mêlés... Le dernier élève à peine disparu dans le couloir du bâtiment, d'autres revinrent, haletants, s'agrafant encore, désireux d'affirmer leur zèle.

Etranglés, boudinés dans les fausses manches, camisole de toile rude, d'un bleu délavé, qui devait protéger la veste des taches et de l'usure, les enfants trouvaient sans effort une raideur de bon goût. Et, d'un long regard, le capitaine jugea du mérite de cette louée colossale.

— Parfait!

Opinion irréfutable, qu'à l'envi ses sous-ordre corroborèrent avec d'étranges mimiques. Seuls les élèves eussent pu le contredire, mais ils se livraient corps et âme, engourdis sous la carapace de toile.

Derechef, l'adjudant Moustache se concentra.

— En tenue numéro un dans dix minutes... Chaussure de sortie astiquées. N'oubliez pas que le commandant lui-même passera l'inspection. J'ai dit dix minutes. Rompez!

Tout en courant, certains élèves ôtaient leurs fausses manches et leur veste. Simon s'interdit cet excès d'ardeur. Dédaigneux, il monta paisiblement les marches, rabrouant ceux qui le heurtaient.

— Tu veux t'faire bien voir, Menoux?

Puis, l'escalier lui rappelant soudain sa corvée, il tâcha d'imaginer une technique qui le fît s'en acquitter avec promptitude. Peut-être qu'en balançant dans la cage la poussière de chaque marche, plutôt que de l'amasser et de la descendre soigneusement, degré par degré...

Le commandant Félix arriva, tel un dieu, étincelant du soleil de ses bottes, de ses éperons, de ses médailles, de sa buffleterie. Gros et court, il avançait à pas menus, et il semblait paradoxal que ses principaux subordonnés, plus athlétiques, eussent à lui montrer tant de déférence et de soumission.

Rassemblant ses forces, le major des Aubelles hurla son commandement, et les cent cinquante élèves se pétrifièrent, leurs yeux ronds levés vers la cime des arbres, les mains ouvertes avec ostentation, dans une offrande sans partage. En un curieux synchronisme, tous les gradés saluèrent, un instant pareils à ceux qu'ils comptaient façonner.

— Repos! dit le commandant Félix, d'une voix de tête qui paraissait le suivre au lieu de le précéder.

— Repos! cria le major, en se décontractant.

Et Chalumot s'abandonna tout à sa surprise. Plus que le képi bardé de lumière, plus que les roues d'or des éperons, plus que la masse miroitante des médailles et la tache de sang de la Légion d'honneur, plus, enfin, que la magique impression de toute-puissance attachée à sa personne, c'est la paire de moustaches du commandant qui stupéfiait Simon. Longtemps il avait tenu celles de l'adjudant Chalumot pour les plus longues, les mieux fournies, les plus développées qu'il pût jamais voir, et voilà que le commandant Félix apparaissait, bousculant cette naïve croyance! Quelles moustaches! Il eût été loisible de nouer sur la nuque leurs extrémités, et de risquer encore une jolie rosette. D'ailleurs, le commandant Félix savait combien cet ornement naturel compensait la pauvreté de son physique. Il la triturait sans cesse, d'une pointe à l'autre, la pliait à sa fantaisie, l'enroulait sur ses doigts, la lissant, l'affûtant avec science et délicatesse, évoquant même, de temps en temps, le souvenir de Guillaume II, lorsqu'il la retroussait du pouce et de l'index écartés à l'octave. L'adjudant Chalumot n'existait plus, lui qui se servait cependant de divers cosmétiques, et, les jours de fête, du fer à friser de sa femme...

Fallait-il en conclure que les moustaches étaient l'apanage de tout vrai militaire, et la marque de leur grande autorité? Le capitaine-major, le lieutenant Bargheloni, l'adjudant Pommier, les sergents Billotet et Le Cam, tous portaient, mais variée de forme et d'ampleur, une touffe de poils sous les narines. On avait même découvert, dans la cour des anciens, des gradés encore plus velus. Entre autres, un adjudant chef paré d'un bouc poivre et sel artistement frisotté... Sans doute voyaient-ils là quelque moyen d'intimider ces enfants imberbes, point tous délivrés de la crainte de Croquemitaine et du père Fouettard.

Le défilé recommença. Derrière le commandant, le cortège se fit plus humble et plus attentif. Seul, le capitaine des Aubelles se permettait de marcher à la hauteur de Félix, afin de le renseigner quand il remuait un sourcil interrogateur devant un élève. Deux ou trois fois, Félix s'arrêta pour questionner un enfant, poussant l'amabilité jusqu'à lui pincer la joue pendant qu'il parlait, ce qui ne facilitait pas les choses.

— Comment vous nomme-t-on, mon jeune ami?

— Bachelier, mon commandant...

— Beau nom, ma foi... Que fait votre père?

— Il est mort, mon commandant.

— Ah! Ah! A la guerre, je suppose?

— Non. Un chaud et froid qu'il a attrapé en jouant aux boules, un dimanche, avec mon oncle...

— Vous vous plaisez ici?

— Faut bien, mon commandant...

— Votre veste est un peu large. N'est-ce pas votre avis, capitaine des Aubelles?

— Parfaitement. Chef de section?

— Voilà, mon capitaine...

— Prenez note. Qu'on porte cette veste chez le tailleur après la revue. Trop large... Vous voyez bien...

— Parfaitement, mon capitaine.

Simon bénéficia d'un sourire impersonnel du commandant, et il y répondit de la même manière, tandis que le capitaine-major, reconnaissant cette fois Chalumot, ouvrait la bouche, sans doute pour bien le situer dans l'esprit de son chef. Mais, par bonheur, Félix démarra. Peut-être avait-il hâte d'en venir au speech qu'il préparait depuis le matin dans son bureau. Il y vint, et, malgré le silence qui accueillait sa harangue, beaucoup d'élèves, à l'arrière-plan, n'en perçurent pas l'essentiel. Il parlait d'élite nationale, de pays à défendre, de traditions à ne jamais renier, de sacrifices consentis à la France par des centaines d'anciens élèves morts au champ d'honneur, et qu'un monument — que tous avaient dû voir au seuil de l'Ecole, et qu'il ne faudrait pour rien au monde omettre de saluer — rappelait à la mémoire de tous...

— Je suis là, disait enfin Félix — et sa voix muait aux finales — pour veiller sur vous et vous montrer le chemin du devoir. Vos pères, ces braves serviteurs de la patrie, font maintenant appel à votre conscience. Soyez leur reflet! Ne les décevez pas! Entrez gaillardement dans la carrière qu'ils vous ont tracée. Quoi de plus grandiose, quoi de plus noble, mes amis...

Il redressa davantage sa tête couronnée, et put alors remarquer, aux fenêtres du bâtiment, des visages d'enfants intrigués et rêveurs. Brisant net le fil de son discours, il se pencha vers des Aubelles :

— Quels sont ces spectateurs?

Le capitaine-major toisa Bargheloni, qui, d'un regard, consulta l'adjudant Pommier.

— Probablement, dit Pommier, que ce sont les recalés de l'examen... Ils partent ce soir dans leur famille.

A son habitude, des Aubelles frappa du pied.

— Il est inadmissible que ces ratés aient l'air de narguer leurs camarades! D'ailleurs, ce que dit le commandant n'intéresse pas les civils. Qu'on m'éloigne ce chiendent.

Et, tandis que le commandant Félix, la main aux moustaches, contemplait ce débat d'un œil faussement détaché, Pommier beugla, le cou rougeoyant :

— Disparaissez, vous autres! Fermez les fenêtres! Sans ça, c'est moi qui vas monter vous botter les fesses...

Tous les élèves s'étaient retournés, la tête aux nues. De toute évidence, le commandant aurait quelque peine à regagner la respectueuse attention qu'il venait de perdre si maladroitement.

— Du reste, dit-il à des Aubelles, j'ai terminé. Où en sommes-nous des opérations de mise en route? Matriculage?

— Nous y procéderons à la fin de la revue. Cet après-midi, une heure d'exercice. Ensuite, installation dans les classes et distribution des fournitures. Le programme est suivi, et nous en avons maintenu l'horaire. Les anciens arrivent ce soir...

— A ce propos, dit Félix, un doigt levé, je ne veux aucun contact entre eux et les jeunes élèves. Je n'ai pas à vous donner de plus amples détails, n'est-ce pas, messieurs? En attendant, rassemblement de tous les gradés à mon bureau dans un quart d'heure. Faites rompre...

— A vos ordres, mon commandant! cria des Aubelles d'une voix tonnante.

Et le commandant Félix se replia, sautillant, dans une gloire dorée.

V

— Si tu veux, en classe, on s'mettra ensemble, avait dit Simon à Lepage, son nouvel ami. On s'marrera bien...

Cependant il n'était pas question de laisser les élèves choisir leurs voisins, leurs camarades. L'ordre alphabétique, si simple, et parfaitement éprouvé, décidait pour eux. Chalumot dut ainsi s'asseoir et coucher à côté de Castelin, garçon pas très rigolo, mais qui lui serait d'un bon et constant exemple. Castelin venait en effet d'être nommé chef d'escouade, en raison d'une innocente facilité pour exécuter les ordres, à la perfection et sans murmure.

— Ben, mon vieux, s'était écrié Chalumot, j'aime mieux ma place que la sienne, à çui-là. Quel boulot qu'il va avoir, le Castelin...

Simon préférait rompre devant les difficultés. Il tenait à sa tranquillité d'esprit, afin de donner le champ libre aux rêves et aux projets intimes. En outre, il ne se sentait prédestiné pour aucun rôle de chef, le plus mince ou le plus honorifique. Il l'avait dit avec franchise à Pommier, son adjudant de section, qui l'instituait chef de table au réfectoire en raison de sa belle taille.

— J'veux pas être chef de table, m'n'adjudant.

J'sais pas commander les autres. Y aura toujours des histoires, et c'est moi qu'on punira....

— Vous serez chef de table quand même. Ici on est commandé, d'abord, mais on apprend également à commander. Suffit! Et si ça ne tourne pas rond, vous n'y couperez pas.

Vaincu, Simon avait essayé d'un dernier argument.

— J'pourrai pas, m'n'adjudant, j'vous jure... J'ai pas souvent faim, à cause que j'aime pas la nourriture de l'Ecole... Donc, j'irai pas tous les jours à la soupe. Et on m'forcera pas à manger, puisque j'ai pas faim...

Ce matin-là, l'adjudant Moustache était patient.

— J'admets que la cuisine de l'Ecole ne vaut pas celle que vous préparait madame votre mère, et que vous vous trouvez, au début, devant un... devant une... voyons... devant un manque d'appétit... rédhibitoire. Mais vous êtes fort, bien bâti. Vous supporterez ce régime assez longtemps sans danger. Quant à vos camarades, moins délicats, ils attendent chaque jour avec impatience qu'on leur serve les repas réglementaires. Et c'est vous, Chalumot, pas un autre, qui leur ferez cet honneur. Comme je ne suis pas intransigeant, je vous autorise à élire vous-même le bénéficiaire de votre part... Rompez!

Cet intermède avait eu lieu dans la chambre, alors qu'on installait définitivement la première section, et Chalumot endura les rires de ses camarades qui jugeaient spirituelle la victoire de Pommier. Pour que ce fût complet, on le guetterait au pied du mur. Mais Simon, que rebutait sa collection de corvées, daigna s'incliner. Il y mit cependant un tel mauvais vouloir qu'on dut, par sa faute, recommencer à trois reprises le rassemblement des chefs de table, sur un rang, face aux cuisines. Simon arriva toutes les fois bon dernier, en tirant la jambe, victime d'une crampe imaginaire. Cédant enfin, le sergent de semaine, d'un coup de sifflet, enjoignit aux élèves qui piaffaient derrière les arbres de venir s'aligner à la suite de leur guide respectif. Et la compagnie s'avança vers le réfectoire.

Il était difficile, sur un pareil front, de conserver un bon ordre de marche. L'ensemble ondulait, se creusait, se distendait, des remous obligeant certains élèves à courir, d'autres à piétiner, tandis que le sergent Le Cam, avec des « an di » nerveux, s'évertuait à maintenir la cadence. Dans la cour opposée, les anciens, rentrés de permission, allaient également à la soupe, mais d'un pas ferme, droits comme des saints-cyriens, le torse gonflé, la tête haute, pour épater les bleus.

— Regardez vos aînés! dit justement Le Cam, las de lancer ses séries de « une deux ». Prenez-en de la graine!

Chalumot se dégagea du premier rang, afin de mieux considérer la manœuvre adverse. Il n'y vit pas de quoi s'extasier, insensible à cet excès d'affectation, à cette parade d'automates.

— Eh, vous! Le grand fusil, en tête!... On vous a dit de cavaler, non?

Le Cam s'égosillait, et Chalumot ralentit. Trop d'ailleurs, puisque ses hommes se cognèrent nez contre épaules.

— Komm'...panie... Halte!

Ce fut la pleine pagaïe, mais Le Cam, qui comptait sur le temps pour arranger les choses, préféra libérer immédiatement les élèves, table après table.

— En silence!

Il sembla pourtant, à cette recommandation, que les gueulements redoublaient. Dès qu'on lâchait les élèves, il s'ensuivait aussitôt une cacophonie longue et soutenue, qui prouvait bien le non-sens physiologique de l'immobilité, de la contrainte imposées aux enfants tant de fois chaque jour. A cette minute, par surcroît, primait l'appel du ventre, et, en tout lieu, en toute saison, chez les fauves comme chez les humains, l'odeur de la mangeaille déclenche à coup sûr un remarquable laisser-aller vocal...

A son tour, Chalumot fonça dans le réfectoire, coudes au corps, suivi de sa bande. Un choc, un brusque arrêt de la file... Simon venait de rencontrer la forte poitrine de l'adjudant Moustache, dissimulé près de la porte, à son habitude, pour surveiller l'installation.

— Mand' pardon!... dit Chalumot, contrit, éberlué, vexé surtout.

— Ah! dit Pommier, on y court, n'est-ce pas? Très bien, très bien... J'aime mieux ça... Allez, Chalumot, allez servir vos camarades...

avec un sourire si féroce que Simon — affamé, certes — crut pouvoir tenir parole et jouer les fakirs.

Les enfants s'étaient assis, chahutant assiettes et couverts, interpellant leurs copains d'une table à l'autre, détendus et optimistes. Mais Pommier, aux oreilles fragiles, usa du sifflet.

— Garde à vous! A partir d'aujourd'hui vous entrerez en silence dans le réfectoire, tête nue, et vous attendrez qu'on vous dise de vous asseoir. Premier coup de sifflet : garde à vous. Deuxième coup de sifflet : assis. C'est clair?

Et, pour les simples, il fit à l'instant même quelques essais. Puis, magnanime :

— Ça va pour cette fois. Mangez.

— La vache! dit Chalumot à voix haute, mais de façon que son avis coïncidât avec le feu roulant des élèves en train de pousser les bancs et de s'y affaler. Il empoigna l'assiette luisante où les tranches de tête de porc dessinaient une singulière rosace.

— Au premier. A toi, Lepage...

— Forcément, c'est ton pote! s'écria Dumortier, d'une extrémité de la table. Pourquoi qu'tu commencerais pas par moi, Chalumot, dis voir?

Simon réfléchit, mortifié qu'on l'eût soupçonné de favoritisme.

— Parce que, dit-il, on commence toujours par la droite, dans ce cas-là. Mon père...

— Ton père, dit Caminade, on s'en fout. Tu vas t'y servir, oui ou non? J'ai la dent, moi, mon vieux. J'ai la dent...

— C'est vrai, hurlèrent quelques autres.

— R'garde! dit encore Dumortier. R'garde! Les mecs, à côté, i sont d'jà allés quérir leur plat de barbaque...

Alors, Chalumot posa lentement l'assiette de cochonnaille au milieu de la table, prit son couvert, l'enveloppa sans hâte dans sa serviette à carreaux rouges et blancs et, de très haut :

— J'vous laisse tomber tous, na! Chef de table, j'l'ai dit, ça m'plaît pas. J'sais vivre tout seul, moi. J'ai pas besoin d'quelqu'un pour m'servir.

Il fit un grand pas, se retourna :

— Ma part de boustife, ma part de tout, c'est pour toi, Lepage...

Et, coiffé de sa galette, il traversa le réfectoire, plus content de cette sortie que si on lui eût offert des beignets — son régal — sur un plat d'argent. Près de la porte, il tomba de nouveau sur Pommier qui donnait des consignes à Le Cam. Simon ne recula point.

— Où allez-vous, monsieur Chalumot?

— Respirer, m'n'adjudant. Parce que, comme chef de table, c'est pas possible. J'aime mieux mourir...

— Eh bien, bonne promenade! dit Pommier étonné de l'accent.

Et il ouvrit lui-même la porte, tandis que Chalumot pensait à le remercier d'un salut, le plus réglementaire qu'il eût jamais fait.

Faouen, de l'Ecole Hériot — sept années d'expérience pour treize de vie —, prit d'autorité la place de Simon, et il parut que tout irait pour le mieux. Les camarades remarquèrent bien qu'il se servait le premier, négligemment; que, toutes les parts distribuées, la sienne était la plus épaisse, la plus vaste aussi. Naïfs, ils imputèrent ces gâteries au hasard. Mais ils méditèrent quand vint le bœuf en sauce. Le morceau de Faouen semblait vierge de toute graisse, de tout nerf, de tout « croquant ». Et c'était encore le plus gros! On hésita pourtant à confondre Faouen. Les gars de la Boissière, tel Barthélemy, n'admettaient pas que les novices leur en remontrassent. On les savait prompts à la « castagne ». Cependant, Caminade, un robuste, s'y risqua.

— Dis donc, Faouen — il prononçait Faouin — faudrait pas croire qu'on est moins dégoûtés qu'toi. Ta part de viande, elle est carrément plus balèze que la mienne. Et qu'celle de Castelin! Et qu'celle de Dumortier! Qu'celle de tout l'monde, quoi...

Faouen, ses petits yeux d'oiseau perdus dans son visage jaune, piqueté de taches de rousseur, s'essuya le nez d'un coup de doigt.

— Si je m'suis foutu chef de table, c'est pas pour être vot' domestique, dame, mais pour y trouver mon compte. Çui qu'est pas content...

— Moi, dit Lepage, en se levant, j'suis pas content, tu vois. Et j'prends ta place. Chalumot, lui, i s'rait pas servi le premier, t'en fais pas. Et i n'aurait pas fauché la plus grosse porcife. C'est déjà pas si bath ici, comme vie, avec les gradés et l'reste, pour qu'on se fasse encore des saloperies entre nous. Tu m'fais pas peur, t'sais! Pousse-toi.

Lepage était large de poitrine et d'épaules; et Faouen, après l'avoir évalué d'un regard qu'il voulut narquois, quitta le milieu du banc.

— Tu l'soutiens, Chalumot! I t'a r'filé ses parts!

— Non, dit Lepage sans s'énerver. Ses parts, moi, j'les lui porterai. Le pâté, qu'j'ai mis dans deux bouts d'pain, sa bidoche, et l'fromage si y en a. Chalumot, c'est mon copain, d'accord, mais j'avais repéré, avant, qu'il était à la hauteur, lui. Plus qu'toi, qui t'crois l'caïd parce que t'es d'la Boissière. Sauf qu'avec Moustache t'es drôlement péteux! Lui, Chalumot, il craint personne, des gradés. Et j'parierai même qu'il moisira pas ici longtemps, qu'i s'taillera ou qu'i s'fra virer...

Lepage discourait avec flegme, sûr de soi, s'adressant à Faouen, à Dumortier, à Castelin, à toute la table. Il devenait seulement plus rouge, et une mèche de ses cheveux raides effleurait son front quand il remuait la tête pour accentuer ses paroles.

— T'as raison, dit Dumortier. Moi non plus, ça m'plaît pas, ici, mais quoi qu'tu peux faire contre tes parents, hein? Où qu't'irais si tu t'sauvais? Hein? Où? Les gendarmes des Andelys, paraît qu'ils ont des vaches consignes pour surveiller les gosses en ville. Y a déjà eu des évasions, que j'sais. L'année dernière, deux gars s'sont fait poirer tout de suite à la gare. Alors... Et Chalumot, avec son paternel, i rigole pas...

— Oui, dit Castelin, d'habitude très réservé. Son père veut qu'il soit officier, plus tard...

— C'est un adjudant, dit Lepage. Comme Pommier...

Il s'apprêtait à distribuer la purée noirâtre que Caminade était allé chercher au guichet. Mais, à cet instant, le sergent Le Cam l'appela, du centre du réfectoire.

— Une lettre! cria Dumortier. T'as une lettre, Lepage. Voyez les gars, ça commence à arriver!

Au garde-à-vous, Lepage attendit que Le Cam eût ouvert et sondé l'enveloppe, examiné la formule d'introduction et la signature.

— Pourquoi qu'vous lisez ma lettre, sergent?

— C'est réglementaire, je vous l'apprends. Vous ne devez recevoir de correspondance que de vos parents, de votre famille, de quelques amis à la rigueur... Mais pas de lettre d'une petite copine, par exemple.

— Quand même, dit Lepage, c'est pas juste que vous lisiez ce qu'on m'écrit. Ça m'gêne...

— Tiens, tiens... Regardez-moi ce blanc-bec! A

votre place, élève Lepage, et plus de réflexion de ce genre...

— Je l'écrirai à mon père, dit encore Lepage avant de rompre. J'suis bien sûr qu'il répondra que j'peux avoir des lettres de qui que j'veux...

— Nous verrons ça, dit Le Cam, sèchement, qui n'aimait guère qu'on lui tînt tête.

Impatient de connaître ces premières nouvelles, Lepage se dépêcha de ramasser les vivres qu'il destinait à Chalumot, et les quatre petits-beurre ramollis de leur dessert. Mais Le Cam le héla tandis qu'il passait le seuil du réfectoire.

— Un instant! Qu'est-ce que c'est, ce ravitaillement que vous transportez?

— Ben, dit Lepage, en cas qu'j'aie faim, c't'aprèm'...

Sans doute Pommier venait-il de conseiller au sergent Le Cam d'avoir l'œil — et le bon — sur le comportement des camarades de Chalumot. Il insinua, faussement candide :

— N'est-ce pas plutôt pour votre excellent ami Chalumot? Dites-moi...

— Et après? répondit Lepage, soudain sans retenue.

Le Cam s'approcha, prit des mains de Lepage les portions de bœuf et de charcuterie tant bien que mal coincées entre de grosses tartines, puis, penché sur l'enfant afin de l'intimider :

— On ne me la fait pas, à moi, vous entendez! Votre solidarité avec Chalumot est de mauvais goût. Ici, les révolutionnaires, on les mate. Et Chalumot sera maté. Quant à vous, élève Lepage, je vous recommande de mieux choisir vos camarades. Si je vous pince trop souvent ensemble, gare à vous...

Peiné, Lepage émiettait les petits-beurre, au bout de son bras gauche.

— Et ça, dit Le Cam, c'est aussi pour Chalumot, certainement?

— Non. J'comptais les manger... en marchant...

— Eh bien, dit Le Cam, dégustez-les devant moi, je vous observe. Ensuite, vous pourrez disposer.

— J'sais bien qu'on n'est pas les plus forts, dit Lepage.

Il alla vers une table proche, posa dans l'assiette d'un élève, au hasard, ses deux petits-beurre et ceux de Simon, puis digne, sans un mot, il sortit du réfectoire.

— Lepage! hurla le sergent. Ici! Saluez-moi avant de rompre...

Mais Lepage eut conscience de limites à ne point dépasser. Il fit semblant de ne pas entendre, pendant que, dressé sur le perron, estomaqué, le sergent Le Cam le regardait s'éloigner d'un pas égal.

Quelques femmes, sans doute embauchées pour leur misérable aspect, aidaient les deux cuisiniers civils à l'entretien du réfectoire, besogne écœurante qui eût été, pour les élèves, la pire corvée, plus pénible encore que le nettoyage des latrines. Le matériel datait de la fondation de l'Ecole : tables de faux marbre à tréteaux toujours gluantes, couturées de noms et d'initiales, bancs vétustes qu'un mastic de crasse consolidait, assiettes en lourde faïence veinée de rouille, toutes percées en leur milieu, tant on les avait fait tourner, afin de se distraire et de patienter entre les plats, sur les dents des fourchettes.

Ces femmes, jamais rebutées, plongeaient à pleine

paume dans les détritus de nouilles, de patates, de bœuf en sauce, ramassaient sur le sol les déchets de pain, de fruits, de fromage, balayaient le pavé luisant comme une patinoire et charriaient ensuite leur collecte dans les bacs à eaux grasses que les éleveurs et les fermiers des environs s'appropriaient périodiquement pour une bonne redevance. Ces bacs stationnaient contre le mur des cuisines, mais on aurait pu, ne fût-ce que pour épargner des pas aux employées, les aligner dans un coin du réfectoire. Leurs émanations s'y seraient mêlées parfaitement à celles qui l'empuantissaient, relents de vieilles graisses, de légumes pourris, de camemberts avariés, aigre odeur de cidre répandu...

Tous les jours, à trois reprises, les enfants s'installaient dans cette atmosphère de charnier. Ils passaient outre, déjà faits aux multiples fragrances de la communauté, et avides, avant tout, de s'emplir le ventre sans trop juger de la qualité des mets. Le matin, à six heures, le jus les attendait dans des cruches de grès, et ils trempaient leur part de pain sec, cependant que certains élèves, à la famille prévenante, avaient la ressource d'un peu de beurre salé pour agrémenter la déglutition. A midi, et le soir à dix-neuf heures, on leur offrait l'habituelle louchée de pommes de terre, de lentilles, de haricots, de pois cassés ou de pâtes molles, de viande filandreuse, sans qu'aucune recherche, dans la préparation des plats ou la diversité des menus, compensât jamais le piètre choix des aliments...

Au goûter, comme il sied avec des enfants, on leur donnait un quignon et le tiers d'une barre de chocolat. Quatre élèves par compagnie ramenaient des cuisines les panetières et la boîte à biscuits pleine de tronçons de Menier plus ou moins égaux, puis, à la file — en silence et sans bousculade, surtout! — chacun percevait sa manne.

Mais, en vrais soldats, on les astreignait à la fatidique corvée de « pluches », leur seule intrusion dans le domaine sacré du ravitaillement. Compagnie après compagnie, à tour de rôle, anciens et jeunes pelaient la centaine de kilos de patates que les cuisiniers éparpillaient derrière leur cambuse, entre les bacs d'eaux grasses et les poubelles. Les enfants n'avaient alors qu'un dessein : se libérer au plus vite, afin d'aller jouer, certes, et davantage pour fuir la puanteur. L'épluchage se ressentant de cette diligence, les élèves retrouvaient, à table, les yeux, les parties gelées ou corrompues, et c'était, d'une compagnie à l'autre, un hypocrite et perpétuel rejet des responsabilités.

Là comme ailleurs, Chalumot montrait son « mauvais esprit ». Il équarrissait les pommes de terre, et, cherchant à niveler à l'extrême les faces successives de son ouvrage d'art, finissait par obtenir un cube minuscule qu'il contemplait, étonné, ravi, sans toujours se résoudre, l'estimant inconsommable, à le joindre au tas commun. Bien que la récupération, au poids, de ces fortes épluchures, équivalût au gaspillage de Chalumot, le caporal Fromentel critiqua chaque fois sa méthode et le pria vivement de cesser toute activité. Ce qui eût satisfait Chalumot si Fromentel n'avait dit, après une pause calculée, qu'il le réservait pour le balayage. Et Chalumot, le cœur soulevé, tant se développaient, au soleil, les effluves environnants, continuait son apprentissage de serviteur involontaire du pays...

Logés, chauffés, vêtus, et surtout sustentés aux frais de l'Etat, il semblait que les élèves n'eussent pas le droit de se plaindre et de récriminer. Qu'un collégien, un lycéen, un pensionnaire quelconque exprimât son dégoût pour des lentilles caillouteuses ou des macaronis fourrés de vers, voilà qui paraissait logique, autorisé, recommandé même. Sa famille payait afin qu'il fût bien soigné. Mais les parents d'un enfant de troupe, que le gouvernement exonérait déjà de toute dépense pour ses études, bénéficiaient encore d'une prime mensuelle « de sacrifice » du jour qu'il était inscrit sur les registres du ministère de la Guerre jusqu'à son incorporation. Heureux les papas qui avaient pensé, dès la naissance de leur garçon, à solliciter son entrée aux Ecoles! C'étaient douze bonnes années de revenu facile, juste rétribution, en somme, pour nombre de loyaux services, en Chine, à Verdun, à Mostaganem ou dans un modeste bureau officiel. D'ordinaire si prompt, l'adjudant Chalumot ne vendit cependant son fils qu'à l'âge de huit ans... Quels regrets, toutefois, quand le facteur vint apporter, à domicile, le premier mandat qui entérinait cette originale affaire...

Il eût donc fallu que tous ces jeunes gens fussent bien ingrats pour mépriser les largesses de la France, et celles de l'Ecole en particulier. Comme l'avait dit un jour le spirituel capitaine-major, au terme d'une de ses « causeries » :

— ... Grâce à vos pères, grâce à leur abnégation, car ils n'ont pas hésité à se séparer de vous, et grâce à vos chefs, les lourdes charges de l'existence vous seront épargnées...

Afin de mieux supporter le dépaysement, les élèves

comptaient aussi sur les « vivres personnels ». Avant l'arrivée des colis, sauf quelques goinfres et quelques déshérités, la plupart se régalaient encore des « douceurs » que la mère avait disposées au fond de la valise. Mais, là non plus, on ne permettait pas aux enfants de se fier à leur instinct, de suivre leurs propres impulsions. Depuis la veille — et cela coïncidait, comme bien d'autres consignes, avec la prise d'uniforme — on ne tolérait plus de mallette ou de caisse à la tête du lit. Les coffrets grossiers, les sacs, les valises en carton bouilli, qui restaient, pour eux, le reliquaire, l'unique soutien de leur conscience individuelle, l'ultime souvenir d'une autre vie chaque jour plus lointaine, et la source, surtout, de maigres joies physiques, tout avait été rassemblé dans un local. Pour savourer un morceau de sucre, un biscuit, un doigt de chocolat, il fallait attendre l'heure H, après le repas de midi. Le sous-officier de semaine, dépositaire de la clef, ouvrait la réserve, et les élèves se retrempaient quelque temps dans le seul univers qui les comblât. On s'agitait, on se bousculait, avec la crainte de ne point pouvoir tout prendre, tout admirer : papier à lettres, photos de famille, bonbons, dentifrice de rechange, mouchoirs plus fins...

— Terminé! criait le sergent. Le dernier dehors, de corvée!

Qu'importait que Caminade eût omis de remplir sa terrine de beurre afin d'améliorer le petit déjeuner, que Mégret se fût rappelé trop tard sa boîte de lait vide, léchée et reléchée...

Cependant, pour ceux-là, c'était le spectre d'une mauvaise journée, d'une mauvaise nuit; un surcroît d'amertume... On ne passe pas si facilement de l'enfance à la condition d'homme...

— Eh bien, Deprez! La corvée de latrines est pour vous. On vous a pourtant prévenu, s'pas disait le sergent, fier de savoir tenir ses promesses.

Mais l'élève Deprez jouissait de la minute présente.

— J'm'en balance. J'ai pris c'que j'avais besoin... Même que j'suis jouasse, parce que j'croyais plus avoir de chocolat, et qu'j'en ai r'trouvé un bâton qu'était caché dans une paire de chaussettes... Alors!

VI

Assis près de Castelin, à cette vieille table d'écolier balafrée comme un totem, Simon prêtait une oreille attentive aux souhaits de bienvenue du professeur d'allemand. Quelques instants plus tôt, on venait de distribuer les livres, manuels, cahier, crayons, porte-plume, et, pour Simon, cette solennité n'avait pas manqué de poésie. Comme à l'école civile, où les rentrées étaient riches d'imprévu et de découvertes, il goûtait aujourd'hui une joie pure devant la blancheur des pages et l'amas de bouquins qu'il lirait avec passion, sans se conformer à la discipline du programme. Quel plaisir de calligraphier son nom sur les cahiers, d'inscrire la date, les titres des matières, et de souligner le tout à l'encre rouge... Les premiers devoirs seraient rédigés de main de maître, sans ratures, sans taches surtout. S'il advenait qu'il fît une faute, plutôt que de barrer ou de surcharger, Chalumot gratterait, gommerait avec patience, et lisserait ensuite le papier du plat de l'ongle. Ce soin, cette méticulosité dureraient-ils? Simon finissait toujours par se relâcher sans pouvoir jamais vaincre cette subite inertie. Mais, cette fois... Afin d'oublier les tourments du régime militaire, Chalumot décidait en effet d'apporter à l'étude toutes ses forces, toute son intelligence. Non qu'il se fût rétracté, qu'il désirât maintenant accéder aux grandes écoles... Seulement par amour du travail scolaire, besoin d'apprendre, de connaître. Et Simon songeait même, malignement, à la surprise de l'adjudant Pommier, si lui, le cabochard, la brebis galeuse, se trouvait, au terme du trimestre, à la tête de la 1re section, élite d'une trentaine d'élèves qui dirigeaient en ce moment des yeux intéressés vers l'estrade.

Les livres s'étageaient en face de Simon, mais il n'osait les toucher, s'appliquant, le front haut, les bras croisés sur la table, à suivre le speech du professeur. Il risquait parfois un regard, penchait le cou, lorgnait les dos. Le troisième le fascinait, manuel d'histoire d'un violet déteint, en piteux état, tout maculé d'encre sur la tranche. Sans doute renfermait-il de belles illustrations, de passionnantes légendes comme celles du Lavisse de la communale. En bougeant la main, sans desserrer les bras, et d'un coup d'œil de biais... Les larges épaules de Caminade lui seraient d'ailleurs un fameux écran...

— Eh bien, le grand frisé! On me dédaigne dès le premier jour? Levez-vous, que je vous voie. Allons...

— Moi, m'sieur?

Simon eut la malice de se retourner, en simulant le doute et l'étonnement.

— Oui, vous! Comment vous nomme-t-on, s'il vous plaît?

— Chalumot, m'sieur...

— Chalumot! Répétez... je vous prie... Je crains de m'être abusé...

— Chalumot...

— En vérité, dit le professeur, il y a quelques belles

lueurs dans votre regard. Votre esprit, à l'image de ce patronyme, est-il vraiment lumineux? Dites-moi, Chalumot? Il serait pourtant logique qu'avec un tel nom on vous envoyât, en fin d'année, dans les ateliers de la compagnie de Tulle. Je ne vous le souhaite pas. L'école de Tulle, monsieur Chalumot, est une école technique où l'on vise à travailler le fer, l'acier et quelques autres métaux. Certains élèves y vont par vocation, mais la plupart, sachez-le, la rejoignent d'office, car elle est le havre des cancres, des inutilisables en des sphères plus hautes. Voulez-vous travailler le fer, Chalumot, l'acier même, ou êtes-vous un cancre en puissance? Vous lisiez pendant que je parlais... Grave impolitesse! Et que lisiez-vous? Allons! Dites-moi qu'il s'agissait de votre grammaire allemande, et vous êtes absous, sauvé, vierge comme le chérubin...

Simon chancelait sous ce torrent. Il comprenait bien que le professeur se moquait de son curieux nom, mais avant qu'il eût décelé les finesses de quelques phrases, d'autres arrivaient, embrouillant sa mémoire. Eberlués, les élèves se demandaient s'ils devaient s'esclaffer ou conserver une réserve circonspecte. De toute manière, Chalumot ne pouvait accepter le pardon de ce professeur qui faisait de l'humour à ses dépens.

— Non, m'sieur. C'est mon histoire, que j'lisais. J'la lisais pas, même. J'regardais les images...

— La franchise ne me déplaît point, dit le professeur, dont les sourcils, anormalement épais, frissonnaient comme de petites bêtes. Quarante ans? Cinquante? Ses cheveux gris, clairsemés et flous, semblaient ne pas adhérer à son crâne au vaste front.

— Elle ne me déplaît point, et si je vais au fond de

ma pensée, j'ajouterai que j'en fais une vertu première. Vous n'en abuserez pas, monsieur Chalumot, comme de toute chose. Et peut-être qu'après cet entretien public, et particulier à la fois, serons-nous les meilleurs amis du monde. En tout cas, il importe que cette leçon ait ses fruits. Vous apprendrez donc que Chalumot se dit en allemand *Schalmei,* que la devise « Tout feu, tout flamme » vous conviendrait à merveille, et, pour vous consoler, que je me nomme, si vous ne le savez encore, monsieur Moutarde...

La classe se pâma sans nulle gêne, et Faouen osa crier :

— C'est des craques, m'sieur...

Le professeur Moutarde abandonna son fin sourire.

— Je ne plaisante jamais, monsieur l'incrédule. Mon nom est en vérité Gaston Moutarde, et je n'en suis pas moins fier. Les noms les plus comiques ne sont pas forcément un signe de bêtise, n'est-ce pas, Chalumot? Et, tout Moutarde que je suis, j'ai le mérite d'être votre professeur. Il ne faudra pas l'oublier. Chalumot, asseyez-vous. Je vous disais donc, messieurs, avant ce débat, que, chargé de vous enseigner la langue allemande, j'étais en outre professeur titulaire de votre classe. A ce titre, j'ai la mission de surveiller vos progrès en toutes les matières, et de donner, chaque trimestre, mon appréciation sur votre travail et sur votre conduite. Je ne serai pas tendre. Mais il ne faut point que cette seule menace commande à votre application. On s'instruit pour s'élever, pour améliorer sa condition, non pour s'épargner des réprimandes et des pensums. Le temps perdu, avez-vous entendu dire, ne se rattrape jamais. Rien de plus juste. En conséquence... Mais vous me ferez remarquer, certes, que j'ai déjà gaspillé, en bavardages, des minutes précieuses? Erreur. Nous avons ainsi rompu la glace, et c'est en somme tout bénéfice. Sachez encore qu'un zéro, en quelque matière que ce soit, vous privera d'un jour de vacances. Et il vous servira peu, lorsque vous verrez partir vos camarades, à Noël, de faire votre *mea culpa*. Quelqu'un sent-il la nécessité de poser une question? Chalumot, nous vous écoutons volontiers...

— Il y a, m'sieur, dit Simon, d'une voix sûre, que quand j'regardais mes livres, tout à l'heure, j'me suis aperçu qu'ils étaient déchirés, sales aussi, et qu'ça serait mieux si on avait tous des livres neufs...

— Observation fondée, je le concède. Cependant, rappelez-vous que vous faites partie, non d'une institution privée, mais d'une institution tributaire de l'Etat, et que l'Etat — vous en jugerez mieux plus tard — a des moyens fort limités. Vos aînés n'ont pas été très soigneux et vous en pâtissez... Tirez-en vous-même une leçon...

Puis, ayant consulté sa montre, le professeur Moutarde prit son chapeau, et, au garde-à-vous sur l'estrade, très grand seigneur :

— Je vous salue, jeunes gens...

— Mince! s'écria Dumortier, alors que Moutarde franchissait à peine le seuil de la classe. Tu parles d'un zigue, le prof. On va s'en payer avec lui. Comment qu'il a coincé Chalume...

— Faut s'méfier, dit Lepage. Les profs, i doivent pas être meilleurs que les gradés. I nous feront la vie dure eux aussi.

— Y a des chances, dit Chalumot. Mais si qu'on

veut aller pisser, faut faire vinaigre. On n'a qu'cinq minutes entre les cours. R'gardez déjà le caporal qui nous zieute derrière la fenêtre... Faut pas qu'i perde son temps, lui non plus...

Comme tous les caporaux de l'Ecole, jeunes instituteurs dénués de la moindre ambition militaire, Fromentel cherchait à atteindre sans trop de casse le jour de sa libération. Refusé lors d'un examen d'élèves officiers de réserve, on lui avait, en haut lieu, confié la tâche délicate d'instructeur à l'Ecole des Andelys. Eminente décision, puisqu'il pouvait ainsi perfectionner sa technique, en s'essayant à dresser les enfants et à s'en faire craindre. Au reste, son sort eût contenté les pauvres caporaux d'active de toutes les garnisons de France. En effet, Fromentel ne connaissait plus le martyre des marches et du sac, des exercices de tir, des manœuvres, la kyrielle de maux inhérents au métier des armes. Dans un angle du dortoir, une alcôve le protégeait de l'indiscrétion des élèves. En outre, afin qu'il ménageât ses facultés intellectuelles, un planton lui était affecté, le petit Langloy en l'occurrence, que Fromentel avait désigné d'office après une vaine demande de volontaire. Ainsi, tous les matins, son propre ménage bâclé, Langloy s'empressait de bondir dans l'alcôve pour respirer à plein nez les mâles odeurs incluses dans les draps, les croquenots, la garde-robe de Fromentel. En revanche, le planton Langloy n'assurait aucune corvée de casernement et coupait même au supplice des pluches. Justes privilèges, sa fonction de larbin lui attirant, en plus d'un gros supplément de labeur, les injures et les brimades des élèves les moins naïfs. Qu'il se défendît, les larmes aux yeux, et qu'il ignorât même la possibilité de certains.. « extra », on se moquait sans cesse de sa petite taille. de ses lèvres ourlées, de sa bouche, surtout, qu'une affection respiratoire tenait constamment ouverte...

— Je l'dirai au caporal, criait-il, pleurnichant, dès qu'un élève l'apostrophait.

— C'est ça, sale mouchard! Et nous, on ira l'dire à l'adjudant, pis au capitaine, c'que tu y fais, à Fromentel...

Redoutant alors qu'on ne mît en crédit cette légende près des supérieurs, Langloy préférait plier sous l'outrage.

Quoi qu'il en fût, le caporal Fromentel goûtait une assez douce quiétude. Mais cette aimable condition de soldat d'active par le fait originellement hostile à l'appareil militaire, ne l'inclinait pas pour autant vers une miséricorde qui eût apaisé sa conscience et celle des élèves. Il se montrait au contraire farouchement zélé, et son empirisme, dans sa façon de comprendre ou d'appliquer la discipline, aurait surpris, en d'autres temps, les maîtres de l'Inquisition. Sans doute la crainte des chefs lui dictait-elle cette conduite. Il fallait y voir aussi le contrecoup d'inhibitions sans remèdes, le logique comportement de l'homme gêné de sa laideur, de sa faiblesse physique, et offert à la sagace ironie des enfants.

Fromentel avait inauguré, la veille, une forme de punition dont le comique atténuait la rigueur. Après l'extinction des feux, il exigeait un silence total dans le dortoir. Plus de parlotes, d'entretiens de lit à lit, si discrets qu'ils fussent. On était là pour dormir et se conformer une fois de plus au règlement. Mais Lepage, Jopique et Chalumot, groupés dans la même escouade, tinrent à se confier le soir même certains souvenirs de vacances. Fromentel, à l'ouïe fine — heureuse compensation d'une myopie sans égale — hurla du fond de l'alcôve :

— Qu'est-ce que c'est tout ce vacarme? Hein?

— Laissons-le gueuler, le binoclard, dit Chalumot. Vas-y, Lepage, continue ton histoire. C'était poilant...

— Donc, dit Lepage, voilà que mon frère, celui qu'est dans l'aviation, à Bourges, s'amène avec sa fiancée, un dimanche...

— Elle est bath? demanda Chalumot, accoudé sur son traversin.

— Tu penses!

— Comment qu'elle s'appelle? dit Jopique.

— Emilienne...

La lumière jaillit à cet instant, et le caporal Fromentel, en pyjama de coton, surgit de son alcôve, tandis que Chalumot et ses complices prenaient en hâte une posture sans équivoque.

— Vous parliez, Lepage? Ne dites pas non! Je vous ai parfaitement reconnu.

— I parlait pas, dit Chalumot. Vous vous trompez, caporal. D'où vous êtes, là-bas, c'est pas possible de r'connaître des voix. Y a qu'Jeanne d'Arc...

— Je ne vous demande rien, Chalumot. D'ailleurs, si Lepage parlait vous parliez aussi. C'est inévitable. Ainsi, vous n'avez pas sommeil, tous les deux? Très bien. Allons, debout! Et sur le palier, face au mur. Ne vous habillez pas. En chemise, tels que vous êtes... Vous refusez?

— Non, dit Chalumot, en repoussant son drap. Pourquoi qu'on refuserait?

— Parce que si vous refusez de m'obéir, dit Fromentel, le doigt menaçant, je ferai mon rapport, demain, à l'adjudant...

Jopique se mit alors de la partie, et, se levant :

— S'ils y vont, caporal, faut qu'j'y aille aussi, moi, puisque j'parlais avec eux. Ça s'rait pas d'la justice, sans ça!

— Oh! dit Fromentel, mal à l'aise dans son pyjama froissé, ne vous imaginez pas que ça va être une séance récréative. Je vous surveillerai. Une heure s'il le faut. J'en ai assez de vos petites manières de voyous. Hop! Sur le palier tous les trois...

Ils y allèrent, riant sous cape; Lepage ne manquerait point de leur conter la fin de son histoire... Lorsqu'il les eut disposés dans les angles, le nez au mur, Fromentel regagna son alcôve. Si bien que deux heures plus tard, Simon et ses camarades, à bout de confidences, piétinaient en vain pour se réchauffer.

— I roupille, j'suis sûr, dit Chalumot. On va quand même pas poireauter là jusqu'à perpète. Allez, r'tournons au pieu...

Au réveil, Fromentel feignit d'avoir oublié l'incident. Mais Simon l'arrêta comme il descendait aux latrines.

— Vous savez pas jusqu'à quelle heure on est restés sur le palier? Jusqu'à minuit! Oui! Vous aviez pas l'droit de nous mettre au piquet si longtemps. Et tout nus. Alors, Lepage, moi et Jopique, on va l'écrire à nos parents. Comme ça...

Fromentel rajusta son lorgnon.

— Vos lettres, Chalumot, seront lues avant d'être expédiées, ainsi que le règlement l'ordonne. Ne craignez rien de ce côté. Et si, ce soir, je vous entends encore, c'est dans la cour que je vous enverrai! Habillés, cette fois. Et nous y ferons l'exercice toute la nuit.

Le caporal Fromentel assurait également la surveillance de l'étude, après la soupe. Juché sur l'estrade, son calot bien posé devant lui, les galons apparents, Fromentel, le premier jour, crut devoir affirmer sa puissance. Il avait apporté du papier dans le dessein de rédiger sa correspondance, mais il y renonça, tellement il désirait concentrer son attention sur les élèves et les prendre en défaut. A sa droite, neuf et vierge, s'étalait le cahier de rapport où il pourrait signaler les dissipés aux professeurs. Quelle tentation! De ses yeux de veau encore élargis par son binocle, Fromentel examinait avec lenteur la salle de classe, d'un coin à l'autre coin, s'arrêtait parfois, et, tâchant à ruser, revenait soudain à son point de départ, étonné que les élèves n'eussent pas toujours mis à profit cette courte liberté pour échanger quelques paroles.

— Premier avertissement, Pouliquen! Que je vous rattrape à bavarder avec votre camarade Poncet, et je n'hésiterai pas à vous inscrire sur ce cahier... Et vous, Chalumot, que voulez-vous?

Simon faisait claquer ses doigts au-dessus de sa tête.

— J'peux sortir, caporal? J'ai envie...

— Non! Il y a vingt minutes exactement que nous sommes en étude, et vous avez dû prendre vos dispositions en quittant le réfectoire. Travaillez!

— On n'a rien à faire, caporal. Qu'à lire.

— Lisez alors. Et évaluez l'étendue de votre programme, ce qui vous permettra de forger de bonnes résolutions en conséquence.

—J'pourrai pas, j'ai envie, caporal. J'peux plus t'nir.

— Vous tiendrez quand même. Et silence, s'il vous plaît. Vous importunez vos camarades et allez finir par m'exaspérer...

Un peu de calme, puis, de nouveau, la pétarade des doigts de Simon.

— Quoi encore?

— J'vous dis que j'peux plus t'nir, caporal. J'ai trop envie...

— Non!

Alors, se manifesta de toutes parts une solidarité plaisante :

— Laissez-le sortir, caporal, puisqu'il a envie...

— I peut plus t'nir, qu'i dit, Chalumot...

— I va être malade, caporal, puisqu'i peut plus t'nir. C'est pas juste...

Chalumot se tortillait, grimaçant.

— Ça presse, caporal...

Dix voix, ensemble :

— I dit qu'ça presse, caporal...

Mais Fromentel, fort des lois de sa nouvelle pédagogie, ne voulut pas céder à l'intimidation. Il caressa le beau cahier de surveillance, tira son stylo de la poche intérieure de sa veste, en ôta le capuchon avec un ralenti féroce, et il annonça tout en écrivant :

— Chalumot Simon. Matricule 2154. A, pendant l'étude du soir, par son mauvais esprit et un entêtement répréhensible, incité la classe à une mutinerie préjudiciable au maintien de la discipline et à la bonne exécution... à la bonne exécution...

Tari, il biffa la fin de la phrase. Puis, se coiffant de son calot en un geste inconscient, il dit :

— Voilà! Les autres n'ont qu'à filer droit, maintenant!

Aucun élève n'osa remuer plus que de raison sur son banc, et Chalumot, dans ce silence malsain, fit d'amères réflexions. Sa morgue, et cette sorte de fatalisme qui l'habitait d'ordinaire, rompaient en face de sentiments obscurs. Simon devenait jaloux, jaloux de Castelin, si chouchouté par tous les gradés qu'il aurait obtenu de Fromentel la permission de sortir, et non pas gagné ce « motif » inaugural. Vaine hypothèse, au reste. Castelin, si docile, si bien réglé, eût-il seulement ressenti ce besoin de pisser en dehors des temps légaux? Simon trouvait bizarre qu'il existât des êtres mieux faits que d'autres pour accepter la destinée commune et se soumettre à toutes les contraintes. Il regarda Castelin du coin de l'œil, le vit penché, sage, attentif, sur son livre d'algèbre. Parfois, Castelin cessait de lire, et, consciencieux, gommait une inscription, un graffito d'ancien élève, qui ne se rapportait nullement à quelque calcul de binôme. D'emblée, Castelin avait su nouer sa cravate... Elle faisait deux fois le tour de son cou, raide, comme amidonnée, et pas un faux pli n'en gâtait la réglementaire ordonnance. A la prochaine revue, le capitaine-major, hostile aux « ficelles », ne manquerait point de citer Castelin en exemple, puis non loin de là, de fustiger publiquement Chalumot. La partie était perdue d'avance, pensait Simon. Quoi qu'il fît, quelque application qu'il apportât dans son labeur de tous les jours, jamais il n'égalerait Castelin... Catalogué définitivement, comme le disait par plaisir l'adjudant Pommier, se devait-il pourtant d'essayer de bien faire? L'estime des chefs, preuve de mérite, source de récompenses, lui paraissait hors de portée, tant comptait, pour eux, la première impression. Mais en classe? L'indiscipline, qui n'est en somme qu'un excès de vitalité, le témoignage d'un constant éveil de l'esprit, va de pair avec l'intelligence. Peut-être battrait-il Castelin à plate couture, sur cet autre terrain. Et mieux valait briller en histoire, en français, en mathématiques même, que savoir cirer ses godasses, bien se cravater, ou saluer de la juste manière ce salaud d'adjudant Moustache...

Enthousiaste, Simon faillit taper dans le dos de Castelin pour l'avertir de ses fameuses résolutions à son égard. Mais le souvenir du caporal Fromentel vint le harceler, et celui des quelques lignes qui ouvraient le cahier de surveillance. Là, comme au pilori, Chalumot était offert à la vindicte des professeurs. La plupart ne le connaissaient pas encore, et le caporal Fromentel leur passait le mot cruellement : « Défiez-vous de cet élève, messieurs! Nous autres, gradés, n'en tirons rien, et vous n'en tirerez pas plus. Châtiez-le! Et fort! Aucune pitié! » La détresse de Simon fut sans borne. Il se remémora les paroles de conciliation, les encouragements du professeur Moutarde, sa sympathique mansuétude. Quelle honte, demain, lorsque Chalumot affronterait sa colère et ses sarcasmes! Et tout cela pour une envie de pisser irrépressible!

— Debout! dit soudain Fromentel, en ramassant

son papier à lettres. Rangez vos livres et au dortoir pour l'appel. Chalumot, vous sortirez le dernier et éteindrez la lumière. Ensuite, vous irez faire vos petits besoins.

Simon retint sans trop de peine une dangereuse réplique. Mais, seul dans la salle de classe, et sentant les larmes lui piquer les yeux, il faillit s'abandonner.

Toutefois, après l'appel, entre les draps rêches de son lit de camp, il n'eut plus ni fierté ni courage. Castelin l'entendit qui cherchait à taire ses sanglots, la tête sous les couvertures.

— Qu'est-ce que tu as, Chalumot? Tu pleures?

— J'ai rien, dit vivement Simon. Pis même, si j'avais quèqu' chose, tu pourrais pas comprendre, toi... T'es trop bien fait pour ici...

VII

Dérogation à d'antiques coutumes, le jeudi n'apportait aux élèves ni plaisir ni détente. L'instruction militaire remplaçait les cours, et, théorique ou pratique, ne laissait aux enfants aucune chance d'isolement moral, de vrai repos. Heureux de justifier leurs fonctions et d'étaler leur science, les gradés, en ce jour faste, se saisissaient des élèves comme d'une pâture inespérée, et ne les lâchaient plus.

A six heures, la cloche sonnait le réveil. Café bu, toilette bâclée, on procédait, par escouade, à la corvée quotidienne d'astiquage. Il convenait avant tout de faire son lit et de le bien faire, au carré, selon une méthode appréciée des adjudants de toutes les casernes du monde. Matelas tassé, réduit exactement à son cadre, draps roulés sur leur pourtour en un bourrelet rigide, couvertures — fouettées au préalable — non moins savamment tendues, puis bordées à angle droit, il importait peu que l'enfant, au coucher, eût alors l'impression de s'emprisonner dans une cangue, et que son sommeil y fût malaisé... Les gradés croiraient, en entrant dans le dortoir, visiter une nécropole, et pourraient jubiler devant l'uniformité des lits pareils à des sarcophages. En outre, il leur serait facile de distinguer l'à peu près de l' « impeccable », pour, d'un geste dédaigneux, chavirer la couche de Lepage, de

Pouliquen, de Chalumot (toujours les mêmes, quoi!) impuissants à rivaliser avec Castelin, par exemple, qu'un bon ange semblait en permanence inspirer et maintenir sans effort dans la voie idéale...

Venait le briquage de la chambre, vaste opération d'ensemble mise au point et dirigée par chaque chef d'escouade à l'intérieur de sa communauté. Ses neuf hommes répartis en équipes de balayeurs, de cireurs, de brosseurs, de laineurs, il lui fallait veiller à l'exécution des manœuvres, au synchronisme des actes, à leur aboutissement. Et ce n'était pas une sinécure d'exiger de Chalumot ou de bien d'autres une énergie soutenue. Sa fraîche autorité se heurtait au scepticisme, au mépris des fortes têtes. Mais, souvent, à la minute critique, Fromentel, Le Cam, Billotet ou Pommier arrivaient à l'improviste, et leur présence aplanissait les difficultés.

— Ça marche, Castelin?

— Oui, sergent.

— Si quelqu'un flanche, dans votre escouade, n'ayez pas peur de me le dire. Vous êtes le chef, et l'on vous doit obéissance. C'est compris, vous autres?

Tôt ou tard, sous les innombrables va-et-vient en cadence des divers préposés, le plancher acquérait un brillant, une luminosité de miroir, et bien des ménagères en eussent bayé de surprise et d'admiration. On donnait alors un coup de fion aux paquetages; selon la consigne, des planchettes, serrées dans les vestes, permettaient un échafaudage sans bavures. Aidé de l'homme de jour, le chef d'escouade vérifiait l'alignement des lits — à un millimètre près —, essuyait la poussière de leurs charpentes, des rebords de fenêtre, égalisait les chaussures, les sacs à brosses suspendus aux crochets, les torchons et les gants de toilette sur les trapèzes. Plus question, désormais, pour les élèves, de revenir dans le dortoir avant l'heure de l'appel. Le chef d'escouade lui-même, pour ses ultimes contrôles, devait glisser sur des carrés de laine, comme il en est offert énergiquement aux invités dans quelques demeures bourgeoises...

Cependant, Fromentel et les autres gradés n'usaient point de ces accessoires. Ils allaient d'escouade en escouade, de travée en travée, de chambre en chambre, admirant, critiquant, commentant. L'adjudant Pommier passait un doigt sur les planches, le contemplait, goguenard :

— Regardez-moi ça, Fromentel!

Là, il avisait un paquetage mal tourné, le chambardait avec vigueur, s'apercevait ici que les ficelles d'un trapèze dépassaient d'un poil les mesures autorisées et, d'un coup sec, sabotait l'ensemble férocement. Puis, si bien en verve, se faisait la main sur des lits ravinés, sur des polochons hernieux, lançait au centre du dortoir des objets non réglementaires dénichés sous les matelas et derrière les paquetages. Dans l'escouade de Menoux, il se pâmait :

— Voilà enfin une chambrée impeccable! Rien ne cloche. Il ira loin, ce petit Menoux...

— Oui, s'empressait de dire Fromentel, c'est le chef d'escouade qui me donne le plus de contentements. A la revue hebdomadaire, il est certain d'avoir le prix...

Car on avait innové, pour stimuler les élèves, un concours de briquage... L'escouade qui enlevait la palme, le samedi, bénéficiait d'un double dessert. Mais Chalumot n'admettait pas qu'on pût, à cette minute, les considérer encore comme des enfants, tandis qu'ils subissaient d'ordinaire, et contre leur gré, des lois d'hommes.

— Ils croient nous avoir plus facilement par la gueule, j'vous l'dis. Justement, faut leur montrer qu'on n'est pas des crevards. Leur dessert, i peuvent se l'mettre où qu'i voudront. Qu'ess't'en auras d'plus, Castelin, avec une part de fromage pourri ou une cuiller de confiture en rab? Si c'est ça qu't'attends, moi, j'te r'filerai ma part. Tu s'ras jouasse, pis nous aussi, pac' qu'on se s'ra pas esquintés à cirer l'parquet. Pas vrai, les gars?

— T'as tort, Chalume, disait Mégret. C'est pas pour le dessert qu'i faut bien briquer. Si on y met d'la mauvaise volonté, on s'ra mal vus et on morflera, c'est sûr. Zéro en conduite, zéro en application, et des jours de vacances en moins. Moi, j'marche pas. A force, Chalumot, tu vas nous faire repérer...

— Et, ajoutait Castelin, si tu ne veux pas faire ton travail comme les autres, Chalumot, moi, je s'rai obligé de te signaler au caporal. I m'l'a dit. C'est pas logique que tous les camarades pâtissent pour toi, tu comprends? Faut qu'tes souliers, au pied d'ton lit, i reluisent comme ceux des autres, qu'y ait pas d'plis sur ta couverture, et que...

— Fous-moi la paix! criait Chalumot. J'f'rai c'que j'ai envie d'faire, et c'est pas toi qui m'en empêcheras. D'ailleurs, j'l'ai d'jà dit et je l'dis encore, j'moisirai pas là. Un jour... T'es une sale vache, Castelin. Et un mouchard. Si on t'a enlevé d'à côté d'moi, en classe, et qu'on t'a mis aut' part, c'est pac' que t'as été dire que j'te gênais pour travailler...

— C'est pas vrai! C'est l'caporal qui s'en est aperçu et qu'a pris l'initiative...

— D'abord, quoi qu't'es d'plus qu'nous pour nous commander? Dis-le voir? Et t'es fier de nous faire faire le ménage? C'est du travail de femmes, ça, tu t'en rends pas compte. On s'amoindrit, tous. Mais toi, t'as pas d'morale.

Chalumot exagérait. De toute évidence, ces principes de propreté, d'ordre, d'entretien régulier de leurs pénates, pour outrés qu'ils fussent, profiteraient aux élèves, à n'importe quel stade de leur existence et de leur évolution sociale. Cependant, quelques lacunes, et non des moindres, ôtaient à ce pieux système bien du crédit. On ne prêtait pas tant d'attention aux soins corporels. On demandait même aux élèves, le matin, de sacrifier vivement à ce rite, pour mieux se consacrer à d'autres obligations. Ainsi, l'on se souciait fort peu que les enfants eussent le derrière et les pieds nets, pourvu que la chambre, elle, luise, d'un feu constant. On ne leur serinait point qu'ils devaient se brosser les dents, se curer les oreilles, couper leurs ongles, et nettoyer surtout, avec méthode, les parties dites honteuses, sur lesquelles ils aimaient tellement à plaisanter.

Revues de chaussures (Vous manque un clou là, jeune homme! N'en compte que quatorze! Comment se fait-il?), revues de sacs à brosses et de musettes, revues de paquetages, revues de ceci, revues de cela, mais point de revues d'orteils, de nombrils, de trompes d'Eustache... Ou de revues de queues, selon le terme en vigueur.

D'autre part, quand Chalumot, Lepage, Menoux, Castelin même, sauraient-ils bien utiliser leur couteau, leur fourchette, et se tenir convenablement à table? Quand apprendraient-ils qu'on ne coupe pas son pain et sa salade, que parler ou boire la bouche pleine sent de loin son paysan, et qu'il est de bon goût, lorsque vous prend l'envie de vous isoler — les purges traîtresses aidant — de n'en point avertir les amis, principalement au retour, avec une triste abondance de détails?

Qu'ils s'habituent à ne pas vivre dans la poussière et l'ordure, qu'ils pensent à secouer de temps en temps leur literie, soit. Mais qu'ils n'imitent pas aveuglément leurs maîtres, l'adjudant Pommier, par exemple, qui trouvait bienséant, ce jeudi matin, devant la section rassemblée, de dire à l'un de ses sous-ordre :

— Votre dame va-t-elle mieux, Billotet? Toujours ses règles qui la travaillent?

Certes, on constate que les militaires — les menus — séduisent avant tout les bonniches, les serveuses de bistrots, les filles de joie, les paysannes, les bourgeoises sans discernement... Que le fameux prestige de l'uniforme efface bien des tares, bien des imperfections, qu'il met sur le plus lourd, le plus ignorant, le plus mal embouché d'entre eux un vernis sauveur... Qu'auprès de certains aréopages il suffit à un lieutenant, à un colonel, à un adjudant même, de s'écrier dans le ton : « J'étais à Charleroi, à Tahure ou à Pnom-Penh, en tête de mes bougres, de mes lascars, de mes p'tits soldats en un mot, et j'y ai pourfendu deux ou trois ennemis héréditaires, avec ce bras-là, madame, tel que vous le voyez... », pour que la sympathie aimable de l'accueil cède aussitôt le pas à une considération délirante. C'est entendu, prouvé, licite... Quand même!

— Une bonne heure de manœuvre, Billotet. Ne les ménagez pas. Des demi-tours, surtout. De pied ferme et en marchant. C'est ce qu'ils se mettent le moins bien dans le crâne. Allez-y! Je vous regarde...

— D'accord, mon adjudant.

A travers la cour, les quatre sections évoluèrent dans un fatras d'ordres jetés à pleine gueule, et rien n'était plus atterrant que le spectacle de ces hommes nains, mécaniques remontées, en train d'apprendre à perdre leur conscience et leurs propres réflexes. Raidis dans leur défroque, équilibrés par leurs pesantes godasses, yeux morts, balançant bras et jambes en une absurde pantomime, ils cherchaient un but irréel, prêts à s'écraser sur les arbres ou sur le mur des cuisines si le sergent, à la dernière seconde, n'eût pas commandé le changement de direction ou le demi-tour à droite. Les caporaux flanquaient les sections, soutenant la voix des sous-officiers, et Fromentel, plus gourde que le moins doué des élèves, manquait de semer son binocle toutes les fois qu'il trébuchait sur les cailloux et dans les ornières.

— Indi! Indi! Demitourradrett'... Dreet! K'sssion, heult'! Navaan... heurche! Indi! Indi! Indi!... Goch'! Goch'! Inditrréquet'! Inditrréquet'! Lepage, tendez les jarrets! Au pas, Pouliquen! Conservez l'alignement, Chalumot! Je ne veux voir qu'une seule tête. Indi! Indi!

Simon était aux abois. Sa ceinture de flanelle glissait lentement sur ses fesses, se coulait entre ses cuisses, et il marchait contracté, les genoux cagneux, croyant se dénuder davantage à chaque pas.

— K'sssion... heult'!

Il en profita pour se ressangler. Trop tôt, bien trop tôt.

— Je n'ai pas dit repos! hurla Billotet. Toujours le même!

— J'paumais ma ceinture de flanelle, sergent, dit Simon. Alors...

— Ça ne m'étonne pas de vous. Est-ce que les autres l'ont paumée, eux, leur ceinture de flanelle? Pressons...

Et l'on repartit. En fin de séance, juste apothéose, Billotet réclama les chants de marche habituels. Une marotte.

— Je pense que vous les connaissez par cœur, maintenant?

Deux jours plus tôt, il en avait distribué quelques exemplaires pour que chaque élève les recopiât et les apprît dans le plus bref délai.

— Je donne la note, dit le sergent. Et qu'on vous entende, hein! Pour commencer, *le Pinard... Sur les chemins... Sur les chemins...* Vous y êtes? In' di troé...

Et les élèves s'époumonèrent en un effrayant désordre vocal :

Sur les chemins de France et de Navarreu
Le soldat chante en portant son bazar
Une chanson authentiquébizarreu
Dont le refrain est vive le pinard
Le pinard!

— Indi!

Le pinard c'est de la vinasseu
Ça réchauff' parousque ça passeu
Vas-y pinard, emplis mon quart
Viv' le pinard, viv' le pinard!

— Indi! Deuxième couplet! In' di troé...

Dans le désert on dit qu'le dromadaireu
N'a jamais soif ça c'est des racontars
S'il ne boit pas c'est qu'il n'a que d'l'eau claireu
Il boirait bien s'il avait du pinard
Du pinard!

— Indi!
Le pinard c'est de la vinasseu
Ça réchauff' parousque ça passeu
Vas-y pinard, emplis mon quart
Viv' le pinard, viv' le pinard!

— Indi! Indi! Goch Goch! beuglaient, en se relayant, Billotet et Fromentel.

— Attention pour *Verdun!* cria le sergent. Et du nerf, bon Dieu! On croirait des enfants de Marie! Ouvrez bien la bouche et mettez-y tout ce que vous avez dans le coffre... Je donne la note... *Un aigle noireu... Un aigle noireu...* A vous! In' di troé...

Et le cantique rebondit vers le capitaine-major et quelques officiers qui débouchaient, à cet instant, dans l'allée centrale.

Un aigle noireu a plané sur la villeu
Il a juré d'être victorieux... Indi!
De tous côtés les corbeaux se faufileu
Dans les sillonzédanles chemins creux... Indi!

Mais tout à coup le coq gaulois claironneu
Cocorico debout petit soldat... Indi!
Le soleil luit partout le canon tonneu
Jeune héros voici le grand combat... In'di troé!

Et Verdun la victorieuseu
Pousse un cri que portent là-bas... Indi!
Les échos des bords de la Meuseu
Halte-là on ne passe pas... Indi!
Plus de morgueu plus d'arroganceu
Fuyez barbareuzélaquais... Indi!
C'est ici la porteu de Fran-ansseu
Et vous ne passerez jamais!

Billotet remarqua la présence des supérieurs, et le moment lui parut propice à quelque excès de zèle.

— C'est pas encore ça! Reprenez le couplet. Et de l'ensemble! C'est une très belle chanson qu'il faut entonner fièrement en souvenir du glorieux sacrifice de Verdun et de ses poilus... Que je n'aie pas à vous le redire. D'ailleurs, j'en ai repéré qui font semblant d'ouvrir la bouche. Je les ai à l'œil. Attention! In'di troé!

Derechef, le coq gaulois claironna son appel, et l'invitation à la retraite des « barbareuzélaquais » retentit comme on défilait devant le capitaine et ses séides, mais sans qu'aucun des clans y vît malice.

— Chalumot, je ne vous entends pas! hurla Billotet, toujours soucieux d'intéresser la galerie. Allez-vous chanter comme les autres, oui ou non?

— Encore ce Chalumot! dit le capitaine à ses lieutenants. On me le signale de partout comme une forte tête, un loustic, une brebis galeuse. » Puis, à Billotet :

— Sergent, faites-moi venir le jeune Chalumot.

Simon quitta sa section, s'immobilisa à six pas du capitaine des Aubelles, salua correctement, attendit.

— Qui êtes-vous? demanda le capitaine-major.

— Ben, Chalumot, mon capitaine...

— On ne vous a pas appris à vous présenter à vos supérieurs?

— Si, mon capitaine...

— Alors partez, et revenez vous présenter réglementairement. Qu'est-ce que ce ouistiti!

Chalumot s'éloigna de quelques mètres, accourut au pas gymnastique, refit les mêmes gestes de soumission, et, d'une voix forte :

— Elève Chalumot! Première section! Matricule 2154, mon capitaine...

— Ainsi, vous ne voulez pas chanter? Et pourquoi cette rébellion, s'il vous plaît?

Simon hésita. Mais, soudain, très courageux :

— Parce que j'aime pas ces chansons-là, mon capitaine. Et surtout parce que pour chanter i faut être gai...

— Et vous, vous n'êtes pas gai, sans doute? dit le capitaine-major, soufflé par tant de franchise et de candeur. Pour quelle raison, Chalumot? Hein? Je vous écoute...

— A cause de la vie ici, mon capitaine, dit Chalumot. Moi, j'ai pas demandé à y aller, aux enfants de troupe... C'est mon père qu'a décidé ça...

Des Aubelles ne se contint plus. Il tapa du pied, puis, apoplectique :

— Disparaissez, vaurien! Et préparez-vous à en voir

de toutes les couleurs. On ne vous épargnera pas, croyez-moi. Vous plierez, Chalumot, ou j'y perdrai mes galons... En attendant, vous passerez le premier à la tondeuse, cet après-midi. Ça vous fera jeter du lest... Qu'est-ce qui m'a fichu un parpaillot de cet acabit? Je vais avertir vos gradés de section d'avoir à redoubler de rigueur à votre égard. Et si vous continuez à faire le malin, j'écrirai à votre père. Ici, Chalumot, c'est comme à la Légion : Marche ou crève! Rompez!

De cette semonce du capitaine-major, Simon ne se rappela que le mot tondeuse. Mais il en ressentait une véritable épouvante, comme s'il se fût agi d'un instrument de torture pareil aux tenailles, aux brodequins, à la poire d'angoisse des romans de Michel Zévaco. Il rejoignit, pensif, sa section près de se disperser, et prévint tout de suite ses camarades de la terrifiante menace.

— Il a dit, l'capitaine, que j'passerais à la tondeuse c't'aprèm'...

— Sans blague! s'écria Lepage. On va t'couper les tifs à ras?

— A moi et à tout l'monde, dit vivement Chalumot. Puisque l'capitaine m'a dit comme ça : « Vous y passerez l'premier! » Donc, c'est qu'les autres y passeront après moi...

On entourait Chalumot, on se pressait autour de lui pour ne rien manquer de ses révélations.

— Tu t'goures, dit Delplanque. Ça signifie qu'on va t'les raser à toi pour que ça serve d'exemple aux autres. Tu comprends? Ça s'ra toi, Chalume, le premier à qui qu'on aura coupé les ch'veux. C'est pas diff...

— D'ailleurs, dit Mégret, i va faire froid bientôt, et i peuvent pas nous raser la tête. On attraperait du mal. I z'ont pas le droit.

Mais Simon, inquiet à la pensée d'être le seul tondu, n'en démordait pas.

— Puisque j'vous dis qu'c'est tout l'monde! J'suis sûr que l'capitaine l'a ajouté, après. D'abord, i s'foutent qu'on ait froid au crâne...

— Moi, dit Faouen, j'm'en tamponne vachement. J'ai l'habitude. A l'Ecole Hériot, tous les deux mois on y passait, à la tondeuse. On avait tous la boule de billard. Qu'i fasse chaud ou qu'i gèle. Mais, aussi, ça fait drôl'ment friser les cheveux. R'gardez comment qu'i sont les miens, à présent...

Et, retirant sa galette, il se pencha sous le nez des camarades.

— Avant, i z'étaient tout raides, dit-il en vrillant de petites pincées de ses cheveux à peine plus longs que les poils de sa vieille brosse à chaussures.

— Mince! dit Lepage. Si c'est vrai qu'il nous les rasent...

— Oh! dit Chalumot, moi, ils m'auront pas. J'vais m'défendre, vous allez voir... Y a qu'aux bagnards qu'on peut faire un truc pareil, aux prisonniers...

— Ben, dit Faouen, qu'est-c'qu'on est d'plus, nous? On est des bagnards, mon vieux, des bagnards. Y a pas d'différence. Alors, tes vaches boucles (il disait bloucles), u peux leur dire au revoir. Quelle bouille que t'auras après! J'rigole...

La première section ouvrit le bal, et Chalumot, poussé par l'adjudant Moustache, s'assit sur la chaise.

Un soldat, de ceux affectés à l'Ecole pour la garde, les corvées en ville, l'entretien de l'écurie, la domesticité des officiers, brandissait une tondeuse. Il portait une blouse blanche, et, maigre consolation, Chalumot se dit que ce devait être un vrai coiffeur. En colonne par trois, muets, sidérés, les élèves attendaient leur tour devant la porte du « salon ».

— Et soignez-le, dit Pommier. Que ce soit lisse comme mon genou! Plus ça brillera, plus on le verra de loin, ce garnement...

Les bras croisés, il se recula de quelques mètres pour mieux juger du travail. Billotet et Fromentel l'encadrèrent, réjouis. Soudain, Chalumot bondit de son siège, le renversant, et laissant le coiffeur la main en l'air, comme un personnage de musée.

— Arrêtez-le! hurla Pommier en se ruant.

Simon n'atteignit pas la porte. D'ailleurs, inconscients, point préparés à une pareille offensive, les enfants bouchaient la sortie. Pommier et Billotet agrippèrent Chalumot, et, bien qu'il se trémoussât désespérément, le ramenèrent sur l'autel et l'y maintinrent de toute leur poigne.

— Allons-y! dit Moustache au sacrificateur. Puis à Chalumot, les ongles dans ses chairs : « La loi, ici, c'est nous qui la faisons. Des cabochards, on en a maté de plus durs que vous. C'est ça, pleurez... Ça vous soulagera...

— J'pleure pas! cria Chalumot. J'm'en voudrais, alors. Ça vous ferait trop plaisir!

Mouché, Pommier ne répondit point. Mais il se retourna violemment vers la file d'élèves écrasés d'inquiétude.

— Silence, derrière! Ou je vais vous apprendre c'que c'est qu'la discipline, bande de voyous!

La promenade dans la campagne n'eut pas lieu. On accorda donc aux élèves le reste de l'après-midi pour qu'ils se consacrent à leur correspondance hebdomadaire. Le caporal rassemblerait les lettres, deux au plus, et les porterait ensuite au bureau de compagnie afin qu'on les lût et qu'on les timbrât.

Chalumot se massait sans cesse le crâne et n'était pas de bonne humeur. En arrivant en étude, il avait conservé son béret, même plus retenu par les oreilles, et qui le couvrait maintenant comme une cloche, mais Fromentel veillait. Et Simon, examinant à loisir, de face, de dos, de profil, les boules de ses camarades, en fut mortifié. Certes, le moment paraissait bien choisi pour confier les premières impressions aux parents! Chalumot y réfléchit. Qu'il exhalât sa rancœur, et sa lettre, censurée, lui vaudrait quelque réprimande. Qu'il n'écrivît pas, on s'en étonnerait, pour l'obliger, sous la menace, de se soumettre à cette autre consigne. Alors?

Alors Simon prit son porte-plume, et, son crâne blanc penché sur le papier pelucheux de court format, grossièrement ligné, il écrivit :

« Ma chère maman,

« Je suis en bonne santé et je m'empresse de te dire que la vie est très agréable à l'Ecole. On est maintenant habillés comme des vrais soldats. Sauf qu'on n'a pas encore de fusils. Si tu me voyais, tu ne me reconnaîtrais pas. On vient justement de nous couper les cheveux, et je suis comme Chéri-Bibi dans un livre que j'ai lu à la maison pendant les vacances. Le commandant de l'Ecole, c'est Félix qu'il s'appelle, nous a passés en revue, et il a presque autant de médailles que papa. Les gradés sont bien gentils avec nous. Il y en a des tas. Des adjudants chefs, des adjudants, des sergents chefs, des sergents, des caporaux. Ils nous apprennent à cirer le parquet dans les chambres, comme ça je pourrai t'aider à briquer la salle à manger quand je viendrai. J'ai été reçu 16e sur au moins 200 à l'examen. C'est pas mal, je trouve...

« On mange bien, même que j'en ai de trop et que j'en donne aux camarades parce qu'ils n'en ont pas assez. Si je ne devais pas aller en vacances à Noël, ça ne me ferait rien, tellement ici je suis heureux et fier. Mon adjudant de section, c'est Pommier qu'il s'appelle, ressemble beaucoup à papa, mais il a moins de moustache que lui. Il crie sans arrêt après moi et je crois que c'est sûrement pour mon bien. Devant l'Ecole, quand on entre, il y a un monument, un beau. C'est pour les anciens enfants de troupe qui sont morts au champ d'honneur. Vivement qu'il y ait une autre guerre pour que j'aille faire mon devoir. Je serai un héros, moi aussi, et on marquera mon nom sur un autre monument. Comme ça papa sera content de moi et le capitaine-major aussi qui aime bien les héros. Encore une fois, ma chère maman, je suis très bien. Je sais que tu ne t'inquiètes pas trop et que d'abord papa t'en empêche. J'ai réfléchi même, et je pense que c'est fameux pour vous que je sois ici. Vous n'avez pas à me nourrir, à m'acheter des vêtements, ni à me rien faire, quoi, et c'est mieux pour vos économies, puisque tu disais toujours que c'était pas facile d'en faire avec moi. Papa pourra plus crier que je suis un croquant et que je ne sers à rien.

« Je t'embrasse et je me mets au garde-à-vous pour embrasser papa.

« Ton fils qui t'aime,

« SIMON. »

VIII

Le dégoût qu'éprouvait Simon pour cette vie d'esclave se changea bientôt en une répulsion maladive, proche de la haine. L'apaisement ne vint pas, qu'il espérait retirer d'une application à l'étude. Pourtant, au début, certains professeurs flattèrent son amour-propre en se louant de son travail devant ses camarades. Et Moutarde avait prêté peu d'intérêt au « rapport » de Fromentel.

— Oui, oui, dit-il. Il faut bien que le caporal justifie sa présence parmi vous. Passons pour cette fois, monsieur Chalumot. Mais, quand je vous interrogerai, il est possible, selon votre note, que je me rappelle vos incartades...

Par bonheur, Chalumot se passionna pour le vocabulaire allemand, et sa prononciation de phrases épineuses telles que « le bœuf *der Ochs,* la vache *die Kuh,* ferme la porte *mach die Tür zu* », paraissant acceptable, le professeur Moutarde oublia la tentative de mutinerie.

En cette matière, les progrès de Chalumot furent brefs. Plus tard, l'important chapitre des déclinaisons ayant inauguré l'une de ses crises de désespoir, Simon, handicapé, ne se sentit point le désir de remonter le courant. Puis, le professeur Moutarde, facétieux, trouva drôle de faire déambuler les élèves autour de la classe, en file indienne, pour mieux leur apprendre le *Ich hatte einen Kameraden,* cette sorte de *Chant du Départ* d'outre-Rhin. Chalumot, saturé de manœuvre à pied et d'héroïques complaintes, y vit un fâcheux abus et ne regretta pas d'avoir affligé le professeur Moutarde.

— Il est sonné, dit-il au terme de l'exercice. Comme si ça n'suffisait pas qu'les gradés, eux, nous fassent faire les guignols. Ici, tout le monde est militaire jusqu'au trognon... Vous verrez qu'un jour Casse-Noisette nous demandera de réciter *Horace* en marchant au pas...

Casse-Noisette, Grivelain de son vrai nom, professeur de français, devait ce pseudonyme au curieux tic qui l'obligeait à remuer constamment les genoux sous sa table. En contrebas, les élèves étaient obsédés par ce mouvement perpétuel. Toutefois, Grivelain, la douceur même — il s'y mêlait quelque timidité — avait leur estime. D'autant plus qu'il n'osait pas les regarder en face durant le cours, qu'il s'obstinait, tout en parlant, à compulser son calepin, ce qui favorisait une forte tendance à la dissipation, aux plaisanteries de table à table.

Chalumot goûta beaucoup les vers de Corneille. Et Grivelain, remarquant en outre les aptitudes de Simon pour l'orthographe et la composition française, le gratifia d'éloges et de notes élevées. Le professeur de math, M. Lelièvre, en laissa poindre, du reste, une jalousie bien mesquine.

— Ainsi, Chalumot, dit-il, vous persistez à faire plus de cas de Corneille que de Pythagore? Libre à vous. Mais sachez que, sans l'arithmétique par exemple, les poètes ne seraient point. La métrique est là, en poésie, qui rappelle la primordiale valeur du calcul... Tandis que Pythagore, Pascal, Archimède, j'en passe, n'avaient que faire de la poésie pour découvrir leurs théorèmes et bien les exprimer. Allez, Chalumot, souffrez avec Camille, maudissez avec le vieil Horace, personne ne vous en empêche. Mais rira bien qui rira le dernier... Les mathématiques, mon jeune ami, sont, pour les militaires en campagne, le secret des victoires. Eh oui! Supposez, voulez-vous, qu'un officier d'artillerie...

Et justement parce qu'il n'aspirait pas à devenir officier d'artillerie, et que l'horripilait toute évocation de l'armée, Chalumot se donna sans mesure à Corneille. A tel point qu'à force de rabâcher des imprécations rythmées il se mit à parler en alexandrins, où qu'il fût, en n'importe quelle occurrence. Certains de ses camarades s'y essayaient aussi, et l'intermède avait son charme au réfectoire ou dans la chambre. Mais, quand Simon, à mainte reprise, eut dit à Pommier, avec le plus grand sérieux :

— *Vous me voyez navré d'avoir, mon adjudant,*
Ce matin, fait mon lit pas très conv'nablement...

ou bien encore :

— *Souffrez, mon adjudant, que j'aille aux cabinets*
Parc' que j'ai trop mangé, c'midi, de flageolets...

le sous-officier s'aperçut que l'élève Chalumot était une nouvelle fois en désaccord avec la discipline.

— Il me semble, Chalumot, que vous avez une façon

bizarre de vous adresser à vos supérieurs, depuis quelque temps. Vous cherchez à me manquer de respect? Serait-ce une autre manière de montrer votre mauvais esprit? Qu'est-ce que ça veut dire, hein?

Abandonnant toute préciosité, Simon répondit :

— J'fais pas d'mal, m'n'adjudant. Au contraire. J'parle comme Horace...

— Qui ça, Horace?

— Ben, le héros de la tragédie de Corneille. Vous savez bien, mon adjudant...

— Oui, je sais. Mais je ne vois pas du tout ce que vous gagnerez à imiter cet Horace à l'intérieur du casernement. Et quand on est militaire, il n'y a pas trente-six façons de causer. Moi, je vous dis tout rondement que je vous aligne un motif pour injures à mon égard, et vous saurez ce que ça vous coûtera...

Cet amour exclusif du grand siècle et de sa littérature valut à Chalumot quelques « exercices militaires supplémentaires », sans qu'on lui permît de réclamer et de se justifier. On ne demanda même point à Casse-Noisette si l'élève Chalumot bénéficiait de circonstances atténuantes.

— C'est pas juste, dit Simon au lieutenant Bargheloni qui lui reprochait ses fautes continuelles. Puisque mon professeur de français, lui, il est bien content que je connaisse mon *Horace* par cœur et que j'aime Corneille! Il m'a même dit de continuer. Pourquoi qu'on m'en veut toujours à moi, mon lieutenant?

— On ne vous en veut pas plus qu'à un autre, répondit Bargheloni, sans rire. A l'Ecole, vous êtes tous sur un pied d'égalité. Mais vous, Chalumot, filez un mauvais coton. Il faut vous avoir à l'œil et vous serrer fortement la vis. C'est ce que nous faisons. Sans remords et sans regrets. Apprenez aussi que la conduite prime l'instruction générale. Il vaudrait mieux, peut-être, à tout prendre, qu'un élève fût le dernier en classe et le premier en instruction militaire. Ce qui fait le prix d'un soldat, c'est son obéissance et sa stricte interprétation de la discipline. Soyez discipliné, Chalumot, et l'on vous considérera. Un garçon, s'il n'est pas très intelligent, aura certes de la peine, en classe, à obtenir quelques lauriers, mais il pourra toujours, sinon plus facilement, se révéler un élève docile et attentif aux ordres. Il sera sauvé, et capable, quoi qu'il arrive, de s'assurer un avenir, tout en servant bien ses chefs et le pays. Vous m'entendez bien?

— Oui, mon lieutenant, dit Chalumot.

Il avait si bien compris qu'il récolta deux zéros à la file en physique et en allemand, et ne sut, alors que Casse-Noisette, confiant, l'interrogeait en présence du professeur principal, réciter seulement deux vers de la fameuse tirade de Curiace :

Ainsi Rome n'a point séparé son estime...

En matière d'estime, Chalumot perdit peu à peu celle de tous les professeurs, sans gagner, en revanche, celle, plus précieuse, des gradés de sa compagnie... En quête d'une méthode, d'un comportement qui lui assurât la paix, et marquât quand même son dédain de l'Ecole et des maîtres, il s'astreignit à une sorte de claustration morale que beaucoup d'entre eux prirent pour un simple accès de cafard sans qu'il tentât de les détromper. Il ne se mêla plus aux conciliabules, aux réunions de ses camarades; on le vit accepter sereinement les réprimandes des chefs, faire le sourd aux questions, laisser le caporal, le sergent et l'adjudant, vexés, hargneux, conjecturer les causes de ce mutisme.

Un matin, Pommier vira son lit dix fois d'affilée, et stoïque, en silence, Chalumot le refit dix fois, avec des gestes pleins de calme et de sûreté, le visage étonnamment impénétrable. Ses chaussures ne brillaient-elles assez? Il suffisait qu'on lui en fît l'observation pour que Chalumot s'employât à les astiquer avec vigueur, vingt, trente minutes de suite, les yeux vides, tel un automate. Il fallait que le caporal vînt lui intimer l'ordre de cesser et l'arracher à ses brosses. Et Simon arrivait en retard au rassemblement...

— Chalumot, vous serez de corvée, disait le sous-off.

Chalumot rectifiait la position, se redressait dans un garde-à-vous plus que réglementaire, afin de bien montrer qu'il agréait, entièrement soumis, cette peine dérisoire, et que tout, enfin, lui paraissait d'une pure logique.

Pour l'adjudant Pommier, cette passive attitude était aussi répréhensible que n'importe quel acte d'insubordination. Et Chalumot, puni naguère en raison de son insolence, de sa révolte, pâtissait maintenant de se faire trop placide.

— Vous me narguez! criait Moustache. C'est bon! Je vous porte le motif.

Deux exercices militaires supplémentaires? Bah! Simon semblait exécuter par plaisir tous les travaux. Indifférent au processus coutumier, il quittait le réfectoire avant ses camarades, saisissait un balai, une serpillière, et, durant la récréation, trouvait une joie sadique à nettoyer le casernement tandis que les élèves, êtres banaux, se distrayaient. Nul besoin, aujourd'hui, de le harceler en lui rappelant son « devoir ». Bien rodé, habile à son rôle de « boueux », d'homme de peine inamovible, il accomplissait ses corvées avec une persévérance, un sérieux, un zèle admirables. D'autres enfants participaient à ces divertissements quotidiens, mais leur hâte et leur désinvolture s'opposaient au souci de perfection de Chalumot, à son fignolage, à sa lenteur savante. On eût pensé qu'il se mortifiait, qu'il cherchait à s'humilier, à s'amoindrir, tant il apportait de rigueur dans l'effort. Après les corvées — sanction des moindres peccadilles — il devait encore s'atteler à d'autres tâches, plus pénibles, plus avilissantes, à ces « exercices militaires supplémentaires » octroyés par le capitaine et le commandant pour des fautes graves. Toujours serein, sans précipitation, mais aussi sans nonchalance, Chalumot s'en allait, labeur fastidieux, arracher l'herbe entre les pavés, le long des bâtisses, ou rassembler les feuilles mortes sous les arbres, point irrité, jamais, que le vent lui jouât des tours, marchant de-ci, marchant de-là, faisant et refaisant, en d'innombrables navettes, avec une constance mécanique, ses petits tas de feuilles aussitôt éparpillés. Billotet, Fromentel ou Moustache venaient l'asticoter à tout coup.

— Alors, Chalumot, on paye? Voilà ce que c'est de vouloir s'imaginer le plus fort. Quand vous en aurez marre, de ce régime, vous finirez bien par comprendre...

Chalumot ne répondait pas; il courait même, exprès, à la poursuite d'une feuille agile, laissant ses supérieurs improviser dans la nature. Ou bien il tournait vers eux un regard décourageant qui eût fait réfléchir tout autre humain que ses misérables gardes-chiourme. A moins qu'il ne se pétrifiât dans un garde-à-vous caricatural, à la première parole de ses chefs, et ne conservât indéfiniment sa roide posture, jusqu'à ce qu'on lui dît enfin :

— C'est bon! C'est bon! Continuez votre travail. On ne vous en demande pas tant. Et surtout, n'ayez pas l'air de vous payer notre tête.

Il advint pourtant que Chalumot, par son effarante résignation, lassa peu à peu les gradés. Ils lui accordèrent quelque répit, et Simon, n'en profitant point pour témoigner son indiscipline, au contraire, sous-offs et caporaux le crurent désireux de s'amender, de bien se conduire désormais. Plus simplement, isolé dans son propre univers, détaché d'un monde factice qu'il abandonnait à ses camarades si parfaitement adaptés à leur état, Chalumot se gouvernait sans l'aide de personne, et, par le fait, de la meilleure manière.

Affranchi quelque temps des corvées, Chalumot garda toute indépendance dans son choix des distractions et l'utilisation de ses loisirs. Il ne partagea plus les jeux du commun, ne voulant pas s'extérioriser, et, par une apparence de liesse, donner aux maîtres l'impression qu'il pût être satisfait de son sort. D'ailleurs, Chalumot finissait par détester ses camarades, tellement leur balourdise, leur platitude, leur lèchecutage, leur constante peur du mauvais point le répugnaient. Pour eux, le problème était résolu, imposée la vocation, tracée la ligne de vie. Pas un instant ils ne pensaient à se soustraire à leur destin, à démentir l'horoscope paternel. On les voulait soldats, soldats ils seraient et demeureraient, pour fortes que fussent les tentations ou leurs velléités de révolte. Qu'auraient-ils fait d'autre, pauvres êtres marqués de tant de tares, de tant de complexes? Fils de sous-offs devenus à la retraite facteurs, gendarmes, gardes-barrière, surveillants de musées ou de jardins publics, ils traînaient sur leurs faces et dans leur comportement les signes d'une totale passiveté de corps et d'esprit. Serviteurs, larbins par héritage d'une caste considérée, puissamment autoritaire, rien ne leur permettait, croyaient-ils, de dénier la règle. Pour leurs pères, ignorants des ressources humaines et de la multiplicité des moyens d'élévation morale, il n'existait rien en effet de plus noble, de plus admirable que l'asservissement à des caïds patentés, dont les preuves du savoir, la justification des vertus, l'intelligence même, se vérifiaient, si facilement, au nombre de galons et de médailles.

Ces monstrueux enfants, crânes boursouflés, fronts réduits, prunelles éteintes, oreilles larges et pendantes, jambes torses, ou, par contraste, anguleux et filiformes jusqu'au rachitisme, tous semblaient déjà prêts à jeter l'épouvante dans des casernes futures.

Les Bretons abondaient, presque tous pupilles de la nation. Restées seules avec leurs gosses, les mères — quel bénéfice! — s'étaient empressées d'assurer un additif au martyrologe familial. Le père mort pour la patrie, il convenait de mettre du côté de l'enfant les mêmes et sublimes chances. Un héros, voilà qui compte dans un foyer. Deux héros, on touche à l'apothéose, à la consécration définitive. Et n'est-ce pas, en somme, pour un Breton ambitieux, l'unique méthode : s'embarquer au jour J, sous le seyant uniforme si prisé de toutes les filles?

Sans doute eût-on mieux fait de conseiller à tant d'élèves soldats un avenir moins mirobolant, de leur confier, pour toute leur existence, la garde de quelques vaches ou de quelques chèvres dans la lande. Indépendants, sans guides absurdes et hypocrites, en tête-à-tête avec leur âme et leur conscience, auraient-ils pour le moins vécu. Certes, la coupure serait arrivée, à son heure, dans cette béatitude, et tous ces hommes auraient rejoint un dépôt, un quartier, un bâtiment. Mais sous la contrainte de vieilles lois impératives qu'il est difficile, et dangereux, de vouloir mépriser. Et leur joie de se retrouver libres, après coup, n'en eût été que plus forte.

On imagine le dialogue qui avait décidé de l'internement :

— Mon gars, tu vas partir aux enfants de troupe. C'est bien pour toi. J'en ai du chagrin, sûr, mais tu sauras consoler ta pauvre mère par ta bonne conduite et tes résultats. Je pourrai t'embrasser avec fierté. Comme ça, encore, t'aideras ta vieille maman qu'a bien peiné quand t'étais petit. Qu'est-ce que tu ferais d'autre, ici, pense donc... Pêcheur? Berger?

— P'têt' ben, mère...

— Dis pas de sottises. Là-bas, tu seras quelqu'un, crois-moi. Ecoute ta maman, elle a de l'expérience. Et ton père, s'il était pas mort, le pauvre homme, t'aurait demandé de suivre son exemple. L'était-il point beau avec sa casquette de second-maître et ses galons d'or?

— P'têt' ben, mère.

Peu doués, obtus généralement, ils souffraient en classe et n'iraient pas bien avant dans la carrière. Le mirage serait cependant complet. Matelot ou amiral, les femmes et les photographes ont pour ces gens du même bord des sourires identiques...

Les fils des héros de Plougastel, de Saint-Pierre-Quilbignon, de Morlaix ou de Brest-Recouvrance s'acclimataient parfaitement, et la discipline de l'Ecole ne leur pesait guère. Ils ne rechignaient point, frottaient avec fougue parquets et chaussures, enfonçaient la galette sur leur crâne ras dans un inconscient mépris du ridicule et de la laideur, claquaient les talons devant Pommier, montraient, à l'approche du capitaine des Aubelles, une panique de bon aloi, et Chalumot, aux conceptions originales, leur semblait dangereux à fréquenter, pauvre type mésestimant les lointaines récompenses attachées au métier militaire.

— L'est tombé sur la tête, le gars. L'ira à l'infirmerie un jour. A quoi qu'ça lui sert de pas céder? N'est pas plus mal ici qu'ailleurs. L'en verra de l'autre, dame oui...

Simon s'était même brouillé avec Lepage, son meilleur camarade, un Normand ouvert et vif, en apparence honteux de sa condition, mais que la clique attirait.

— T'es pas louf, avait dit Chalumot. De quoi qu' t'auras l'air, là-dedans, Pageot? T'sais pas qu'la musique militaire c'est c'qu'il y a de plus triste? Eux, les musiciens, i sont là exprès pour faire passer la pilule aux soldats. I les aident à marcher, à grands coups de cymbales et d'grosse caisse. T'es fatigué? Hop! Un p'tit chouïa de piston et t'avances tout seul. Y a l'attaque? Hop! c'est mon père qui m'l'a raconté, l'clairon i sonne un vache morceau et tu vas te faire tuer joyeusement, en chantant *la Marseillaise*. Oui, Pageot, j'te l'jure! Alors, toi, t'as rien à branler dans la clique, rien, puisque t'aimes pas l'armée. Pas vrai? Pis encore, moi, j'les ai vus défiler les orchestres. Ridicules, qu'i sont. Même, dans le village où j'étais en vacances, au 14 juillet, j'ai vu les pompiers manœuvrer avec la fanfare... I z'étaient cons, mais cons...

Lepage tenait à son idée, sans que l'amour du prestige et des flonflons guerriers le possédât vraiment.

— Tu comprends, Chalumot, un ancien m'a dit qu'la musique de l'Ecole elle participait à des tas d'fêtes aux environs, qu'elle allait d'temps en temps à Evreux, à Rouen, à Paris même, et qu'ces jours-là c'était la grande foire. Des gueuletons au pinard, des gonzesses, tout... Alors, ça vaut vach'ment la peine. Pourquoi qu't'y viens pas, toi, dans l'fond? On rigolerait bien ensemble. Et pis t'sais, on est exempts de corvées pour les répètes. D'accord, Chalume? T'y viens aussi?

— Des clous!

En vérité, Lepage prit son rôle de clairon très au sérieux. Un jour, avec une réelle jubilation, il cousit sur les manches de ses vestes la large ganse bariolée, insigne de son emploi. Et rien ne prouvait, lorsqu'il défila plus tard, chaque dimanche, en tête de la parade, qu'il songeât seulement aux éventuels concerts alentour et à leurs prometteuses orgies.

Chalumot s'en éloigna peu à peu, d'autant plus que Lepage manifestait une intolérable suffisance, et fit entre-temps la rencontre d'un autre Rémois, élève de la 2e section. Mais Berbillat Jean-Philippe prétendait à remporter les lauriers de sa classe, à se voir offrir, pour les vacances de Noël, le grade de sergent-major ou de sergent-fourrier, grade tout théorique, quoique concrétisé par les galons ad hoc, et quand même capable d'intimider l'entourage et les profanes. Abandonnant ce jeune ambitieux à ses rêves, Chalumot pensa qu'il n'était point utile en cette sphère, pour vivre heureux, sinon quiètement, de nouer de fraternelles relations, et continua donc à s'isoler. Aux récréations, aux moindres instants de repos, il allait se camoufler loin des bâtiments, à l'abri d'un talus qui bordait le terre-plein réservé pour les sports en quelques occasions, et lisait là des romans de Jules Verne, de London ou de Fenimore Cooper, livres de la modeste bibliothèque des anciens, venus jusqu'à lui par mainte tractation, maint échange.

Souvent, un gradé le débusquait de sa retraite, et la brutale intrusion dans un monde fragile causait toutes les fois une grande peur à Simon. On lui arrachait le livre des mains, avec l'espoir, visible, qu'il fût prohibé, parce qu'obscène ou tendancieux, et Chalumot attendait, le cœur dans la gorge, que le caporal ou le sous-off rendît sa sentence.

— *Voyage au centre de la terre!* Hum! Vous feriez mieux de reviser vos leçons et d'apprendre votre manuel d'instruction militaire. D'abord, vous savez bien qu'il est absolument interdit de venir sur le terre-plein et de stationner en dehors du périmètre des bâtiments... On vous a fait plusieurs observations à ce sujet, il me semble? Qu'on ne vous voie plus dans ces parages. Et si j'ai un conseil à vous donner, entre parenthèses, c'est de ne pas tant lire. Vous avez trop d'imagination, Chalumot. Allez rejoindre vos camarades, et jouer comme tout le monde...

Aux barres, à chat perché, aux quatre coins, à la semelle? C'étaient là les seuls divertissements admis, encore qu'on demandât aux élèves de refréner leur enthousiasme, afin de ménager l'uniforme et les fausses manches, propriété sacrée de l'Etat. Certes, Simon Chalumot eût aimé jouer au football, à toute heure, sans lassitude. Mais cette saine passion lui avait déjà rapporté bien des « exercices militaires ». Taper dans un ballon avec les chaussures de l'Ecole entraînait à coup sûr le motif. Détérioration intentionnelle des « effets »! On tolérait cependant que les élèves fissent du football en chaussons. Licence bien hypocrite, les chaussons appartenant, eux aussi, à l'Etat. En une séance, outre les orteils foulés, les chaussons bâillaient de toutes parts; et pour peu que l'enfant voulût en percevoir une autre paire, il lui fallait alors passer par une interminable série de questions, de réprimandes, de menaces...

Chalumot et nombre d'élèves amateurs de « foute balle » se contentaient d'assister aux matches que se livraient les anciens dans la cour voisine. Ceux-là connaissaient un autre régime; ils possédaient des ballons de rechange, des godasses spéciales, des chaussons personnels...

Adossés aux arbres, ou piétinant pour se réchauffer, Chalumot et ses camarades commentaient les phases du jeu, applaudissaient, critiquaient telle ou telle action, s'extasiaient devant un arrêt du « gaule », le grand Ursulin, un champion dont toute l'Ecole vantait l'adresse.

— Vache! s'écriait parfois Simon, transfiguré. Comment qu'il a bloqué c'choute-là.. Un drôle de pète! Quand est-ce que j'pourrai m'entraîner, moi! J'étais déjà balèze avant de venir ici. Si on avait l'droit de jouer, nous autres, j'me perfectionnerais dur... Vous verrez, l'année prochaine...

Il trépignait, ébloui, stoppant en rêve des « choutes bolides », plongeant parmi les joueurs, dans la pierraille, soudain émule de Thépot ou de Chayriguès.

Sans doute afin d'accroître leur supplice, on conduisait les enfants au stade de la ville, le dimanche après-midi, et ils suivaient, le nez sur la barrière, quelque rencontre de second plan. Les gradés ne regardaient que d'un œil les évolutions des gloires locales, trop pris qu'ils étaient par leurs consignes de surveillance, craignant toujours qu'un élève n'exploitât leur relâchement pour se mêler aux civils, si pernicieux, pour lier conversation avec des gamines émancipées et chaudes, ou courir, au fond d'une buvette proche, picoler jusqu'à la mort.

Dans la lecture de Jules Verne ou de London, Chalumot goûtait les délices d'une liberté dont on le privait; et lui qui aurait voulu, comme son grand-père, explorer le monde, dédaignait les jeux d'enfants autorisés par les chefs. Il n'appréciait même pas la promenade du jeudi, quand les élèves, après un « taëtedrett » machinal au monument et à ses héros taillés dans la masse, allaient au pas de route arpenter la campagne. Il était alors strictement défendu de s'écarter des rangs, de perdre ses intervalles, de traîner en queue de colonne pour bavarder à son aise ou ramasser une pomme pourrie. A la halte, on s'asseyait dans une friche. Et, poétique divertissement, la plupart des élèves « zigonnaient » les grillons ou tous autres orthoptères. Armés d'un long brin d'herbe, ils titillaient l'insecte au fond de son trou, l'obligeaient à se rendre et l'enfermaient dans une boîte à pastilles. A l'Ecole, certains soirs d'étude trop pesants, ils l'opposeraient à quelques semblables en des courses avec ou sans obstacles.

Parfois, malgré les consignes, Chalumot « prenait la tangente », s'éloignait au hasard afin de mettre une distance symbolique entre la troupe et lui. La plaine s'étendait, déserte, attirante, riche de ses refuges, de ses multiples cachettes, d'une certitude de salut, et Simon rêvait de courir à toutes jambes, sans jamais se retourner, de se terrer dans le bois qui, là-bas, étirait son ombre noire, ou bien d'implorer l'asile d'une maison qu'il apercevait en clignant les yeux, au flanc d'un vallonnement. Finies la condition de paria, la tyrannie perpétuelle, l'angoisse toujours présente, du réveil au coucher, et souvent la nuit même. Il risquait un regard vers les élèves de sa section, pareils, sous leurs sombres collets-manteaux, à quelque tribu de bandits calabrais en grand colloque. Comme ils lui paraissaient loin, déjà... Pourquoi ne tentait-il pas de s'évader? Il se sentait fort, courageux, capable de longtemps vivre en dehors du monde, en se nourrissant de racines et de fruits sauvages, jusqu'à ce qu'il trouvât un abri sûr et le moyen de se faire une autre existence, selon ses désirs, ses aspirations... Mais la voix du sous-off arrivait à ses oreilles, enrouée de colère, menaçante.

— Chalumot! Voulez qu'j'aille vous chercher avec mes bottes?

Simon pensait alors au retour à l'Ecole, au surcroît de travail pour ôter la boue fraîche de ses souliers, de son pantalon, de sa pèlerine. Durant cette corvée, les songes n'en seraient que plus tristes, au souffle d'un tenace parfum d'aventure.

— Pas cadencé... Hurche!

Les civils rencontrés en chemin lorgnaient d'un œil morne, jamais apitoyé, cette troupe d'enfants travestis que des hommes encadraient, le front haut, les mâchoires tendues.

— Indi! Indi! Taëte... Goch!

Les glorieux cadavres recevaient une autre offrande de leurs petits frères, tandis que le capitaine des Aubelles, du coin de la salle d'honneur, air grave, mais guilleret par en dessous, voyait venir à lui cette miniature d'armée.

— Taëte... Goch!

Hommages à des Aubelles! Le capitaine les supportait sans rougir, tout en toisant Chalumot qui ne mettait pas assez de raideur dans sa désarticulation ni de respect en son regard.

Viendrait le dimanche pour combler des Aubelles, si friand de défilés, de marques de vénérations rendues aux vivants et aux morts. Ce jour-là, stimulés par le chocolat graisseux du petit déjeuner et le douceâtre riz au lait du repas de midi, les élèves devaient étaler, lors de la parade, leurs belles dispositions. L'Ecole entière évoluait, musique en tête, sections à la file, anciens ouvrant la marche, les gradés sur leur trente et un, cuirs briqués, médailles en batterie.

Avant de se mêler au corso, les jeunes encaissaient en vrac ordres et conseils, revues, menaces et réprimandes. En uniforme de sortie, cravates fermes, boutons et chaussures étincelants, ils attendaient alors, supervisés une dernière fois par leurs officiers, leurs adjudants, toute la séquelle, l'exaltante minute où, plantés face au mât, on leur commanderait, en un tremolo généreux, d'admirer longuement l'oriflamme.

— Auôôôdrapôôôô!

Tsin' tagadagada tsin' tagadagada...
Poumpoumpoumpoum poumpoum poumpoum...

Une frêle *Marseillaise* faisait grelotter les plus fragiles, et tous, cadres et valetaille, comme des mimes, le bras en anse de cruche, les fesses durcies, les pupilles au point mort, sacrifiaient à ce bénédicité hebdomadaire. Chalumot sentait une crampe lui mordiller le biceps; sa veste l'étranglait, et sa ceinture de flanelle, trop lâche encore, s'apprêtait à compliquer ces dévotions obligatoires. Il lorgnait à droite, à gauche, incapable de conserver durant quelques instants — et pour quelle cause! — une attitude déférente. Là, bouche bée, c'était Manach, un Breton bien ému. Derrière lui, le mignon Castelin souriait aux anges, comme s'il admirait un acrobate dans l'ascension du mât de cocagne, un jour de kermesse, aux accords de la fanfare municipale. Très loin, près du poteau élévateur, telles des images d'Epinal découpées et savamment posées sur leur socle, les officiers donnaient l'exemple, les moustaches au port d'armes, la nuque ravinée, le ventre lourd en dépit d'un rude effort de tous leurs muscles. Aux fenêtres des logements, et devant la salle d'honneur, des femmes de sous-offs et d'officiers profitaient du spectacle. Au garde-à-vous elles aussi, curieuses plus que convaincues, flanquées de leur progéniture dont les piailleries et les exclamations sacrilèges éclataient entre les reprises de l'orphéon, sans doute frémissaient-elles dans toute leur chair en comparant les mérites physiques et professionnels des conjoints en extase, et pour l'heure indéniables pièces de musée. Et leurs gosses, se rappelant quelques merveilleux tête-à-tête avec les clowns d'un cirque de passage, trahissaient à l'envi leur innocente confusion.

— Poorledéfilêêê... Navant... Hurche!

Théâtral, le capitaine des Aubelles venait de déclencher la manœuvre. Les compagnies et les sections grouillaient sur place, affermissaient peu à peu leur marche, puis, comme une chenille gigantesque, ondulaient autour des bâtiments. La musique guidait l'ensemble, et Chalumot apercevait le jeune Lepage, bien compromis, bien perdu, qui, la tête écarlate, magnifiant la grandiose cérémonie dont il était l'actif témoin, soufflait à pleine gueule dans son clairon.

Les sous-officiers ne se possédaient plus. Ils se déhanchaient le long de la colonne, en imposant la cadence à grands coups de maxillaires, tandis que les élèves, anciens et jeunes, statues mouvantes, reniant soudain le monde normal, les pensées, les joies simples et communes, prenaient un masque nouveau, dur et grotesque. Ils n'existaient plus en tant qu'enfants, en tant qu'êtres humains, et, soulevés par les faibles échos du *Chant du Départ* ou des *Allobroges,* croyaient déjà fouler les chemins de gloire dont on leur avait vanté l'exaltante mollesse. Ils oubliaient vacances, riz au lait, foute-balle, masturbation... Obnubilés par le souci de mécaniser à l'extrême leur attitude, ils rêvaient seulement d'autres parades, en d'autres villes, au sein d'un peuple énorme hurlant son enthousiasme. Et toutes les têtes cherchaient l'angle idéal, tous les bras battaient l'air exagérément, tous les culs se guindaient en des contorsions d'infirmes.

Quand Chalumot, ce matin-là, passa devant l'état-major prêt à la critique, il obéit au « tête-droite » de l'adjudant Moustache. Mais son regard ne voulut point rencontrer, conformément au manuel, celui d'un de ces chefs si bien disposés à s'offrir son abnégation. Derrière cette masse illuminée de tant d'ors, à distance respectueuse, dans des toilettes criardes réservées à ces pompes, les femmes quêtaient leur part d'hommages. Chalumot leur attribua donc les muettes civilités qu'attendaient de lui des Aubelles et le commandant Félix. Il s'en félicita. Enfin il découvrait la fille de l'adjudant chef Marie, l'homme au bouc poivre et sel, collégienne de seize ans, et, pour toute l'Ecole, figure de légende, intouchable, à l'auréole démesurée. Certes, Joffrette ne remarqua pas Chalumot, tant elle tâchait à se régaler du plus grand nombre de visages, de torses, de beaux mouvements de menton. Mais Chalumot n'était point fat..

— C'est vrai qu'elle est quand même bath! pensait-il.

Il en perdit le rythme de marche, et le gros Menoux, son suivant, vint le tamponner. Le sergent Billotet s'en aperçut; il dit à Simon, avec un coup d'œil de fauve :

— Changez de pas, imbécile!

Puis, dix mètrès plus loin :

— Z'êtes un trouble-fête, Chalumot. Z'aurez de mes nouvelles après la parade... Indi Indi! Goch Goch!

Ils furent deux pour l'accabler, au terme du carnaval, mais Billotet s'effaça devant l'adjudant Pommier.

— Pour quelle raison vous n'avez pas été à la messe, ce matin, Chalumot? Le caporal Fromentel m'a signalé votre absence au rassemblement...

Simon avait assez de courage et de franchise pour répliquer qu'il préférait, le dimanche, un semblant de détente à cette procession en tenue de sortie vers la ville et sa cathédrale. Il pouvait même, bon argument, alléguer le désir de mieux se préparer pour la parade.

— Pac' que j'crois plus en Dieu, répondit-il. Si y en avait vraiment un, d'bon Dieu, il aurait pas admis qu'y ait des Ecoles militaires et qu'j'y sois...

Pommier n'en revenait pas. Il se caressait le poil, interloqué.

— Chalumot, dit-il enfin, votre père vous a déclaré comme catholique pratiquant, et vous continuerez donc à vous rendre à la messe chaque dimanche. En attendant...

— Mon père, il a dit ça comme ça, sans réfléchir. Lui il est pas catholique du tout, d'ailleurs... A la maison, i s'fichait toujours des curés. I souhaitait même qu'i meurent tous, pac' qu'i trouve que c'est des feignants et des faux jetons. Même que ma mère voulait pas qu'il parle de ces choses-là devant moi, et qu'i s'disputaient ensuite, à cause...

— Ça n'a pas de rapport, dit l'adjudant Pommier, en toute mauvaise foi. Et vous irez à la messe, Chalumot, c'est bien compris? Je vous défends de discuter. Ça finira par aller mal pour votre matricule, mon garçon. Ces temps derniers, je pensais que vous vouliez vous assagir, et je vois qu'il n'en est rien. En tout cas, puisque vous avez manqué la messe, et pour votre insolence, vous serez privé de promenade cet après-midi... Rompez!

Mais Simon se fichait bien de l'excursion probable au Château-Gaillard, la troisième en quelques semaines. Certes, la première fois, les ruines historiques l'avaient conquis, et l'on jouissait, du haut de leur plate-forme, d'un fort joli point de vue sur la Seine et ses méandres bleutés. Aujourd'hui, quelles impressions nouvelles retirerait-il d'autres va-et-vient entre les pans de blanches murailles? Sa curiosité était satisfaite, et grande sa déception. Il ne trouverait pas, comme il l'imaginait naguère naïvement, les traces émouvantes du fameux assassinat de Marguerite de Bourgogne, qu'un roman populaire lui avait appris avec une profusion d'invraisemblances et de faux détails. Sans doute le donjon et sa chambre du crime étaient-ils réduits en poussière, comme le crin ou la laine des matelas qui avaient étouffé la belle Marguerite. Point de vestiges de fragments de haubert, de pique ou de rondache, aucun débris de gourmette, de mors de destrier ou de palefroi, dans ces amoncellements de décombres. Rien que des colombins, à foison, et qu'on ne pouvait toujours éviter en dépit d'une attention aiguë des yeux et des narines. A l'accoutumée, les camarades de Chalumot graveraient leur nom sur les dalles crayeuses, pisseraient en chœur sur les éboulis royaux... Pauvre programme!

— Si j'reste là, se disait Simon, et que j'me file pas dans les pattes du sergent d'semaine, qui s'rait foutu de m'faire balayer les chiottes, la vache, j'pourrai finir *Mathias Sandorf*... J'suis arrêté à un chapitre où c'est drôlement badour... Le Moustache, avec son Château-Gaillard, comment que j'l'enquiquine. Pis, rien que de m'promener en ville j'ai honte. I sont tous là, les gens, à nous r'garder comme si qu'on était des déguisés. Les bonnes femmes, les hommes, les autres gosses, tout l'monde s'met là, en stationnement, chaque fois qu'on passe dans leurs sales rues, pour bien s'foutre de not' poire. « Tiens, qu'i doivent dire, v'là les jeunes héros, la France de demain! I sont rien gourdes avec leur costume et leurs grosses godasses. Pourquoi qu'i l'ont pas au collège comme les aut's z'enfants? Ça leur plaît tant qu'ça d'marcher au pas et d'saluer leurs cons de gradés? Hein? J'vous l'demande! » Alors, ça, et pis l'Château-Gaillard en plus, s'il savait, le Pommier, comment que j'suis jouasse en douce...

IX

Tous les matins, le planton de classe inscrivait dans un angle du tableau noir le nombre de jours qui séparaient encore les élèves du départ en permission, et Pouliquen eut l'honneur de dessiner l'énorme zéro garni de fioritures que tous guettaient avec impatience. Le premier trimestre était donc enterré, quatre-vingts jours et quatre-vingts nuits interminables... Demain, dès l'aube, on conduirait les enfants à la gare des Andelys, sans qu'il fût alors besoin de les inviter à se réunir prestement. L'allégresse qui croissait en eux depuis quelques semaines, et qu'ils libéraient parfois de manière intempestive, par de rudes plaisanteries, des beuglements, des refrains hurlés, touchait à son comble. Mais les gradés, ne voulant point que la discipline y perdît ses droits, s'appliquaient à calmer ce délire.

— Faites pas trop les zigotos, disait Billotet. Vous n'êtes pas encore chez vous, vous savez. Jusqu'au départ du train il peut y avoir de l'imprévu. Je vous avertis...

L'adjudant Pommier pénétrait sans cesse dans le dortoir, inutilement, rien que pour entendre gueuler « garde à vous » à chacune de ses apparitions, et tancer un élève qui eût oublié, à cause des préparatifs, de s'immobiliser au pied de son lit.

— Continuez, disait-il d'un ton aimable, en lissant sa courte moustache, mais l'œil aux aguets.

Otés à leur rêve des grasses journées promises, les élèves s'y replongeaient vite, tout en apprêtant, et mieux que jamais, leur tenue de sortie. Ils ne ménageaient pas leur peine, briquant boutons et chaussures à s'en désarticuler l'avant-bras. N'allaient-ils point se donner en spectacle à leur famille, à leur rue, à leur quartier, à tout leur village? Plus ils brilleraient, mieux on les verrait débarquer, mieux on applaudirait à leur stupéfiante transformation...

— Tiens, tiens! Mais c'est Popaul, le fils du facteur. Comme il est beau, là-dedans! Approche donc un peu, qu'on t'admire...

Il faudrait étonner les petits amis entrés au collège ou ceux qui commençaient leur apprentissage chez le charron, le boulanger ou le fermier voisins. Enfant de troupe, voilà qui faisait martial, et rare! On en inventerait des prouesses, des exploits dignes de soldats chevronnés!

— Un jour qu'à l'exercice, mon fusil dans les mains, j'avançais vers l'ennemi imaginaire...

Sans compter que les fillettes, autrefois indifférentes, ou réservées, n'hésiteraient plus à permettre quelque atteinte à leur innocence. En pantalon, béret de travers, la tête haute, les pectoraux bandés, qui sait, même, si la locataire d'en face, une femme mariée qu'on regardait, en cachette, s'asperger les seins d'eau de Cologne, ne vous convierait pas à venir les flairer? Qui sait? En trois mois, à ce dur régime de l'Ecole, il semblait qu'on eût gagné trois ans, et acquis un courage, un aplomb, une volonté d'homme.

Devant un miroir à panneaux calé sur son traversin, Lepage cherchait depuis une heure l'idéale position pour sa galette, trop vaste à son goût. Il accumulait les mines, les clins d'yeux, se reculait, se penchait à droite, à gauche, se souriait même, ne s'inquiétant pas de ses camarades, d'ailleurs bien trop intéressés par leur propre mise. Jopique et Dumortier étendaient sous leur matelas leur pantalon de drap rude, copieusement arrosé, pour lui « filer » le pli.

Un pantalon d'habit, raide et lisse, n'était-il pas préférable à de ridicules tuyaux de poêle, parfois trop courts, cachant à peine les chaussettes et la tige disgracieuse des souliers neufs insuffisamment imprégnés de cirage, parfois trop longs, et vrillant alors en larges rides, comme une défroque de saltimbanque? Mais Dumortier et Jopique lorgnaient avec inquiétude vers la porte du dortoir pour prévenir l'arrivée de Pommier ou de Billotet. On interdisait expressément pareil système de repassage, nuisible à la literie, autre trésor de l'Etat. Cependant, on le tolérait aux anciens...

— Pourquoi eusses et pas nous? avait dit Caminade, un soir que l'adjudant Moustache, jovial, extrayait son pantalon luisant d'eau de dessous son matelas. A quoi ça sert-y l'égalité des droits de l'homme et l'abolition des privilèges? Les anciens, i crânent... Nous, avec nos falzars, on ressemble à des sans-culottes... Justement!

Mélancolique, le petit Castelin entassait son linge sale dans sa valise. Malgré son ardeur, son fanatisme, son dévouement sans borne, il n'avait pu se révéler un génie lors des compositions trimestrielles. Loin de là! Il était vingt-cinquième, battu d'une place par Simon Chalumot, pourtant peu zélé. Mais vedette de sa section en conduite, en tenue, en instruction militaire, Castelin avait quand même décroché le galon rouge de « première classe ». Point satisfait cependant, il épiait le sergent-fourrier Menoux, élite en toutes choses, qui revêtait une nouvelle fois sa veste pour mieux juger du bel effet de ses sardines obliques cousues sur les deux manches, à hauteur du biceps.

Quelques sergents, quatre ou cinq caporaux, une demi-douzaine de « première classe », disséminés dans toute la compagnie, goûtaient à la même minute une prodigieuse ivresse, et leurs débuts dans la carrière s'annonçaient sous de fumants auspices. Existait-il, pour eux, de plus riches étrennes? Jean-Philippe Berbillat, de Reims, s'était empressé de se mettre sur le chemin de Chalumot, ses galons en évidence, bien qu'il eût depuis longtemps méprisé le voisinage de « la brebis galeuse ». Sans doute croyait-il estomaquer Simon, en obtenir une certaine déférence, un quasi-respect. Mais Chalumot dit à ce prodige, qui croisait les bras sur la poitrine, ostensiblement :

— Comment qu'tu vas t'prom'ner dans les rues d'Reims, avec ça! Seulement, si tu les frottais un peu au Miror, tes galons, on les r'pérerait d'plus loin...

Quelles angoisses toute cette fleur n'avait-elle point subies, dans l'attente des symboles de son mérite! Peu de jours auparavant, on avait porté chez le tailleur les vestes et les collets-manteaux de ces jeunes espoirs, afin que les employées y cousissent les glorieux signes distinctifs, et tous s'inquiétaient auprès des chefs du retour de leurs frusques.

— C'est sûr, caporal, qu'elles reviendront à temps, nos vestes? On les aura pour partir en permission? Y a pas de danger? Ils ne s'tromperont pas dans les grades, au tailleur? Ils les mettront bien partout, les galons? Sur la veste de travail aussi?

— Ne vous en faites pas, mes amis, répondait Fromentel, compréhensif. Vous ne serez aucunement frustrés d'une récompense qui vous est due. Soyez tranquilles. Vous irez en vacances avec vos galons, et vous aurez bien raison d'en être fiers. Allons, Menoux, allons, Castelin, ne vous tracassez plus à ce sujet...

Tandis qu'à quelques heures du grand départ les élèves se démenaient dans les chambres, certains, renfrognés et tristes, ou froids apparemment, dédaignaient cette joyeuse panique. Il s'agissait des punis, et de ceux, tels Faouen, Barthélemy, Le Borgne, orphelins, sans nulle attache, qu'aucun foyer n'accueillerait. Ces anciens de la Boissière, depuis longtemps habitués aux manifestations bruyantes, la veille des vacances, paraissaient n'en pas souffrir. Ils continuaient de vivre, insensibles aux échos d'un enthousiasme qu'ils n'avaient pas à partager, et qu'ils ne connaîtraient sans doute jamais.

Les punis quitteraient l'Ecole un, deux, trois jours ou davantage après les bons élèves, et, pour l'instant, ils s'évertuaient à dissimuler leur amertume. Indisciplinés de nature, ils tenaient en cette circonstance à montrer leur fierté coutumière. Ils étaient des hommes, et ne craignaient point de se refuser la bourgeoise tendresse des parents. Quel non-sens, d'ailleurs, d'aimer revoir des pères et mères sans scrupules, aux desseins contestables, et qu'une pareille séparation n'avait point gênés!

D'autres enfants, retenus pour des leçons, des devoirs négligés, s'imaginaient qu'on cherchait seulement à les effrayer, qu'on leur dirait, à la dernière minute, d'une voix bourrue, en leur faisant les gros yeux :

— Allons, les punis... Untel... Untel... Untel... Dépêchons-nous de nous mettre en tenue comme tout le monde. Vous risquez de manquer le train, mes gaillards. On vous pardonne, comprenez-vous? Mais la prochaine fois...

Vautré sur le plancher, entre deux lits qui le dérobaient à Moustache et lui épargnaient le remue-ménage des camarades, Chalumot lisait *les Trois Mousquetaires*. Les prouesses de d'Artagnan et de sa suite valaient bien les joies du départ immédiat en permission. Il aurait du reste le loisir de s'y préparer pendant les cinq jours de consigne qu'il devait à des zéros de classe — quoiqu'on eût pensé longtemps « qu'ils compteraient pour du beurre » — et à ce motif soigné de l'adjudant Moustache :

« Au cours de la cérémonie du 11 novembre, pendant l'exécution de *la Marseillaise*, le salut au drapeau et la remise des décorations, l'élève Chalumot Simon, matricule 2154, de la 3ᵉ compagnie, 1ʳᵉ section, a gardé les mains aux poches dans une attitude particulièrement insolente vis-à-vis des traditions militaires, et a invoqué la température pour se disculper. »

Chalumot passerait donc à l'Ecole le réveillon de Noël, et, sans toutefois s'en réjouir, il bénissait ce moyen de reculer le contact avec son père, averti par le bulletin de son incapacité flagrante à devenir un excellent soldat. Dernier en conduite, vingt-quatrième en classe, c'était la semonce certaine... Un prolongement, en somme, aux pénibles usages de l'Ecole, enrichis d'une volée de gifles et d'un rare coup de pied au cul pour marquer la différence et tout de même affirmer les droits paternels.

Pressentant cet autre calvaire, Simon Chalumot n'avait pas voulu transmettre le certificat d'hébergement, l'autorisation de vacances à sa famille. Il se faisait fort de vivre à la caserne ses douze jours de permission, et d'en retirer plus de béatitude que d'un rapprochement avec les siens. Mais l'envoi de ce certificat était obligatoire, et le sergent Billodet décida pour Chalumot, en se méprenant toutefois sur le sens de ce refus.

— Hein! Z'avez honte de retourner chez vous? Un peu tard pour avoir des remords!! En tout cas, à la place de votre père, je vous laisserais moisir ici. Nous serions, nous, en accord avec le règlement de l'Ecole, et vous auriez ce que vous méritez. S'rait pas drôle de penser aux camarades en train de fêter chez eux ces bons jours de détente! La meilleure punition, sans doute, et qui vous donnerait peut-être à réfléchir... Enfin, je me repose sur le jugement de votre père, à qui l'expérience ne doit pas manquer...

Mais l'adjudant Chalumot avait signé favorablement, à la grande surprise de Simon. Il crut même que son père, furieux, désirait ne point se frustrer d'une si belle engueulade, préférant la logique et la discipline à sa propre satisfaction.

— Bon, dit Chalumot. N'empêche que si ça va trop mal, avec papa, je remonte dans l'train tout de suite. Avant qu'i m'touche, si j'peux...

Quoique exalté par *les Trois Mousquetaires,* Simon songeait parfois à l'accueil qu'on lui réservait à la maison. Il se souvint d'une lettre de sa mère, réponse à celle qu'il avait rédigée après le passage à la tondeuse.

« Ton père, écrivait Mme Chalumot, n'est pas si bête que tu l'imagines. Il a bien vu que tu le narguais et que tu essayais de le ridiculiser, surtout pour ses moustaches. J'ai eu toutes les peines à lui faire accroire que tu disais ça sans y voir le mal. Parce qu'il faut que tu saches, mon gamin, que c'est sur moi que ça retombe, tout ça. Il me reproche de t'avoir trop gâté derrière son dos. D'un autre côté, il s'étonne que tu m'adresses toujours tes lettres, comme si tu m'aimais mieux. Alors, pour qu'il soit content, et pour m'épargner des disputes, commence par « Mon cher papa, ma chère maman... » Ton capitaine avait mis une observation en haut de la lettre : « Nous n'avons rien « voulu retrancher des considérations de votre fils, « l'élève Chalumot, particulièrement irrespectueuses « pour le commandant de l'Ecole et l'ensemble des « cadres. C'est une preuve éclatante de son mauvais « esprit, qui ne devait pas vous être cachée. » Voilà! J'ai eu le temps de couper ça avant que ton père lise ta lettre. Qu'est-ce que j'aurais encore entendu! Tu peux me remercier. Mais tu me désoles, Simon, et je m'aperçois que je n'ai pas fini de verser des larmes... Je ne suis pas récompensée, et ton père aussi, quoi que tu en dises, de tous nos sacrifices. Je me demande souvent ce que j'ai pu faire au bon Dieu pour mériter un pareil châtiment... D'autant plus que mes douleurs me reprennent et que j'ai eu une faiblesse, l'autre jour, en allant voir ta tante Mélie... Pense à tout ça, Simon, et aussi qu'il y a des enfants qui triment dur déjà, à ton âge, et qui voudraient bien être à ta place... »

Puis, Chalumot éternua, et ce réflexe, avec bonheur, changea le cours de ses méditations. Pendant deux semaines, il échapperait au supplice de l'huile goménolée, quelle chance! En effet, depuis le début de novembre, tous les soirs avant le goûter on conduisait les élèves à l'infirmerie. Là, au seuil du bâtiment, afin de prévenir rhumes et grippe, l'infirmière et son aide, compte-gouttes, bol d'huile en main, s'apprêtaient à fourrer le remède sauveur dans des milliers de narines. Pour beaucoup d'enfants, il n'était pas de plus adroite torture. Outre que les compte-gouttes exploraient d'affilée tant de nez sales, donnant aux uns ce qu'ils ôtaient à d'autres, l'huile dégoulinait sur les lèvres serrées, s'y infiltrait, empuantissait la bouche, en même temps qu'un flot copieux dévalait sous la luette.

— Reniflez! Au suivant...

L'infirmière, corpulente personne au visage épais, asymétriquement enflé, et moustachu lui aussi, saisissait d'une main la nuque de l'enfant, la pliait de force, puis, de l'autre, enfonçait la seringue dans les trous noirs avec un rictus involontaire qui lui gonflait encore les bajoues et le menton. Elle approchait sa figure à frôler celle de l'élève, et ses yeux, qui emplissaient ses gros verres de myope, semblaient vouloir le fasciner.

— Reniflez, grand malin! Reniflez donc...

Délivré de l'étreinte, l'élève cherchait à tirer son mouchoir de la poche. Mais les gradés faisaient le mur, stratégiquement placés, veillant à l'entière absorption du goménol. Point d'échappatoire, de possibilité de fuite. La police était trop bien organisée; et les sergents savaient que les élèves eussent subi n'importe quelle punition pour couper à ce martyre quotidien.

Chalumot manquait toutes les fois de vomir. Il grimaçait, se contorsionnait, tentant de stopper le flux graisseux qui lui inondait maintenant le bas du visage. Et d'autres, près de lui, paraissaient s'en délecter! Le Calvé se torchait même les narines d'un coup de langue, afin d'interrompre un chatouillement intolérable, ou pour ne point perdre une molécule de cette provende. Engoncés dans leurs cache-nez, bérets au ras des oreilles, avec leurs faces rougeaudes, leurs bouches, leurs mentons huileux, on eût dit de quelque tribu d'Esquimaux après une ripaille de phoque ou de gras de baleine...

En revenant de l'infirmerie, c'était l'habituelle perception du goûter. Le pain, le chocolat s'imprégnaient alors de l'âcre senteur, et l'ingestion s'éternisait en dépit du lubrifiant. Désagréable souvenir, si vivace, que Chalumot en eut à l'instant la chair de poule. Il retrouva l'atroce parfum en salivant, son palais s'empâta comme s'il venait de mastiquer du savon ou de la bougie.

— Rassemblement des permissionnaires du premier départ! Distribution des repas froids aux cuisines... Prenez vos musettes... Au trot, messieurs, au trot!

Fromentel quittait également l'Ecole pour douze jours, et déguisait mal sa satisfaction. Chalumot remarqua qu'il avait troqué son lorgnon à monture de nickel pour un autre cerclé d'or. De leur côté, Menoux et Castelin descendirent dans la cour sans les fausses manches obligatoires, le désir d'exhiber leurs galons neufs primant la crainte d'un reproche pour cet oubli des usages. Mais Fromentel feignit de regarder ailleurs. Au coucher, il témoigna pareille indulgence, tolérant les causettes longtemps après l'extinction des feux. Tout le monde ne prisa point cette mansuétude, et les punis s'insurgèrent.

— Vous allez fermer vos sucriers? hurla Delplanque. C'est pas pac' que vous vous taillez demain matin qu'il faut empêcher tous les autres de dormir, non! T'as compris, Castelin?

— Oui, dit Chalumot, boucle-la, Castelin. On n'est pas faits à ta petite voix mignonne, la nuit... Ça nous dérange... Et tu vas prendre un mauvais pli, surtout.

Faouen cria, d'un bout du dortoir :

— Caporal, y a Castelin qui n'arrête pas de parler. On peut pas ronfler. Faut lui reprendre son galon. C'est pas juste...

— Il est maintenant l'heure de se reposer, dit Fromentel, de son lit. Vous aurez tout le temps de discourir demain et les autres jours...

Castelin, qui confiait, dans un murmure, ses projets de vacances à son ami Le Floch, s'était tu, marri de cette subite publicité.

— D'ailleurs, dit Pouliquen, plus tôt qu'on dormira, plus tôt qu'on sera demain. Quand on pionce, ça passe plus vite... J'me rappelle, chez moi...

— Ta gueule! hurla de nouveau Delplanque. Ou j'vas t'virer..... Bande d'égouastes! J'voudrais qu'votre train i s'bouzille en route. J'me marrerais dur...

— Silence, Delplanque! dit Fromentel. Vous allez avoir affaire à moi.

Une voix frêle, curieusement aiguë, monta soudain

Encore un carreau d'cassé,
V'là l'vitrier qui passe,
Encore un carreau d'cassé...

L'allusion était trop nette, qui visait le caporal et de fréquentes avaries à ses binocles.

— Je vous porte le motif, Faouen. Au réveil, vous aurez de mes nouvelles!

— C'est pas moi! brailla Faouen. Je l'jure... Si vous vous rétractez pas, caporal, j'me jette par la fenêtre!

Et il ouvrit bruyamment la plus proche.

— Qui est-ce, alors? demanda Fromentel. Que le coupable se dénonce...

— Ferme la fenêtre! crièrent dix élèves. On va crever. C'est dégueulasse... J'claque des dents...

Tandis que des tousseurs se déchaînaient.

— Allez, Menoux, dénonce-toi! disait Faouen au sergent-fourrier. T'es un lâche!

— C'est bon, dit Fromentel, devinant la ruse. Recouchez-vous, Faouen...

— Vous vous rétractez?

— J'ai fait erreur, j'en conviens...

— Ça va...

Bien avant le réveil, les permissionnaires bondirent de leur lit, par dizaines, impatients de se préparer, et Delplanque, Faouen, Chalumot, clamèrent encore leur indignation.

— Les vaches! I z'ont juré de nous casser les pieds jusqu'au bout!

— Viv'ment qu'i s'tirent, qu'on soye peinards...

— Vas-y, Castelin, frotte-les toujours, tes godasses. Le maire de ton bled t'attend à la gare pour te féliciter...

— Eteignez la lumière, bon Dieu! La cloche n'a pas sonné...

— C'est salaud de voir ça! Les pourris! Caporal, c'est-y régulier qu'i nous laissent pas dormir? Hein?

Mais Fromentel s'agitait de même dans son alcôve, pressé de gagner des lieux moins hostiles, et Langloy, son planton, se leva pour l'aider. Exceptionnellement, le caporal s'abstint d'arpenter le dortoir. Les permissionnaires ne songeaient pas à lambiner; quant aux retenus, aux privés de vacances, ils pouvaient s'octroyer un modique « rab de pieu ». D'aucuns ne daignèrent même pas descendre au réfectoire; ils se prélassèrent, enfouis sous les couvertures, ouvrant souvent un œil pour épier la progression de leurs camarades. Certains finissaient d'entasser leur literie; d'autres se harnachaient ou revenaient en courant du lavabo, se pomponnaient, briquaient une ultime fois leur fourniment.

Fromentel sortit de l'alcôve, le calot incliné sur l'oreille, semblait-il, suivi du planton Langloy qui portait sa valise.

— Les permissionnaires pour Paris, ou qui doivent y changer de train, rassemblement dans la cour...

— Salut, Chalume! cria Dumortier en se ruant, lesté de ses musettes. Te frappe pas! S'ra bientôt ton tour!

— Bonne perme, les gars!

— A la revoyure!

— Les vaches! dit Chalumot. Y en a pas un qu'aurait soufflé la pétoche...

Il ne se leva point pour l'éteindre, et ramena les draps sur son visage. Puis, peu peiné de ce supplice de Tantale, il se rendormit très vite, non sans s'être assuré, d'un geste pieux, de la présence, sous son traversin, du deuxième tome des *Trois Mousquetaires,* collection Nelson...

Longtemps après qu'ils eurent occupé le train, les enfants de troupe, anciens et jeunes de compagnie, cherchaient toujours à s'installer, allaient de-ci, de-là dans les wagons vétustes à la rencontre de camarades. Ils chantèrent enfin, braillèrent des couplets idiots ou tendancieux, au dam des quelques civils mêlés à cette cohue, qui, bousculés, aplatis sur leur banquette, souriaient d'abord pour grogner ensuite d'énervement et de fatigue.

Rengaines expulsées, des élèves tirèrent les vivres de leurs musettes. D'autres les imitèrent sans réfléchir, et, toute vergogne absente, ils bâfrèrent en chœur, ingurgitant la viande froide, les sardines, le fromage avec d'affreuses grimaces, comme des bovins en pleine rumination. La figure écrasée sur les épaisses tranches de pain rassis, le nez dans le bifteck, les yeux chavirés, ils reniaient toute convention, tout savoir-vivre. On leur avait donné cette boustifaille, c'était bien pour qu'ils l'engouffrent... En matière de casse-croûte, un soldat n'a point à s'embarrasser des règles de bienséance.

Le pouce guidant la lame du couteau, la boîte de « sardoches » béante au creux de la musette posée sur les cuisses, tel un authentique pionnier des terres auvergnates ou mosellanes, le sergent-fourrier Menoux reprenait des forces.

— Faudrait un coup à boire, s'écria Dumortier. C'est dur à passer, la barbaque...

— T'en fais pas, dit Caminade, à la gare Saint-Lazare, au buffet, j'vas m'envoyer une de ces chopines de rouge! D'puis l'temps qu'on voit pas d'pinard... Pis j'ai du pèze, les gars. I m'restait trente-cinq francs, au bureau... Trente-cinq...

Après la portion de gruyère, certains se remirent à hurler.

— Aux chiottes les Andelys! On est d'la classe! Vivent les permes!

Et montèrent encore des couplets de circonstance.

Précieux, les anciens fumaient des cigarettes de fantaisie, des « hichelifes », des « fassions », levant le nez à chaque bouffée pour étaler leur plaisir. Dumortier obtint le mégot d'un grand de dernière année, le suçota, puis l'offrit à Lepage.

— Si Chalumot nous voyait, dit Pouliquen, i râlerait sec...

— C'est un con, Chalumot, dit Beaufretin, le Chouan, qui songeait à sa Vendée natale. I sait pas c'qu'i perd... C'est rien chouettos de passer le réveillon chez soi. A sa place, j'aurais un vache bourdon...

Pouliquen n'attendit pas d'avoir mâché son triangle de gruyère.

— Il l'a! Aie pas peur... I veut crâner comme ça, d'vant les copains, mais en c'moment i doit chialer dans son plumard, en pensant à nous.

— Oui, dit Castelin, assis sur sa valise dans l'étroit

couloir, c'est vrai, ça... Même qu'un soir qu'on était couchés, je l'ai entendu pleurer, Chalumot...

— M'étonne pas, dit encore Pouliquen. Finira bien pas comprendre, va... I cédera, Chalumo, à force... Y a l'Moustache qui l'repère dur...

— N'empêche, dit Dumortier, qu'il marque des points d'temps en temps, Chalume.

Pouliquen éclata de rire, dans une fusée de pain et de fromage amalgamés.

— Ouais! Avec quat'jours de privation de perme, c't'une victoire, p't'êt'?

Au ralenti, le train traversait une gare obscure et déserte. Un ancien aperçut une femme qui secouait ses draps à la fenêtre d'une maison.

— Une môme, les mecs... Une môme! Visez! A l'est presque à poil!

Et tous, hormis Menoux qui continua de bouffer, se poussèrent en bramant contre les vitres...

X

— Je l'vois! cria Mme Chalumot. J'te dis que j'le vois! » Et les gens, massés dans le hall de la gare, regardèrent cette forte femme au verbe claironnant.

— Où ça? demanda le père de Simon. J'vois rien, moi... T'as rêvé...

L'adjudant tendait le cou, se haussait sur la pointe du pied, et n'atteignait pas encore au niveau de son épouse, qui, elle, dominait la foule de toute sa tête large, bouffie, au chignon trop apprêté.

— Là-bas, bon sang! Près de la porte... A droite... Tiens, i s'est arrêté pour chercher son billet. I fouille ses poches. Pourvu qu'il l'ait pas perdu, mon Dieu... Non! Il l'a! I repart, maint'nant. Il est près de l'employé... Alors, l'vois-tu? L'vois-tu? Tu veux jamais m'croire quand j'dis quèqu' chose...

Elle élevait le ton de plus en plus, ne s'adressant même pas à son mari, parlant à la cantonade, dans un désir continuel de prendre le peuple à témoin, de l'intéresser à ses peines, à ses joies intimes.

— T'avais raison, dit Adrien Chalumot en tordant sa moustache. Appelle-le, Octavie, des fois qu'il nous ait pas vus...

Mais, comme s'il voulait prévenir le hurlement, contrarier cette marotte de l'exhibition qui l'avait toujours gêné, Simon leur fit un léger sourire. Les arrivants se bousculaient, se hâtaient. Puis, stoppés par des proches, des amis démonstratifs à l'excès, ils encombraient le hall, et le jeune Chalumot, timide ou patient, hésitait à les déranger.

— C'est quand même malheureux! dit sa mère. Ils le laisseront pas passer! Ils le laisseront pas passer! J'en suis sûre. Y en a qu'pour eux! Vas-y donc, Chalumot! Aide-le. Va lui porter sa valise...

L'adjudant n'en eut pas le loisir. Simon était enfin là, mal à l'aise en cet accoutrement qu'il leur montrait pour la première fois.

— B'jour, m'man...

Quatre succions sonores de la mère, deux sur chaque joue, en parfait synchronisme avec les baisers du fils, à peine perceptibles.

— B'jour, p'pa...

Autre accolade, mais de moitié réduite, et plus discrète, à cause des moustaches défavorables à l'acoustique. Simon faillit essuyer son visage humide d'une buée en dépôt dans les poils. Machinalement, il éleva la main jusqu'à sa galette pour la tirer sur l'oreille.

Puis, ils restèrent là tous les trois, immobiles et sans idées, s'examinant bêtement entre eux.

— Alors? dit l'adjudant à Simon.

— Ben...

— Tu comprends pas qu'il est dépaysé? dit Mme Chalumot. Laisse-le se r'mettre... Et regarde un peu l'heure qu'il est, l'père... Faut qu'on aille chez les Comparois... Tu sais bien qu'ils nous ont invités à souper... On était déjà en r'tard la s'maine dernière... Allez... Viens, mon gamin...

Ils sortirent de la gare, marchèrent un moment en silence.

— Attrape-lui donc sa valise, dit soudain Mme Chalumot à l'adjudant. I fait nuit... Ça t'déshonorera pas. I doit être fatigué d'un voyage pareil. Pas, Simon?

— Ça va, répondit Simon. J'ai un peu faim, juste. Pac' que j'ai mangé mon repas froid d'puis longtemps. Et j'ai mal aux pieds, un peu. C'est mes chaussures de sortie, qu'jai. Les neuves... Alors em'font des ampoules...

— C'est rien d'ça, dit le père. Un grand gaillard comme toi...

Il sembla qu'il accélérait exprès, afin d'évaluer la vigueur de son fils. Peut-être allait-il même donner la cadence, comme à l'Ecole. Simon le pensa, qui sentait en lui résonner les « une deux » habituels.

— Marche donc pas si vite, Chalumot, dit sa mère, distancée. T'as pas pitié d'ma phlébite, on croirait. Tu sais pourtant qu'ma jambe me cogne de plus en plus...

Simon éprouva tout à coup un étrange sentiment d'aversion pour les deux êtres qui l'accompagnaient; et leurs manies, leurs défauts, dont il n'avait point encore jugé, les acceptant ainsi que des manifestations normales de toute vie de famille, lui parurent odieux. Après trois mois d'exil, le retour au sein d'un monde presque oublié en accentuait les travers. Une brusque douleur le meurtrit. Ce fut comme s'il se vidait, comme si l'on aspirait sa moelle et son sang. Nausée violente, qu'amplifiaient cruellement le froid, la faim, la lassitude... Il se retint de crier à sa mère :

— Tais-toi! Ne parle plus de ta sciatique, de tes rhumatismes, de ta phlébite, de ton fibrome, de tes migraines... J'entends tes litanies depuis trop d'années. Elles ont gâté mon enfance et m'ont poursuivi jusqu'à l'Ecole. Chacune de tes lettres les ressassait, me forçant à m'en souvenir, quoi que je fasse. Tu ne sais pas exactement ce que tu as, madame Chalumot. Tu mélanges tout, tu exagères, tu grossis tes tracas, tu outres tes souffrances pour qu'on s'attriste, pour qu'on te plaigne, pour qu'on t'accorde l'intérêt que tu n'as pu mériter d'une autre et meilleure manière. Tes tourments ne t'empêchent d'ailleurs pas de bien manger, de bien boire, de bien cancaner avec les voisines, de bien rire aussi des infortunes et des tares du prochain... Et quand il s'agit de goûter un plaisir, d'aller au spectacle, de participer à une fête, à une bombe extraordinaire, tu montres la plus sordide hypocrisie. Jusqu'au dernier instant tu geins, tu soupires, tu invoques le bon Dieu, guettant comme un baume les supplications et les encouragements des tiers, mais tu es sûre, déjà, que rien ne t'éloignera de la bonne route, et que pas une seconde, dans ta joie, tu ne te souviendras de la moindre de tes tortures... Mes vacances sont foutues, madame Chalumot, et j'aurais dû m'en douter. Il me faudra, pendant ces huit jours, supporter tes jérémiades, tes cris de damnée imaginaire, tes malédictions, ton hystérie... Si tu voulais essayer, une fois, de ne plus jouer ta grande scène? Avec nous, seulement... Avec le père Chalumot et moi, qui ne tombons plus dans le panneau, et ne croyons plus à l'authenticité de tes misères. Je t'en supplie, m'man... Sans ça, c'est moi qui vais être malade pour de vrai. Tu me donnes envie de vomir, m'man...

« Il y a autre chose, m'man. Pourquoi appelles-tu

encore papa : Chalumot? Je m'y suis fait, bien sûr. Depuis si longtemps... Mais maintenant que les gradés de l'Ecole m'ont rebattu les oreilles de ce nom, il m'est intolérable. Il me dégoûte... J'en ai peur. Il m'affole... Quand tu t'adresses à mon père, lorsque tu lui dis : « Chalumot ceci... Chalumot cela... », j'ai l'impression qu'il s'agit de moi, son fils, et qu'à ta place, si je me retournais, je verrais l'adjudant Moustache, le sergent Billotet, Fromentel, ou même ce salaud de capitaine-major... Dis, m'man? Tu comprends? Adrien, c'est pas très beau... Mais lui, p'pa, il t'appelle Octavie... Il a pas honte... »

Puis, découvrant à sa droite l'austère profil de l'adjudant, encore durci par la casquette plate à visière de moleskine, Simon crut bon de ralentir. Toutefois, il n'attendit pas franchement sa mère qui soufflait à quelques mètres. Point certain de ses préférences, ignorant à qui témoigner la plus grande part de sa rancœur, il se mit entre eux, tête basse, traînant ses pieds dans la neige fondue.

— Mon pauv' gamin!... Si tu savais...

Sans doute espérait-elle un mot tendre, une maigre invitation à libérer sa faconde déprimante. Simon ne dit rien. Alors elle se contenta de lui prendre le bras et de s'y appuyer en haletant de plus belle. Cependant, elle ne put s'accoutumer à ce silence.

— Chalumot! cria-t-elle. A quoi ça t'sert de courir? Tu ne peux pas rester avec nous, non? De quoi qu't'as l'air, comme ça? Tu vois, Simon! Ton père, c'est toujours le même ours... I change pas... I changera jamais...

Simon redouta qu'asticoté de la sorte l'adjudant Chalumot ne rompît son mutisme inquiétant. Il devinait trop bien que son père se contraignait de ne pas lui reprocher ici même ses notes, sa conduite, et lui demander des explications sur les quatre jours de punition inscrits à l'encre rouge en haut de son bulletin trimestriel... Son visage, anormalement ridé, ses moustaches pendantes, le pli noir de ses sourcils, sa démarche, tout indiquait la colère contenue. Peut-être Mme Chalumot l'avait-elle adjuré de remettre cette semonce inévitable, tant pour son fils, qu'elle affectionnait au fond, que pour s'épargner quelques échos de la querelle. Car, friande de ses propres lamentations, de ses gueulements, de son tragique inné, elle ne les souffrait pas d'autrui.

La pudeur, un manque coutumier de confiance, et non la timidité, empêchèrent Simon de dire à Mme Chalumot :

— Laisse-le, m'man. Vaut mieux qu'il soit loin, qu'il ne parle pas. Avec toi, je suis plus tranquille, un peu rassuré... Je sais trop ce qui me pend au nez ce soir, ou demain, ou les jours suivants...

Ils rattrapèrent pourtant Chalumot qui roulait une cigarette, arrêté sur le pont du chemin de fer. Simon regarda les signaux multicolores et leur halo tremblotant, les fils lumineux des rails, et la gare miroitante en retrait. Dans une semaine... Il y songeait déjà, mais sans amertume, presque avec soulagement.

— On est bientôt arrivés, dit sa mère. Ils habitent près de chez nous, les Comparois. Rue Thomas... Tu vois où qu'elle est, la rue Thomas, Simon? Au bout de la nôtre... Ils ont hâte de te connaître, on leur a tellement causé de toi... On va chez eux souvent... Et ils nous reçoivent bien, ça! Tu vas t'régaler, mon gamin.

Patiente un peu... Elle, la mère Comparois, elle met les petits plats dans les grands. Pas, Chalumot? Tiens, demande à ton père. Lui qu'aime rien à la maison, il fait moins l'difficile à leur table...

— On va d'abord chez nous? dit Simon.

— Pas l'temps, mon gamin...

— C'est parce que j'suis sale, du voyage. J'aurais bien voulu m'débarbouiller. Et changer d'linge aussi. Et d'habits même... J'aurais enfilé mon costume d'avant. Çui en velours... Y a longtemps qu'j'y pense, t'sais...

L'adjudant venait de reprendre la valise en main. Il la posa de nouveau pour relever le col de son paletot de cuir, puis il dit, grave, toisant Simon :

— As-tu l'autorisation de ton commandant pour t'habiller en civil, hein? De mon époque, il n'y avait que les sous-officiers rengagés qui bénéficiaient de cette faveur. Ça n'a pas dû varier, j'espère... Et rappelle-toi bien, Simon, que t'es militaire une fois pour toutes. J'aurai d'ailleurs à t'glisser deux mots plus tard... Tu sais pour quoi? Sans ta mère, j'te calottais à la gare, devant tout le monde, pour te montrer à bien te conduire et à me respecter. Porte ta valise, d'abord... J'suis pas ton domestique, bon sang!

— Ça y est! s'écria Mme Chalumot, près de pleurer. J'en étais sûre... J'en aurais mis ma main au feu... Quel malheur! Il va nous gâcher la soirée!... C'est ma mort, qu'il veut... C'est ma mort!

Des passants s'immobilisèrent sur l'autre trottoir, repartirent en hésitant.

— Et ce soir, dit l'adjudant Chalumot, point désarmé, tâche de te gouverner comme il faut. Ne me rends pas ridicule, ne me fais pas honte! Ou tu verras de quel bois je m'chauffe, mon garçon... Et puis le père Comparois est un ancien gendarme. Il se gênera pas pour te caresser les oreilles, crois-moi. Il connaît la discipline, lui aussi. Il a été au Tonkin, comme moi. Il a fait la guerre de 14 d'un bout à l'autre, comme moi...

— Et comme toi il est un peu maboul, dit la mère de Simon. Vous nous fatiguez avec vos souvenirs. On n'entend que ça chaque fois qu'on y va... Seulement, t'imagine pas que la mère Comparois est heureuse avec lui. Mais ne te bile pas, Simon. On passera quand même une bonne soirée. Ils ont une fille qui est de ton âge à peu près, mon gamin. Zézette... Jolie comme tout. Et instruite! Elle va au lycée. Vous pourrez bien vous amuser tous les deux.

— J'aurais voulu m'laver un peu avant, dit encore Simon.

Son père, toujours en éclaireur, se retourna.

— T'en fais des façons, maint'nant! On sait bien que tu n'es pas dans une pouponnière, non... Ni descendu de la cuisse de Rothschild! Ton capitaine a pas tort, nom de Dieu. Il faut te serrer la vis. Mais ils viendront à bout d'toi, n'aie crainte, petit salopard...

Simon sentit la main de sa mère presser son bras. Elle lui conseillait de ne pas se formaliser de ces coups de gueule, d'en prendre son parti, de n'y point répondre surtout. Il faillit pleurer. Alors, pour camoufler son désarroi, pour vaincre l'angoisse qui le gagnait, il pataugea dans l'eau par plaisir, claquant exprès ses grosses semelles au creux des flaques, shootant avec violence dans les amas de neige noire. Et sa mère, que retenait la peur d'un autre drame, accepta, stoïque, résignée, toutes les éclaboussures...

Boulotte, blonde et frisottée, son visage rose de bécassine constamment paré d'un sourire niais, Mme Comparois accueillit Simon comme un fils, les bras ouverts, avec des cris de bonheur aigus, inouïs, pareils aux éclats d'un vieux gramophone.

— Quel beau garçon! Est-il fort! Il a bien vos yeux, Octavie... Vous ne pourrez pas le renier... Embrasse-moi, mon petit... Ne sois pas timide... Je ne te voyais vraiment pas comme ça... Non! C'est trompeur, les photographies... Entre... Entre donc... J'en connais une qui va être heureuse! Depuis le temps qu'elle te réclamait, notre Zézette... Faut que je t'embrasse encore une fois... Tiens! Allez, mon petit Simon, débarrasse-toi de tes affaires. Donne-moi ta valise... Entre dans la salle à manger et va dire bonjour à M. Comparois... Il t'attend. Eh bien, vous devez être fier, monsieur Chalumot? Hein? Dites-le! Dites-le donc! Bonjour, Octavie... Ça n'a pas l'air de marcher... Encore vos jambes? Votre cœur? Allons, allons! Ce soir, il ne faut pas faire la moue, vous entendez? Pas de grimaces! On est là pour se caler les joues et bien rire... C'est compris! Pas vrai, monsieur Chalumot?

L'adjudant se dirigeait vers la salle à manger, à grands pas, pour ne point manquer ce contact entre son fils et Comparois. L'ancien gendarme, un géant, se tenait devant la cheminée, le bras droit sur le marbre, le gauche le chevauchant, les pieds croisés, l'un bien à plat, l'autre piqué, en une posture de héros. Ses derniers cheveux, plaqués au cosmétique, étaient soigneusement répartis, et l'on aurait cru, dans la pénombre, sur la blancheur de son crâne, un maquillage au crayon gras. Les moustaches à la gauloise, aussi longues, aussi fournies que celles du père Chalumot, paraissaient cependant plus soyeuses, plus élégantes. Sans doute Comparois usait-il de fers et d'ingrédients, et pas seulement les jours de fête...

Emu, Simon s'arrêta près de la table où, sous la suspension, étincelait la porcelaine du service à fleurs.

— Viens me serrer la main, mon garçon...

Une vraie voix de brigadier, revêche, sans qu'aucun sourire en atténuât la rudesse. Simon leva les yeux, trop haut même, et put contempler la panoplie qui surmontait la cheminée et la tête de Comparois : le képi galonné d'argent, les deux sacoches en cuir fixées de biais sur le mur et flanquant l'étui-revolver...

— Je te fais peur?

— Non, m'sieur, dit Simon en s'avançant. Et, repoussant le pan de sa pèlerine, il tendit le premier la main.

— Comme ça, te voilà militaire? Sais-tu au moins saluer correctement? Montre-nous tes capacités...

Il conservait son attitude théâtrale, et il semblait qu'il fût chez le photographe, dans l'attente du petit oiseau. On entendait, au fond du vestibule, les voix criardes des deux femmes. Sur un soudain écart de ton, Simon s'imagina que sa mère pleurait. Puis, il lorgna son père, derrière son dos, qui souriait d'aise à l'idée de le voir prouver sa science.

— Eh bien! Simon... On t'a demandé quèqu' chose!

— J'sais bien...

— Alors?

Comparois se relâcha.

— Laisse-le, Chalumot, dit-il, moqueur. C'est un soldat de mes deux, v'là tout. On n'est pas fauchés avec une relève pareille. Bonsoir!

Mais l'adjudant bondit, serra l'épaule de Simon, violemment.

— Tu vas saluer, oui ou non?

— J'fais qu'ça toute la journée, répondit Simon en tentant de se garer d'une gifle éventuelle. Alors, puisque j'suis en vacances...

Le hurlement du père Chalumot avait attiré les femmes, et Mme Comparois, joviale, s'interposa.

— Qu'y a-t-il, voyons? Hein? Qu'y a-t-il?

— Y a qu'ce crétin ne veut pas obéir, dit Chalumot, gris de colère. On lui demande de saluer et il refuse! On n'en fera rien, vous pouvez me croire. Je me casse la nénette à répéter tout le temps à sa mère qu'il est pourri jusqu'aux os, ce salopard!

Il secouait Simon qui ne cherchait pas à résister, *perinde ac cadaver,* et la pèlerine volait, s'enroulait sur ses hanches, comme s'il se fût agi d'un essai chorégraphique.

— J'vous l'disais! s'écria Mme Chalumot en plissant le nez pour faire surgir des larmes.

Comparois s'esclaffait, étayant toujours la cheminée, telle une cariatide monstrueuse.

— Vous êtes fous tous les deux, dit sa femme. Ce petit est en permission et vous l'ennuyez avec vos idioties! Allez, Simon, ôte ta pèlerine et assieds-toi. Tu n'as pas eu de réveillon, mais tu vas te rattraper. C'est pour toi que j'ai fait tout ça, mon lapin... Es-tu content?

— Oui, madame, dit Simon en lui donnant son collet-manteau.

Il y eut un silence respectueux. Simon apparaissait à ses parents dans toute sa splendeur d'enfant de troupe, et ils l'admirèrent, le détaillèrent de la tête aux talons. Mme Chalumot essuya ses cils enfin mouillés, tandis que Simon se dandinait, conscient du grotesque de son travesti, et désireux de fuir cette inspection supplémentaire.

— J'chuis pas beau, j'l'sais, dit-il, regardant la pointe de ses grosses chaussures. On est tous pareils, là-bas... J'ai honte aussi, quand on sort en ville, le jeudi et l'dimanche. Les gens s'moquent de nous...

— Vous l'entendez? cria son père. Franchement, Comparois, est-ce que c'est pas malheureux de se sacrifier pour des gars de son espèce? Il est instruit, nourri, habillé à l'œil, et il se plaint encore! Il critique l'armée, la carne! De mon temps...

— Recommencez pas, pour l'amour du Ciel! dit Mme Comparois, les mains jointes. Et, à Simon :

— Tu es mignon, mon poulot. Ne t'inquiète pas... Je suis sûre que Zézette te trouvera magnifique. Je vais l'appeler... Elle est en train de se faire une beauté, la mâtine... Allez... Mettez-vous à table, Octavie...

L'adjudant Chalumot tirait son tabac de la poche.

— Il perd rien pour attendre, le voyou, dit-il entre ses dents. Quand on aura mangé, je le ferai manœuvrer de la bonne manière. Et gare à lui s'il ne file pas droit! J'ai peut-être pas raison, Comparois, hein? A ton avis?

— Parfaitement! Et si j'avais été d'toi, Chalumot,

pour lui apprendre à vivre à cause de ses mauvaises notes, je l'aurais privé de permission...

— J'y ai bien pensé, dit Chalumot. S'il n'y avait pas eu sa bon Dieu d'mère!

— Elles comprennent rien, les femmes. Mais le jour où leur gosse tourne mal, elles poussent les hauts cris et s'mordent les doigts. Mon vieux Chalumot, j'en ai arrêté, moi, des lascars comme ton fils... Des dizaines! Des vrais bandits qu'étaient prêts à assassiner toute leur famille et à foutre le pays à feu et à sang... Pourquoi? Parce qu'ils avaient manqué d'un père solide qu'aurait pas hésité à leur botter l'cul et à leur caresser les côtes. Pour ton garçon, Chalumot, l'est encore temps de le ressaisir. Mais faut faire vite! Crois-moi... J'ai vu ça dans son r'gard. I m'dit rien d'bon...

— Pourtant, dit Chalumot, peut-être vexé, il a tout pour bien faire, le monstre... Il a été premier au certificat! Oui, Comparois... Premier sur je ne sais plus combien. S'il voulait, il serait officier à vingt-trois ans. J'ai calculé...

D'un coup d'œil presque affectueux, il considéra Simon qui bavardait côte à côte avec sa mère, sur le canapé aux pieds torses.

— Tiens, c'est comme pour ma fille, dit Comparois en baissant le ton. Si j'écoutais Clémentine...

Mais il se tut. Zézette entrait, précédant Mme Comparois illuminée d'une fierté comique. Pour Simon, ce fut une apparition miraculeuse qu'il devait souvent se rappeler aux plus tristes jours de sa vie d'enfant de troupe, seule présence qui le secourût ce soir-là, et lui permît de tout entendre, de tout souffrir, de ne point regretter d'être sur terre. Levé, il regardait la fillette minauder à la ronde, les yeux brillants, sûre de son charme, de sa grâce réelle. A quinze ans, grande, élancée, elle semblait une jeune femme, et elle se cambrait exagérément pour tendre ses seins. Cependant, Simon ne voyait que les longs cheveux noirs qui frémissaient autour de son visage et s'amoncelaient sur ses épaules en une multitude d'anglaises soigneusement roulées.

— Bonsoir, madame Chalumot... Bonsoir, monsieur Chalumot...

Elle les embrassa prestement, pendue à leur cou, le dos creusé, un pied en l'air, et le rideau de boucles brunes se déploya.

— Nous te présentons Simon Chalumot, dit Mme Comparois. Embrasse-le aussi, va... Il ne demande pas mieux...

Mais Simon recula, sentit le canapé sur ses mollets, manqua de choir.

— Je suis trop sale... A cause du voyage...

— Est-il gourde! dit sa mère.

— Quitte au moins ton béret, cria l'adjudant. Y a longtemps que t'aurais dû l'faire, d'ailleurs...

Voilà bien l'observation que Simon redoutait! Oter sa coiffure, c'était exhiber son crâne à demi ras où pullulaient les creux et les bosses. Pourtant, le béret commençait à lui peser sur les oreilles. La salamandre des Comparois chauffait à pleins tuyaux, bourrée jusqu'à la gueule, et il eût enlevé sa galette avec un vrai soulagement. Comme il eût aussi dépouillé sa tunique dont le col lui râpait le menton, et sa cravate desserrée qui lui ceignait le cou d'une double gorgerette. Mais Simon aimait mieux endurer ce carcan que montrer sa chemise rayée de paysan, sans boutons, trop courte même, et décorée, en deux endroits, d'un placard de cachets et de matricules.

Toutefois, il n'y avait plus à tergiverser; le père Chalumot fronçait les sourcils... Alors Simon retira lentement sa galette.

— Mon Dieu! s'écria sa mère. Ils lui ont coupé ses cheveux! Les siens qu'étaient si beaux!

— Ben, j'te l'ai écrit dans une lettre, dit Simon. Même que pour que les gradés m'en veulent pas, j't'avais mis qu'j'étais maintenant comme Chéri-Bibi. T'rappelles pas?

— C'est un rude malheur!

— En v'là des histoires pour pas grand-chose! dit l'adjudant. De mon époque, c'était réglementaire la boule de billard. Et ça n'm'empêchait pas, tondu, de faire des conquêtes! Des comme toi tu n'en feras jamais, mon garçon! D'abord, c'est sain. Ça évite les poux et d'autres saletés. Et le matin, on n'est pas en retard au rassemblement. Pas besoin de se peigner et de se pommader. Pas vrai, Comparois? Regarde-nous, tous les deux! On n'a presque plus un poil sur le caillou et on vit bien quand même, non! Tous les vrais soldats, d'ailleurs, les soldats de carrière, c'est à ça qu'on les reconnaît. C'est le casque, mon garçon, qui nous les a fait tomber, nos cheveux! Hein, Comparois?

— Exactement! dit l'ancien gendarme. En attendant, va-t-on enfin manger? Y en a qu'pour lui, ce bleusaille...

Zézette restait plantée devant Simon. Elle le contemplait, surprise, intéressée, lui souriait parfois avec gentillesse. Peut-être comprenait-elle ses scrupules, ses tourments puérils, et sentait-elle combien il différait de ses parents bornés...

— Maman, dit-elle en se tournant vers Mme Comparois, si Simon veut aller dans le cabinet de toilette pour se laver les mains...

— Bien sûr. Viens, mon p'tit...

— On n'en finira pas, dit Chalumot. Et pour être franc, j'ai l'estomac dans les talons...

— Moi aussi, dit Comparois. Allez, à table, bonsoir! Il nous rattrapera, ton fils. Il doit avoir un fameux coup de fourchette, à son âge...

Pour tout le monde, ce fut un repas mémorable. Hormis la qualité des mets et le luxe de la vaisselle, Simon retrouva presque l'atmosphère du réfectoire.

— Je vous aiderai, Clémentine, avait dit Mme Chalumot en s'asseyant. Vous n'aurez qu'à me faire signe...

Mais, le nez dans son assiette, elle ne pensait plus qu'à s'empiffrer, rongeant les os, épongeant la sauce jusqu'à la dernière goutte, parlant peu, surveillant du coin de l'œil les plats que Mme Comparois emportait et rapportait à la chaîne.

— On vous donne du travail, s'pas, Clémentine? Si ma jambe me faisait moins mal j'irais bien avec vous à la cuisine...

Les moustaches au repos, Comparois bâfrait et buvait sec, débouchait les bouteilles avec des hans de bûcheron, emplissait les verres sans lésiner, en de superbes arrondis du bras.

— Encore un bout d'lapin, dit-il à Mme Chalumot qui en avait repris deux fois, choisissant les cuisses d'un geste sûr. Allons, la Grosse, faut pas s'gêner...

Rouge et luisante, la mère de Simon étendit une main molle sur son assiette.

— Ne m'tentez pas, Comparois... Je sens que j'serai malade. Vous savez bien que le médecin m'interdit de faire des excès... Si vous tâtiez mon cœur, en ce moment...

— Pas d'manières, Octavie... Hop!

— Vous n'avez pas de pitié, Comparois. Mais je m'laisse faire quand même... On verra bien...

Et l'adjudant Chalumot — il en était à sa deuxième tête, son régal — se lécha goulûment les doigts en ricanant comme un démon.

A l'une des extrémités de la table, près de Zézette qui paraissait s'observer en mangeant, Simon goûtait une bonne quiétude. Ecœuré, il avait fini par ne plus voir ses parents dont l'inconvenance l'étonnait, et, ne sentant plus sa faim, il touchait à peine à tout ce que Mme Comparois lui servait avec de tendres encouragements. De son côté, Mme Chalumot l'incitait à goinfrer, les rares fois qu'une accalmie lui en donnait le loisir.

— C'est-y bon, mon gamin? As-tu c'qu'il te faut? Veux-tu encore des haricots verts? Un bout d'lapin? N'aie pas honte, tu sais? Mme Comparois t'l'a dit... C'est pour toi qu'elle a fait tout ça...

Et Comparois lui-même y allait de ses exhortations, se penchant sur la table, ses longues moustaches rasant les plats.

— Eh bien, la jeune classe? C'est quand même meilleur qu'à la caserne! Reprends du rab, fiston. On sait c'que c'est qu'la faim. Là-dessus, je serai toujours d'accord avec toi.

— Merci, m'sieur, répondait Simon, ému par la présence de Zézette, la plus jolie fille qu'il ait jamais approchée, pensait-il, qui l'interrogeait sur son travail d'école, son programme, ses préférences. Au lycée, elle en était à sa deuxième année d'anglais. Les math ne la passionnaient guère, et, comme Simon, elle aimait beaucoup la littérature... Elle aussi, justement, étudiait *Horace*...

— De quoi qu'vous causez donc? demanda soudain Mme Chalumot. Au lieu d'manger...

— De rien, m'man. On parle de nos cours, de Corneille. On apprend *Horace* tous les deux... Alors...

Le père Chalumot regarda son fils, but une gorgée de bourgogne, et, se tapant sur le front, il dit à Comparois :

— Il en a là-d'dans, l'monstre. S'il voulait, bon Dieu, il deviendrait quelqu'un. Il en connaît plus que moi, pour sûr. A l'école, j'y étais un jour sur trois. L'restant, j'aidais mon pauv' père à labourer ou à lier des fagots. Ça m'plaisait guère, l'école, faut être franc. Pour c'qu'est d'l'étude, j'y comprenais que couic. Et quand il parle, lui, Simon, de trucs que j'ignore, de son Corneille, par exemple, eh ben j'suis un peu fier, j'l'avoue. J'dirai même que j'l'admire, Comparois. Comprends-tu ça?

— Parfaitement! Moi non plus j'suis pas calé, j'ai pas peur de l'dire. Mais faut surtout pas qu'les gosses profitent de ça pour n'en faire qu'à leur tête et nous manquer de respect... Nuance!

Clémentine parut sur le seuil de la salle à manger, contempla les convives en train d'engloutir la crème à la vanille.

— Suzanne, écoute un peu...

Zézette rejoignit sa mère dans la cuisine, et l'adjudant Chalumot, plutôt que de laisser son fils à ses rêves, lui dit brusquement :

— Montre-moi donc ta permission, s'il te plaît.

— La v'là! dit Simon en la tirant de la poche intérieure de sa veste.

Chalumot la lut attentivement, l'examina recto verso, et dit à Comparois, dans un sourire glorieux :

— Y a pas à chiquer, ce sont de vrais soldats! La permission est tout c'qu'il y a d'réglementaire. Le même modèle que j'ai connu, moi, avant d'prendre ma r'traite. Et tu vois, derrière, là, y a l'emplacement pour le tampon de la gendarmerie...

— En effet, dit Comparois. Et à l'intention du fils Chalumot, en corsant la dureté de son visage :

— Demain, à la première heure, il faut aller m'faire signer ça. Compris? C'est très important, très grave! La première chose à faire, je te le répète.

— C'est vrai? demanda Simon, incrédule.

— Puisqu'on te l'dit! cria l'adjudant. On a un peu plus d'métier qu'toi, nom de Dieu! Et c'est un ancien gendarme qui t'cause, n'oublie pas. En cas d'mobilisation, comment qu'on ferait pour te prévenir immédiatement si la gendarmerie n'a pas ton adresse et ignore que t'es en permission?

— J'y avais pas pensé, dit Simon qui croyait, durant quelques jours, rompre avec tout souci de cet ordre.

Zézette rentra, portant des tasses. Mme Comparois suivait, cafetière et sucrier en main; elle s'inclina vers Mme Chalumot, et dit, sans trop baisser la voix :

— Ma fille déclare votre garçon à son goût, ma

chère... Elle le trouve très intelligent. Et gentil! Et beau! Et tout! Même sans ses cheveux...

La mère de Simon ouvrit la bouche, rit bruyamment.

— Vous verrez qu'ça finira par un mariage, Clémentine!

Simon comprenait bien qu'il s'agissait en partie de sa personne, et, pour cacher sa confusion, il triturait une croûte de pain, tandis que Zézette, moins troublée, disposait les tasses.

— Qui sait! dit Mme Comparois, plus haut. Mais Suzanne a déjà une opinion bien arrêtée là-dessus. Elle n'épousera qu'un officier! Voilà! D'ailleurs, Comparois et moi, c'est notre projet. On lui paye de l'instruction, on lui apprend le piano, et quand elle pourra bien présenter dans les salons, nous espérons que l'oiseau rare se fera connaître. Croyez-vous pas que ça vaudra mieux pour elle que d'être couturière ou dactylo? Femme de lieutenant ou de capitaine elle aura la vie belle, elle verra du pays, elle sera toujours bien mise, bien apprêtée... Elle aura un ordonnance pour ses courses et son ménage, sa cuisine, même, si elle sait s'y prendre, la mignonne...

— T'entends? dit Mme Chalumot à son fils. Arrive officier un jour, et tu te marieras avec Zézette.

Simon grogna, pendant que Comparois souriait aux anges, étalé sur le dossier de sa chaise.

— Elle a du plomb dans la cervelle, ma fille, n'ayez crainte. Pas, Zézette? C'est bien un officier qu'tu veux, plus tard?

— Oui, dit Zézette. Un officier de cavalerie... Ils sont magnifiques avec leurs bottes, leurs éperons, et cette badine qu'ils tiennent tout le temps dans la main, qu'ils remuent, qu'ils plient avec chic... Il y a aussi leur monocle... Ça leur donne un je ne sais quoi...

Les parents pouffèrent, amusés, mais Simon, au bout de la table, ne riait point. Mme Comparois se pencha de nouveau sur Octavie, et, cette fois en confidence :

— Si je vous disais qu'un petit lieutenant du 12ᵉ dragons l'a déjà attendue deux soirs de suite à la sortie du lycée! Il lui a fait d'l'œil.

— Vraiment?

— Je vous le jure, Octavie... Il est superbe, paraît-il. Avec une ravissante moustache à l'américaine...

— Pas possible?

— Si... Si... Vous verrez... Zézette vous le racontera elle-même. Les enfants, hein, Octavie! Au fait, elle ne vous a pas montré son cadeau de Noël?

— Non, dit vivement Mme Chalumot. Vous ne pouvez pas vous imaginer comme ça m'excite... J'suis aussi contente que si on me les avait offerts à moi, les cadeaux... Gamine, j'allais chez mes amies et je m'régalais, je m'régalais!

— Zézette! dit Mme Comparois, fais voir à Mme Chalumot ce que le Père Noël t'a apporté... Va...

Et Zézette revint, étreignant un carton bardé de faveurs. Elle le déballa, puis en tira les pièces d'une parure d'un rose cru, frangée de dentelle crème.

— Ben, ma cocotte! s'écria Mme Chalumot. Je voudrais être à ta place... » Elle tâta le tissu, le renifla, évalua la dentelle, et les hommes admirèrent également, avides de tripoter à leur tour la lingerie.

— C'est du beau, s'pas? dit Clémentine.

— J'pense bien! Ça vaut dans les...

— Cherchez pas! Vous n'en avez aucune impression... Enfin, une fois n'est pas coutume. Regardez comme elle est heureuse, la petite poule... Dis, Zézette? Zézette frétillait, se redressait encore, comme si, mannequin d'un grand couturier, on l'eût chargée de présenter une création.

— Mets-la devant toi, dit sa mère. Qu'on se rende compte si ça te va bien au teint...

Suzanne prit la chemise, la combinaison, les plaqua sur elle, se tortillant, avançant les jambes l'une après l'autre, les bras maintenant chaque pièce à hauteur de la poitrine. Entraînée, elle essaya même la culotte, la garda longtemps collée sur son ventre, et tous contemplèrent, charmés, muets d'extase.

— Bon Dieu, dit enfin le père Chalumot, ça m'donne des idées!

— Hum! fit Comparois, roulant de gros yeux. Allez, ça suffit, petite... Va ranger ça...

Fasciné, Simon regardait toujours Zézette, et quand elle fut sortie de la salle à manger, il la voyait encore, mais nue, ou seulement ornée de sa culotte rose...

— C'est pas des choses à faire, dit Comparois à sa femme. T'es saoule, ma parole!

— Allons! dit Mme Chalumot, y a pas d'mal à ça! Si vous croyez qu'elle vous a attendu pour se mettre au courant... C'est comme pour Simon... J'parierais bien...

— C'est bon, dit Comparois. Vous avez votre avis là-dessus, la Grosse, moi, j'ai le mien. Un point c'est tout.

— J'ai eu tort, dit Chalumot. Je l'reconnais. Mais faut bien rire un brin, non?

Le silence devenait si gênant lorsque Zézette reparut que sa mère s'empressa de lui dire :

— Asseyez-vous tous les deux sur le canapé, toi et Simon, et montre-lui ton album de photos... Ou tes livres... Ça vous distraira pendant qu'on bavarde... Allez, ma petite fille...

Simon jouit d'exquises minutes, et il n'eût pas changé de place pour tout au monde. Il examinait avec passion les photos de Zézette, abandonnant vite celles qui représentaient des parents ou des amis. Serrés l'un contre l'autre, leurs genoux joints sous l'album grand ouvert, Simon ressentait un engourdissement délicieux, une ivresse neuve qui lui gonflait le cœur et chauffait curieusement ses oreilles. Il aurait voulu parler que les mots n'eussent pas franchi sa gorge.

— Là, c'est moi quand j'allais encore à l'école de l'avenue de Laon... J'étais drôle, pas, avec mes nattes?

En se penchant, Simon rencontrait les longues boucles noires, en une caresse bien douce, et s'imprégnait de leur parfum. Parmi quelques photos détachées de l'album, Simon en découvrit une qu'il admira plus que les autres. Il la conserva dans sa main et ne chercha pas à la poser quand Zézette tourna la page. Elle s'en aperçut, la lui reprit doucement. Simon remua deux fois les lèvres, pour rien, il dit tout bas :

— Vous m'la donnez, celle-là? Vous êtes si belle dessus. J'l'emmènerai avec moi comme souvenir... Je m'ennuierai moins...

Zézette le regarda sans sourire, et Simon faillit ne

point supporter l'éclat de ses yeux trop hardis.

— Je vous la donnerai quand vous repartirez, dit-elle. C'est juré. Mais il ne faudra pas la perdre, n'est-ce pas?

— Oh! dit Simon qui étouffait.

On parlait fort, alentour, et cependant Simon n'entendait rien des conversations de son père et de Comparois, de sa mère et de Clémentine. Un grondement confus l'assourdissait, ajoutant encore à son étrange bien-être. Il était sauvé pour l'instant, entre ciel et terre. Rien ne comptait plus hormis Zézette, l'odeur de ses cheveux, la brûlure de ses jambes et sa merveilleuse promesse. L'adjudant Chalumot pouvait bien gueuler, malmener la table, presque se quereller, en ce moment, avec l'ancien gendarme Comparois, pour une différence de point de vue sur la guerre de 14... Et qu'importait à Simon l'entêtement de son père lorsqu'il criait, les moustaches frémissantes :

— Voyons, Comparois, tu ne vas pas me soutenir que c'était plus dur en Argonne qu'à la Main de Massiges? Hein? Y en a eu des morts, là! Des dizaines de mille, Comparois! Vous, dans l'artillerie, vous n'aviez pas à vous biler... Mais nous, les coloniaux, toujours à l'avant, au milieu du baroud! Pas de repos, jamais! Tiens! As-tu entendu causer de la crête de Tahure? Oui? Ben, mon vieux, c'était autre chose, le jour de l'attaque, que de charger des 155 et de pilonner l'ennemi à quinze kilomètres! Sois franc? Et je ne te dis rien des fois où vous nous tapiez sur la gueule avec vos monstres de canons au lieu d'écrabouiller les Boches...

— Oh! Oh!

— Y a pas d'oh! oh! Même, et j'veux pas t'vexer, Comparois, rapport qu'à l'époque t'étais pas encore gendarme, même que tes collègues nous en ont fait voir des rudes, à Verdun... Les salauds! Si j'te disais, Comparois, qu'on en a pendu aux crochets des boucheries, en 17, de ces feignants!

— Je l'sais, dit Comparois, écarlate. Je l'sais! Mais tu n'devrais pas t'en vanter, Chalumot. Ah non! Les gendarmes, mon vieux, étaient là pour faire leur devoir, comme toi tu faisais le tien... Et si tu ne les aimes pas, les gendarmes, ils s'en foutent! Ils t'emmerdent... Ah!

— Ah!

Vraiment, il valait mieux que Simon fût loin de ces pauvres controverses, qu'il échappât, un bref instant, à cette évocation du milieu qu'on lui avait assigné coûte que coûte, en le laissant dans l'ignorance d'autres sphères, meilleures, et riches d'attraits réels.

Zézette fit tomber quelques photos, et ils s'accroupirent ensemble pour les ramasser. Simon ne vit pas tout de suite les cuisses blanches au-dessus des bas de soie raidis à se rompre. Mais, alors, il demeura stupéfait, les photographies entre les doigts, et ses yeux pénétrèrent cette intimité de fille qu'on semblait lui révéler par plaisir. Il eut l'impression que Zézette l'épiait, sournoise, tandis qu'il se tassait afin de tout découvrir. Elle était un peu pâle quand elle se rassit sur le canapé, et Simon sentait s'embraser son visage... Une fois encore, elle le regarda longuement, sans sourciller, jusqu'à ce que Simon, confus, baissât la tête sur ses mains qu'il tortillait inconsciemment.

— J'ai une collection de cinéma, dit-elle enfin. C'est

des photos que je découpe dans les illustrés... Vous savez... *Mon Ciné... Le Film complet... Ciné-Miroir...* Ça vous plairait?

— Oui, dit Simon.

Elle apporta deux gros registres distendus, et ils recommencèrent à tourner les pages, tempe contre tempe, comme des enfants dociles.

— Vous aimez le cinéma? demanda-t-elle, et Simon reçut son souffle dans la bouche.

— J'peux pas dire... J'y vais pas souvent, moi... Mon père me défendait d'y aller, avant que j'entre là-bas... J'me souviens juste d'un film que j'ai vu à l'école, quand j'avais huit ans, p't'êt'... *Le Miracle des Loups...* C'était drôlement beau. L'incendie tout rouge... Les loups qui galopaient dans la nuit toute verte...

Suzanne parut fort étonnée.

— Jamais depuis?

— Je l'jure...

— Maman.,. Maman... Tu sais c'qu'il me dit, Simon? Il n'a été qu'une fois au cinéma dans sa vie! Et il y a longtemps, tu sais... Il avait huit ans... C'était à son école. Mais depuis, jamais...

Mme Comparois, surprise elle aussi, se retourna vers Mme Chalumot.

— Le père ne voulait pas, répondit la mère de Simon. Vous l'connaissez... Ours comme il est, y a rien qui l'intéresse, rien qui l'amuse... Faut pas lui parler de cinéma... Il veut même pas qu'j'y aille, moi, sa femme, à trente-neuf ans. Heureusement que j'l'écoute pas toujours.

Elle cligna de l'œil, et Simon comprit bien qu'avec

Clémentine elle devait de temps en temps se distraire en cachette du père Chalumot.

L'adjudant commençait à souffrir de ce débat entre anciens guerriers. Il ne pouvait avoir raison, quoi qu'il dît, et cela le mortifiait.

— L'cinéma? s'écria-t-il. J'vous en foutrai, à vous tous... L'cinéma, c'est des conneries. Des gens qui courent, qui s'bousculent, qui font des grimaces... Qu'est-ce que ça veut dire, j'vous l'demande? J'en ai vu un, de « flim », un jour, juste après la guerre. J'ai rien pigé. J'ai dormi pendant toute la séance... D'abord, est-ce que ça m'a empêché d'vivre, bon Dieu! d'pas avoir été au cinéma comme tout l'monde? On s'passe bien d'ça quand on a la santé, un bon coup à boire, et d'quoi rouler sa cigarette. C'est comme de lire! La patronne, elle, faut qu'elle ait toujours le nez dans un roman. Elle dort pas avant deux heures du matin! Qu'est-ce qu'elle en a d'plus, dites voir? Moi, et j'en suis fier, j'ai jamais lu un bouquin d'ma vie. Jamais! Pas un! (et il fit claquer son ongle sur ses dents). Mais l'gosse, il tient bien d'sa mère. Quand il était encore avec nous, fallait toujours que j'lui r'tire ses bon Dieu d'livres des pattes... Il allait se cacher dans le grenier. Là, avec toutes les paperasses de son grand-père, un vieux fou, il était heureux, le p'tit salopard! Il m'entendait même pas quand j'l'appelais. J'devais v'nir le chercher avec le martinet ou avec mon ceinturon. Tu t'en souviens, voyou? Je l'répète, moi, j'vas pas au cinéma, au théâtre, à tous ces machins-là, et j'vis quand même! C'est-y pas logique, Comparois?

Le gendarme avalait à demi son voltigeur, à chaque bouffée.

— T'exagères un peu, Chalumot. C'est comme tout à l'heure quand on discutait d'la guerre. Il faut c'qui faut. C'est pas pac'que tu n'aimes pas ça qu'on doit t'suivre...

— Voilà! C'est c'que j'lui dis toujours! hurla Mme Chalumot. Il est borné! Mais pendant les vacances du p'tit, qu'ça plaise ou non à son père, je l'mènerai au cinéma... Il a besoin de s'amuser après ses trois mois d'Ecole. C'est pas vrai, Clémentine?

— Ne vous en faites pas, Octavie. Nous irons ensemble, avec nos enfants. Et ils n'auront rien à dire, les hommes. Est-ce qu'on leur reproche leurs parties de cartes le dimanche ou leur billard? Hein? Répondez, Chalumot! Allez, répondez...

Chalumot s'offrit une rasade de cognac, le huma, fit miroiter le verre dans sa main.

— C'est bon! Mais faudra pas venir pleurer, après, si vos gosses tournent mal. Ah non! C'jour-là, je vous rirai au nez, et j'aurai pas tort...

Puis, à son fils qui regardait distraitement les images :

— T'entends, Simon? Tu peux aller au cinéma tous les soirs... N'pas rentrer même de la nuit si ça t'chante! Tout l'monde te soutient. Profites-en! Moi, j'suis qu'un vieux con qui radote... On verra bien...

Zézette poussa Simon du coude, et chuchota :

— C'est gagné! Je m'arrangerai avec maman pour qu'on aille au Tivoli demain soir. On joue un grand film d'amour et d'aventures... *Les Damnés de l'Océan,* avec George Bancroft... Ça doit être magnifique!

Elle semblait tellement heureuse, tellement enthousiaste, que Simon s'attendit qu'elle se jetterait à son cou pour l'embrasser. Il le souhaitait, regrettant de ne s'être point laissé faire, à l'arrivée, en dépit de sa crasse. Mais elle se contenta de lui dire :

— Vous reviendrez encore à la maison, pas? J'ai d'autres choses à vous montrer, vous savez... Et je vous donnerai même des illustrés de cinéma...

— Et aussi la photo? La vôtre...

— Bien sûr...

Lorsque, précédant son père et sa mère, Simon sortit de chez les Comparois, il avait oublié toutes les misères anciennes, et ne craignait plus les cris de l'adjudant Chalumot, ses réprimandes, ses menaces. Le retour à l'Ecole lui apparaissait même comme un événement sans importance, trop lointain pour qu'il s'en attristât. En marchant, il tâtait parfois sa joue que Zézette avait enfin touchée de ses lèvres, et pensait alors que ses parents étaient bien bêtes de se quereller, de ressasser de vieux griefs à n'en plus finir... Il lui tardait de retrouver son lit d'enfant, point tant pour dormir et goûter la douceur de draps blancs et souples, que pour rêver tout son saoul, solitaire, à des joies nouvelles, merveilleuses, étrangement exaltantes...

XI

Mme Chalumot entra dans la chambre de Simon, le regarda dormir en travers du lit, son crâne ras sur l'édredon maintenant tassé le long de la ruelle; puis elle cria, chargeant sa voix d'homme :

— Debout là-d'dans! Au jus, Simon!

Simon ouvrit les yeux, mais ne s'y trompa point. Il sourit aussitôt, vit le bol et les deux croissants que sa mère tenait devant elle, religieusement.

— B'jour, m'man. C'est du chocolat, j'suis sûr?

— Oui, dit Mme Chalumot. Mais dépêche-toi de déjeuner. Ton père ne voulait pas que tu manges au lit... Après, faudra t'lever tout de suite. Vaut mieux pas le contrarier, mon gamin... Comprends-tu?

Simon s'apprêtait à croquer son croissant gonflé de chocolat, lorsqu'il aperçut son père qui le contemplait, dressé dans l'encadrement de la porte. Soudain gêné d'être découvert en cette posture de malade ou d'enfant dorloté, Simon n'osa mordre le croissant qui se fendillait, et il restait là, la bouche ronde, la pâtisserie suspendue, tel un automate dans l'attente de son déclenchement.

— Alors, bien dormi? demanda le père Chalumot.

— Oh! oui, dit Simon, s'animant de toutes parts. Si fort même, que le croissant se rompit et que le plus lourd morceau vint choir dans le bol, avec quelques belles éclaboussures.

— Mince!

— C'est rien, dit sa mère. Prends tes doigts. Et mange donc, lambin. Ça va plus être chaud...

Son père fit un mouvement. Il était déjà prêt à mesurer les trottoirs de la ville, d'un pas de colonial, en compagnie de son fils. Moufles aux mains, le paletot de cuir serré d'un vieux ceinturon, sa casquette à visière de moleskine posée d'aplomb sur sa tête pointue, il y avait dans son accoutrement une rigueur, une simplicité toutes militaires.

— Dès qu't'auras fini, Simon, presse-toi de t'habiller. On va sortir tous les deux, pour faire les courses... On ira d'abord chez Mollard, l'épicier. Je lui ai parlé de toi. Allez! Ouste, paresseux...

Simon fut surpris que son père daignât maintenant condescendre à faire les commissions. Autrefois, il s'y refusait avec violence, par sot orgueil ou par incapacité... Mais Simon saisit vite le motif de ce revirement. Le père Chalumot tenait à présenter son fils; tout le quartier devait savoir que, chez les Chalumot, se perpétuait la tradition du métier des armes, et qu'il y avait un officier en puissance dans ce jeune garçon aux cheveux tondus, à l'uniforme mal ajusté, aux croquenots dispensateurs d'ampoules. La gloire de cette parade rejaillirait sur l'ancien adjudant. Ce serait une nouvelle occasion de déterrer des souvenirs, de les confronter avec ceux du boucher, de l'épicier Mollard, du boulanger et de ses commis. Et pour combler son père, sans doute lui faudrait-il manœuvrer dans chaque magasin, saluer les clients, en un mot donner sa mesure. La veille, chez le gendarme Comparois, la séance avait ainsi commencé...

Simon reposa le bol qu'il venait de vider d'une longue aspiration, ramassa des miettes de croissant, les colla sur sa langue...

— Je t'attends, dit le père Chalumot. Hop!

Avec sa chemise de grosse toile grandement échancrée sous sa tête rase, Simon ressemblait à quelque condamné à mort éveillé pour les terribles préparatifs. Il tourna des yeux inquiets vers sa mère et crut déceler sur son visage un réel apitoiement. Il le mit à profit. Impulsif, sans vouloir se rappeler les exigences paternelles, il dit à Mme Chalumot :

— J'vais mettre mon costume de v'lours, pas, m'man?

Mme Chalumot ne répondit pas. Toutefois, à sa mimique, Simon évalua l'impudence de la question. Malgré lui, il vint au-devant du regard de son père toujours planté sur le seuil de la chambre. L'adjudant se taisait, mais au prix de quelle volonté! Et plus qu'un usuel coup de gueule, qu'un blâme, qu'une citation du règlement, ce silence affola Simon. Il distinguait le frémissement des moustaches, la pâleur qui gagnait peu à peu tout le visage de l'adjudant, des tempes au menton. Simon sauta sur le plancher, prit son pantalon d'uniforme où le caleçon, qu'il n'ôtait jamais séparément, était une curieuse doublure.

— T'as de l'eau chaude pour te débarbouiller, dit Mme Chalumot.

Le père se débarrassait de ses moufles afin de rouler une cigarette.

— Il se lavera en revenant, dit-il, bourru. J'ai assez

poireauté comme ça, bon Dieu! Il est dix heures! Avec des principes pareils, faudrait pas longtemps pour qu'il perde les bonnes habitudes. De l'eau chaude! T'as de l'eau chaude, à l'Ecole, Simon?

— Non, dit Simon.

— Et tu ne t'en portes pas plus mal?

— Non...

Triomphant, le père Chalumot toisa sa femme.

— Alors? Qui c'est qu'a raison? Laisse-moi faire, Octavie. Je sais comment m'y prendre. Si tu veux ne pas t'en mêler, j'en ferai quelqu'un d'ton fils. Et il me remerciera plus tard, n'aie crainte. Pas d'brutalités, bien sûr. Mais être ferme, indigent...

— Intransigeant, dit Mme Chalumot en haussant les épaules.

— Ça revient au même. Allez, Simon... Tu es prêt? En route, mauvaise troupe...

Il n'y eut que le patron du café-tabac pour ne point s'extasier sur la mise du fils Chalumot et bénir les conceptions de son père. Jusque-là, tout avait été conforme au plan d'accueil dont rêvait l'adjudant. L'épicier, sa femme, le boulanger, des amis même, rencontrés en chemin, trouvèrent les paroles d'admiration, d'enthousiasme, quêtées par le père Chalumot en une suite de coups d'œil, de mines, de sourires qu'il partageait avec eux et son fils. Quoique pressés, des clients se passionnèrent pour la revue de détail, se renseignèrent sur les conditions d'entrée aux Ecoles, et certains parurent contrits de ne pouvoir, légalement, y diriger leurs rejetons présents ou souhaités. Las de cet examen incessant, Simon daignait à peine répondre aux questions qu'on lui adressait sur la discipline de l'Ecole, sur son travail, sur ses chances de réussite. Les flatteries, les gestes affectueux, les grimaces ne manquaient pas, et sans la présence de son père, au fat rictus, pour l'incliner à une prudente soumission, Simon se fût délivré de son mépris envers ces gens stupides. Il dut au contraire obéir à des fantaisies exigées d'un ton doucereux : enlever son collet-manteau pour mettre en valeur son déguisement, exécuter des voltes, des demi-tours, des saluts, tout comme en face des gradés de l'Ecole, et prouver ainsi que l'appellation d'enfant de troupe avait un sens. A chaque nouveau spectateur, le père Chalumot finissait par dire, une main protectrice sur l'épaule de Simon :

— A vingt ans, voyez-vous, il sera officier, le petit bougre! S'il veut s'en donner l'mal, bien sûr... Mais là-dessus, j'suis tranquille. Il est rudement capable, le monstre, et il en remontrerait à beaucoup. Pas, Simon?

Simon lorgnait autour de lui, confus, s'intéressant, pour qu'on ne remarquât point sa gêne, aux boîtes alignées sur le comptoir, où s'étageaient, sous les couvercles de verre, tant de gâteaux aux formes attirantes.

— On te cause...

— Oui, p'pa...

L'adjudant Chalumot et son fils firent leur dernière halte chez le buraliste, un gros homme dont le ventre soulevait le tablier de toile bleue à bavette.

— Tiens, v'là le père Chalumot! s'écria-t-il à leur entrée, et les deux ou trois consommateurs avachis sur le zinc se retournèrent avec ensemble.

Simon, chargé du cabas plein de provisions, referma la porte au ralenti, puis, comme s'il cherchait à reculer l'épreuve qu'on lui réservait, s'arrêta devant l'éventaire de publications et d'illustrés. Un instant, sans effort, il n'entendit plus la voix de l'adjudant qui prenait contact et serrait la main du cafetier. Peut-être son père allait-il lui épargner cette ultime exhibition, en récompense d'un semblant de sagesse et du succès acquis au cours des stations précédentes. Simon le désirait tant, et il crut si bien en la possibilité d'une trêve, que sa peau se hérissa de la tête aux pieds dans un frisson agréable. Tous ces journaux, toutes ces histoires en images l'excitaient, le transportaient, d'autant plus qu'il venait d'apercevoir des périodiques de cinéma, et que le souvenir de Zézette accroissait son contentement. Néanmoins, il redoubla d'attention, se pencha davantage, pensant ainsi convaincre son père, l'attendrir, et lui arracher quelques minutes de paix totale. L'enchantement fut bref, et Simon sursauta comme au choc d'une gifle ou d'une bourrade.

— Qu'est-ce que tu fous là-bas, Simon? Approche donc... Que je te présente à mon pays... Oui, mon garçon, Pradier est de la Lozère, comme moi. Allons, dis bonjour. Fais-lui un beau salut...

Simon s'était avancé, sans hâte, en balançant le sac à victuailles sous son collet-manteau.

— Bonjour, m'sieur...

— Bonjour, petit, dit le buraliste. Alors, on est heureux d'être à la maison? C'est mieux que de faire le pitre à la caserne, pas vrai? Il a des drôles d'idées, ton père! C'est le soleil d'Afrique qui lui a chauffé le ciboulot...

Simon l'écoutait, un peu surpris qu'il n'y eût pas un bon sourire à l'appui de ces dangereuses paroles. Et le père Chalumot, que son fils craignait de regarder, ne disait rien, ne répliquait point à l'attaque.. Sans doute s'agissait-il d'une plaisanterie coutumière, d'une saynète bien réglée entre vieux camarades, prélude à de sympathiques épanchements. Simon ne devait pas en redouter les conséquences. Ni se demander avec angoisse, en cas qu'on voulût son avis, de quel bord il lui faudrait se ranger. Non. Tout était simple... L'adjudant Chalumot allait commander un autre apéritif, s'esclaffer, et crier, en tapant sur le ventre de son pays :

— Sacré Pradier! Toujours les mêmes couillonnades! I changera pas, le monstre...

Rassuré, Simon considéra son père. Mais l'adjudant triturait durement sa moustache, et, à ses yeux gonflés, à son teint verdâtre, Simon comprit que la scène était imprévue, qu'il y avait soudain un pénible accroc dans le déroulement du programme. D'ailleurs, le cafetier enchaînait, tout à coup violacé :

— Avoue, Chalumot, que ça n'a pas d'sens, c'que t'as fait là! On n'oblige pas son gosse à être militaire toute sa vie sans même savoir si ça lui plaira... Reconnais-le, bon Dieu! T'es au courant d'mes opinions là-dessus, hein? On en a assez parlé! Mais j'ai jamais dépassé les bornes. Parc' qu'on est pays, d'abord, et parc' que j'suis commerçant avant tout. J'dois respecter les idées d'la clientèle... Aujourd'hui, quand j't'ai vu arriver avec ton fils en mardi gras, j'ai senti qu'ça barderait... Y a des limites, merde!

L'adjudant Chalumot lâcha sa moustache, fit un geste d'apaisement.

— Ecoute, Pradier...

— Non! hurla le buraliste en s'aplatissant sur le

comptoir. Tu m'feras pas taire! Y a belle lurette qu'j'ai envie de t'montrer c'que j'ai sur le cœur, de te dire tout c'que j'pense de l'armée et des messieurs d'ton genre.. L'occasion est bonne. Ton fils sera averti, au moins. Les militaires de carrière, Chalumot, ce sont tous des feignants, des nuisibles. Dis le contraire, pour voir? Tu te vantes de ta retraite, du pognon qu't'encaisses tous les trimestres... A qui qu'il appartient, ce pognon, Chalumot? A moi! A nous! Les pauvres bougres qui trimons sans arrêt...

Les clients, qui prêtaient bien l'oreille, hochèrent la tête.

— Oui, mon vieux Chalumot, je m'esquinte pour toi, tous les jours, depuis le moment que j'me lève, à six heures, jusqu'à la fermeture. Pour toi et tes semblables... Et Dieu sait s'il y en a, de ces propres à rien! C'est moi, encore, qui entretiens ton fils, qui lui permets de faire le clown à son école, avec des zigotos de ton espèce, des juteux et des sous-offs pas capables de travailler de leurs deux mains comme tout le monde! Qui lui paye son costume de polichinelle dont il se fout bien, j'suis sûr... Là-dessus, Chalumot, j'te pardonnerai jamais! Ton fils, t'es en train de le tuer à petit feu. Il est fichu pour toute sa vie... Regarde-le donc! Tu vois pas comme il est misérable, abruti, piteux, déjà? Il a peur, il te craint comme si t'étais le diable en personne. Il n'ose pas rire, chanter, s'amuser quand ça lui plaît, comme les autres gosses. Tu n'es pas son père, Chalumot. Pour lui, t'es un adjudant, rien qu'un adjudant! J'ai pas raison, mon p'tit... Hein?

Simon ne baissait pas le nez. Il regardait le cafetier bien en face, stupéfié, mais heureux de rencontrer quelqu'un qui critiquât le jugement de son père, quelqu'un qui flétrît sa condition d'enfant-soldat et en exprimât sans honte, sans peur, toute l'iniquité. Quoiqu'il ressentît le besoin d'approuver Pradier, d'étayer son raisonnement par des exemples personnels, par une confession de ses tourments à l'Ecole, et de lui montrer, surtout, qu'il ne redoutait pas tellement son père, il préféra ne rien dire qui pût encore blesser Chalumot et décupler sa rage. Une vague pudeur, le respect de la routine familiale, des positions depuis longtemps établies, l'empêchèrent de donner le coup de grâce à l'adjudant. Il se contenta de sourire; mais il mit dans ses yeux tant d'affection, de gratitude, tant d'intelligence, que Pradier dut se féliciter de sa diatribe. Peut-être craignit-il, cependant, que le père Chalumot, au silence redoutable, ne vengeât sur son fils cette défaite, hors de son fief...

— Ça suffit comme ça, dit-il en allégeant sa voix. On va pas se chamailler jusqu'à la fin des fins. C'est ma tournée, Chalumot...

— Non! dit l'adjudant, en posant sa main bien à plat sur le zinc. Entre nous, c'est terminé, Pradier! Je n'foutrai plus les pieds chez toi. J'irai acheter mon tabac ailleurs... Salaud! Quand j'pense que c'est pour toi que je m'suis fait trouer la paillasse à Tahure et dans la Somme! Pour défendre ta galette et ta viande! Tu y étais pas, toi! Pas d'danger! Tu soignais ta graisse... Bon Dieu! Nous, les anciens combattants, on devrait avoir tous les droits! Tous! Et celui qui osera me soutenir l'inverse...

— Moi, dit Pradier, avec beaucoup de calme. Et après? J'ai été réformé et j'm'en fais une gloire. Jamais je n'ai obéi à un gradé. Jamais, Chalumot! Pas un de tes collègues ne m'a fait mettre au garde-à-vous. C'est quelque chose, hein? Pour moi, c'est plus beau que de n'pas avoir les pieds plats ou un joli petit ventre comme le tien. Maintenant, bois, Chalumot... J't'ai dit qu' c'était ma tournée. Qu'est-ce qu'il veut boire, ton fils?

A la recherche d'arguments indestructibles, l'adjudant mordillait sa moustache. Inconsciemment, il prit le verre d'apéritif, y trempa ses lèvres.

— Mon fils boira un picon, comme moi! Ça ne lui fera pas d'mal. C'est une question d'habitude, ça aussi... A son âge, quand je partais le matin, à quatre heures, pour lier des fagots, j'emportais ma chopine de vin rouge. J'en suis pas mort. Au contraire! Lui, si on l'écoutait, i s'nourrirait de chocolat au lait et d'gourmandises. Sa mère lui monte son déjeuner dans sa chambre! Au lit! Tu t'rends compte!

— C'est normal, dit Pradier. Il est en vacances, ton gosse. Faut le gâter un peu...

— Des vacances! Sais-tu quand j'ai eu ma première permission, moi? Je m'étais engagé à dix-huit ans, dans la coloniale, et je suis parti tout de suite en Indochine. Pour en revenir cinq ans plus tard! Qu'est-ce que t'en dis?

— C'est pas une raison, dit Pradier. Et c'est pas une raison non plus, si tu bois un picon, pour que ton fils en boive un aussi.

Et, à Simon :

— Tiens, j'vais t'payer une crème de cassis. Ça te plaît?

— Oui, m'sieur, dit Simon.

Sans doute la générosité de Pradier émut-elle l'adjudant. Il se rapprocha de Simon, lui frotta vigoureusement l'oreille.

— Avoue, Pradier, que c'est quand même un rude gaillard pour ses treize ans. Il est plus grand que moi, le monstre.

— Oui, dit le buraliste, et il a l'air d'un bon garçon.

— J'pense bien!

Simon, qui avait maintes fois lorgné l'éventaire d'illustrés, jugea l'instant propice.

— Dis, p'pa, tu veux m'en acheter un, d'journal? *Le Film complet*. Ça doit pas être cher...

A son tour, l'adjudant regarda l'étalage de périodiques.

— A quoi ça va t'servir, ça? De la lecture, toujours de la lecture! Tu lis pourtant assez à l'Ecole, non?

— C'est pas pareil, dit Simon. J'en aurais voulu un de cinéma. Parce que Zézette, hier au soir...

— Le cinéma! Le cinéma! T'entends, Pradier? C'est leur marotte à tous. A la mère, au fils... A tout le monde. C'est pas l'cinéma qui t'donnera de bonnes idées, mon garçon. Sois-en sûr. Et c'que j'disais chez les Comparois, je l'maintiens. Le cinéma, c'est des conneries. Allez... Bois ton cassis...

— Tu es dur avec lui, dit Pradier. Un bon geste, Chalumot. Paye-lui son journal...

— Rien à faire! s'écria le père de Simon. J'vais quand même pas céder sur tout! Et c'est pas mon garçon qui me fera la loi, nom de Dieu!

— T'frappe pas, mon p'tit, dit le cafetier à Simon. Ton père, on l'aura par la bande...

Contournant le comptoir, il alla prendre deux journaux de cinéma et les tendit triomphalement à Simon.

— Tiens, mon p'tiot. C'est moi qui t'les offre...

Après le repas, l'adjudant conduisit son fils à la gendarmerie, et ils rencontrèrent nombre de soldats de tout grade que Simon dut saluer respectueusement, sans pouvoir jamais couper à cette règle. Le père Chalumot veillait, avertissant toutes les fois son fils du plus loin qu'il distinguait le sous-off ou l'officier, et il semblait, tant il frémissait d'aise à chaque apparition, qu'il fût incapable de ne point leur donner, lui aussi, la marque de considération réglementaire.

— Voilà un capitaine! Redresse-toi, Simon. Et n'aie pas peur de le regarder droit dans les yeux quand tu salueras. Lève franchement la tête... Attention!

Il faisait un grand effort pour ne pas porter la main à sa visière, et retrouver, un instant, de vieilles satisfactions. Mais il n'hésitait point à tourner la tête vers le gradé, à river son regard au sien, à s'associer, de toute son âme, à la manœuvre déférente de son fils.

— Un commandant! C'est l'premier qu'on croise, Simon. Un commandant de hussards! Tu l'as vu que c'est un commandant?

— Bien sûr... On nous a appris les galons des journées entières, à l'Ecole. Alors!

— Salue comme il faut en tout cas... Hop!

Le commandant répondait tristement au salut, après un temps de réflexion, d'un petit geste distrait à la droite de son képi bardé d'ors.

— Il a la Légion d'honneur! T'as vu, Simon?

— Oui, p'pa...

L'adjudant Chalumot le prévenait aussi de

l'approche d'humbles sergents. Mais Simon, qui leur vouait, plus qu'aux autres supérieurs, une haine solide, se défendait d'avoir à les saluer, mentant même, tellement cette corvée l'indisposait.

— A l'Ecole, on les salue pas, t'sais...

— De quoi? C'est écrit dans le règlement que le salut est dû aux sous-officiers, et tu me feras pas croire le contraire... Ça n'a pas varié, mon p'tit gars, et c'est pas aux vieux singes qu'on apprend à faire la grimace. De mon époque, on saluait les caporaux, t'entends? Les caporaux! Mais la coloniale, ça c'était quelque chose! Ah oui! Fallait pas badiner, avec moi! J'en ai possédé, des fortes têtes! Plus d'une, j'te l'garantis...

Simon le savait bien. Un jour, avec sa mère — il avait alors sept ou huit ans — ils étaient allés chercher l'adjudant à la caserne Lourcine, à Paris. En sortant ensemble, Chalumot avait aperçu, sur le trottoir opposé du boulevard de Port-Royal, deux pauvres soldats, assez éloignés, pensaient-ils, pour se dispenser du beau salut auquel il prétendait. Quelle magnifique démonstration de puissance! Simon revoyait son père, courroucé, le verbe haut, rappelant les fantoches à leurs devoirs, heureux comme pas un de jouer sa grande scène en public. Il les avait fait saluer à dix reprises, au garde-à-vous, devant Mme Chalumot et son fils pétrifiés par cette stupéfiante preuve de domination, en un tel lieu, en un tel moment...

— Que ça ne se renouvelle plus, mes gaillards... Ou je vous flanque un motif soigné. Compris?

Sans doute étaient-ce là les fortes paroles qui avaient mis un terme au spectacle...

Revivant ce pitoyable souvenir, Simon regarda son

père à la dérobée, et l'envie lui vint, subite, impérieuse, de fuir cet homme tellement semblable à ceux qui lui rendaient la vie si cruelle, si désespérante à l'Ecole. Comme il lui paraissait comique, ridicule, lamentable, ce père qui était le sien, dans ses hardes, avec son constant souci de la discipline, son plat respect de l'armée, sa dévotion sans borne pour les officiers supérieurs... Simon baissa la tête...

— Un adjudant chef, Simon! Tu vois le filet rouge au milieu du galon doré? Tu le vois?

Et, le salut offert :

— J'aurais pu l'être, mon garçon... Il m'a manqué l'instruction que t'as le bonheur d'avoir. Mais je compte sur toi pour me donner les récompenses que j'ai pas eues. Je veux être fier de toi, Simon, tu entends?

— Oui, p'pa...

— Et surtout, ne t'occupe pas des saloperies d'Pradier. Comme j'ai dit devant ta mère, à table, c'est un jaloux, Pradier... Un communiste! Tu comprends?

— Oui, p'pa...

La malchance accablait Simon. A la gendarmerie, il tomba sur Jean-Philippe Berbillat et sa collection de sardines étincelantes. Son père le chaperonnait, et il eût été difficile de ne point faire connaissance. D'autant mieux que le jeune Berbillat, trop ravi de se pavaner, se précipita vers Simon, le visage rayonnant.

— C'est Chalumot, p'pa! Tu sais... Il est avec moi à l'Ecole... J'ten ai parlé, déjà...

— En effet, dit M. Berbillat. Je me souviens.

— Et c'est moi son père, dit l'adjudant Chalumot en lui tendant la main. On vient régulariser la situation, comme vous. Mais votre fils est gradé, il me semble?

— Oui, dit M. Berbillat. Sergent-fourrier... Il est le deuxième de sa section, ce trimestre. Un brillant résultat...

Il tapota la joue de son fils, piteusement refroidi par l'air discourtois de Simon.

Le père Chalumot méditait, ne quittant pas des yeux le jeune prodige, qui, pour mieux montrer ses galons, tenait sa pèlerine pliée sur l'avant-bras.

— L'année scolaire est longue, dit son père. Votre fils vous reviendra à Pâques ou aux grandes vacances avec un joli grade, lui aussi. Ne désespérez pas... Il y a toujours beaucoup d'appelés et peu d'élus. N'est-ce pas, mon petit bonhomme? Je dois quand même reconnaître que Jean-Philippe est extrêmement doué. Rien ne l'arrête... Rien ne le rebute...

L'adjudant Chalumot contemplait encore le petit Berbillat, et paraissait ne rien entendre des paroles du père. Il se retourna tout à coup sur Simon, l'empoigna par l'épaule, le tira vers lui.

— Tu m'as caché ça, monstre, qu'on donnait des galons dans ton Ecole! Hein? T'avais honte? Honte de toi, honte de n'avoir rien eu pour me prouver ta bonne conduite et ton travail... Tu me le payeras!

— Voyons, voyons! dit M. Berbillat.

— Regarde ton petit camarade, dit encore Chalumot. Comme il présente bien, comme il est propre, comme il est quelqu'un déjà! C'est pas toi qui serais le deuxième de ta classe! T'en as pourtant les moyens, voyou!

Secoué, Simon ne tentait rien pour s'ôter de

l'étreinte de son père, et il subissait le brimbalement avec un stoïcisme admirable. Cependant, son orgueil se rebellait.

— Lui, Berbillat, il est en 2ᵉ section, dit-il d'un trait, la bouche tordue. Moi, j'suis en première! A l'examen, j'étais avant lui...

— C'est un fait, s'empressa de dire M. Berbillat, conciliant. Le programme est plus ardu pour votre fils...

— Y a pas d'programme qui tienne! dit le père Chalumot. Mon fils est un dégoûtant, un sauvage qui fait tout pour nous contrarier, sa mère et moi, et nous rendre ridicules... Après tous nos sacrifices!

Il lâcha Simon, l'éloigna de lui d'une poussée méchante.

— Va-t'en! Si j'me contrôlais pas, je t'assommerais sur place...

Puis, donnant sa main au jeune Berbillat :

— Je te félicite, mon garçon! Tu seras quèqu'chose plus tard, ça n'fait pas de doute, et ton père n'aura pas à rougir de toi. Veux-tu venir manger à la maison? Hein? Le veux-tu? Il faut que la patronne te voie, elle aussi, qu'elle admire tes galons et ta belle allure...

— J'sais pas, murmura Jean-Philippe, intimidé par ce terrible monsieur qui n'hésitait point à sermonner son fils devant tout le monde. Il coula vers son père un regard anxieux...

— Mais si... Mais si..., dit M. Berbillat, au fond fort honoré de l'intérêt qu'on portait à son fils. Quand voulez-vous...

— Ce soir, ma foi... Nous rentrerons ensemble à la maison, en sortant d'ici, et je vous le reconduirai...

— Pas trop tard, j'espère...

— N'ayez crainte! dit Chalumot. Ah! le bon petit soldat que vous avez là, bon Dieu! Je vous envie, ma parole!

Lorsque furent visées les permissions des enfants, l'adjudant Chalumot et M. Berbillat revinrent en bavardant vers le centre de la ville. Simon et son camarade suivaient de près, côte à côte, mais Jean-Philippe n'osait ouvrir la bouche.

— Il est sévère, dit-il enfin, en désignant de la tête l'adjudant Chalumot. Il te dispute souvent, chez toi? Tu crois qu'i recommencera, c'soir?

— P'têt'! répondit Simon. Mais j'm'ens fous...

— Il t'aime bien pourtant?

— J'chais pas. Moi, en tout cas, j'peux plus l'voir... C'est un con, mon père. Si j'te disais c'que l'marchand de tabac lui a passé, c'matin! Mon vieux! Sur lui, sur l'armée, sur les gradés de l'Ecole même, sur tout... Mais j'te l'dirai pas. J'ai pas confiance... Et pis, pour toi, ça compterait pour du beurre. Alors!

Le jeune Berbillat sut quelle piètre estime lui concédait Simon Chalumot; au bout d'un long silence plein de gêne et de réserve, il demanda :

— Qu'est-ce qu'on t'a payé pour ton Noël?

— Moi? dit Simon. Rien...

— Eh ben, moi...

— Forcément, dit Simon, Un bon soldat comme toi, faut qu'on l'récompense. Raconte quand même, pour voir...

— D'abord, dit Berbillat, j'ai eu une belle trousse de dessin. Complète! Avec au moins trente pièces! Pis un album de timbres de chez Yvert et Tellier, et une grosse pochette des Colonies Françaises. Tu fais pas de collection, toi?

Simon haussa les épaules.

— Même si j'voudrais, j'aurais jamais d'sous pour acheter des timbres. Mon père et ma mère, i sont qu'pour la bouffe. Et après?

— Après, dit Berbillat, j'ai eu un dictionnaire Larousse. Pas le petit, t'sais... Le gros...

— Ça, dit Simon, ça m'aurait plu vachement. C'est chouette, un dico. Çui qu'on a à l'Ecole il est rien moche, rien sale. Et c'est toujours la bagarre puisqu'on n'en a qu'un pour trois... Qu'est-ce que t'as eu encore?

— C'est tout, dit Berbillat. Mais j'compte pas les paquets de bonbons, les crottes de chocolat et les cent francs qu'on a mis dans ma tirelire. Toi, t'as rien eu, vrai? Tu peux l'jurer?

Simon écarta sa pèlerine, étendit la main.

— J'te l'jure! Crois pas qu'ça m'prive, t'sais... J'm'attendais à rien avoir, puisque j'suis pas un bon fils, un bon élève, un bon soldat, comme il dit, mon père! Le réveillon, j'l'ai passé à l'Ecole, et j'ai pas été plus malheureux qu'à la maison. Y en a qu'ont eu l'cafard. Pas moi... J'pensais qu'c'étaient des jours d'engueulades en moins, des jours sans mon père sur le dos avec toutes ses histoires d'armée, ses histoires de 14, son règlement. Tout, quoi! Bien sûr, si on m'avait offert un livre ou deux, de la Collection Verte, par exemple, j'aurais été jouasse... T'aimes lire, toi?

— Pas beaucoup, dit Berbillat. Les romans d'aventures, c'est pas assez sérieux. J'préfère bûcher mon histoire ou ma géo. C'est utile, ça... Mon père m'a conseillé de pas perdre une minute, pour que j'm'instruise davantage. J'aurai le temps, après, de m'distraire... Quand j's'rai arrivé...

— I s'ra trop tard, dit Simon. D'abord, t'as la bosse du travail, tu l'auras toujours. Tu aimeras jamais rigoler. Mais pour les romans d'aventures, t'as tort, t'sais... Jules Verne, mon vieux, ou Alexandre Dumas, c'est quelque chose! Pis, quand tu lis, t'oublies tout...

— Quoi? demanda Jean-Philippe, niaisement.

— Rien, dit Simon. Tu peux pas comprendre...

Mme Chalumot ne manqua point de renchérir quand son mari lui présenta le jeune sergent-fourrier, tandis que Simon, à l'écart, se demandait si l'émerveillement de sa mère, sincère en apparence, ne dépendait pas d'un craintif souci de solidarité conjugale. Sans doute cette politique lui épargnerait-elle de vifs reproches sur sa façon personnelle d'élever son fils, en se pliant à ses fantaisies, en critiquant les décisions du père, en le consolant de ses réprimandes. Mais Chalumot ne voulait pas perdre une pareille occasion. Il s'entêta longuement à démontrer qu'il n'était pour rien dans les piètres résultats de Simon, que Mme Chalumot en portait toute la responsabilité, qu'il fallait même voir, chez les ascendants maternels, l'origine des mauvais instincts du « petit voyou »... Il s'agitait, déclamait, hurlait presque, ne songeant pas à se dévêtir, à dépouiller enfin sa casquette, son ceinturon, son paletot, toute sa panoplie de faux policier.

— C'est bien ton fils, pour sûr! Mollasse comme toi! Feignant, incapable de se lever de bonne heure... Y a que des idées malsaines dans sa sale caboche. Il est pourri déjà. I fera jamais rien... Son grand-père tout craché, bon Dieu! Qui pensait qu'à bouquiner des conneries et à rêver dans son jardin, le cul sur une chaise et son gros ventre au soleil... Si c'est pas une misère d'avoir un gamin comme ça! Je le renie! Oui, je le renie! C'est pas mon fils! Il en est pas digne! C'est le tien, Octavie, tu m'entends... Et j'peux plus l'endurer. Quel malheur, bonsoir! Alors qu'y en a de si braves, de si respectueux de leurs parents.

Il avait posé la main sur le crâne du petit Berbillat, et il le regardait, songeur, attendri, regrettant peut-être qu'il ne fût pas né de sa propre chair.

— Toi, mon petit garçon, tu feras ton chemin, j'te l'prédis! Un jour, tu entreras à Saint-Cyr et tu deviendras officier. T'auras autant de galons que maintenant. Mais droits! Des galons de capitaine! Et si j'ai un conseil à te donner, prends la coloniale! La plus belle arme! Ah! si j'avais encore ton âge! Et tes capacités!

Quoique fier d'être au pinacle, Jean-Philippe Berbillat se sentait mal à l'aise dans ce milieu singulier où l'on braillait si fort, où l'on débattait sans pudeur les rancunes et les griefs. Il tournait sa galette entre ses mains, louchait de temps en temps vers Simon Chalumot qui se dissimulait contre le mur, dans l'ombre du buffet Renaissance. Mais Simon évitait son regard, et lorgnait sa mère dont les reniflements, prélude à la crise de désespoir, l'agaçaient plus que les cris de l'adjudant Chalumot. Le père de Simon, d'ailleurs, n'aimait guère les pleurnichements.

— Pas de comédie! dit-il à sa femme. Prépare plutôt la soupe. Il doit avoir faim, notre sergent-fourrier! N'est-ce pas, mon garçon? Tu vois, ici, c'est toujours la même chose. Des larmes et encore des larmes! Mais faut pas s'en faire... Tu vas t'asseoir à côté de moi, et on bavardera tous les deux, comme des hommes. Pose ton béret et ta pèlerine... Fais comme chez toi...

Pour Simon, ce repas fut une torture. Non content de flatter sans cesse le petit Berbillat, de lui attribuer toutes les qualités, tous les mérites, l'adjudant le gâtait, le pelotait, l'entourait de mille prévenances. Simon, qui n'avait jamais bénéficié de tels égards, n'existait plus. Assis devant son assiette, muet, mélancolique, il regardait empiffrer Jean-Philippe Berbillat.

— Tiens, mon garçon, ressers-toi de la confiture. Et des biscuits... Mange donc. Tu boiras bien un autre verre de vin... Mais si! C'est du bon, celui-là... Du onze degrés!

Simon, lui, souhaitait qu'on voulût bien le convier à déguster un second biscuit, une autre cuillerée de confiture... C'était peu probable. Le père Chalumot se fichait bien, en ce moment, de son pauvre fils. Et Mme Chalumot boudait, ne pensant qu'à son propre calvaire...

Tout à coup, l'adjudant parut se souvenir de la présence de Simon. Il examina son fils un long moment, les sourcils froncés, et, se parlant à soi-même, l'œil rêveur :

— J'payerais cher, dit-il, pour savoir comment i s'conduit à l'Ecole, ce garnement. Oui, j'payerais cher... Qu'est-ce qu'il a donc dans le sang, bon Dieu!

Puis, soudain décidé, se penchant vers le petit Berbillat :

— Allez, mon gamin. Tu vas être franc et me dire

tout ce qu'il fait d'mal, là-bas... Que j'sache à quoi m'en tenir. N'aie pas peur. C'est une bonne action que tu feras...

— Je n'sais pas, dit Jean-Philippe, dérouté. J'suis pas dans sa section, m'sieur... Ni dans sa classe...

— Pas d'histoires! s'écria le père Chalumot, avec un sourire contraint. Tu vas pas m'raconter qu'vous n'êtes jamais ensemble? Voyons, sois franc... Et la franchise, sergent-fourrier, c'est une fameuse qualité pour un soldat! Fais honneur à tes galons, tonnerre!

Mme Chalumot crut bon d'abandonner sa réserve.

— Laisse-le donc, ce p'tit, dit-elle. C'est pas des choses à faire. I comprend bien qu'c'est pas beau d'être mouchard, et il a raison. Mais toi t'as qu'des idées pareilles...

L'adjudant la mata d'un coup d'œil furieux.

— Pas l'droit au chapitre, la patronne! Tout ce qui arrive, c'est d'ta faute. Alors! Et n't'en fais pas... Il connaît son devoir, ce garçon...

Pour de nouveau le questionner, il omit de se composer un visage plus affable, et l'enfant, épeuré, bredouilla :

— Ben... Il écoute pas toujours les chefs... Il est pas sage... Il...

Simon n'en pouvait plus de contempler le fond de son assiette à fleurs; il leva le nez.

— Vas-y! dit-il à Berbillat. Qu'est-ce que ça peut m'faire...

— Toi! hurla Chalumot en allongeant le bras pardessus la table. Simon évita la gifle, et son père, vexé, changea de méthode.

— D'abord, dit-il, va me chercher les journaux que

Pradier t'a donnés c'matin. Faut pas d'ces ordures ici... J't'en foutrai du cinéma... File!

Et lorsque Simon apporta les illustrés, il les prit d'un geste brutal, les mit en miettes rageusement.

— Voilà! Et demande un peu à ton camarade s'il s'occupe du cinéma, lui... Demande...

— Oh! dit Jean-Philippe, mes parents m'y ont mené déjà trois fois d'puis que j'suis en vacances. Et on doit encore y aller demain. J'aime bien ça...

— Oui, dit le père Chalumot, déconcerté. Mais tu le mérites. Tu fais ton devoir comme il faut, toi. C'est normal. Si t'étais mon garçon, moi aussi j'te conduirais au cinéma... Tous les jours! Tandis que ce sale petit propre à rien, ce voyou! En attendant, je vais te commander quelque chose de sérieux, mon gars. Quand vous serez rentrés à l'Ecole, tu le surveilleras de la bonne manière, hein! Tu m'entends? Et à ta prochaine permission, tu viendras me rendre compte. J'te récompenserai, n'aie crainte... Et si jamais il te dispute, c'est à moi qu'il aura affaire. Je lui décolle la tête, nom de Dieu! Tu m'le promets? J'peux compter sur toi?

— Oui, m'sieur, dit Berbillat, rouge d'émotion.

Simon était à bout. Il quitta lentement sa chaise, se dirigea vers la porte.

— Où qu'tu vas encore, hein?

— Aux cabinets...

— C'est bon...

Mais Simon ne revint pas s'asseoir à la table. Réfugié dans sa chambre, et déshabillé, couché maintenant, il méditait sa rancœur, accumulait les projets de fuite, de suicide même, soudain prêt à toutes les tentatives.

Sa mère, inquiète, le rejoignit et le trouva pleurant en silence, caché sous le drap.

— C'est rien, mon gamin, dit-elle. Dors, et demain ça sera passé. Moi non plus, j'suis pas heureuse. Il m'en a fait verser des larmes, va... Des larmes de sang... T'auras qu'à bien travailler à l'Ecole. Et être sage... Pour lui faire plaisir, et pour qu'il nous laisse tranquilles, tous les deux...

Simon se soulagea d'un grand sanglot.

— J'souffre trop là-bas, m'man... J'peux pas m'y faire. J'peux pas les voir, les gradés... Et eux, i sont toujours après moi... Toujours... J'aime pas ça, l'armée, m'man. J'te l'jure... J'aime pas...

— Voyons, dit Mme Chalumot, faut être courageux. C'est pas plus dur que l'reste. On doit se donner un peu d'peine, dans la vie. Si t'étais forcé de trimer chez les autres, hein? Qu'est-ce que tu ferais? Plus tard, tu seras capitaine, riche, envié, et t'oublieras tout ça. Il a pas tort, ton père, dans l'fond, quand il dit que c'est pour ton bien que tu travailles. Tu crois qu'ils sont pas aises les officiers? R'garde, à Reims... I font presque rien. I s'promènent toute la journée. I vont à des réceptions, à des soirées dans l'monde. I sont bien habillés... I z'ont du succès partout...

— J'm'en fiche, dit Simon. J'aime pas ça, m'man. Et pis d'abord, j'me tuerai...

Mme Chalumot éclata de rire.

— Dis donc pas d'bêtises, grand serin. Si tu savais combien de fois j'ai parlé d'ça, moi aussi.. Et tu vois... J'suis toujours là... Allez. Tu vas faire dodo, mon gamin. Et pour te consoler, j'm'en vais t'apprendre une nouvelle. Qui va te faire bien plaisir, j'suis sûre.

C't'après-midi, la mère Comparois est venue avec sa fille. I z'auraient bien aimé t'voir. Surtout Zézette...

Simon avait cessé de pleurer. Il commençait de montrer son visage humide et luisant.

— Oui, dit Mme Chalumot. Et d'main soir, on ira tous ensemble au cinéma...

— C'est pas vrai..., dit Simon. Papa i voudra pas...

— On s'arrangera bien. T'auras qu'à t'lever de bonne heure, pour pas le contrarier. Puis tu lui demanderas pardon, et tu lui promettras d'être raisonnable à l'Ecole...

— Non, dit Simon. J'pourrai jamais lui demander pardon. J'préfère pas aller au cinéma...

— Eh bien, dit Mme Chalumot, on trouvera autre chose. Dors, à présent, et pense plus...

Elle baisa Simon sur les joues, puis, avant d'éteindre la lumière, dit à voix basse :

— Si ton père veut qu'tu t'rhabilles, tout à l'heure, pour aller reconduire ton p'tit copain, dis-lui qu't'es malade. Que t'as mal au ventre... I m'plaît pas beaucoup, c'gosse-là, tu sais... T'es bien plus beau qu'lui!

XII

QUAND la famille Comparois arriva chez les Chalumot, le lendemain soir, rien n'était décidé pour le cinéma. Bonne comédienne, Mme Chalumot affectait une gaieté insouciante; elle comptait sur la présence des Comparois pour surprendre le père et lui tirer un vague assentiment. Après les effusions d'usage, la mère de Simon, par signes, invita Mme Comparois à le circonvenir. Mais l'ancien gendarme s'écriait alors :

— Grouillons-nous, tout le monde! On est de sortie... et on vous emmène tous au cinéma. Toi aussi, Chalumot! Tu n'y couperas pas! Allez, la Grosse... Enfilez votre manteau... Et le gamin, est-ce qu'il est prêt?

— C'est de l'imprévu! dit Mme Chalumot, en clignant l'œil. Nous faudra pas longtemps pour nous préparer... Allons, le père. Remue-toi donc... Pour une fois, ça te changera les idées... Pas vrai, Clémentine?

Assis devant la table, le visage inerte, apparemment placide, l'adjudant roulait une cigarette.

— Je ne bougerai pas d'là, dit-il enfin. Et mon fils me tiendra compagnie. Quant à sa mère, elle est en âge de savoir se guider...

— Vous voyez! dit Mme Chalumot. Je vous avais avertis. Pas la peine d'insister. Vous gaspillerez votre salive. Chez nous, c'est pire qu'aux galères. Ne vous mettez pas en retard. Prenez votre plaisir. Demain, vous nous raconterez le film. Ça nous suffira.

Zézette et Simon se regardaient de tous leurs yeux, à travers la salle à manger, et semblaient prier ensemble pour qu'un miracle se produisît.

— Tu nous vexes! dit M. Comparois à Chalumot. On est venus ici exprès, et t'as l'air de nous faire la gueule. C'est pas beau, ça! Un p'tit effort, Chalumot. Moi non plus j'en raffole pas du cinéma. Mais, de temps en temps, faut bien montrer qu'on sait vivre...

Mme Comparois se dévoua. Elle saisit Chalumot par les épaules, tenta de le soulever de sa chaise.

— Eh bien, dit l'adjudant, excédé, que la patronne y aille! Je l'autorise. Avec son fils, même! A partir d'aujourd'hui, j'm'en occupe plus. Qu'il se débauche, qu'il vole, qu'il tue, qu'il assassine, qu'il trahisse la France, j'm'en fous et j'm'en contrefous! Il ne fiche rien à l'Ecole et on veut lui payer l'cinéma! C'est bien! Vivent les méthodes modernes! Allez! Courez-y à votre cinéma! A votre bordel! Mais, moi, vous ne me ferez pas mouvoir d'un mètre!

Mme Chalumot n'hésita plus. Elle décrocha son manteau, fit un geste discret à Simon pour qu'il commençât de s'esquiver, puis elle dit aux Comparois :

— Perdons plus de temps! Vous voyez bien qu'y a rien à faire. Il est têtu comme un mulet!

Et tous sortirent à la file, en silence, tandis que le père Chalumot, indifférent, continuait à tasser son paquet de gris, à petits coups secs, sur le bord de la table.

Outre l'extrême joie, mais encore enfantine, que lui dispensa la projection des *Damnés de l'Océan,* ce « grand film d'amour et d'aventures », Simon Chalumot connut près de Zézette une volupté plus rare, plus envoûtante, devant quoi s'effacèrent les humbles plaisirs recueillis le long de sa jeune existence. Ce voisinage le grisa tant qu'il dut parfois se vaincre pour accorder au film toute son attention. Au commencement, il s'était tenu droit sur son fauteuil, n'osant même s'incliner vers Zézette lorsqu'elle jugeait bon de lui signaler à voix basse un détail, le curieux d'une scène, ou de lui communiquer son enthousiasme. La chaleur de la salle, l'obscurité mystérieuse, le trop violent parfum de la fillette, cette féerie d'images, pour lui si neuve, tout aida, chez Simon, à l'oubli des réalités. Un monde merveilleux naissait, un monde de roman, qui peut-être ne changerait pas désormais. C'en serait fini des peines coutumières, des peurs de chaque jour, des regrets, des rêves tristes, des pensées de mort... Son bras, sur l'accoudoir, toucha le bras de Zézette, et Simon trembla, stupéfait, ravi, inquiet même d'être tenté si fort, de retrouver le délicieux contact. Puis, elle lui parla de nouveau, et Simon s'emplit l'âme de cette ombre murmurante qui l'affolait de son odeur, de son souffle, du frôlement de ses cheveux... La jambe de Zézette pressait la sienne, s'y appuyait, tiède, lourde, vivante, et, lorsque la jeune fille se fut redressée, Simon s'étonna de toujours avoir cette chair contre sa chair. Sur l'écran, le héros embrassait longuement l'héroïne... Alors Simon ne respira plus qu'à demi, tant il craignait de rompre cette caresse peut-être involontaire...

Quand la lumière revint dans la salle, Simon sentit son visage si brûlant qu'il redouta les regards de sa mère ou des parents de Zézette. Il remonta le col de sa pèlerine, quitta très vite sa place, impatient de se mêler à la foule. Dehors, Mme Chalumot l'interpella :

— Ça t'a plu, mon gamin? T'es content? T'as tout compris?

— Oh! oui, dit Simon.

— Quel beau film, n'est-ce pas, Clémentine?

— J'en étais certaine, dit Zézette. J'avais prévenu maman que ce serait splendide. Dans *Ciné-Miroir,* il y en avait toute une grande page... Vous avez vu, Simon, comme il joue bien, George Bancroft... Il n'est pas joli, mais quelle force!

— Oui, dit Simon, c'est rudement formidable, le cinéma... Mieux qu'les livres, encore... Si je pouvais y aller souvent...

Comparois avait allumé une cigarette, boutonné son pardessus.

— Ça m'a amusé, dit-il. J'ai pas honte de l'avouer. Je ferai un reproche, tout de même. C'est pas pour des enfants. En route!

— Taisez-vous! dit Mme Chalumot. Il se passe des choses encore plus terribles dans la vie. Chez soi, sous le nez des gosses! Et on n'y regarde pas d'si près. On trouve ça normal. Quand l'père m'insulte devant Simon, ou qu'il parle de l'tuer, de lui décoller la tête, vous croyez qu'c'est mieux, Comparois?

— Bien sûr, dit le gendarme. Mais c'est pas à votre fils que j'pensais. C'est à Zézette.

Les enfants marchaient en avant, et les deux femmes donnaient le bras à Comparois. Zézette se retourna.

— Comme tu es drôle, papa! On dirait que tu reviens de la noce...

— Eh bien, ton cavalier, dit Clémentine, qu'est-ce qu'il attend pour t'offrir le sien?

Simon hésitait. D'autorité, Zézette écarta sa pèlerine et se pendit à son coude.

— Je vous gêne? dit-elle.

— Oh! non, répondit Simon. J'suis bien, même...

Ils restèrent un long temps sans parler, et la conversation des parents leur arrivait, assourdie.

— Tenez, disait Mme Chalumot, hier au soir, il lui a fait mille misères devant un p'tit camarade, un enfant de troupe comme lui qu'il m'a ramené pour manger, à l'improviste, parce qu'il avait des galons et qu'il voulait me narguer. Vous connaissez Pradier, le buraliste? Il avait donné deux illustrés à Simon, des *Films complets,* pour lui faire une gentillesse... Eh bien, vous me croirez si vous voulez, comme une brute qu'il est, son père les lui a déchirés en p'tits morceaux! Ah! si vous saviez tout ce que j'endure! D'abord, c'est pas un méchant gosse, Simon...

La main de Zézette glissa sur la manche de Simon, frôla son poignet. Alors, sans réfléchir, Simon prit cette main dans la sienne, et Zézette ne fit rien pour la dégager. Mais il tressaillait tellement que Zézette le regarda du coin de l'œil.

— Avant de partir, dit-elle, je vous en donnerai, moi, des *Films complets.* J'en ai de double... Vous les cacherez bien...

— Oui, dit Simon. Ceux qu'papa a déchirés, j'les avais même pas lus...

Cependant il pensait à autre chose. Les projets, les

espoirs, les rêves fous accouraient. Il essaya de parler, se retint.

— C'est vrai que...

— Quoi? dit Zézette.

— Rien...

— Si... Je veux savoir, moi... Soyez pas timide... Si vous imaginez que les garçons, à la sortie du cours, ils se privent de nous causer...

— Eh bien, dit Simon, la tête basse, c'est vrai que vous vous marierez avec un officier?

— Oui, répondit Zézette, d'un ton résolu. Pourquoi vous me demandez ça?

— Parce que, dit Simon. Je voulais savoir, juste.

Il desserra ses doigts, libéra la main de Zézette. Mais elle, violemment, saisit la sienne, y planta ses ongles à le faire crier, et ne la lâcha plus...

Rentrer dans une maison silencieuse, comme abandonnée, marcher avec précaution, tels des voleurs, afin de ne point réveiller l'être qui dormait, suivre, sur le visage de sa mère, la mimique exagérée de ruse et de prudence, c'était, pour Simon, un prolongement du film, une scène supplémentaire que le souvenir de Zézette et de cette promenade nocturne, côte à côte, auréolait d'une étrange poésie. Mais les chuchotements de Mme Chalumot contrariaient l'évocation, brisaient le charme. Simon eût aimé se trouver seul, à l'abri de tout regard, de toute présence, pour reprendre un à un les maillons de la longue histoire, allier sa propre intrigue aux aventures du film, et, surtout, chercher sur sa main les preuves, encore douloureuses, d'une place d'élection au centre du drame.

— Méfie-toi, mon gamin. Si ton père se lève, on est fichus...

— Oui, m'man...

— Enlève tout de suite tes gros souliers... As-tu faim? As-tu soif? Veux-tu quelque chose avant d'aller coucher?

— Non, m'man. J'ai sommeil, juste... Ah! si. J'peux pas ravoir les bouts des journaux qu'papa a déchirés? J'arriverai p'têt' à les r'coller...

— I sont déjà ramassés avec les ordures, mon pauv' gamin...

— Tant pis...

— Pour tes étrennes, t'auras un cadeau, va... Je tâcherai d'amadouer ton père.

— C'est pas la peine, m'man...

— Mais si... Faut pas que tu repartes là-bas avec de mauvaises idées. J'voudrais pas que tu regrettes d'être venu en permission. Tu comprends, mon gamin?

— J'regrette pas, m'man.

— Moi, j'fais tout c'que j'peux pour toi... Et puis les Comparois, i sont bien gentils. C'est eux qu'ont payé le cinéma. Oui! Et Zézette elle t'aime bien, tu sais...

— Elle, oui, dit Simon, très fort.

— Allez, bonsoir, mon p'tit gamin. Et fais tes prières. Pour que ça aille mieux, et qu'ton père soit moins méchant avec nous.

— Pour c'que ça servira...

— Essaye toujours...

— Oui, m'man...

Mais, plus qu'au bon Dieu, dont rien ne lui démontrait l'existence et la magnanimité, Simon songea de toute son âme à Zézette, bien vivante, elle, et seule capable d'apporter quelque baume à ses tourments.

Le sommeil fut long à venir. Simon se tournait, se retournait dans son lit trop tendre. La fièvre d'agir, de tout bouleverser, de risquer l'impossible pour être heureux à sa façon, et mériter ce bonheur, le soulevait magnifiquement. Mais quels dilemmes! Quel abîme de tendances, de choix contraires, de résolutions! Devait-il se racheter, mettre en œuvre toutes ses forces, toute son énergie, rattraper le temps perdu, s'annoncer à son tour un bon élève, à l'image du jeune Berbillat, et, plus tard, faire son entrée chez les Comparois, avec de vrais galons d'officier sur ses manches? Plus rien, alors, ne le séparerait de leur fille. Zézette l'aurait attendu patiemment; on les marierait aussitôt, dans une liesse incroyable, parmi les cris de joie et les discours de l'adjudant Chalumot...

Ou, reniant l'armée, changeant carrément de chemin, n'aurait-il pas plus de gloire d'égaler les personnages quasi légendaires? Ecrivain, comme Jules Verne ou Alexandre Dumas... Explorateur, comme Livingstone au René Caillé... Artiste de cinéma même, tel ce George Bancroft que Zézette admirait tant. Dans quelques mois, son plan bien conçu, il s'évaderait de l'Ecole, irait à Paris, travaillerait n'importe où, courageusement, jusqu'à ce qu'il pût bâtir à sa guise sa destinée... Il aurait tôt fait, ensuite, de justifier à Zézette la grandeur de ses aspirations, leur intelligence, leur vertu... Les officiers, pour galonnés qu'ils fussent, avec leur monocle et leur jonc d'Inde, seraient promptement éclipsés. Un écrivain, un artiste, un explorateur, ne sont-ce pas là des hommes surnaturels, des idoles, pour qui les femmes s'exaltent et ne tarissent point d'éloges, de compliments?...

L'adjudant Chalumot lui-même s'inclinerait devant l'extraordinaire réussite de son fils. Plus de gueulements, de coups de poing sur la table, de conseils, d'exemples ridicules et naïfs. La reconnaissance, une satisfaction étonnée, sans limite, le laisseraient muet, décontenancé, béat d'orgueil. C'est Simon qui parlerait fort! Qui lui imposerait ses principes, sa manière de voir. Qui lui indiquerait péremptoirement la marche à suivre.

Convaincu, soudain plus calme, Simon se promit de faire un présent à Zézette, avant son départ. En secret. Pour qu'on ne rie pas de cette attention, car les Comparois et les Chalumot avaient la plaisanterie facile. Mais quel autre problème! Fallait-il avertir Mme Chalumot de ce projet, l'en rendre complice? Simon n'oserait...

Pourtant, lorsque arriva le premier jour de l'An, et la visite aux Comparois, en fin de soirée, Simon n'était plus soucieux. Une grande hâte, au contraire, le poussait vers la rue Thomas, et les objurgations de ses parents qui peinaient derrière lui ne l'incitaient pas à modérer sa marche.

— Reste donc à côté d'nous, Simon, disait Mme Chalumot. T'en fais pas... Tu vas la r'voir, ta Zézette! Allez. Viens... Viens me donner le bras...

Mais Simon ne s'y hasardait pas. Il craignait trop que sa mère ne sentît contre elle la timbale et le rond de serviette en argent qui gonflaient la poche de son pantalon, et qu'il comptait offrir à Zézette, à la minute la plus propice. Un riche cadeau! Et point volé! Son prénom décorait ces souvenirs de son baptême; ils lui appartenaient bien. Et si, plus tard, ses parents s'apercevaient de leur disparition, en haut du buffet, Simon saurait se défendre avec justice... Après tout n'était-ce pas préférable au larcin d'un billet dans le porte-monnaie de Mme Chalumot?

L'offre se fit sans mal. Simon s'approcha du divan, et, tandis que tout le monde riait, bavardait, se congratulait à l'envi, il déposa ses cadeaux entre le dossier et les coussins. Puis, il dit à Zézette, timidement, dans un souffle :

— J'vous ai apporté quelque chose, pour vos étrennes. C'est caché sur le divan. Parce qu'il faut pas qu'mes parents l'sachent. Mais c'est à moi... Bien à moi.

Zézette prit les objets avec beaucoup d'habileté, se retira dans sa chambre, revint, les yeux caressants.

— Quels jolis cadeaux, Simon! Vous êtes chic! Chic! Je vais bien les ranger, n'ayez pas peur. Et je le dirai à personne. Même pas à ma mère. C'est entre nous, ça...

Simon la regardait avidement, et il eût aimé lui révéler ses généreux desseins... Combien l'avenir lui paraissait prometteur... Quelle place elle tenait en ses pensées, jour et nuit... Comme il souffrirait de son absence, à son retour à l'Ecole, le lendemain...

— Moi, dit Zézette, je vais vous donner des illustrés de cinéma. Un gros paquet...

Durant qu'elle fut éloignée, Simon demeura dans une curieuse extase. Alentour, les êtres se mouvaient comme des fantômes, à travers un chaud brouillard.

Tous semblaient d'accord, heureux de vivre, définitivement transformés, pour leur bien et pour le bien de leur entourage...

— Voilà, dit Zézette. J'ai mis un papier. Comme ça, M. Chalumot n'y verra rien. Et puis, j'ai glissé ma photo dans un *Ciné-Miroir*... Celle que vous m'avez demandée... Je ne vous dis pas dans lequel. Vous chercherez. Ça vous fait plaisir?

— Oh! dit Simon, maintenant, il peut m'arriver c'qui veut... J'm'en fiche!

Ses dernières heures chez ses parents furent paisibles, presque agréables, et son père le gratifia d'une sollicitude maladroite. Sans doute Mme Chalumot avait-elle vaincu l'adjudant entre les draps, et gagné sur lui qu'il montrerait, à défaut d'amour, quelque pitié pour son fils, avant la nouvelle et longue séparation. Seul, il n'eût pas prémédité pareil revirement. N'avait-il pas encore dit à Comparois, le soir du 1er janvier, et sans qu'on pût découvrir la moindre ironie dans ses paroles :

— Ce garçon-là, c'est ma grande honte. Il m'a déçu... Tout est fini entre nous. A présent, faut que sa mère m'en fasse un autre. Un qu' j'élèverai moi-même, à ma façon, et qui sera comme je voudrai, plus tard, Je suis solide. J'aurai tout l'temps de lui tracer sa route.

Mme Chalumot avait haussé les épaules.

— Compte là-d'ssus, mon bonhomme! Si t'espères que j'vais m'crever pour toi!

Et, à Clémentine :

— J'en suis à ma douzième fausse couche! Vous

vous imaginez! Pour lui, j'suis une vraie machine. Rien d'autre! Il n'a de respect et de considération pour personne. Et bête brute, avec ça!

Aussi, le lendemain, Simon fut-il fort étonné quand son père, sorti de bonne heure, revint à la maison avec un paquet sous le bras, un paquet bien enveloppé, bien ficelé, qu'il posa sur la table en riant, dans une heureuse détente de tout le corps.

— Tiens, Simon. C'est pour toi. J'veux te faire voir que j'suis pas autrement qu'les autres. J'sais m'conduire, moi aussi. Voilà tes étrennes! Après, tu te décideras peut-être à travailler. C'est ton père qui te l'offre, ce cadeau-là. Tu entends? Ton père que tu crois ignorant, borné, sans éducation... Allez! Approche... Viens regarder c'que c'est...

Simon s'avança lentement, sous l'œil mouillé de Mme Chalumot, toucha le papier d'emballage, le caressa, passa son doigt sous la ficelle bleue, la tendit, puis la lâcha brusquement.

— Tu devines pas? dit l'adjudant, hilare, rouge de satisfaction.

— C'est un livre, dit Simon d'une voix enrouée.

— Ouvre donc, monstre!

Peut-être s'agissait-il d'un roman d'aventures superbement illustré... Du *Vicomte de Bragelonne?* Du *Dernier des Mohicans?* D'une œuvre inconnue de Jules Verne? D'une chose plus rare, plus merveilleuse? Il défit le paquet en tremblant, sans trop de précipitation, afin de ménager sa surprise... *Histoire de la Grande Guerre, par les Anciens Combattants...*

— Alors? s'écria l'adjudant Chalumot. Qu'en dis-tu?

Simon paraissait admirer la couverture verte et les larges lettres en creux. Il ouvrit le gros livre, tomba sur une image, des chevaux morts et des canons mêlés...

— Ça doit être beau, dit-il.

— T'as pas l'air content? C'était pas la peine...

— Oh! si. Mais j'm'attendais pas... Y a de chic photos... J'peux l'lire tout d'suite?

— On va le regarder ensemble. Y a longtemps qu'j'avais envie de l'voir, ce bouquin-là! Ça, mon garçon, c'est toute notre histoire, tout ce que nous avons fait, nous autres, à Verdun, dans la Somme, en Champagne... Un sacré livre, oui! Il vaut cher, tu sais... Veux-tu que j'te dise combien?

— Allons, Chalumot! dit sa femme. Quand on offre quèqu'chose, on doit pas regretter son argent...

— C'est pas la question, s'écria l'adjudant. Et avec mon fils, aucune importance. Faut bien qu'il sache quand même que son père est pas mesquin, non!

Et, à Simon:

— Plus d'cent francs, mon garçon!

— Mince! dit Simon.

Ils s'assirent côte à côte; l'adjudant Chalumot s'arrêtait à chaque page, à chaque gravure, commentait, pontifiait, avec des cris d'étonnement, des cris de colère, d'enthousiasme, des jurons, des soupirs, mille manifestations d'une fièvre rétrospective.

— Charleroi! Si j'm'en rappelle! Comme on y a souffert, mon gars! T'étais pas encore né, toi. Des jours et des nuits sans bouffer, sans boire, sans dormir! Et les Boches à nos trousses! Mais ça n'a pas duré! Y a eu la Marne, après! La Marne! J'y étais aussi, mon garçon. Je peux t'en causer savamment... Tiens! V'là Joffre! Le père Joffre! Un bon bougre!

— Tu l'as vu?

— Si j'l'ai vu? Il m'a mis la main sur l'épaule, comme j'te la mets en ce moment, un jour qu'on décorait mon régiment, le 21e colonial, près d'Compiègne. J'étais sergent à l'époque. J'venais d'avoir ma première citation. Joffre! Ah! si tous les officiers d'à présent lui ressemblaient, on serait pas dans la merde! C'est un homme comme lui qu'il faudrait à la tête du gouvernement! Ou Clemenceau... Celui-là! On le verra tout à l'heure. Il est sûrement en photo. Tiens, qu'est-ce que je te disais! Le bougre! Il savait c'qu'il voulait, t'en fais pas. Et les anciens combattants, on lui doit une fière chandelle...

Il tournait, tournait les pages, et Simon simulait une grande attention, bien qu'interdit par cet incessant défilé de cadavres, de canons, de drapeaux, cette longue exposition de militaires casqués, d'officiers en chechia, en képi, en calot, sous tous les angles, dans toutes les attitudes, barbus ou moustachus, toujours fiers, toujours contents de leur sort, et tellement pareils à ceux que Simon connaissait, qu'il avait appris à connaître...

Quel hypocrite, cet adjudant Chalumot! Avec l'album de souvenirs, c'était une leçon de choses qu'il offrait à Simon, un glorieux exemple, une démonstration de bravoure et d'héroïsme. Cadeau bien utile, en somme, dont il profitait le premier, sans réserve et sans pudeur.

— La cote 108! Berry-au-Bac! Le Chemin des Dames! Ah! ce jour-là, mon garçon, j'ai bien cru qu'j'y resterais. Comme des lions, on s'est battus! Et il s'en est fallu de peu que les Boches nous pilent. Tu dois me remercier, Simon! Moi et mes collègues. Si t'es là, en c'moment, si tu peux manger à ta faim, et ta mère aussi, tranquilles comme Baptiste, si tu peux aller au cinéma même, t'amuser à ta guise, c'est grâce à notre courage, à notre sacrifice! Sans nous, ça serait le bagne, maintenant! La schlague! La pourriture! La terreur! Oui, mon garçon!

Soudain, il eut un haut-le-corps; puis il se pencha sur une photographie de poilus accroupis dans un boyau.

— Nom de Dieu! Mais j'suis là, près du parapet, à droite! Y a pas d'doute! J'me rappelle! C'était à Souchez, dans l'Pas-de-Calais. On nous a photographiés, un matin. Des types des journaux... Qui venaient de Paris, même...

Alertée, sa femme sortit de la cuisine, vint jeter un coup d'œil.

— Penses-tu! C'est pas toi du tout. L'écoute pas, mon gamin. Il veut toujours s'faire croire plus qu'il est.

— Comment? Tu vas m'prouver le contraire, à moi! Qu'est-ce que t'en sais, hein? T'étais bien au chaud à l'arrière, pendant c'temps-là. A l'abri! Alors que nous, les pauvres martyrs, on se faisait casser la gueule! J'te dis qu'c'est moi, bonsoir! Allons, Simon... Toi qu'as de bons yeux...

— On voit pas bien, dit Simon, après un regard appuyé.

— C'est ça! hurla Chalumot. Soutiens ta mère! Et dis-moi que j'suis qu'un con, aussi, pendant qu'tu y es!

— D'abord, dit Mme Chalumot, on va s'mettre à table. Il est grandement l'heure... Pousse-toi, le père... Vous continuerez plus tard...

A regret, l'adjudant referma le livre, le posa sur la commode.

— J'pourrai l'emmener à l'Ecole? demanda Simon, soucieux de témoigner sa reconnaissance.

— Bien sûr! Tu l'montreras à tes p'tits camarades. Faudra pas l'abîmer, hein? I vaut cher!

Le lendemain, quand on conduisit Simon à la gare, aimable, le père Chalumot empoigna la valise.

— Elle est rien lourde, dit-il.

— C'est le livre de guerre, répondit vivement Simon, qui songeait au stock de *Films complets* camouflés dans le linge.

— Et puis, dit sa mère, fallait bien qu'il prenne un peu de manger. Des douceurs... C'est pas normal, Clémentine?

Mme Comparois suivait avec sa fille. Et Simon lorgnait souvent Zézette qui étrennait sa veste en poil de lapin. Elle se tortillait, ravie, les fesses et le cou tendus.

— J'ai les *Films,* dit tout bas Simon. Ils sont dans ma valise. Papa a rien remarqué. Et la photo, je l'ai sur moi, bien cachée...

— Vous m'écrirez?

— J'voudrais! dit Simon. A l'Ecole, ils ouvrent toutes les lettres. Celles qu'on reçoit et celles qu'on envoie aussi...

— Dommage!

— Oui, dit Simon.

Il s'efforça d'être vaillant, de ne point trahir son

amertume. Mais l'épreuve était cruelle. Il lui semblait même éprouver quelque chagrin à quitter ses parents, à perdre l'humble confort familial. Cependant, lorsque le train démarra, c'est Zézette qu'il eut besoin de regarder une dernière fois.

— Au revoir! Au revoir, mon gamin! criait Mme Chalumot en agitant le bras exagérément.

— Travaille, surtout! criait l'adjudant. Fais-moi honneur, monstre!

Mais Simon n'entendait pas. Il venait de retrouver d'un coup l'écœurante solitude, l'angoisse, la peur incontrôlable de l'avenir, des tourments futurs. Et, le nez sur la vitre, il contemplait, attristé, le jeu lassant des rails.

XIII

— Un zéro de plus, Simon Chalumot, pour vous apprendre à être moins paresseux, dorénavant. Les vacances de Noël ne vous ont guère profité, et vous aviez de meilleures notes au cours du premier trimestre... Que se passe-t-il, Chalumot?

— J'aime plus l'histoire de France, dit Simon, debout devant sa table de classe.

— Tiens! Tiens! Et peut-on connaître les raisons de cette lubie?

— Y a trop d'guerres, trop d'batailles... On parle que d'ça... C'est pas drôle, m'sieur...

Le professeur d'histoire essuya son lorgnon, le remit sur son grand nez busqué.

— Voilà une critique à laquelle je ne m'attendais nullement. Surtout de votre part. Fils de militaire, vous êtes destiné, vous aussi, à la carrière des armes. Et, pour peu que vous persévériez dans cette carrière, votre rôle sera de vous battre chaque fois que le pays fera appel à votre dévouement. S'il n'y avait pas eu toutes ces guerres, toutes ces batailles qui vous déplaisent, que serait la France, Chalumot? Quelle place aurait-elle, par exemple, au sein de cette Société des Nations dont l'humanité s'enorgueillit? Réfléchissez, voulez-vous? Ne sont-ce pas les guerres de Louis XIV, de Napoléon Ier, qui ont permis à votre patrie de repousser ses frontières, de s'accroître, de donner au monde entier la mesure de sa puissance, de sa force conquérante, colonisatrice? Et n'êtes-vous point fier de votre titre de Français, Chalumot? Voyons!

— J'chais pas, m'sieur, dit Simon. J'ai jamais pensé à ça...

— Mais le sacrifice de Bara, d'Agricol Viala, des jeunes engagés volontaires de 1914, de tous les héros morts pour que s'affermisse la grandeur de la France, ne vous touche donc pas, Chalumot? Ne frémissez-vous pas d'émotion, d'enthousiasme, à la lecture des admirables exploits de ces martyrs?

Simon parut hésiter. Il grattait la table, de son index.

— Non, m'sieur... C'est beau, p't'êt'! Mais à moi ça m'fait plus rien.

— Est-ce possible!

Une deuxième fois, le professeur nettoya ses verres d'un coup de mouchoir.

— Il faudra que j'avertisse vos supérieurs de ce curieux état d'esprit. Cependant, il y a quelques semaines, j'ai vu circuler dans la classe un livre édifiant qui vous appartenait bien. Une *Histoire de la Grande Guerre*... Et vous sembliez assez satisfait de la montrer à tous vos camarades...

— C'était pour l'échanger, m'sieur... J'l'ai plus, d'ailleurs.

— Et qu'avez-vous eu, en échange?

Simon hésita, crut devoir mentir, par crainte de représailles.

— Des biscuits et une plaque de chocolat aux noisettes...

— C'est inconcevable! s'écria le professeur. Etre matérialiste à ce point! Vous allez me faire le plaisir de récupérer votre livre en rendant ce chocolat et ces biscuits...

— J'peux plus, dit Simon. J'ai tout mangé, déjà...

— De mieux en mieux! Et avec qui, ce troc?

— Avec un ancien, m'sieur. J'chais pas son nom, même...

— C'est bon, dit le professeur. Nous avons assez perdu de temps. Mais je vous préviens que je n'aurai, désormais, aucune mansuétude à votre égard. Bien au contraire. J'ajouterai qu'il serait judicieux qu'on vous renvoyât de cette Ecole où vous avez peu de chose à faire, maintenant. Nombre de vos gradés m'avaient signalé, ainsi qu'à mes collègues, votre indiscipline, votre triste mentalité. J'en doutais, n'ayant pas eu, encore, à me plaindre de vous. Je vois que je m'étais grossièrement abusé. Asseyez-vous! Ou plutôt, allez prendre le frais. Où vous voudrez... Nous n'avons plus besoin de vous à ce cours qui ne vous intéresse pas. Allez!

— Bien, m'sieur...

Simon rangea son livre, décrocha son béret, sourit à ses camarades qui le suivaient des yeux, étonnés de tant d'arrogance, de tant d'aplomb. Près d'atteindre la porte, il buta dans la jambe de Lepage, allongée sciemment.

— T'es dingue, Chalume, dit Lepage à mi-voix. Tu vas encore te faire sonner dur...

— Ça s'peut, dit Simon.

Quand il fut dehors, le professeur tapa de la main sur son bureau, et, le calme rétabli :

— Mes enfants, dit-il, je vous conseille de ne plus fréquenter l'élève Chalumot. C'est une nature dangereuse. Il ne saurait que vous pervertir et vous détourner de votre devoir. C'est là un probant exemple d'anarchie, et rien ne m'empêchera de croire que ce garçon, s'il ne se réhabilite pas — ce que je veux espérer — ne finisse un jour par commettre de graves excès et ne mérite, alors, les peines les plus infamantes. Vous êtes un peu jeunes pour avoir entendu parler de la trop fameuse bande à Bonnot, cette terrible association de criminels qui mit le pays à feu et à sang, avant la guerre... D'ailleurs, je n'irai pas jusqu'à prétendre que Simon Chalumot traîne en lui les germes d'un assassin, d'un terroriste... Loin de moi cette pensée. Mais il est bon que vous soyez avertis des funestes conséquences que réserve le développement de telles idées. Renier l'histoire de France, la valeur des faits d'armes et des sacrifices de tant de héros, n'est-ce pas une iniquité, une insulte intolérable, chez un enfant, et qui plus est, un enfant de troupe? Voyons! Quelqu'un osera-t-il n'être pas de cette opinion?

Tandis que les élèves, intimidés par la ronflante période, gardaient un silence approbateur, Simon pénétrait, sous la voûte de l'escalier, dans la resserre aux balais, brosses, seaux, serpillières, et tous ustensiles d'entretien. Le froid y était vif; un relent de moisi, de pourriture, de terre humide, soulevait le cœur dès l'entrée, mais Simon n'avait point découvert de plus sûr endroit pour camoufler la vieille valise en carton où s'entassaient, comme un trésor, les *Ciné-Miroir* de

Zézette — heureusement soustraits à la fouille — les livres de Jules Verne, d'Erckmann et Chatrian, de Dumas, les *Lettres de mon Moulin, Sapho,* d'Alphonse Daudet, et sa dernière trouvaille, un lot de *Films complets,* de *Ciné-Monde,* de *Mon Ciné,* obtenus, en échange de l'*Histoire de la Grande Guerre,* d'un ancien de troisième année.

Pas de lumière dans ce local. Simon s'éclairait avec une lampe électrique acquise d'un autre élève pour une boîte de lait et quelques biscuits « à la cuiller ». Mais la pile déclinait, et Simon s'inquiétait fort de son remplacement. Dans ce cagibi, morfondu, privé d'air, Simon connaissait néanmoins une certaine béatitude. Nul gradé ne viendrait l'en déloger, tant il prenait de précautions pour s'y calfeutrer, aux rares moments d'autonomie. D'autre part, aucun camarade n'aurait cru possible de transformer cette soute en cachette, en « salon de lecture », et Chalumot n'avait mis personne dans le secret. Souvent de corvée, sinon chaque jour, il était à même de la surveiller et d'empêcher qu'on ne s'aventurât à l'intérieur. Mais les élèves ne s'y risquaient point. La crainte du « noir », la fétidité, la peur des rats, les arrêtaient sur le seuil, et c'est avec répugnance, du bout des doigts, qu'ils tiraient à eux les wassingues et les balais de bouleau.

Certes, en classe, les progrès de Simon ne se vérifiaient pas. Il collectionnait les zéros, et les professeurs paraissaient se désintéresser de cet élève, pourtant doué, disaient-ils, qui dédaignait leur enseignement. Il demeurerait un cancre, un bon à rien, quoi qu'on tentât pour exciter son goût de l'étude, et les portes des grandes Ecoles, les portes du bel avenir, lui seraient à jamais interdites. Le capitaine-major l'avertit même que le conseil de discipline se réunirait un jour afin de statuer sur son sort, et de décider sans doute son renvoi.

— Vous avez tout fait, petit salopard, pour vous attirer la réprobation de vos chefs et de vos professeurs. Des brebis galeuses, nous n'en voulons pas dans nos murs. Vos heures sont comptées, Chalumot. Je vous préviens qu'avant le terme de l'année scolaire il y aura du nouveau pour vous... N'avez-vous donc aucun sentiment? Aucun respect pour votre famille? Pour vos maîtres qui se tuent à la tâche, dans le dessein de vous assurer un idéal? Etes-vous sans cœur, sans foi, sans aspirations? Répondez!

— Non, mon capitaine...

— Alors! Qu'attendez-vous pour bien faire et vous racheter? Notre bonté est grande, Chalumot, et nous sommes capables, encore, de vous faire confiance. Intelligent comme vous l'êtes, vous devriez avoir la première place dans votre classe! Vous m'entendez?

— Oui, mon capitaine...

— Au lieu de cela, vous tenez à croupir dans l'oisiveté. Vous faites fi de l'étude. Votre savoir est minime. Vos notes, en allemand, en histoire, en sciences, en mathématiques, sont au-dessous de tout! Je ne vois que des zéros, des uns, des deux à la rigueur... Il n'y a guère qu'en littérature que vous montrez un peu de bon vouloir. Pour le reste, vous êtes d'une nullité totale! Jamais vous ne serez officier, Chalumot! Ni même sous-officier! Croyez-moi, il faut un certain bagage pour mériter des galons, si modestes qu'ils soient. Toute votre existence, vous serez commandé, Chalumot! Par des individus quelquefois moins subtils que vous, peut-être, mais plus disciplinés, plus instruits, plus aptes à servir. Jamais vous n'éprouverez cette joie que nous éprouvons, nous, officiers, à guider, à diriger des hommes, à les tenir en main, à posséder sur eux une entière autorité! Rompez, ignare que vous êtes!

Simon Chalumot n'avait pas la bosse des mathématiques. Le plus grand commun diviseur, le plus petit commun multiple, les monômes, les binômes, toutes ces questions prétendues importantes l'ennuyaient fort, et il ne parvenait point à se pénétrer des règles élémentaires pour bien résoudre les inconnues. En revanche, il en eût appris à tous sur le cinéma. Il connaissait maintenant, de mémoire, le scénario des films de l'époque, le nom des interprètes, des scénaristes, des dialoguistes, des metteurs en scène, des opérateurs, et pouvait citer une foule de termes techniques avec leur exacte définition. Qu'il s'agît de Jetta Goudal, de Lilian Gish, de Philippe Hériat, d'Eric von Stroheim, d'Abel Gance ou des Barrymore, il n'ignorait rien de leur évolution cinématographique. C'est sur ses cahiers de cours qu'il inscrivait avec méthode les renseignements recueillis dans les journaux spécialisés. Il se promettait plus tard d'ouvrir des albums et d'y coller, selon l'ordre ad hoc, les photos de films, d'artistes, de techniciens. Le temps, la liberté d'action, le matériel, lui manquaient pour une pareille entreprise. Et durant les heures d'étude, ou de loisirs restreints, jeudis et dimanches, il fallait se méfier des gradés. Quel drame, si l'adjudant Moustache, le sergent Billotet ou ce triste sire de Fromentel fussent tombés sur ses richesses!

Souvent, Simon s'entretenait avec des camarades férus de cinéma, sans toutefois leur dévoiler ses archives, et il y gagnait un surcroît d'enthousiasme. On se racontait des films vus au cours des vacances ou bien avant l'entrée à l'Ecole militaire, dans un excès de détails, de gestes, de phrases textuelles, et Simon croyait assister vraiment à la projection de *Jim le Harponneur,* du *Signe de Zoro,* du *Pirate Noir,* de l'*Homme le plus laid du monde...*

— ... Alors le Douglas Fairbanks il arrive sur son ch'val, i prend ses pétards, il abat le traître, un sale mec, et i dit, en embrassant la fille du shérif : « Rien ne pourra plus nous séparer, ma chérie... » Tenez, les gars, dans un aut' film que j'me suis payé à Noël, en douce, *la Chair et le Diable,* y a une femme! Oh! là là.

— C'est Greta Garbo! s'écriait Simon. J'la connais... Même qu'elle est en train d'tourner à Hollivode... *Anna Christie...* Son metteur en scène, c'est Clarence Brovne, qu'il s'appelle. Moi aussi, je ferai du cinéma, un jour...

Les copains s'esclaffaient, incrédules.

— Toi? Ah! dis donc! Avant que tu sois comme Douglas Fairbanks!

— Pas comme artiste, disait Simon. Comme metteur en scène! Vous verrez. J'parie avec vous...

— Tu parles! T'es dans l'armée, faut qu't'y restes. T'es obligé de t'engager pour cinq ans, après l'Ecole. Une fois que tu les auras faits, tes cinq ans, tu penseras plus à t'tailler, j'suis sûr...

— Vous verrez! disait encore Simon. J'attendrai pas jusque-là. J'partirai avant.

— Tu partiras avant?
— Oui...
— Tu t'évaderas, p't'êt'?...
— P't'êt'!
— Et où qu't'iras, eh, con?
— J'ai calculé, déjà.
— T'es louf! s'écriait Pouliquen. L'cinéma, d'abord, c'est chouette, mais c'est d'la blague. C'est pour des gens autrement qu'toi. Et pis si tu fous l'camp, un jour tu regretteras dur. Pac'que l'armée, plus tard, ça vaudra l'coût. On aura du pognon, aussi. Y a des primes, quand on s'engage. Et un lieutenant ou un capitaine, ça touche beaucoup. Mon père m'l'a dit...
— Ça s'peut, répondait Simon. Mais moi, ça m'plaît pas, l'armée. Alors j'y resterai pas. J'préfère aller casser des cailloux, comme les cantonniers. Toi, t'as jamais voulu faire quèqu' chose que t'aimerais? Jamais?
— Si, disait Pouliquen. J'aurais aimé être facteur, comme mon père. Mais ça, je l'serai plus tard quand même... A ma r'traite...
— Merde! s'écriait Simon. J'discute plus avec toi, t'es trop bouché. En tout cas, l'cinéma, j'suis sûr que c'est un bath métier. On crée des choses, tu comprends, on bâtit des histoires... C'est comme un livre qu'on écrirait. Et on est libre! T'as personne à saluer, là-d'dans... Tu t'mets au garde-à-vous d'vant personne. T'es considéré pour de vrai. Parc' que t'es intelligent, et qu't'as des idées fameuses. Que tu sais faire quelque chose... Tu comprends?

Et tenace, Simon continuait à vivre dans l'espoir de sa réussite future. La nuit, pour lire et se documenter à son aise, il s'enfermait dans les cabinets de l'étage, où l'électricité brûlait en permanence. Une heure, deux heures, insensible au froid, à la fatigue, il dévorait ses *Ciné-Monde* et ses *Ciné-Miroir,* à moins qu'il ne lût, sans relâche, un roman de Daudet ou de Jack London, en le transposant, exalté, pour le cinéma. Il avait même écrit un début de scénario qu'il conservait précieusement au fond de sa valise, près d'un poème dédié à Zézette, un poème en alexandrins, long de dix strophes. Car il associait Zézette à tous ses projets, la mêlait à ses pensées les plus folles, ne doutant pas qu'elle ne fût déjà la femme de sa vie...

Il ne se séparait jamais de sa photo, relique inestimable, fétiche qu'il posait dans son pupitre pour l'admirer discrètement durant les cours, qu'il glissait le soir sous son traversin pour lui donner son dernier regard, et le premier au réveil. Les camarades admis à contempler le visage de Zézette s'étaient extasiés avec force sifflements, force remarques obligeantes. Certains se montrant sceptiques sur les « résultats » de l'idylle, Simon, point hâbleur, ne chercha pas à les détromper, tandis qu'ils se vantaient de leurs succès.

— C'est presque ma fiancée, disait-il. Ses parents et les miens, i veulent qu'on se marie plus tard. Ça leur plairait que j'sois officier à c'moment-là... Même sans ça, j'suis sûr. Parce qu'elle m'aime vraiment. Oui! Rigolez pas. On est allés tous les deux au cinéma, à Reims.

Simon lui trouvait une ressemblance parfaite avec Lil Dagover, voyant en cela le signe d'un brillant destin. Zézette serait artiste, à son tour, et c'est lui, Simon, qui la révélerait... Comme Stiller, le grand metteur en scène, avait fait la gloire de Greta Gustavson, maintenant devenue l'éblouissante Greta Garbo...

Après la communication des conseils et des rappels à l'ordre de l'adjudant, sa mère ne manquait pas, dans ses lettres, de lui parler de la petite Comparois, de plus en plus jolie, de plus en plus « distinguée ». Un amour de fille! Elle accourait souvent à la maison, en quête de nouvelles. Impatiente, elle attendait les vacances de Pâques et se promettait de bons moments en sa compagnie. Ses notes de classe étaient magnifiques; il fallait donc que Simon l'imitât. Un garçon se doit toujours de surpasser une demoiselle, et s'ils étaient faits pour s'épouser — on ne sait jamais, mon gamin — il importait qu'elle n'eût pas à rougir de son mari...

« Regarde ton père, Simon... Crois-tu que je ne souffre pas de sa bêtise, de son incapacité? Chez lui, c'est gaffe sur gaffe. Et je n'aurai jamais la vie que je pouvais avoir. Tout m'est défendu, mon pauvre garçon. Je ne connaîtrai pas le grand monde, les belles soirées, les cérémonies... C'est tout juste s'il a gagné son galon d'adjudant à l'ancienneté. Alors qu'avec des études il serait capitaine ou commandant aujourd'hui. Quelle déception! Pour en revenir à Zézette, c'est vraiment une enfant raisonnable. Je t'avoue qu'elle me plairait bien comme bru... Ses parents lui ont acheté un piano d'occasion. Le père Comparois n'en a peut-être pas l'air, mais il est à la page, lui... »

Chaque semaine, Simon accueillait sa lettre avec bonheur, bien qu'il redoutât sans cesse que sa mère n'eût constaté la disparition du rond de serviette et de la timbale en argent. Il sautait tout de suite à la phrase finale. « Bons baisers de ta mère qui t'aime et pense à toi... », dans l'espoir de lire encore les quelques mots qui l'avaient un jour tant ému : « Zézette me demande de t'embrasser de sa part, quatre fois, comme au premier de l'An. »

A défaut de ce suprême recours pour mieux subir les rigueurs d'une condition exécrée, Simon apprit un soir que l'adjudant venait d'être malade. « Une pleurite, disait Mme Chalumot, et j'ai bien cru qu'il y passerait. » Alors, sans honte, Simon souhaita la mort de son père, y découvrant un terme à son propre martyre, une merveilleuse certitude de liberté, l'évidente réalisation des projets qu'il méditait jour et nuit, et dont l'accomplissement, malgré sa foi, son enthousiasme, lui paraissait si lointain.

Affranchi de l'adjudant Chalumot, avec quelle éloquence persuaderait-il sa mère de le laisser choisir son métier, le seul qui présentât à ses yeux quelque beauté, quelque valeur! D'ailleurs, Mme Chalumot pâtissait de la mesquine tutelle. Elle avait des goûts romantiques, une passion pour les livres de Richebourg, de Xavier de Montépin, un engouement sincère pour le théâtre et le cinéma, ces féeries que Simon idolâtrait maintenant, bien que sa connaissance en fût toute livresque...

Cependant, par crainte, par scrupule, Mme Chalumot pourrait ne point applaudir aux idées de son fils, et l'obliger, sans menaces, mais non sans vigueur, à demeurer aux écoles militaires.

— Faut pas lâcher la proie pour l'ombre, mon gamin. Dans l'armée, tu seras toujours assuré de manger ton content, d'être habillé et logé toute ton existence, puisque t'auras encore ta retraite, plus tard. Et puis, si tu quittes les enfants de troupe, faudra que je rembourse tes frais d'études. C'est dans le règlement... Où j'irai chercher cet argent-là, mon gamin? Où? Crois-moi, l'armée, c'est pas une mauvaise chose. Et ton pauvre père n'avait pas toujours tort quand il disait...

En ce cas, Simon s'évaderait, certain du renoncement de sa mère, de sa résignation devant le fait accompli. Mais il se jurait de témoigner à Mme Chalumot la sollicitude qu'elle n'avait guère rencontrée, en travaillant davantage afin de l'aider à mieux vivre, et pour lui prouver, surtout, qu'il eût mérité plus tôt toute sa confiance...

En attendant, Simon se satisfit d'un autre miracle, peut-être plus prodigieux. Félix prenait l'initiative d'offrir aux élèves une séance hebdomadaire de cinéma! La nouvelle confirmée, et quand les anciens eurent agencé leur salle de réunions, Simon, en pleine allégresse, faillit tirer ses documents de leur cachette. Il brûlait d'initier ses camarades, de leur communiquer sa fièvre, de les convaincre de la rareté du divertissement. Il se retint, par bonheur. Les gradés de sa compagnie n'auraient pas, certes, apprécié son prosélytisme. Ils se saisissaient déjà de cette faveur comme d'un moyen de chantage et en usaient méchamment.

— Le premier qui ne se conduit pas bien peut faire son deuil du cinéma, samedi soir! Restez sur vos gardes. Le commandant ne s'intéresse pas aux salopards, vous entendez! Il veut récompenser les bons élèves. Alors, le premier qui bouge, qui fait le zouave...

Trois jours d'angoisse, trois jours d'un terrible supplice pour Simon, tant il craignait de provoquer le sadisme de Billotet et de Fromentel. En outre, le bruit courut qu'un zéro de classe, durant la semaine... Et Simon Chalumot venait d'en récolter deux à la file, de M. Moutarde, le prof d'allemand...

L'heure arriva toutefois, où, tremblant encore, les nerfs à plat, la gorge sèche, Simon put pénétrer dans la salle des anciens, long atelier vitré garni des bancs du réfectoire et de quelques fauteuils pour les officiers et leurs suivants. Bien qu'il fît sombre dehors, on avait cloué de vieilles couvertures sur les châssis des fenêtres. Les sections se présentaient, s'arrêtaient dans un rude claquement de talons, puis, sans trop de discipline, parlant fort, se bousculant, les élèves entraient et s'installaient. Mais les jeunes, sommés de ne pas se mêler aux anciens, durent prendre les sièges les plus éloignés. Certains, avec précaution, se glissèrent aux premiers rangs et s'assirent à la place que leur réservaient des élèves de quatrième année.

Simon vit Jacquelin se faufiler, tête basse, puis s'intercaler entre deux grands qui le dissimulèrent de leur mieux. Là-bas, c'était Luchon, dit Lu-Lu, dit P'tit-Beurre, qui retrouvait son ami, et se serrait, câlin, en le contemplant d'un chaud regard de fille.

Simon ne se pressa pas de se caser. Au fond de la salle, l'appareil de projection l'attirait. Le sergent Quévilly, de la 1re compagnie, se démenait, entouré de ses aides, deux anciens, et, fasciné, Simon souhaitait se trouver près d'eux pour détailler à loisir le mystérieux engin. Il demeura d'abord à quelque distance, eu égard à ces gens nantis d'un tel pouvoir, puis, comme d'autres élèves s'approchaient, le devançaient même, il se risqua, jaloux de leur aplomb, et quoiqu'il eût aimé, par un détachement feint, montrer sa supériorité dans ce domaine. Mais le cercle d'admirateurs gênait le sergent Quévilly et ses acolytes.

— A vos places, les bleus! dit un ancien, en poussant Chalumot.

Le sergent cessa de visser la lentille qu'il venait d'éclaircir.

— Qu'est-ce que vous foutez là, vous autres? Ouste! Si vous voulez que ça fonctionne, faut nous ficher la paix et nous laisser faire notre travail. En arrière!

D'ailleurs, le capitaine-major apparaissait, sa main gauche toujours incluse entre deux boutons de sa tunique. Les élèves s'égaillèrent, d'instinct.

— Eh bien? dit des Aubelles. Où en sommes-nous, Quévilly? Est-ce que tout marchera comme vous le désirez?

— Parfaitement, mon capitaine. On pourra commencer dans quelques minutes. Mon installation électrique donne à plein. J'ai seulement un peu de souci pour mes bobines. C'est une copie en mauvais état...

— Qu'à cela ne tienne, dit des Aubelles. A la guerre comme à la guerre. Les élèves s'en contenteront. C'est déjà très beau qu'on ait songé à les divertir... Faites pour le mieux!

Se retournant, il buta sur Chalumot, accroupi près d'une caisse, qui lorgnait, impatient d'y toucher, des bouts de pellicules disparates.

— Qu'est-ce que ce curieux, hein?

Puis, reconnaissant Chalumot qui se levait, confus, inquiet des suites de ce tête-à-tête :

— J'aurais dû m'en douter! Ici, vous n'êtes pas le dernier, je vois. Et vous vous attachez plus au cinéma qu'à vos devoirs de classe... J'ai bien envie de vous coller en étude pendant toute la séance. Il est regrettable qu'on s'évertue à distraire des loustics tels que vous. Disparaissez... Ou je vais passer à l'exécution. Vite!

Simon salua, se dépêcha de rompre, et parvint à s'asseoir à l'extrémité d'un banc, derrière Lepage qui racontait d'anciens exploits, lorsque, le jeudi, désertant le patronage, il allait voir les films de William Hart ou de Roger Ferté, le fameux Judex...

— T'sais c'qu'on joue, c'soir, Chalume? demanda Delplanque à Simon.

— Non. J'aurais pu l'savoir, mais y a l'pitaine qui m'a envoyé bouler pac'que j'étais trop très de l'appareil. Tu l'sais, toi?

— C'est un film sur Napoléon, dit Delplanque. *Destinée,* qu'ça s'appelle. J'l'ai vu déjà. C'est tarte...

— Pas vrai, dit Lepage. C'est *Mathias Sandorf* qu'on joue. En entrant, j'ai entendu un ancien qu'en parlait.

— Sans blague! s'écria Chalumot. *Mathias Sandorf,* c'est de Jules Verne, et j'l'ai lu. Une vache histoire, les gars!... Si c'est comme dans le livre, qu'est-ce que ça sera chouette...

Il loucha vers l'appareil, excité, redoutant même une avarie à la dernière seconde.

Il s'agissait bien de *Mathias Sandorf,* et Simon prit un nouvel intérêt aux aventures du proscrit hongrois.

Son évasion de la forteresse l'exalta. Un instant il rêva de sa propre fuite, quand il aurait mis toutes les chances de son côté...

Aux entractes, pour le changement de bobines, beaucoup d'élèves sortirent de la salle, dans une longue rumeur. Mais Simon courut chaque fois examiner l'appareil et, bouche ouverte, il regardait enrouler et dérouler les films, croyant presque que le sergent Quévilly, étonné de tant d'admiration, de tant de constance, lui conseillerait de s'approcher davantage, lui confierait peut-être une mince besogne.

— Tu jouis! dit Pouliquen, surgissant derrière Chalumot. T'es à ton aise, là! Comment qu'tu voudrais être à la place du gars qui tourne la manivelle... Pas vrai, Chalumot? Hein? Pas vrai?

— Et après? dit Simon. J'suis libre, non! J'vais pas t'emmerder, moi, quand tu souffles dans ton bugle, à la fanfare... Et puis c'est p't'êt' pas beau, l'film? I t'plaît pas, p't'êt'?

— Si, répondit Pouliquen. C'est bath, vachement...

— Et tu verras, à la fin! Dans le livre de Jules Verne, que j'ai lu, c'est rien badour...

Mais le deuxième épisode du film ne devait jamais être projeté; et, le lendemain, on oublia les tribulations de Mathias Sandorf pour seulement parler du scandale qui résultait de cette soirée exceptionnelle. Entre deux entractes, l'adjudant Hans, une terreur, avait fait une ronde dans le bâtiment des latrines, non loin de la salle de spectacle, et découvert là des couples d'anciens et de jeunes élèves, fumant, flirtant, s'embrassant, se pelotant même. En un clin d'œil, tout le monde s'éclipsa, tandis que l'adjudant Hans, averti, fonçait inspecter les classes et les dortoirs des anciens. Au premier étage, point de lumière nulle part, aucun bruit suspect. Toutefois, l'adjudant était soupçonneux, et rusé. Entrant en tapinois dans une chambre, puis tournant aussitôt le commutateur, il avait surpris un ancien, braguette ouverte, et, à ses genoux, un jeune élève, soudain pâle d'épouvante, de honte, de remords, près de s'évanouir... Cette fille de joie, c'était Berbillat Jean-Philippe, le sergent-fourrier Berbillat, modèle de vertu, un des plus sûrs espoirs de l'Ecole militaire et de l'armée française!

Quelle stupéfaction pour tous, et pour Simon Chalumot qui, maintenant, discutait avec ses camarades la peine qu'encourait Berbillat.

— C'est le falot, ça fait pas d'doute! disait Delplanque. Avant qu'on arrive, nous, paraît qu'y en a eu souvent des trucs pareils. Tous les ans, on chopait des gars pieutés ensemble, ou qui se touchaient dur dans les chiottes. C'était l'conseil de discipline tout de suite, et les mecs z'étaient foutus à la porte illico...

— Ça s'peut, disait Simon. Mais comme c'est un bon élève, Berbillat, p't'êt' que l'commandant s'ra pas vache avec lui. On lui enlèvera ses galons, juste. Et pour lui, le Berbillat, ça sera déjà une drôle de péno. Je l'connais bien, Berbillat. Il est d'Reims, comme moi... J'ai vu son père pendant ma perme à Noël. Il est vachement fier de son fils... Même que lui, Berbillat, il est v'nu becqueter à la maison, un soir. Moi, ça m'plaisait pas, bien sûr. C'est mon père qui voulait, tellement qu'il le trouvait beau avec ses galons neufs. Quand j'y r'pense, à présent! Qui c'est qu'aurait cru ça! C'qu'est poilant, surtout, c'est qu'mon pater, à moi, il lui avait dit de m'surveiller pour voir si j'me conduisais bien, et l'aurait fallu qu'aux autres permes il lui rapporte tout c'que j'faisais d'mal. Vous vous rendez compte, les gars? J'me gondole vachement!

— S'il est vidé, l'Berbillat, disait Faouen, s'ra bien fait. Il était trop fayot, aussi, trop lèche-cul... Sans ça, d'ailleurs, l'aurait pas eu ses sardines...

Simon Chalumot songeait, tout à cet esclandre inattendu.

— Quelle marade, alors, quand j'raconterai ça à mon père, à Pâques. Parce que, dans une lettre, c'est pas possible un truc pareil...

Jean-Philippe Berbillat fut en effet renvoyé de l'Ecole, mais Simon ne goûta point la fine satisfaction de relater à l'adjudant Chalumot l'histoire dans tous ses détails. Quand arrivèrent les vacances de Pâques, Simon avait onze jours de retenue pour de nombreux zéros et quelques graves cas d'indiscipline durant le trimestre. Il aurait pu, de droit, bénéficier d'un jour de congé; mais l'adjudant retransmit un avis défavorable bien dans sa manière : « Mon fils est un voyou. Il a ce qu'il mérite et je l'accepte pas chez moi. »

Simon se désola quelque temps; il pensait fort à Zézette, à sa peine, à sa déconvenue, et surtout à son propre désappointement de ne pouvoir lui présenter sa collection de cinéma. Tâchant à se consoler, il projetait de mettre à profit cette retraite involontaire pour découper ses journaux, entre les inévitables corvées de nettoyage. Puis, il relut une lettre de sa mère, qui l'exhortait « à prendre son mal en patience, tout en s'en mordant les doigts, malgré tout ».

« Qu'est-ce qu'on peut faire pour toi, mon pauvre

garçon! Tu es l'avant-dernier de ta classe, le dernier en conduite... C'est dur de donner tort à ton père. Avoue-le. Je me doute bien que tu vas être malheureux de ne pas avoir de permission. Mais ce n'est qu'un mauvais moment à passer, va. Les grandes vacances seront là bientôt, et tu sauras te rattraper, en deux mois. Si ton père ne m'en empêche pas, je te ferai peut-être un petit colis. J'ai encore mes douleurs, la vie est de plus en plus rude, et je suis bien à plaindre moi aussi. Zézette est déçue. Je lui ai montré tes notes : elle n'en revient pas. Ses parents non plus, qui t'imaginaient un garçon intelligent. Si ça te servait à réfléchir, mon gamin, et à changer de conduite... Car ton père veut plus entendre parler de toi. Il répète constamment qu'il te renie, que tu n'es pas de lui, que tu fais sa risée dans tout le quartier et qu'il voudrait être débarrassé de toi pour toujours. Il espère que ton camarade de Reïms viendra à la maison et il en est content d'avance. Ça sera mon réconfort, qu'il dit. Quel malheur, Simon, que tu ne sois pas comme cet enfant-là! Quel grand malheur! Allez... Prends ton mal en patience, et essaye d'être raisonnable une fois pour toutes... »

Ce rappel de Berbillat grossit les regrets de Simon de devoir laisser l'adjudant Chalumot se repaître bêtement des succès du faux prodige. Puis il pensa que le déplaisir de son père serait plus complet s'il attendait en vain Berbillat pour le rapport, la mission de choix. Mieux valait qu'il vécût encore longtemps dans l'ignorance du scandale, qu'il continuât à s'illusionner jusqu'à la fameuse révélation, ouïe de son propre fils.

— Tu sais, p'pa, mon copain que tu pistonnais tellement, que tu trouvais si bien, si comme il faut, si bon soldat, si tout... Que t'avais invité un jour à cause qu'il portait des galons... Que tu me donnais en exemple... Tu sais? Eh ben, tu m'croiras pas, p't'êt', et c'est vrai pourtant... Eh ben...

Simon s'en délectait. Vivement les grandes vacances, pour qu'il se venge d'une partie de ses tortures, de sa rancœur, et qu'il cloue le bec à cet idiot de père soucieux de former son garçon à sa sinistre image, sans tenir compte une seule fois de ses rêves, de ses goûts, de ses penchants...

Redoutant le pire, et stimulé par le souvenir de Zézette, Simon tenta pendant le troisième trimestre de gagner quelques places et de mériter sa prochaine permission. Il ne put guère, tant son retard était lourd, que finir ving-deuxième; et Menoux, Castelin, Lepage, bien d'autres, se moquèrent de ses efforts, sans pitié, sans vergogne, avec franchise ou perfidement selon le cas. En conduite, aucune amélioration, bien que Simon fît l'impossible pour s'épargner les réprimandes. Mais Moustache, Billotet, Le Cam et le caporal Fromentel se refusaient à lâcher leur bête noire, à perdre le contact avec la brebis galeuse qui les aidait, si candidement, à se soulager des tracas personnels, à chasser leur mauvaise humeur, à se détendre les nerfs.

Promis, en octobre, à cette compagnie de Tulle si décriée, où il lui faudrait travailler manuellement afin de devenir plus tard, à coup sûr, un piteux sous-off armurier, électricien ou mécanicien, Simon quitta l'Ecole, deux jours seulement après le gros de ses camarades, pour les vacances de fin d'année.

Mais, à la gare de Reims, Mme Chalumot, le visage funeste, lui dit d'un trait :

— Ton père veut pas te recevoir à la maison, mon pauv' gamin. Y a rien à faire pour qu'i change d'avis. Tu le connais! Ton capitaine avait mis des observations si sévères sur ta feuille, qu'il a manqué de m'battre et de j'ter sa colère sur moi. C'est tout juste s'il a pas écrit qu'on te garde à l'Ecole pendant les vacances... Tu vois! Alors, mon gamin, tu vas aller chez ton parrain, et tu l'aideras à la moisson, pour te distraire. Je l'ai prévenu. De temps en temps, j'irai te dire bonjour... Quand je pourrai. Tu seras bien là-bas, Simon... Y a du grand air... Tu t'caleras les joues, chez ton parrain. I font de bonnes galettes... Et puis tu t'amuseras... Rappelle-toi, mon gamin, comme tu t'y plaisais dans l'temps... Tiens, j't'ai apporté des vieux habits, pour que tu n'abîmes pas ton uniforme... Montre tes cheveux... Ah! je suis contente... I sont pas trop courts cette fois... On dirait même qu'i r'bouclent...

— Et Zézette? dit Simon. J'la verrai pas du tout?

— P't'êt'! J'm'arrangerai pour l'emmener avec moi. Tu sais, elle t'en veut aussi, elle, de pas mieux écouter à l'Ecole...

Simon regardait tristement sa valise où reposait sa belle collection.

— Allez! dit Mme Chalumot. Faut pas lambiner, Simon. Le train pour Asfeld, c'est dans vingt minutes. Et à la p'tite gare, encore! Dépêchons-nous, mon gamin...

Au moment des adieux, Simon dit à sa mère :

— T'sais, le p'tit qu'était v'nu à la maison, à Noël...

Eh ben, il a été renvoyé d'l'Ecole, y a quatre mois déjà...

— Pas possible!

— J'te l'jure, m'man! Mis à la porte qu'il a été... Parce qu'il avait fait des saloperies avec un ancien.

— Ça alors!

— Faudra l'dire à papa... Lui qui l'prenait pour un bon garçon, un bon soldat, et tout... Il va drôl'ment rager, hein?

— J'crois bien! dit Mme Chalumot. Pour un coup i cédera p't'être, lui qui veut toujours avoir raison... Si j'm'attendais!

Le tortillard siffla longtemps. Simon embrassa sa mère, s'installa près de la vitre.

— Et tu dira à Zézette, aussi...

Il s'arrêta, gêné.

— Qu'est-ce que j'lui dirai?

— Rien, m'man. » Puis, résolu : « Que j'voudrais bien la r'voir... Que j'ai pensé beaucoup à elle, làbas... »

— Oui, mon gamin. J'ferai ta commission, n'aie pas peur. Allez, au revoir... Sois sage. Et passe de bonnes vacances. Ecris-moi un p'tit mot... T'as plus de veine que moi, va! Faut que j'retourne avec ton père, maintenant...

XIV

Pour le village, aux distractions rares, le jeune Chalumot fut un sujet de curiosité. Autant on l'avait méprisé, l'année précédente, lors des vacances, autant à cette heure on lui marquait un grand intérêt, mais si plein de malice et d'ironie que Simon s'en affligea. A son arrivée, heureux qu'il y eût dans le train journalier un voyageur inhabituel, le chef de gare l'accueillit aussitôt, cependant que le tortillard, de lui-même, sans ordre, sans conseil, reprenait sa marche lente.

— C'est l'gamin d'Octavie! Et en soldat, encore! Qu'est-ce que tu viens faire chez nous, petit? Aider ton parrain à la moisson?

— Oui, dit Simon, J'suis en vacances pour deux mois.

— Et ton père et ta mère, qu'est-ce qu'ils font? Y a belle lurette qu'on les a pas vus à Bréviaux... Va toujours bien, Octavie? Et l'adjudant, toujours d'aplomb? La dernière fois, i nous a bien fait rire, va... Il s'est foutu une de ces cuites, avec ton cousin Truffier! Et quand il en a un coup dans l'aile, ton père, qu'est-ce qu'i peut dégoiser! Des discours et encore des discours! Sur l'armée... Sur la politique... Bon Dieu!

Alors, ça t'plaît d'être soldat? En tout cas, t'as rudement grandi d'puis l'année dernière. Quel âge que t'as, à présent?

— Quatorze ans et demi, dit Simon.

Désireux de s'esquiver à la moindre occasion, il ne se décidait pas à poser sa valise et ses nippes.

— Eh ben! On t'en donnerait deux de plus facilement. Et qu'est-ce que tu fabriques là-bas, à ton Ecole? Raconte un peu... Tu fais d'la manœuvre? De l'exercice? Ton père nous a dit qu'tu travaillais ferme et qu'tu serais officier à vingt ans... C'est bien, ça... T'as une belle tenue, petiot! C'est du drap solide! Est-ce que tu salues les gradés comme un vrai troupier? Allons... Raconte voir...

— Faut bien, dit Simon, du bout des lèvres.

Il regrettait de n'avoir pas, dans le train, troqué son uniforme pour ses vieux habits d'enfant. Au moins, aurait-il pu s'enfuir, s'épargner ce premier interrogatoire... Et, pendant que le chef de gare bavardait, infatigable, Simon se promit, sitôt chez son parrain, d'enlever sa tenue militaire, de la serrer au fond d'un bahut et de l'y laisser jusqu'au départ. Mais le parrain Francis, content et fier d'héberger un futur saint-cyrien, lui proposa le tour du village en sa compagnie, au terme du repas, afin d'embrasser la cinquantaine d'oncles, de tantes, de cousins et de cousines que Simon tenait de Mme Chalumot. Devant les prières, l'entêtement du parrain, de sa femme, du commis même qui se privait d'engloutir son bœuf gros sel pour opiner, Simon accepta la corvée d'accueil. Partout on finissait à peine de dîner, et il dut subir les grasses effusions, les baisers mouillés de ces cultivateurs qui sentaient de loin leur état. Dans chaque maison ce fut un pareil concert de louanges sournoises, de questions idiotes, de brocards sous lesquels poignait beaucoup de méchanceté, beaucoup de jalousie. Et des claques sur l'épaule, des bourrades à faire chanceler, de gros jets de postillons entre les rires des hommes et des femmes qui s'esclaffaient à toute saillie et montraient longtemps leurs gencives et leurs dents vertes.

— Ah! vaurien de Simon! disait la tante Marguerite, avec une moue grondeuse plus ou moins simulée. On t'apprend à vivre, là-bas! Tu peux plus faire le diable comme y a quèqu's années, hein? Quand tu coursais les gamines à la sortie de l'école. On te force à t'assagir, bon gré, mal gré. Tu marches à la baguette, pas vrai?

Et son mari, violet d'alcool et de bombances répétées :

— Vas-tu bientôt être caporal, garnement? Ou général? C'jour-là, t'oseras plus venir nous voir, j'suis sûr... T'auras oublié tout c'qu'on a fait pour toi quand t'étais p'tit, quand tu mangeais chez nous d'la soupe au lait, des bonnes gaufres, des cerises à l'eau-de-vie... Tu t'en rappelles déjà plus, j'parie? Général! L'fils de la grosse Octavie général! C'est comme si moi on m'foutait pape d'un jour à l'autre! Sais-tu au moins saluer, brigand? Hein? Avant d'être général, faut qu't'en bouffes encore des gamelles! J'te l'dis!

Plus loin, c'était le cousin Truffier, tordu, cagneux, et, à peine quadragénaire, décrépit comme un vieillard.

— Te v'là, bleusaille! D'puis l'temps que ton sacré père nous causait d'toi, vingt dieux! T'es content, hein? Tu te la coules douce? Toujours propre... Toujours sur ton trente et un! C'est pas toi qui t'lèverais à cinq heures pour nettoyer les vaches ou aller à la charrue... Hein? Beau métier de feignant qu'on t'fait faire là... Pendant qu'nous, les culs-terreux comme vous dites, on s'esquinte du matin au soir, été comme hiver... Bonsoir de merde! C'est-y pas une grande honte! On vous engraisse, on vous met l'pain dans la bouche... Et à quoi qu'vous êtes utiles, vous autres? Dis voir, gros bêta? A rien! Toute ta vie tu t'promèneras les mains dans les poches, bien tranquille, bien habillé, le ventre plein... J'l'ai dit à ton sacré père : les militaires, c'est la dégoûtation de la France. T'entends? I nous volent not' bénéfice! Not' sueur, c'est pour eux qu'è coule! Tous les impôts qu'on paye, toutes les taxes et les surtaxes des engrais, des machines, de tout, quoi, c'est pour que t'aies ta petite existence de richard, de bon à rien! Ah! les feignants! Ah! les pignoufs! Ah! les bandits! Dis quèqu'chose, voir?... Rien! Tu peux rien dire à ça... J'te l'ai bouclée, pas vrai? Tu sais qu'j'ai pas tort, garnement! Et qu'faut pas nous la faire, à nous, les paysans, si cons qu'on soit et qu'vous nous croyiez. Tu s'ras comme ton père, toi. Un joli parleur, un discoureur, un baveux... Quand i vient à Bréviaux, l'adjudant en r'traite, on n'entend qu'lui. Il peut faire que ça, la vache! Causer! Causer! Si on l'écoutait, nous autres, on fouterait rien d'la journée avec toutes ses histoires. Vingt dieux! R'garde mes mains! R'garde mes durillons! C'est pas toi qu'auras des ampoules comme ça! T'as la peau trop fine. Et c'est pas fatigant de saluer et de foutre des punitions! Saloperie! Un jour, j'vas écrire une lettre au député. J'y dirai tout c'que j'ai su' l'cœur. Et faudra qu'ça change! Alors, qu'est-ce que t'es venu faire ici, garçon? Profiter d'nous un peu plus? Mais si t'as envie d'manger la soupe, faudra qu'tu t'remues. Y a du travail. Et t'es bâti, t'es fort, t'as d'bons bras... Donnant donnant! C'est-y pas juste, Francis?

Le parrain, rentré naguère du service avec les galons de brigadier, en gardait d'excellents souvenirs. Il ne critiquait point l'armée, et prenait en pitié ce pauvre Simon qu'on engueulait de toutes parts, comme s'il eût été le seul et grand responsable des lois centenaires, de l'échafaudage social, des non-sens, des erreurs, des iniquités, comme s'il eût, surtout, disposé du choix de sa condition.

— Allez, cousin... Lui en faites pas voir de toutes les couleurs. I sait plus comment s'tenir. Hein, Simon? T'as bien raison, après tout. Si tu peux te débrouiller et vivre sans trop de peine... Moi, et j'ai pas peur de l'dire, j'étais heureux au 6e dragons... Y avait d'bons moments. Et si c'était à r'faire, j'y retournerais illico. On a fait d'ces parties, à la cantine...

Plus tard, quand Simon le suivit dans les champs, et qu'ils chargeaient ensemble les voitures de blé, de seigle, d'avoine, fort de son épreuve, Francis lui donna quelques conseils.

— Quelle arme que tu voudras, Simon? Tu sais pas encore... Bon! Eh bien, fais-moi confiance. Y a qu'la cavalerie! Ça, c'est quelque chose! T'as un cheval à toi, c'est ton compagnon, et si tu l'soignes bien, si tu l'dresses comme il faut, sans brutalité, avec lui t'as que des contentements. Et la voltige! T'as pas encore fait d'voltige, toi? Ni au galop ni d'pied ferme? Moi, j'ai eu la médaille du régiment, à cause que j'étais numéro un au concours... Oui, mon vieux! Alors, pour les chevaux, tu peux m'croire! Et pis quand on défile devant la foule, sabre au clair, bien astiqués, les houseaux brillants, si tu savais comme on est fier, comme on est aise! Tiens, tout à l'heure, en r'venant au pays, j'te laisserai conduire... Faudra faire attention! Avoir ton cordeau bien en main! La route est mauvaise. Va pas renverser la charrette dans une ornière, surtout... Un autre jour, j't'apprendrai à monter à cheval. Sur Bayard, çui qu'on attelle à la carriole... Et j'te montrerai aussi c'que j'sais faire. Ça t'plaît?

— Oui, disait Simon, j'suis bien content d'être ici, chez toi, à la campagne... Pour les chevaux, pour la moisson, pour tout... Et aussi parce que j'suis libre Que personne m'embête... Que j'peux aller où que j'veux, sans risquer d'punition. Mais ça va passer vite.. Après, faudra que j'rentre à l'Ecole. C'est pas drôle Si j'pouvais rester toujours là, avec toi, ça m'plairait vachement, oh! oui...

Non qu'il se sentît une soudaine inclination pour la culture, pour ce rude et fastidieux travail de la terre. Certes, la moisson lui apportait quelques bonnes et saines joies. Il exultait de faire un labeur d'homme, d'éprouver ses muscles, de pleinement profiter du soleil, de l'air tiède qui charriait de fameuses fragrances de bois, de chaume frais, d'herbes desséchées.. Mais il accordait surtout ses rêves aux situations et s'identifiait à des personnages de romans. Tantôt il était le grand Cuirassier d'un livre de Pérochon, tantôt le fermier que menaçaient les Indiens de Gustave Aimard, le plus souvent un valeureux shérif, ou Dou glas Fairbanks lui-même, chevauchant, sourire aux lèvres, vers ses prestigieuses aventures...

— T'es pas bavard, disait parfois le parrain Francis. C'est pas à ton Ecole que tu penses, j'espère? Oublie ça, gamin...

Rien à craindre. Aujourd'hui, vêtu d'une vieille culotte rapiécée tombant à mi-cuisses, d'une chemise dont il retroussait les manches avec orgueil sur ses bras déjà noircis par le hâle et le soleil, les pieds nus dans des espadrilles frangées, Simon était loin de l'enfant de troupe Chalumot, matricule 2154, qui, d'habitude, se levait et se couchait la tête lourde de peines, d'appréhensions, de songes vibrants et douloureux, irréalisables. Ici, ses projets prenaient forme. Il pouvait, sans qu'on le contredît, se croire enfin metteur en scène, imaginer un rôle pour Francis, bâtir des actions dans un gigantesque et lumineux décor, espérer la présence de Zézette, l'héroïne, à la minute du dénouement...

Toutefois, quand il traversait le village, lorsqu'il rencontrait sur les chemins, dans les champs, des cultivateurs, hommes et femmes, ou d'anciens camarades, on lui rappelait férocement sa condition, avec des sourires narquois qui le blessaient fort.

— Salut, le militaire! Bientôt la classe?

— Tiens, v'là l'soldat à Bourbaki!

— Alors, caporal Chalumot? Pas d'exercice, c'matin?

— Si ton capitaine te voyait, vingt dieux, t'aurais quat' jours! T'as l'air d'un romanichel! Où qu't'as mis ta tenue de parade, dis, brigand?

— C'est dur, la culture? Autre chose que d'marcher au pas et d'faire le zouave à ta caserne, hein? Crache dans tes paumes... Mets-y d'l'huile de coude. C'est ton pain qu't'es en train d'gagner, poilu d'mes deux!

Ou bien, à la batteuse, on l'invitait à boire des rasades de vin, pour s'écrier, devant son refus, son dégoût même :

— T'es pas un vrai soldat, Simon! Tu sais pas trinquer. Un soldat, un vrai, ça aime le pinard, bon Dieu! Si faut compter sur toi pour sauver la France, on est bien lotis! Tu d'mand'ras à ton père s'il aime pas l'pinard, lui, et si c'est pas avec ça qu'il a remporté la victoire. Tu lui d'mand'ras!

En revanche, quelle béatitude, quel enivrement lorsque Simon partait seul, le matin, pour cueillir des pissenlits dans les prés, alors qu'une brume veloutée, presque transparente, stagnait le long du canal, que tout le paysage semblait naître et s'installer peu à peu sur la terre...

— R'viens pas plus tard que midi, disait la femme de son parrain. Pour que j'aie le temps de préparer la salade.

— J's'rai là, sûr.

Simon se dépêchait d'emplir son panier. Il allait de-ci, de-là, vivement, toujours courbé, tirait du sol les pousses blanches, luisantes, pareilles à du bel ivoire. La récolte faite, il regardait l'heure au clocher; puis, frémissant, courait vers un bois proche, s'asseyait au pied d'un arbre, et, solitaire, comme abandonné sur une île déserte, au cœur d'une contrée féerique, extraordinairement paisible, lisait les récits d'Arnould Galopin ou de Gustave Aimard, dans des fascicules poussiéreux, dentelés par les souris, découverts sous les combles, chez le parrain Francis.

Emu, tremblant d'un bonheur neuf, inégalable, il revenait vers le village, et pris d'un besoin fou de chanter, de parler à haute voix, de se raconter les pensées qui le saoulaient, il sentait sa gorge se serrer, les mots s'étouffer curieusement, des larmes de joie, d'une joie triste, trop intense, lui piquer les yeux.

— Je suis bien, disait-il. Je suis rudement bien. J'voudrais vivre toujours tout seul... Si j'retournais pas à l'Ecole? Oui, si j'y r'tournais pas? Si j'me cachais dans les bois, qui c'est qui m'retrouverait? Oh! oui, faut qu'j'essaye... Faut pas qu'j'retourne là-bas. J'me construirais une petite cabane... Bien camouflée... Mon parrain m'apporterait du manger, en douce... J's'rais drôl'ment heureux, comme ça...

Le premier dimanche de septembre, jour de la fête annuelle, Mme Chalumot, Clémentine et sa fille descendirent de l'automobile d'un grainetier de Reims, devant la ferme du parrain, alors que Simon, dépenaillé, traînant ses savates, balayait courageusement la grande cour. De part et d'autre, ce fut une vraie surprise. Simon demeurait pantois, le balai de branchettes à la main, tandis que Mme Chalumot contemplait son fils, bouche ouverte, plantée comme une statue de jardin public, son large feutre en mauvais équilibre sur le volumineux chignon.

— C'est-y possible! dit-elle enfin. C'est-y possible! Dans quel état, mon Dieu! On croirait un saltimbanque, un rempailleur de chaises, un miséreux comme y en a sur les routes!... Quel malheur! Et il est sale! Regardez ses pieds! Regardez ses mains! Un dimanche, encore! Allez, amène-toi... Embrasse-moi quand même... Mais te frotte pas trop. J'ai déjà abîmé ma robe dans la voiture. Non! Mais regardez-le, Clémentine! C'est pas supposable! Sa chemise est en charpie... Il a des toiles d'araignée, de la paille plein les cheveux...

— Forcément, dit Simon. J'viens d'donner l'fourrage aux vaches...

— A la campagne, on ne peut pas être propre comme à la ville, dit Clémentine, en lui tendant deux doigts avec beaucoup de précaution.

Simon les toucha, puis, décontenancé, n'osa point affronter sa fille qui le lorgnait, curieuse, mais pas horrifiée.

— Si tu t'imagines que Zézette va t'aimer à présent! dit Mme Chalumot. Une belle jeune fille comme elle! C'est pour toi qu'elle avait mis sa robe à fleurs... Elle en est bien mal remerciée...

Honteux, Simon baissait la tête et remuait machinalement le balai qu'il tenait derrière lui, à bout de bras, comme un jouet ridicule. Sans doute était-ce là le point final à son merveilleux roman, l'épilogue imprévu d'une aventure à peine commencée... D'ailleurs, Zézette avait tellement changé depuis Noël; elle paraissait maintenant si distante, si sûre de soi, si dédaigneuse même, que Simon se sentait diminué soudain. Quelle bêtise! Lui, l'écolier, le petit garçon, aspirer aux bonnes grâces de cette imposante demoiselle vêtue, maquillée, parfumée comme une femme, qui rencontrait tous les jours, à Reims, des officiers fringants, monoclés, pareils à celui de ses rêves... Il recula, se rapprocha de sa mère.

— Vous ne m'offrez pas la main? dit Zézette. Vous boudez?

— J'pensais qu'j'étais trop sale, dit Simon. Qu'vous voudriez pas...

— Je vais vous embrasser quand même...

— J'vous l'défends, Zézette! dit Mme Chalumot. Il vous tacherait... Attendez qu'il soit un peu plus présentable... Va te laver, mon gamin... Va mettre ton uniforme... Où qu'est ton parrain, d'abord? I travaille? Et Solange?

— I sont tous à la messe, dit Simon. Le commis avec.

— Et toi? Pourquoi qu't'as pas été à la messe quand eux?

— Parce que ça m'plaît pas... L'aurait fallu qu'j'm'habille en militaire. J'ai rien d'autre. Eux aussi, ils veulent que j'aille à la messe tous les dimanches. I disent que ça fait pas bien, que j'suis l'seul du pays... J'm'en fiche... J'suis mieux comme ça, sans mon costume...

Mme Chalumot agita ses gros bras, et le feutre frémit sur son chignon.

— Tu vas pas rester toute la journée dégoûtant comme un peigne? Comme un chiffonnier? C'est un rude calvaire. T'as donc juré de m'faire mourir de honte, Simon? Déjà qu'tous les gens d'ici vont me reprocher de pas t'voir à l'église... Ton père avait raison de te refuser pendant les vacances. T'es un méchant gamin, voilà tout! Tu mériterais que je te gifle devant tout l'monde... Devant Mme Comparois, devant Zézette... Tu m'fais pas peur, tout grand qu't'es!

— J'm'en fous pas mal, dit Simon. Bats-moi si tu veux, mais j'mettrai quand même pas mon costume militaire. I s'sont tous moqué de moi, les gens. I m'ont dit des tas de choses... Et c'est vrai, c'qu'ils disent...

— Quoi?

— Oh! des trucs... Si j'te dis quoi, tu comprendras pas, m'man... Pis ça fera des histoires avec papa, en plus. Alors! J'vais m'laver comme il faut, ça, oui. Me brosser un peu... Mais pour mon costume, y a rien à faire...

— Eh ben, dit Mme Chalumot, tu t'cacheras jusqu'à qu'on parte. Et tu t'exhiberas pas à la fête, surtout! J'ai pas envie qu'on me rie au nez! Ah! non. Qu'est-ce que j'ai donc fait au bon Dieu pour avoir un enfant pareil! Réfléchis, mon gamin, t'es pourtant mignon avec ton uniforme... Si tu veux pas l'faire pour moi, fais-le pour Zézette... Tu verras c'soir, au bal, toutes les gamines voudront danser avec toi...

— J'sais pas danser, moi, dit Simon. Pis d'abord, j'voulais pas y aller, à la fête... Ça tombe bien.

Mme Chalumot fit deux pas désespérés à droite et à gauche, implora le Ciel une fois de plus.

— J'suis maudite, Clémentine! J'suis maudite! Vous ne me l'ôterez pas de l'idée...

— Mais non, mais non! dit Mme Comparois. Ne vous énervez pas, Octavie. Vous vous rendrez malade... » Et, à Simon :

— Va, mon p'tit lapin... Va t'habiller. Sois raisonnable. Fais pas pleurer ta maman. Nous, nous allons faire un tour dans le village avec elle. Nous reviendrons tout à l'heure. Et j'espère que tu seras beau comme un astre!

— C'est ça, dit Mme Chalumot, soudain optimiste. On va guetter la sortie d'la messe... J'entends le premier coup qui sonne... Dépêchons-nous! Et toi, mon gamin, prépare-toi pour me faire plaisir... Tu sais que j't'aime bien, pourtant... Tu l'sais...

Mais Simon ne se décida point à se parer de son uniforme. Les prières, les supplications, les menaces de Mme Chalumot furent vaines. Têtu, Simon ne céda même pas aux encouragements de Zézette, aux conseils doucereux de sa mère. Et il haussa les épaules devant le parrain, caporal de sapeurs-pompiers, qui jurait de le faire défiler à son côté, l'après-midi, au cours de la manœuvre...

— Tu t'doutes pas de c'que tu perds, gamin!

Et pendant que Mme Chalumot, suivie de Mme Comparois et de Zézette, rendait visite aux oncles, tantes et cousins, Simon, triste, mais résolu, s'allongea près de la grange, au soleil, pour lire et rêvasser en toute quiétude. L'apparition de Zézette, vers le soir, fut comme l'aboutissement d'un de ses songes. Zézette, seule, souriante, qui le regardait en balançant son petit sac de cuir entre ses longues mains croisées.

— J'ai eu pitié de vous, Simon. Et puis les gens qu'on voit, ici, sont drôles. Alors, j'ai dit à ma mère que je venais vous retrouver. Vous voulez qu'on aille un peu se promener? Pas dans le village, bien sûr... Dans les champs...

— Oui, dit Simon. Mais avant, faut que j'vous montre ma collection de cinéma... Y a longtemps qu'j'attends... Elle est formidable!

Zézette fit la moue.

— Oh! non. Après... D'ailleurs, vous savez, moi, j'ai plus de collection. J'apprends le piano et je suis des cours de chant. Je vais quand même au cinéma, toutes les semaines, mais les albums ça ne m'intéresse plus... Je les ai donnés...

— Pas vrai! dit Simon.

— Si... A une amie du lycée.

— Je les aurais bien voulus, dit Simon, timidement.

Zézette secouait son sac de plus belle.

— J'y ai pensé. Mais après, seulement. Et puis j'avais peur que ça vous empêche de bien travailler à l'Ecole. Allons nous promener, Simon...

Quoique navré de ce dédain pour le cinéma, Simon s'efforça d'être gai, de témoigner son bonheur à sentir près de lui Zézette, si bienveillante de distraire sa solitude, son cafard. Ils marchèrent côte à côte, entre de hauts talus pleins de ronciers et d'aubépines, sur un chemin que Simon avait souvent dévalé, assis au faîte des voitures chargées de gerbes, ou courant à la gauche des limons pour serrer « la mécanique »... Mais, déjà confus de sa mise, Simon n'osait parler de ses joies d'apprenti cultivateur. N'aurait-il pas dû vêtir son uniforme afin d'honorer Zézette, de mieux la payer de sa gentillesse?

— J'suis pas beau, en paysan, dit-il tout à coup.

Zézette lui prit la main, la pressa très fort, comme elle l'avait fait, une nuit de décembre, lorsqu'ils sortaient ensemble du cinéma.

— Je vous trouve amusant, dit-elle. Et ce que vous êtes noir, surtout! Ça fait sportif...

Simon avançait maintenant en silence, prêt à une confession délicate qu'il craignait à la fois d'exprimer et de garder secrète. Quelque chose le prévenait aussi de l'approche d'un acte fou, dangereux, inoubliable... A plusieurs reprises, il s'était arrêté pour regarder Zézette intensément, les lèvres tremblantes, les joues enflammées. Mais il se démontait devant le sourire moqueur de la jeune fille, et continuait sa marche, muet, la tête penchée, comme en quête d'une énergie nouvelle qui l'aidât soudain à vaincre son trouble. Il ralentit, tourna ses yeux clairs et francs vers Zézette, affronta son sourire malin.

— Vous voulez m'embrasser? dit-elle.

— Oui, dit Simon.

— Pourquoi vous attendez?

C'est elle qui se plaqua contre Simon, qui appuya sa bouche à la sienne, la mordit, tenta de l'entrouvrir, cependant qu'elle lui entourait le cou de ses bras où le sac se balançait encore. Et s'éloignant enfin :

— C'est bon?

— Comme je vous aime! dit Simon. Comme je pense à vous tout l'temps! Là-bas... Ici... Partout où j'suis... Vous m'aimerez toujours, vous?

— Peut-être, dit Zézette. Si vous êtes sage, si vous travaillez bien pour moi. J'ai failli ne plus vous voir, vous savez.... Quand M. Chalumot est arrivé à la maison nous montrer vos notes de classe, et nous annoncer qu'il vous privait de vacances à Pâques. Je me l'étais promis. Jamais plus je ne vous parlerais! C'était fini entre nous! Dernier, vous étiez! Alors, pour que je me marie un jour avec vous c'était impossible. Puis j'ai eu du remords. J'ai rêvé que vous vous tuiez pour moi, parce que vous m'aimiez trop et que moi je ne vous aimais plus... Vous travaillerez bien, maintenant, Simon? Vous me le jurez?

Simon n'eut pas une hésitation.

— Je l'jure...

— Vous serez raisonnable à l'Ecole? Vous obéirez à vos chefs?

— C'est difficile...

— Vous jurez?

— Je l'jure...

— Bon. Embrassez-moi encore une fois...

Ils revinrent à la ferme, main dans la main. Au seuil de la cour, Simon dit à Zézette, mystérieusement :

— J'ai une chose de gardée pour vous. Attendez-moi là... Deux minutes...

A son retour, il offrit à Zézette une petite liasse de billets serrés par un élastique, tout l'argent reçu du parrain en récompense de bons services.

— J'ai pas pu vous faire de cadeau, dit-il. Ici, on peut rien acheter pour vous. Alors, tout ça, j'vous le donne... Y a deux cents francs presque. J'suis bien content! Vous f'rez ce que vous voudrez, avec... C'est à vous, à présent...

Zézette contempla le petit paquet, leva vers Simon un visage sérieux, puis déboucla son sac.

— Je ne les dépenserai pas, dit-elle. Ce sera pour nous plus tard...

— J'veux bien, dit Simon, qu'enchantait cette résolution pleine de promesses.

— Maintenant, dit Zézette, je vais rejoindre ma mère... Allez mettre votre uniforme, Simon. Comme ça, tout à l'heure, au bal, on pourra être ensemble.

Je vous ferai danser. C'est simple comme tout...

Simon s'attrista de nouveau.

— Oh! non, dit-il. Pas en militaire... C'est plus fort que moi, ça... Puisque j'ai été chic avec vous, Zézette, laissez-moi rester comme j'suis là, en échange... Vous voulez pas?

— Ainsi, dit Zézette, vous préférez ne pas me voir à la fête ni danser avec moi?

— J'sais pas, dit Simon.

Elle l'observa, les lèvres dures, les yeux soudain impitoyables, éparpilla ses anglaises d'un brusque mou vement de tête, tapota sa robe à fleurs.

— Vous ne m'aimez pas et je m'en vais tout de suite. Et je me repens de vous avoir embrassé. Oh! oui Vous le méritiez pas...

Elle partit en se dandinant, ridicule comme une maîtresse offensée, tandis que Simon, étonné, chagrin, tâtait instinctivement, dans sa poche, le vieux poème qu'il eût tant désiré lui lire...

Deux jours avant la rentrée d'octobre, M. et Mme Chalumot arrivèrent pour emmener leur fils et lui prouver, au dernier moment, leur sollicitude et leur affection. L'adjudant grimaçait, rageant que sa femme se fût acharnée à provoquer sa clémence. Mais, averti de la visite, Simon était retourné la veille à son Ecole.

— Y a rien eu à faire, dit le parrain Francis. J'ai pas pu l'retenir. J'sais pas c'qui lui a passé dans l'crâne... Un drôle de gamin quand même!

Entre les Chalumot, la scène de ménage s'éternisa; ils ne se ménagèrent ni les reproches ni les insultes.

Vexé, le père de Simon regrettait d'autant plus sa faiblesse.

— La vache! Le petit salaud! s'écriait-il. On m'y r'prendra à être trop doux! Si jamais j'ai encore un bon geste pour lui, j'veux qu'on m'les coupe! C'est une crapule, j'vous dis, une graine d'assassin! Un jour, i me crachera à la figure! I portera la main sur moi! J'suis sûr qu'i crèvera au bagne... Mon doigt au feu... Ah! le fumier! Le fumier! Quand est-ce qu'on me débarrassera pour de bon de cette engeance! Quand est-ce?

XV

Tenus pour des ignares, des arriérés, mais astreints, une heure chaque jour, à limer des cubes ou des parallélipipèdes de ferraille, les trente élèves de la compagnie de Tulle se croyaient régénérés, et surtout plus utiles que leurs voisins, élite promise, après le brevet et l'admission aux grandes écoles, à une probable carrière d'officier. La mésestime qui nimbait leur compagnie depuis sa création, n'empêchait pas les camarades de Chalumot d'afficher en permanence une morgue stupide. Ils quittaient toutes les fois l'atelier en simulant une jubilation grotesque, et paradaient, vêtus de leur « bleu » spécial, les manches roulés sur des bras salis à l'excès de graisse et de limaille. L'appellation de travailleur manuel les gonflait d'un naïf orgueil, et d'aucuns se figuraient déjà construisant des armes étonnantes, inventant des canons, des mitrailleuses, des chars prodigieux, apportant aux sous-marins, aux avions, aux automobiles, d'extraordinaires retouches. Ils atteignaient au comble de l'enthousiasme quand, dirigés par les moniteurs — deux militaires en retraite — il leur fallait, à grands coups de bédane ou de burin, dégrossir ou mortaiser des pièces. Les lunettes métalliques en place, ils tapaient de toute leur vigueur avec des soupirs, des hans de forçats, dans un furieux tintamarre, et voyaient d'un œil réjoui sauter les copeaux biscornus. Chaque ecchymose, chaque blessure née de leur maladresse leur était une marque glorieuse; le pansement le plus minuscule excitait leur suffisance, comme s'il masquait une mutilation ramenée d'un champ de bataille.

Ils se démenaient moins en classe, soit qu'ils eussent désormais un dédain accru pour l'instruction générale, soit que leur faible entendement fît échec à leur volonté; et les professeurs, désabusés, ne s'essayaient pas au rôle d'apôtre. Cependant, le programme scolaire était simple, et Simon Chalumot, sans grands efforts, fut d'emblée parmi la demi-douzaine de bons élèves, coude à coude de Braval et de Castelin, bien notés l'année précédente, qu'une fougueuse passion de la « mécanique » avait guidés dans cette piètre compagnie, malgré les conseils de M. Moutarde, navré de tant d'inconscience. Sans doute la promesse à la petite Comparois aidait-elle également au rachat de Simon, comme le favorisait encore, par compensation, son dégoût du travail d'atelier. Toutefois, l'amour de Simon pour le cinéma demeurait extrême en dépit de cette louable évolution. Il avait dissimulé ses registres, ses albums, ses réserves de *Ciné-Miroir* ou de *Films complets,* toutes ses chères archives, aux quatre coins de la salle de classe, sous l'estrade, au sommet de l'armoire, au fond de son casier individuel, à l'extrémité de l'étagère murale, dans son pupitre même, bien qu'il redoutât sans cesse qu'un gradé ne les découvrît par hasard, ou durant une fouille inopinée. En outre, jaloux de sa soudaine application, de son aisance inattendue pour piger l'algèbre, les sciences ou la géométrie, quelques élèves le menaçaient souvent de le « cafter » s'il n'acceptait pas de leur offrir en cachette une bonne note supplémentaire. Simon, pistonné par M. Leduc, professeur de lettres, tenait en effet le cahier de classe. Mais probe et presque fier de cette responsabilité surprenante, il ne cédait point.

— Vas-y, Chalume, fous-moi une queue à mon zéro de chimie, disait Faouen. Ça t'coûte rien, non!

— J'peux pas, répondait Simon. Parce que l'prof il a confiance en moi, tu comprends?

— J'comprends qu't'es un lèche-cul, maint'nant, hurlait Faouen, et qu'tu veux avoir des galons toi aussi, sale con! En tout cas, t'as jusqu'à d'main pour te décider... Si t'y fous pas une queue, à mon zéro, j'dirai partout qu't'as des femmes à poil plein des albums. Fais gaffe!

Simon haussait les épaules, sceptique. Jamais Faouen n'oserait le moucharder. Comme beaucoup de ses camarades, il se distrayait de son côté, et d'une manière, certes, plus répréhensible, deux ou trois fois chaque jour, en étude, à l'atelier, au réfectoire. D'autres conservaient, bien à l'abri, des « revues parisiennes », des collections de photos pornographiques. Lorsque le cours les ennuyait, ils demandaient à sortir, et emportaient aux latrines une de leurs « poules » les plus stimulantes... Lepage camouflait à la salle de musique les œuvres complètes de Michel Zévaco. En classe, son pupitre entrouvert, il participait aux aventures des Borgia ou des Pardaillans. De surcroît, toutes les nuits vers onze heures, pommadé, parfumé, il quittait le dortoir pour courir retrouver, disait-il, Joffrette, la fille de l'adjudant chef Marie, dans les bosquets du commandant.

Pouliquen sculptait des femmes et des hommes nus dans les pommes de terre, et les assemblait ensuite de la belle façon. Mégret jouait à la belote payante avec le grand Beaufretin; Langlois, l'ex-planton du caporal Fromentel, fréquentait un « vieux » de quatrième année. Quelques autres se relayaient sous le toit des chiottes, d'où l'on pouvait, après une reptation savante, contempler les employées du tailleur sereinement accroupies sur leur lunette réservée...

Jusque-là, il n'y avait eu aucun scandale, bien que les gradés de la compagnie de Tulle fussent les plus redoutables de l'Ecole. Outre l'adjudant Hans, l'Alsacien aux méthodes de gendarme, fouineur, soupçonneux, toujours en éveil et prêt « à faire son enquête », il fallait craindre le sergent chef Vieillard, catalogué par les aînés comme « la plus grande brute et la plus sale vache » qu'ils aient jamais vue. Prétentieux et fat, auréolé d'un stage à l'Ecole de Joinville, l'athlétique sergent chef Vieillard gardait en toute occasion un visage rigide, volontairement durci, se plaisant, pour en accroître la sévérité, à jouer des maxillaires, la bouche difforme, les narines réduites, tandis qu'il crispait les poings et bandait à fond les pectoraux. A l'Ecole militaire comme dans toute la ville, Vieillard passait pour un Don Juan, un dangereux tombeur, et les autres gradés, humbles sous-offs, lieutenants, capitaines, tremblaient aussi, mais d'un effroi moins avouable. On assurait même que le conseil municipal des Andelys, après les doléances répétées de quelques notables ouvertement cocus, et terrorisés par la carrure, les biceps globulaires du sergent chef, avait demandé sa mutation dans une cité plus importante, et, par là, plus fournie en femmes de tout genre...

Avec les élèves indisciplinés, Vieillard usait d'un système assez efficace. Plutôt que de porter le motif, il préférait coincer le rebelle dans un endroit sombre et désert pour le bourrer puissamment.

— Allons! gueulait-il. Défendez-vous! Je n'agis pas en traître, moi... Je vous provoque... Donc, répondez-moi... Qu'attendez-vous pour m'allonger un direct, espèce de lâche? Vous n'avez rien dans les veines? Tapez, bon Dieu! Je n'ai pas peur de vous, moi...

Mais la victime, affolée, s'écroulait sous les swings et les uppercuts au corps — là, les marques étaient moins immédiates — sans vouloir prendre au sérieux l'invitation à la riposte. L'aurait-il osé, que Vieillard, ravi, prétextant la légitime défense, se fût empressé de redoubler d'ardeur et d'appuyer ses coups.

Le premier de sa compagnie, Simon Chalumot supporta cette excessive vitalité. Quelques semaines après la rentrée d'octobre, les « Tullards » regardaient manœuvrer les bleus dans leur cour, et certains se gaussaient de leur maladresse, de leur pitoyable aspect. Indigné, Simon dit à Pouliquen, le plus hilare :

— C'est pas fort de s'marrer de leur poire, aux bleus. Nous, on était aussi cloches en arrivant. Et c'est pas un honneur de savoir marcher au pas ou faire un demi-tour... Les bleus, i faudrait les plaindre, plutôt. I savent pas bien qu'i sont en prison pour une paye, et qu'leur vie est foutue. Au lieu de s'bidonner maint'nant, on aurait dû aller au-devant d'eux, sur la route, le premier jour, et leur crier : « Taillez-vous tout d'suite, les gars! L'est encore temps. Une fois qu'vous serez entrés à l'Ecole, i s'ra trop tard. Vos parents, i sont fous... Comme les nôtres... I s'doutent pas de c'qu'i font, en vous mettant là-d'dans... I s'imaginent pas qu'vous resterez toujours des pauvres mecs, des esclaves, des galériens, des inutiles... Vous comprenez pas? Allez! Vite... Vite... Barrez-vous! » V'là c'qu'il aurait fallu faire, Pouliquen, au lieu de t'gondoler comme un paysan qu't'es, un plouque bouché, un con d'Breton. Forcément, pour toi qu'étais perdu dans ton trou, en Bretagne, ça t'paraît beau la vie militaire! T'avais rien connu avant... Un capitaine, un commandant, un général, pour toi c'est c'qu'y a d'plus chouette au monde. Ça brille, c'est rempli d'médailles, de dorures, de trucs, de machins... T'en as plein la vue.

Simon attendit en vain une réplique. D'ordinaire impulsif, chatouilleux sur le régionalisme, Pouliquen semblait calme, hostile à toute controverse. En cercle, et d'habitude pressés de se mêler à la moindre conversation, les camarades se taisaient, cependant qu'un sourire de joie et d'ironie étirait leurs visages. Quelque chose d'imprévu, et de gênant, échappait à Chalumot... Il se retourna, curieux, inquiet. A cet instant, le sergent chef Vieillard, tassé derrière deux élèves, se dressa, grand de menace, le menton en biais, en galoche, sous la rude tension des mâchoires.

— Rendez-vous dans la salle de classe, Chalumot. Au pas gymnastique... Je vous suis...

Et tandis que les élèves gloussaient, contents de cet intermède, Simon courut au supplice. Il tenta d'abord d'éviter la poigne de Vieillard, en sautant de table en table. Mais ce jeu risquant de surexciter le sous-off, Simon, résigné, s'offrit comme punching-ball.

— C'est du beau, disait le sergent chef, entre les

châtaignes. Je n'ai pas perdu une miette de votre discours. Un fameux cas de conseil de guerre! Provocation à la mutinerie... Paroles séditieuses... Esprit communiste... Anarchie... Un gentil rapport, et c'est le renvoi illico... Vous êtes moins courageux, maintenant, petit soviet! Une vraie chiffe! En garde, bon Dieu! Parez celui-là... Hop! Je vous dompterai. Une séance pareille toutes les semaines, et vous ramperez à mes pieds... Il se défendra pas, le sagouin!

— Vous n'avez pas l'droit de m'battre! cria Simon, groggy. Je l'dirai...

— C'est ça! hurla Vieillard. Et vous, vous avez le droit de débaucher vos camarades, peut-être! Hein? Bandit! Qu'est-ce que vous aimez le mieux? Que je fasse mon rapport au commandant ou que je continue à vous réchauffer les oreilles? J'écoute!

— ... les oreilles, dit Simon, en gémissant.

Des crochets aux côtés, un coup sournois sur le biceps, une paire de gifles à la volée...

— Ça suffit, dit Vieillard. Allez vous mouiller un peu la figure, à présent. Je vous accompagne au lavabo. Activons! Et croyez bien que vous vous en dégagez à bon compte. A la prochaine!

Jusqu'à la fin du trimestre, il n'y eut pas de second round. Hormis quelques motifs courants du caporal et de l'adjudant Hans pour « réponse incorrecte envers un supérieur », « mauvaise volonté dans l'accomplissement de sa tâche », « refus d'exécuter un ordre à la première injonction », « salut fantaisiste », « tenue négligée », etc., Simon put s'épargner une nouvelle corrida du sergent chef Vieillard. Trois jours de privation de vacances sanctionnèrent sa « désastreuse conduite »; en revanche, il obtenait la deuxième place au classement d'études, derrière le Brestois Braval, bûcheur d'une rare endurance, doué pour le travail manuel, discipliné, sinon servile, bien qu'il eût choisi l'Ecole de Tulle, « cette pépinière de brebis galeuses ». A son tour, Simon reçut quelques compliments du capitaine des Aubelles; mais ils manquaient de chaleur.

— Vous me surprenez diablement, Chalumot! Mes conseils vous auraient-ils profité? Vos professeurs, et M. Leduc entre autres, vous louent sans réserve... C'est bien... C'est très bien... Cependant, vous êtes loin de donner les mêmes satisfactions en compagnie. Je préférerais vous voir, en classe, à une place moins brillante, et ne plus trouver sur mon bureau les éternelles récriminations de vos gradés au sujet de votre pernicieux esprit et de votre insoumission constante. Vous vous amenderez entièrement au cours du deuxième trimestre, n'est-ce pas, Chalumot?

— J'essayerai, mon capitaine...

Les camarades de Simon le raillèrent. Ils ne comprenaient pas cette subite ascension d'un élève naguère fainéant, et peu préoccupé de s'instruire. C'était anormal, illogique, impudent même.

— Te frappe pas, disait Lepage à Chalumot. On te l'filera, ton galon d'première classe. Il arrive... Toi qui peux pas blairer les gradés, t'auras l'air fin avec ta sardine...

— D'abord, répondait Simon, j'aurai pas d'galon. J'suis dernier en compagnie, et pour eux y a qu'ça qui compte. Et même si j'en avais un, d'galon, je l'refuserais...

— Que tu dis!

— Parole d'honneur! J'ai toujours mes idées d'avant. Et si j'ai bien travaillé, c'est que j'l'avais promis à quelqu'un. Et puis encore pac' que ça m'servira quand même, plus tard, dans c'que j'veux faire... Toi, p't'êt', t'en voudrais des galons... Tu rages... Moi j'm'en fous. J'aurais honte, même...

Certes, Simon s'imaginait le délire de l'adjudant Chalumot en voyant, à Noël, débarquer son fils avec un grade, si modeste qu'il fût. Il pensait néanmoins qu'une place de deuxième en instruction générale, après tant de tristes notes, le satisferait pleinement, comme elle enchanterait aussi la petite Comparois. Et serein, content de son effort, Simon vivait dans l'attente du retour à la maison.

Mais l'avant-veille des premiers départs, en entrant un matin dans l'étude, Simon Chalumot faillit s'évanouir. Assis sur l'estrade, impassible, les mains croisées sous le menton, le sergent chef Vieillard guettait sa venue. Et, devant lui, s'étalaient les albums de cinéma, les paquets d'illustrés, les registres où Simon inscrivait la nomenclature des films, l'état civil des artistes, des metteurs en scène, leur palmarès, tout le travail secret, si laborieux, auquel il se consacrait depuis des mois et des mois! Là, même, sur un amas de *Mon Ciné,* trônait la boîte à biscuits où Simon rangeait ses ciseaux, son pot de colle et quelques accessoires...

Arrêté net au seuil de la classe, pâle de stupeur, Simon recula peu à peu, prêt à s'enfuir n'importe où, à galoper à travers l'Ecole pour calmer son désarroi, la panique qui le gagnait.

— Stop! hurla Vieillard. Approchez, Chalumot... Les autres, à vos places... Et que personne ne bouge!

Cependant, les autres clignaient l'œil entre eux, pouffaient, affectaient des mines effrayées, étonnées ou narquoises. « Qu'est-ce qu'il allait morfler, Chalume! Oh! dis donc! Il l'avait bien cherché, après tout, avec son con d'cinéma... D'ailleurs, il était dingue... Alors! Bien fait pour sa gueule... Lui qu'avait voulu se montrer bon élève, un coup. Comment qu'il se faisait contrer! Oh! là là. Il dérouillerait, sûr, et on s'marrerait drôlement... »

Simon s'avança près de l'estrade, en traînant les pieds, ne sachant soudain plus marcher, gêné de ses bras qui ne trouvaient plus leur balan.

— Ainsi, dit Vieillard, monsieur collectionne les femmes nues! Monsieur s'intéresse aux cuisses des danseuses, aux stars en maillot de bain! Monsieur a une passion pour Greta Garbo, Lupe Velez, Pola Négri, et j'en passe! C'est le capitaine-major qui sera heureux de voir ça! Ah! oui, Chalumot, l'amateur de cinéma! Qui a des kilos et des kilos de photographies plus ou moins obscènes dans son pupitre, dans son casier... Qui prend l'armoire et le bureau du professeur pour des planques formidables... Pas assez fin, jeune homme! On ne me roule pas si facilement. Allez! Chez le capitaine-major illico, avant la petite visite au commandant. Un volontaire, s'il vous plaît, pour aider votre camarade à porter sa bibliothèque! Voyons! Personne n'a envie de tenir Greta Garbo dans ses bras?

— Moi, chef! dit Faouen.

Simon ne daigna point le regarder. Comme inconscient, il laissa le sergent chef Vieillard répartir la charge, puis, tête basse, il sortit de l'étude.

— Cette fois, dit Vieillard, vous êtes bien placé pour

le falot. L'Ecole des Andelys, ce n'est pas un boxon, mon bonhomme. On a autre chose à faire qu'à vous permettre d'admirer les fesses des actrices. Je vous en foutrai, des femmes à poil. En tout cas, les femmes, mon ami, se moquent bien des blancs-becs de votre espèce. Il faut être à la hauteur... Donner des preuves... On vous appuierait sur le nez qu'il en coulerait du lait... Novice!

Mais Simon n'entendait rien; il pensait à sa collection perdue, volée, qu'on déchirerait, qu'on brûlerait sans doute devant lui pour accroître son tourment. Il ne pourrait plus vivre, après cela. Il lui faudrait s'échapper. Ou mourir, peut-être, se tuer aussitôt afin de ne plus souffrir, mais également pour narguer ses bourreaux et leur montrer tout le ridicule, tout le danger de leurs méthodes...

Le capitaine des Aubelles écouta posément le rapport de Vieillard, en vint à feuilleter les registres, à détailler quelques images. Puis il se redressa, bouscula d'un geste terrible le monceau d'illustrés, et se ruant sur Simon, lui crachotant au visage, l'asphyxiant :

— Salopard! Voilà à quoi vous employez un temps précieux! L'Etat paye des sommes folles pour que vous vous amusiez à découper des photographies ordurières et à les coller idiotement sur des feuilles blanches! Savez-vous que c'est un crime, ça? Le savez-vous? C'est du sabotage! Et l'on devrait vous fusiller immédiatement! Vous êtes un abject individu, une nature pervertie, un vicieux, la honte de cette Ecole où l'on a eu le tort de vous accepter. Qu'est-ce que j'ai vu, encore? Que vous utilisiez certains de vos cahiers de classe pour rassembler ces cochonneries! Mon gaillard, votre affaire est réglée. Je vais avertir le commandant de vos exactions, et nous prendrons ensemble les mesures nécessaires pour que vous n'ayez plus le loisir de contaminer vos camarades, de compromettre leur moral, leur jugement... J'écrirai à votre père aujourd'hui même... Quant à vos vacances de Noël, vous les passerez ici, en prison. Comment! On s'applique à vouloir vous inculquer le bien, à vous fournir les moyens de vous faire un jour une existence honorable, une existence de choix, et c'est ainsi que vous nous récompensez! Paresseux! Sale! Mal élevé! Insolent! Sournois! Vous avez tous les défauts! Il n'y a rien de valable, en vous. Rien! Vous n'apportez aucune satisfaction, et votre attitude, à l'égard de vos gradés, de l'Ecole tout entière, est indigne d'un soldat, indigne d'un Français!

Sous l'averse, Simon Chalumot relevait le cou désespérément, et la trogne du capitaine-major, turgescente, difforme, crevassée, lui semblait une hure d'animal monstrueux. Devait-il se défendre? Essayer de plaider sa cause, de se réhabiliter?

— Ça m'a pas empêché de travailler quand même, dit-il timidement, puisque j'suis deuxième, ce trimestre...

Des Aubelles éclata de nouveau.

— Je vous ai dit et répété que la discipline, et la discipline seule, comptait chez un soldat! Le reste n'est que broutille... On fait une belle armée avec des garçons dévoués, obéissants, et non avec des tristes sires de votre acabit qui n'ont que le cinéma en tête, comme idéal! Le cinéma? Une dangereuse découverte, en vérité! Et je suis bien aise qu'on n'ait pas continué, à l'Ecole, le cycle des projections prévues. Demandez au sergent chef Vieillard ce qu'il pense de vous? Allons! Parlez, Vieillard...

— Eh bien, dit Vieillard en se mettant au garde-à-vous, la poitrine écartelée, les mains en éventail, je suis de votre avis, mon capitaine. L'élève Chalumot est un mauvais exemple perpétuel pour ses camarades. Il ne fera jamais rien de bon. C'est un petit soviet, un anarchiste...

— Et vous, vous êtes une grande brute! s'écria soudain Chalumot. Vous nous battez tout l'temps. Des coups de poing dans l'estomac, dans le ventre, dans la figure... Même qu'après vous nous ordonnez d'aller nous laver pour effacer les marques... Oui, vous êtes une brute... Et j'le dirai à tout le monde!

— Taisez-vous! hurla le capitaine-major. Vous n'avez pas droit à la parole, ici... Et tout ce que vous racontez est le fruit de votre imagination, une imagination gâtée par le cinéma, sans doute... Votre maudit cinéma... Nous vous dresserons, chenapan! Nous vous materons, petite gouape!

— Mon capitaine, dit Vieillard, si vous m'y autorisez, je me charge de lui apprendre à vivre et de le transformer rapidement...

— Nous verrons cela... En attendant, qu'on l'enferme, ce voyou...

Avant de quitter le bureau, Simon contempla ses albums piétinés, et les larmes, quoi qu'il fît pour les vaincre, commencèrent à mouiller ses yeux. Il s'en alla sans saluer, et résolu, cette fois, aux pires déterminations.

On le tondit, on le boucla dans un cabanon obscur,

étroit, peint au lait de chaux, puis on l'en tira deux jours après, à cause du gel, et Simon put assister au départ de ses camarades. Il ignorait si les menaces du capitaine-major étaient sérieuses, si l'on projetait vraiment de l'expulser de l'Ecole, et ce doute le torturait tant il craignait la colère de l'adjudant Chalumot à l'annonce d'une pareille nouvelle. Certes, c'en serait fini du métier de soldat, de la destinée prescrite... Mais que déciderait alors son père? Ne l'enfermerait-il pas dans une maison de correction comme il le lui avait si souvent promis, au temps de la communale, pour l'épouvanter et l'obliger à bien se tenir, à filer doux?...

Pendant les douze jours de vacances, Simon fut de toutes les corvées, sous la conduite du sergent chef Vieillard. Il s'y plia, par écœurement, par fatalisme, et le sous-off s'étonna de cette apparente docilité.

— Vous, je vous réserve un chien de ma chienne, dit-il à Chalumot. Vous avez beau jouer maintenant les petits agneaux, j'arriverai bien à vous coincer et de la bonne manière. La grande brute que je suis vous fera passer le goût du pain.

— Je serai renvoyé avant, dit Simon. Alors!

— Ne croyez pas ça! Le capitaine et le commandant sont d'accord pour vous garder à l'Ecole. C'est, paraît-il, la plus belle punition qu'on puisse vous infliger. Vous êtes un récalcitrant, une forte tête... L'armée ne vous plaît pas, avez-vous dit? Eh bien! on vous en fera bouffer jusqu'à plus soif, jusqu'à ce que vous en creviez. Vous capitulerez, ou je ne m'appelle plus Vieillard. Assez bavardé. Briquez-moi ces plinthes mieux que ça... Il y a encore de la poussière, ici. Pour l'inspection, tout à l'heure, j'enfilerai des gants blancs. A la moindre tache, je vous recolle en cellule...

A leur retour de permission, les élèves assaillirent Chalumot pour lui vanter leurs joies, leurs prouesses, les films qu'ils avaient vus, des films formidables, magnifiques, délirants...

— Tu peux pas savoir, Chalumot, comme c'était rien bath, *le Voleur de Bagdad*. Non, tu peux pas! Douglas Fairbanks i faisait d'ces trucs, mon vieux...

— Et les films parlants! C'est quèqu' chose! On entend tout, un verre qu'on remue, le bruit de la sonnette, le téléphone, les soupirs de la femme, tout...

— J'en ai vu un terrible, s'écriait Lepage. Un film muet encore, mais rien chouette.... *Le Dernier des hommes*, avec Emil Jannings... On fera pas mieux. T'as pas d'veine, Chalumot. T'aurais pu l'voir aussi, p't'êt'...

— Ta Lil Dagover, disait Faouen, comment qu'elle a dû trouver un autre mec pour lui payer l'ciné!... T'es cocu, Chalume, t'es sûrement cocu!

Ces rosseries affligeaient d'autant mieux Simon qu'il leur cherchait en vain des causes. Il n'avait jamais eu, pour ses camarades, une attitude, des gestes, des procédés qui méritassent leur vengeance. Etait-ce parce qu'il leur reprochait de se montrer trop placides, d'accepter lâchement la condition offerte, de ne point refuser, comme lui, cette tutelle arbitraire? Et fallait-il, pour gagner la paix, provoquer chacun d'eux, les inviter à « venir derrière les chiottes », selon la coutume, afin de se mesurer une bonne fois? Simon Chalumot, jadis ravi d'affronter ses camarades à la lutte, répugnait maintenant à se battre, de quelque façon que ce fût. A regarder se comporter Lepage, Beaufretin, Barthélemy, bien d'autres encore, avant et durant leurs risibles matches de boxe pour des futilités, un semblant d'insulte, la moindre bourrade irréfléchie, Simon avait vite perdu le goût de ces exhibitions, de ces duels stupides, de « ces offenses lavées dans le sang »... Il lui eût été cependant possible de corriger un de ces pauvres types déjà bien pénétrés de leur rôle, de leur place dans le monde militaire, et dont l'argument de poids restait toujours une mise en valeur des hauts faits paternels à la Grande Guerre, au Maroc, en quelque lieu renommé. Car il ne s'agissait plus, aujourd'hui, des naïves reparties enfantines :

— Mon père a un grand sabre. Et il ira taper le tien qu'en a un p'tit...

On corsait le tableau, on agitait les images glorieuses, les extraits d'épopée :

— C'est pas ton père qu'aurait fait cinquante prisonniers à la bataille de la Marne, en 1914! Tout seul en tête de sa section! Même qu'il a eu la Légion d'honneur pour ça! Alors, tu peux la fermer... Le tien, il était qu'gendarme. C'est de la merde à côté! Et au Maroc, après, le mien i s'est défendu tout seul contre une vache troupe d'Arabes... I les a mis en fuite, mon vieux... Tous!

— Des craques!

— Des craques? C'est lui qui m'l'a dit! Et mon père, tu l'apprendras, i ment jamais... J'peux même te l'faire écrire, si tu veux... A présent, si t'es un homme, viens avec moi qu'on s'explique... P'tit con!

Une fois encore Simon Chalumot tâcha de s'isoler, de dédaigner tout jeu, toute conversation. Il fit même la grève de la faim. Pendant deux jours il déserta le réfectoire et se tint caché pour s'épargner les prières éventuelles ou les menaces... Le capitaine-major, averti de ce coup de tête inattendu, dit à Vieillard :

— S'il persiste, vous le conduirez à l'infirmerie. On le gavera de force, l'animal.

Mais Simon retourna de lui-même au réfectoire, poussé par un appétit légitime et trop difficile à vaincre. En outre, il méditait un projet plus sérieux...

Une nuit de janvier, vers onze heures, Simon Chalumot se vêtit avec précaution. Tout le monde dormait en apparence. Lepage était revenu de sa balade quotidienne, du rendez-vous imaginaire avec la fille de l'adjudant chef, et les grincements saccadés de quelques lits, coutumiers chaque soir, avaient cessé peu à peu. Le ronflement du caporal de Foulanges montait de l'alcôve, candide et régulier... Simon descendit dans la cour, longea le derrière du bâtiment, atteignit le terre-plein, le traversa, et toucha le petit mur d'enceinte. Il l'escalada sans peine. Puis, par les champs, il arriva sur la route des Andelys, et d'un bon pas, frôlant le fossé pour s'y jeter à la moindre alerte, il s'éloigna de l'Ecole.

Jusque-là, tout avait été simple, aisé. Il fallait maintenant redoubler de vigilance. A cette heure, des soldats, des sous-officiers, pouvaient rentrer de la ville, et les gendarmes, fidèles à leurs consignes, n'oubliaient pas leurs rondes aux alentours de la caserne. Les civils, même, étaient à craindre, qui comptaient parmi eux tant d'employés de l'Ecole, en sus des profs et des moniteurs. Un enfant de troupe déambulant à minuit dans les rues, voilà qui leur semblerait anormal, miraculeux... N'avaient-ils pas d'ordres, d'ailleurs, pour se saisir du fugitif et l'amener au poste de police? Simon redoutait surtout de voir surgir la haute silhouette du sergent chef Vieillard, revenant d'une parade amoureuse... Et bien qu'il fît froid, il sentait, à cette idée, une sueur irritante chatouiller sa peau.

Après mainte esquive, maint arrêt brusque, maint bond dans les ruelles ou les encoignures, Simon Chalumot dépassa le Grand Andely, la gare silencieuse, aborda la seconde agglomération. Soudain, d'une porte, une ombre jaillit, et Simon s'y heurta, terrifié.

— Tu t'sauves, gars?

Ce n'était pas une voix d'homme, mais déjà Simon s'apprêtait à décamper.

— N'aie pas peur... Au contraire... J'peux t'servir, p't'être...

Simon s'immobilisa, muet, ne sachant s'il devait céder à la tentation de se faire un camarade, une complicité réconfortante.

— J'sais c'que c'est qu'les enfants d'troupe, va... J'suis des cours de dessin avec un prof de chez vous... Le père Parlot... La Gouache! J'en sors justement...

Simon distinguait le visage du garçon, les cheveux clairs sous le béret basque, le sourire malicieux et franc.

— Comment qu't'essayes, pour t'sauver?

— J'sais pas trop, dit Simon, en regardant, inquiet, les fenêtres du professeur La Gouache. J'pense qu'y aura une voiture qui m'prendra sur la route, vers le Château-Gaillard. J'irai jusqu'à Paris... Après...

— T'as des sous?

— Rien...

— T'es sinoque, dis? Moi, j'te donne un truc...

Viens à la maison. Mon père, i s'ra bien content d't'aider. Il aime pas du tout l'Ecole militaire... I dit qu'c'est criminel de forcer des gosses à être soldats... Alors, t'as pas à t'biler... Même qu'un jour, comme il est peintre, il a r'fusé de travailler là-bas... Tu coucheras dans ma chambre... Demain, j'te prêterai un vieux costume à moi, et pis tu pourras t'en aller tranquille. Par le train, même...

Simon réfléchit.

— I vaut mieux que j'parte tout d'suite, dit-il. C'est trop dangereux, ici...

— T'as pas confiance, donc?

— Si qu'j'ai confiance. Mais d'main, les gendarmes s'ront prévenus... I traîneront partout. Je m'ferai gauler, c'est sûr...

Le garçon réfléchit à son tour.

— C'est p't'êt' vrai... Alors grouille... Et bonne chance, gars... Si t'as besoin d'moi quand même, mon nom c'est Daniel... Daniel Jacques... Et j'demeure dans la rue d'la Gabelle, au n° 32... Tu t'rappelleras d'tout?

— Oui, dit Simon, impatient de se remettre en chemin.

— Salut, alors...

— Salut...

Au pied du château, sur la route de Rouen à Paris, un instant Simon se reposa. Aurait-il le bonheur de tomber sur un automobiliste compréhensif? De toute façon, il s'interdisait de stopper les voitures au hasard, pour ne pas courir le risque d'un tête-à-tête avec un officier, une terreur quelconque, civile ou militaire... Il lui fallait guetter un poids lourd, un gros camion de transport... Accroupi sur le bas-côté, jugeant de l'espacement des phares et des feux de position, Simon Chalumot commença son attente.

Le premier camion ralentit, freina. Un homme ouvrit la porte de la cabine, se pencha, lorgna Simon, puis, se tournant vers son collègue :

— J'te l'disais qu'c'était un môme... J'me gourais pas...

— Qu'est-ce qu'i veut?

— Qu'vous m'emmeniez à Paris, dit Simon. Sans ça, j'suis fichu...

Les deux hommes rirent.

— T'es fichu? Explique voir...

— Ben voilà, dit Simon, d'un trait. J'viens de m'évader de l'Ecole militaire, y a une heure... Faut pas qu'on m'retrouve... J'pouvais plus rester là-bas... J'ai trop souffert depuis qu'j'y étais... Plus d'un an...

— L'Ecole militaire? dit l'homme qui avait aperçu Simon. Qu'est-ce que c'est qu'ça? D'abord, quel âge que t'as, môme?

— Quinze ans, dit Simon. Enfant de troupe que j'suis. Tenez... R'gardez comment qu'on est habillé...

Il écarta les pans de sa pèlerine, et les boutons de cuivre s'illuminèrent comme autant de petites veilleuses.

— Merde! Trouffion à quinze ans! Ça, c'est fort! Qui c'est qui t'a mis là?

— Mon père, bien sûr...

— La vache! Allez... Grimpe, fils... Assieds-toi entre nous deux. C'est classé. Et tu vas nous raconter ton histoire.

— Vous êtes chic, dit Simon en s'installant. Maintenant, j'respire dur. J'avais tellement peur de rencontrer les gendarmes ou d'arrêter une mauvaise auto...

— Vas-y, Fernand... Embraye!

Et Simon leur fit un juste exposé de son existence à l'Ecole, de son martyre quotidien. Il parla du capitaine des Aubelles, de Pommier, de Vieillard, aux méthodes de garde-chiourme, de l'adjudant Chalumot pour qui le métier de soldat et la carrière d'officier n'avaient point leur pendant au monde. Les deux hommes juraient, révoltés, et leur fureur contrastait avec le calme de Simon.

— T'entends, Fernand? Bon Dieu! Y en a quand même des rudes dégueulasses sur terre! Foutre son gosse au bagne! J'aurais jamais cru ça... Jamais. Et toi?

— Une honte! Comme si c'était pas assez du régiment! Toute sa vie griveton! Par force! C't'un comble! Il a donc pas d'tripes, ton père? Continue, p'tit... Raconte...

Lorsque Simon eut signalé le refus du père Chalumot de l'accueillir aux grandes vacances, Gégène, le compagnon de Fernand, cracha dans ses mains.

— Le pourri! Il est pas digne d'avoir des enfants, ton dab! Et on va aller lui dire à deux doigts des moustaches. T'es d'accord, Fernand? On va lui ramener son gosse, à ce salaud, et il faudra qu'il lui demande pardon devant nous! T'frappe plus, môme... T'as fini d'en baver. On rentre à Paris, on décharge le camion, et on fonce jusqu'à Reims...

Simon s'agitait sur la banquette.

— Oh! non. Faites pas ça, dit-il. I m'tuerait après, j'suis sûr. Vous l'connaissez pas! Il est encore plus méchant que Vieillard... Vous savez... L'sergent chef de l'Ecole...

— Qu'est-ce que tu vas faire, alors? demanda Gégène. Tu vas t'planquer?

— Au début, dit Simon, j'irai chez mon parrain, à la campagne... I m'planquera bien, lui... J'travaillerai un peu dans sa ferme, pour avoir de l'argent. Après, j'viendrai à Paris et j'me débrouillerai...

— Où qu'il habite, ton parrain?

— Dans les Ardennes. A Bréviaux... C'est un p'tit pays pas loin d'Reims...

— Et comment qu'tu vas y aller, à Bréviaux? T'as pas d'ronds, j'parie...

— Non, dit Simon. A l'Ecole, c'était défendu. Mais j'f'rai comme avec vous... J'arrêterai une autre voiture.

— Tu parles! Faut pas t'imaginer qu'ils sont tous bons zigues, les gars... Nous, ça va bien. On n'aime pas l'armée. Si t'étais tombé sur un fumier comme ton père, tu serais en taule en c'moment... Te fais pas d'illusions, môme. La société, c'est vacherie et compagnie. Pas vrai, Fernand? Les flics, les patrons, les militaires, les curés, c'est du pareil au même. I sont là exprès, tous, pour emmerder le peuple...

— Pour sûr, dit Fernand.

Gégène fouilla la poche intérieure de sa veste, en tira son portefeuille.

— V'là cinquante balles... Tâche de bien nager...

— File-lui-z'en cinquante de mieux, dit Fernand. Sur mon compte...

Simon hésita.

— Va donc... Puisqu'on t'les offre de bon cœur. Te gêne pas avec nous. On est des potes, des frères...

— J'veux bien, dit Simon. Mais donnez-moi aussi votre adresse... Un jour, j'vous rembourserai...

— Sacré pauv' môme, va! J'te la donnerai, mon adresse. Pas pour que tu m'renvoies mes cinquante balles! Mais pour que tu saches où m'trouver, si t'es en panne... Compris? Et faudra pas t'dégonfler?

— Vous êtes rien chouettes! dit Simon. J'oublierai jamais...

En arrivant à Paris, longtemps avant l'aube, ils tinrent à conduire Simon à la gare de l'Est. Dans un bistrot voisin, ils lui payèrent une grande tasse de café crème, quelques croissants, et le quittèrent, non sans de chaudes recommandations et des vœux pour la réussite de son exploit. Au guichet et dans le hall, Simon croisa des officiers, des gendarmes, un piquet de garde, même, et tremblant qu'on ne vînt lui réclamer sa permission, il s'enferma dans les cabinets. Puis, le train formé, Simon courut s'asseoir dans un compartiment vide, et, lorsqu'un sergent de chasseurs l'y rejoignit, avec sa femme, il se rencogna, feignant de dormir, pour s'épargner toute question curieuse.

A Reims, Simon aurait pu prendre immédiatement le tortillard de Bréviaux; mais il voulait revoir Zézette, lui révéler son évasion, peut-être la gagner à sa cause. Toutefois, il n'eut pas l'imprudence de se hasarder en plein jour à travers la ville. Il passa la matinée dans la salle d'attente, et se priva de manger pour économiser son argent. Cependant, l'après-midi, las, écrasé de sommeil, il résolut d'aller à l'Empire, où l'on projetait un grand film américain. Il s'agissait d'une palpitante histoire de convicts enfuis d'un pénitencier, et Simon, saoulé d'un naïf orgueil, manqua de pousser son voisin du coude, et de lui dire, dans l'ombre :

— Moi aussi, j'suis un évadé!... Et j'ai vécu une fameuse aventure, la nuit dernière...

Vers six heures, il atteignit la rue Thomas, et s'arrêta sous un porche, en face de la maison des Comparois, les yeux levés sur la fenêtre brillante de leur salle à manger. Qu'espérait-il? La venue de Zézette à cette fenêtre? Son retour d'une course dans le quartier? Ou sa miraculeuse apparition sur le trottoir, devant la porte de chêne aux barreaux torsadés? Simon était confiant, et prêt à l'épier jusqu'au lendemain, à cette même place, en dépit du froid et de sa fatigue...

Tout à coup, comme s'il rêvait, comme si ses yeux, flattant son désir, s'emplissaient d'une image, il vit Zézette tirer le vantail et s'éloigner à pas rapides. Simon s'élança, franchit la chaussée, évita d'un saut une vieille femme éperdue.

— Zézette!

Zézette se retourna, sans s'arrêter.

— Zézette! C'est moi, Simon!

— Simon!

Il lui avait saisi la main; il la caressait follement, soudain avide d'amitié, de douceur, de réconfort.

— Je vais tout vous raconter, Zézette... Tout. Je me suis sauvé d'l'Ecole, hier... C'est vrai. J'en pouvais plus... J'étais trop malheureux... Ils m'ont déchiré mes collections d'cinéma... Ils m'ont encore rasé... Ils m'ont battu, mis en prison, privé d'vacances... Pourtant, j'avais fait mon possible, ce trimestre... Pour vous, Zézette!... J'avais réussi à être le deuxième en classe... C'était bien... J'étais content... J'aurais eu un bon réveillon... A côté de mes parents... A côté de vous...

Zézette avait dégagé sa main. Elle examinait Simon, l'écoutait gentiment parler, sans chercher à l'interrompre.

— Vous vous êtes sauvé?

— Oui, dit Simon. Mais faut pas m'disputer pour ça... Je voulais vous revoir, parce que j'm'ennuyais trop d'vous. Y avait trop longtemps qu'on s'était quittés... Vous comprenez, Zézette?

— Vous allez rentrer chez vos parents? Chez M. Chalumot?

— Oh! non. Je vais partir chez mon parrain Francis, pour travailler. Après j'irai à Paris. J'ai lu, dans un *Mon Ciné,* qu'on réclamait souvent des garçons pour jouer dans les films. Alors, si j'suis reçu, p't'être que vous viendrez avec moi... Vous voudriez bien?

Elle eut un tel regard, une si pénible expression que Simon dit vivement :

— C'était pour rire, ça. Pour voir si vous m'aimiez toujours...

Il se tut, sembla réfléchir, remuer des mots.

— Faudrait que je vous demande quelque chose, aussi... C'est difficile... J'ai pas d'argent pour m'acheter un costume, du linge, tout ça... Alors, si vous pouviez m'rendre ce que j'vous ai donné... Vous savez... Les deux cents francs...

— Ah! oui, dit Zézette. Je peux vous rendre même les cadeaux... La timbale... Le rond de serviette... Vous les vendrez.

— Ça ne vous fâche pas, sûr?

— Non... Je vais revenir tout de suite à la maison. Vous m'attendrez en bas, sur l'autre trottoir... Je ne serai pas longue...

Afin de mieux patienter, mais surtout pour interroger le sort, Simon se mit à compter lentement. Qu'il annonçât un multiple de treize, un nombre impair à la rigueur, à l'instant du retour de Zézette, et ce serait une certitude d'accomplissement de ses projets. Tous ses vœux se réaliseraient. La chance l'accompagnerait où qu'il allât, quoi qu'il entreprît...

— ... 108... 109... 110... 111...

— Pas un geste et pas de rouspétance! Tes mains, Simon... T'es bouclé comme un rat!

Simon ne tenta rien pour s'arracher à la poigne de Comparois. Il laissa l'ancien gendarme lui passer les menottes, comme si cette mesure était on ne peut plus naturelle, et ne résista pas quand il sentit qu'on l'entraînait. Instinctivement, il leva les yeux vers la fenêtre. Zézette et sa mère avaient écarté le rideau; elles louchaient dans la rue, tête contre tête. Et Comparois leur fit un signe amical, un signe de victoire.

— C'est ton père qui va être estomaqué! Tu ne la prévoyais pas celle-là, hein? J'ai encore des réflexes, et des solides!

Les parents de Simon s'attablaient à peine lorsque le gendarme ouvrit la porte, sans frapper.

— J't'amène ton fils, Chalumot! Evadé de son Ecole. Il a pas moufeté... Je l'ai cueilli comme une fleur, en bas d'chez nous. Le v'là! Menottes aux pattes! Qu'est-ce que t'en dis?

L'adjudant cessa de mâcher. La fourchette à la main, il contemplait Simon sans bien comprendre. Puis il repoussa sa chaise, se dressa, décrocha du portemanteau sa veste de cuir et sa casquette.

— J'te remercie, Comparois. Mais il n'aura pas profité longtemps de sa liberté, le bandit! Tu peux m'croire! Marche arrière! Je l'reconduis immédiatement à son Ecole, menottes aux poignets. Prête-moi d'l'argent, Octavie... Vite!

Mme Chalumot, stupéfaite, n'avait pas bougé. Elle grippa son chignon à pleins doigts, hurla, comme à son habitude :

— Quel malheur, mon Dieu! Quel malheur! Je suis maudite!

— Pas d'giries, hein? Je sais c'que j'ai à faire...

— Endure au moins qu'i soupe... R'garde comme il est... Tu vois bien qu'il en peut plus, qu'il est à bout d'nerfs, qu'il va s'évanouir! Depuis quand qu't'as pas mangé, Simon? Dis-moi-le, à moi...

— Inutile! cria Chalumot en ajustant son ceinturon. Ça lui fera les pieds! S'il pouvait crever, seulement! Allez! Demi-tour, vaurien! Et fissa!

Mme Chalumot se déplaça, le visage suiffé de larmes.

— Enlève-lui les menottes, j't'en supplie! Tu ne penses donc pas que toute la honte retombera sur toi, Chalumot?

— J'm'en fous!

— Et à quoi qu'ça t'sert de partir maint'nant? Tu connais même pas les heures des trains...

— Çui d'Paris est à 8 heures 10... On l'aura... Et s'il faut coucher dans la gare, à Paris, on y couchera. Ça m'fait pas peur, une nuit sur la planche. Assez causé!

— Embrasse-moi, mon gamin! cria Mme Chalumot.

— J't'en foutrai!

Et l'adjudant, d'une bourrade, envoya son fils contre la porte.

— Encore un coup j'te remercie, dit-il à Comparois.

— Y a pas d'quoi! répondit le gendarme, le pouce sur sa moustache. J'ai fait qu'mon devoir, Chalumot. Rien qu'mon devoir. Perds pas les menottes, surtout!

— Pas d'danger!

Durant tout le voyage et la nuit d'attente à la gare Saint-Lazare, l'adjudant Chalumot n'eut pas une parole pour son fils. Pas une fois il ne s'inquiéta de savoir s'il avait faim, s'il avait soif, s'il avait besoin de pisser. Et Simon, de son côté, s'empêcha de trahir sa fatigue, sa souffrance, sa panique. Assis près de son père qui mordillait ses poils et bandait constamment ses mâchoires, il essayait de dissimuler ses mains sous son collet. En descendant du train, aux Andelys, il faillit s'effondrer; il trébucha, mais son père l'empoigna par l'épaule.

— Ça n'prend pas ta « pantomine »! Quand on a le courage de s'évader, on est bon à tout... Marche!

C'était dimanche. Lorsque Simon et l'adjudant arrivèrent à l'Ecole, les élèves s'apprêtaient à défiler dans la cour, musique en tête, pour la parade hebdomadaire. Le père Chalumot s'arrêta non loin des officiers alignés sur un rang, au milieu de l'allée centrale.

— Au drapeau!

L'adjudant bomba le torse, porta la main à sa casquette, puis, roulant des yeux terribles à Simon :

— T'entends pas *la Marseillaise*? Faut que j'te dise de saluer?

— J'peux pas, dit Simon. Avec les menottes...

Alors, d'un mouvement brusque, Chalumot lui ôta son béret.

— Et tiens-toi droit!

Les officiers s'aperçurent de leur présence. Ils se retournèrent les uns après les autres, tout en saluant, échangèrent quelques mots à voix basse. Quand les élèves coupèrent l'allée centrale, le regard dirigé vers leurs supérieurs, tous virent Simon Chalumot et son père, immobiles, plantés en retrait. Et Simon devina qu'on devait rire en douce, bien se gausser de son échec...

Le lieutenant Bargheloni quitta ses confrères, vint près de l'adjudant Chalumot.

— Ah! ah! Vous nous ramenez votre fils!

— Oui, mon lieutenant, dit Chalumot. Et je sollicite l'honneur de causer au commandant de l'Ecole...

— Certes... Dans quelques instants. Suivez-moi dans son bureau...

Le commandant Félix et le capitaine des Aubelles entrèrent, le visage courroucé. A cette seconde, l'adjudant dégrafait la pèlerine de son fils pour qu'on remarquât bien les menottes, magistral symbole d'opprobre et de soumission.

— Monsieur Chalumot, dit le commandant, je rends hommage à votre loyauté, à votre conscience d'ancien soldat dévoué et toujours en règle avec la consigne. J'imagine quel a été votre combat intérieur, votre martyre, en tant que père, avant de vous infliger volontairement cette cruelle épreuve... Cela dit, je dois vous signaler qu'il nous est impossible de reprendre votre fils. Un élève qui s'évade est aussitôt rayé des cadres. Nous ne pouvons créer de précédent, et je fais appel, monsieur Chalumot, à toute votre compréhension, à votre respect inaltérable de la discipline militaire... C'est bien votre avis, des Aubelles?

— Nettement! Et l'élève Chalumot ne mérite aucune clémence, aucun passe-droit. C'est l'exemple même de la désobéissance, de l'anarchie, de la rébellion. Je regrette, cher monsieur, d'avoir à vous dire de telles vérités...

Blême, anéanti dans un stupide garde-à-vous, l'adjudant Chalumot tenta de parler.

— Sachez encore, dit le commandant, que nous sommes responsables de l'éducation de quelque cinq cents élèves... Nous nous refusons à lâcher parmi eux des garçons comme votre fils, pétris de mauvais principes, d'idées de révolte...

— Ici, il n'y a pas de place pour les brebis galeuses! ajouta le capitaine-major.

— Eh ben, dit l'adjudant Chalumot, d'une voix tonnante, je l'tuerai de mes propres mains! Parole d'ancien sous-officier! Puisque je suis déshonoré, autant que je l'sois complètement, et de la bonne façon... Je connais mon devoir, mon commandant! J'irai jusqu'au bout!

Puis, avant que Simon se fût garé, il l'assomma d'un furieux direct en pleine face. Sous le choc, Simon perdit l'équilibre, à la renverse, et le sang ruissela de ses narines.

— Debout, criminel!

— Voyons! Voyons! dit le commandant en faisant un pas timide, les bras étendus.

Simon s'agenouilla, se releva lentement.

— Essuyez-vous! dit le capitaine-major. Vous allez détériorer votre uniforme!

Il ouvrit la fenêtre, guetta le passage d'un gradé.

— Maletête! Venez ici!

Et quand le sergent fut dans le bureau :

— Menez cet élève à l'infirmerie, et qu'on l'y conserve jusqu'à nouvel ordre.

L'adjudant Chalumot tremblait, serrait les poings, les ongles dans la chair. Le commandant s'approcha, lui posa la main sur l'épaule.

— Calmez-vous, mon ami! Nous allons regarder s'il n'y a pas quelque moyen de vous donner satisfaction. En remerciement de tous vos bons services... Car je distingue de bien glorieux rubans, à votre boutonnière!

— Vous me rendez la vie, mon commandant! s'écria Chalumot. Et à sa mère aussi! Elle en serait morte, la pauv' femme... Mon commandant, j'veux pas m'vanter, mais il en faudrait des comme moi, dans votre Ecole, pour dompter les salopards! Merci encore, mon commandant! J'suis toujours prêt à vous obéir!

Avant de le libérer, soulagé, le commandant Félix dit à Chalumot :

— Désirez-vous embrasser votre fils? Je vais vous faire conduire à l'infirmerie... C'est très facile...

— Pas la peine, mon commandant! dit le père Chalumot, en claquant les talons. Je n'saurais pas m'contrôler. Je m'sens capable de lui fendre les oreilles, à ce voyou... Si vous voulez m'en accorder une, de gentillesse, mon commandant, l'envoyez plus en permission. Qu'il reste ici, à l'Ecole, et qu'on ne l'ménage pas...

Simon continua de supporter son lot, courageusement. Il s'était juré de ne plus écrire à sa famille, de l'ignorer désormais, et jusqu'à la fin de ses jours. Mais, sur l'ordre de ses chefs, il dut chaque semaine rédiger une courte lettre, sorte de pensum où il se contentait de signaler son bon état et l'évolution du temps.

Au début du troisième trimestre, on apprit, à l'Ecole, la mort du sergent chef Vieillard, tué d'une balle de pistolet par un lieutenant de gendarmerie qui l'avait découvert, au retour d'une enquête, couché dans ses propres draps, avec sa propre femme... Pour Simon Chalumot, ce fut une légère consolation...

XVI

De Billom, des Andelys, de Rambouillet, de Saint-Hippolyte-du-Fort, les quatre Ecoles militaires préparatoires, des centaines d'enfants de troupe étaient arrivés à Tulle, un soir d'octobre 1931, pour un stage de deux années. A son issue, et selon les résultats d'un examen final, ils auraient à choisir un centre de perfectionnement : Rochefort, aviation maritime; Clermont-Ferrand, armurerie; Fontainebleau, artillerie; Versailles, génie et chars de combat; Saumur, cavalerie motorisée et train des équipages. Ils y signeraient, le matin de leurs dix-huit ans, l'engagement d'un lustre qui dédommagerait l'Etat de toutes ses largesses à leur égard, et, les cours terminés, nantis presque tous des galons de caporal chef ou de brigadier chef, rejoindraient un des régiments disponibles sur la liste venue du ministère de la Guerre.

L'Ecole technique de Tulle comportait deux divisions, électricité, mécanique, et les élèves optaient entre elles. Toutefois, les places étant comptées dans la première, seuls les meilleurs y pouvaient accéder. Simon Chalumot, classé dans le peloton de tête aux Andelys, préféra l'électricité. Il avait peu de goût, peu d'aptitudes pour le métier d'ajusteur, le dégrossissage des pièces, leur calibrage, et, naïvement, il s'imagina se satisfaire dans cette branche neuve. En outre, plus que jamais passionné de cinéma, résolu fermement à quitter l'armée tôt ou tard pour s'y consacrer, Simon pensait acquérir ainsi quelques connaissances indispensables. Mais le programme ne variait guère d'une division à l'autre, tant en travail pratique qu'en instruction générale. On astreignait tous les élèves aux mêmes heures de limage, de machines-outils, de menuiserie, de forge, et les « électriciens » devaient, comme les « mécaniciens », savoir fabriquer des assemblages à queue d'aronde, à réglette coulissante, une pince universelle, une vis et son écrou, et marteler, sous l'angle voulu, avec la masse à frapper devant, un morceau de fer rouge cerise ou jaune paille.

Le couvent des Récollets abritait aujourd'hui, dans ses locaux vétustes, les élèves de la division d'électricité. C'était la seule caserne établie en pleine agglomération; la seule, encore, où des anciens et des jeunes fussent ensemble. A l'extérieur de Tulle, sur une colline abrupte, Marbot dressait ses murs, ses voûtes, sa chapelle de vieux séminaire, et l'on voyait souvent, des quatre coins de la ville, les grands de la division de mécanique accrochés au treillage qui cernait la cour en plate-forme. Ils méritaient bien là le surnom de gorilles que les indigènes et les jeunes filles d'un collège sis à la même altitude, mais sur une éminence diamétralement opposée, leur avaient attribué depuis longtemps. A deux kilomètres de Tulle, en bordure de la Corrèze, s'étalait La Botte, la plus vaste des trois casernes, et la plus proche, par son aspect, son modernisme, sa disposition, des habituelles cités militaires. Elle hébergeait tous les autres enfants de troupe débarqués l'année même des écoles préparatoires.

Une singulière rivalité séparait ces phalanges. Les jeunes des Récollets, fiers de vivre avec les anciens, reniaient maintenant leurs camarades de La Botte, ou les tenaient en maigre estime. Pour eux, c'était le rebut, un ramassis de « crapses », de types inintelligents et surtout sans nobles ambitions. De leur côté, les « vieux » de Marbot considéraient leurs collègues des Récollets comme des intellectuels et des « prétentiards ». Moins doués en général, ils trouvaient une supériorité dans leur force physique. En effet, ces quelque deux cents élèves de dix-sept ans, la plupart barbus et bâtis comme des hommes, inquiétaient assez lorsqu'ils descendaient en chantant de leur fief, les jours de promenade. Roulant les épaules, les bras écartés du corps, poings serrés, la tête tendue pour un défi constant, ils semblaient prêts à tout écraser sur leur passage, civils et confrères. En signe de non-conformisme, et pour accroître la violence de leur masque, ils portaient le béret exagérément penché sur l'oreille, le cuir en dehors. Plus la galette était aplatie, raide, énorme, voisine de l'auréole, plus ils en tiraient vanité. D'aucuns, même, y glissaient une charpente d'osier...

Les gradés de batterie ne se choquaient pas de ces allures de matamores. Ils paraissaient au contraire s'en réjouir, et ne cachaient pas leur dédain pour les cadres des autres casernes. Les élèves de Marbot affermissaient ainsi leur réputation de terreurs, de caïds ne craignant ni Dieu ni diable... De temps en temps, arrivait à La Botte, aux Récollets, le récit dénaturé de bagarres sanglantes, de révoltes, même, à l'actif des gorilles. Le grand Tomasoni venait de provoquer l'adjudant Schaeffer en un combat à la loyale, et quoiqu'il fût célèbre par sa vigueur et sa brutalité, le sous-off s'était fait corriger sous les huées et les cris de joie d'une sélection d'anciens admis à cette joute. Le lendemain, on apprenait que Xavier Xéralaquis avait craché sur son lieutenant, après une injuste réprimande, ou bien qu'une demi-douzaine de durs s'étaient enfuis de la caserne, le soir, pour saccager le modeste bordel de Tulle...

Les Corses, nombreux, formaient à Marbot une bande constituée que les autres élèves redoutaient et respectaient. Il ne fallait point s'aviser de les contredire, de les bousculer par mégarde, de railler leur solidarité, leur idolâtrie de l'île natale, leur traditionalisme. Une nuit, au cours d'une réunion pour un pieux hommage à Sacco et Vanzetti, ils avaient rossé le plaisantin qui se permettait de ricaner en les voyant si graves, si pénétrés de leur culte. Les gradés épargnaient ces casseurs parfois plus imposants, mieux taillés qu'eux-mêmes... Ils les commandaient avec précaution, passaient l'éponge sur bien des incartades. Et les officiers suivaient, songeant à l'heure où ces adolescents trapus, autoritaires, vindicatifs, à la main vive, aux prompts réflexes, feraient de vertueux sous-offs, après un bon dressage de début dans les corps de troupe. On leur pardonnait beaucoup pour leur prépondérance dans l'équipe de rugby; il y avait, en face de l'équipe des Récollets, un prestige à conserver intact. L'adjudant Schaeffer entraînait les joueurs de Marbot avec une conscience, une fougue remarquables. Mais il en subissait souvent les risques, ses élèves, adversaires ou partenaires, s'arrangeant toujours pour le plaquer en douce, ou le sonner au hasard des mêlées.

A Tulle, le rugby primait tous autres sports. Il était l'invariable sujet de conversation des civils et des militaires, la source de leurs plaisirs, de leurs plus chauds enthousiasmes, leur perpétuel doping. Outre les équipes locales, chaque lycée, chaque pensionnat, chaque caserne d'enfants de troupe possédait ses quinze joueurs réglementaires, pétulants, braillards, prêts à la « castagne », et l'on assistait au stade, les jeudis et les dimanches, à de multiples confrontations.

Aux Récollets, bien que le choix d'éléments fameux fût difficile à cause du manque d'effectifs, le maréchal des logis chef Blanchon avait mis sur pied une équipe solide que n'intimidaient pas les balèzes de Marbot. Blanchon, autre Schaeffer, aussi cruel, aussi féroce, aussi sourd à la pitié... Mais autant Schaeffer était sec, pâle, tout en muscles, autant Blanchon, gras, mafflu, rougeaud, crevait de santé. Un hercule, un lutteur de foire, infatué de ses cent kilos comme d'une grâce de la nature, et doté lui aussi, tel le sergent-chef Vieillard, d'un tic sinistre des maxillaires, qui donnait à son mufle de bœuf une rudesse inimitable...

Les jeunes avaient fait sa connaissance le lendemain de leur arrivée. Fidèle à sa marotte, il les rassembla sans délai pour tenter de découvrir les futures réserves de son équipe, et s'intéressa tout de suite « aux grands gabarits ». Chalumot, un mètre soixante-quinze, lui tapa dans l'œil le premier.

— Avez-vous déjà joué au rugby, vous?

— Non, chef, dit Simon. Mais au football, comme gardien de but, j'suis assez fort. Aux Andelys...

— Ici, y a pas de football qui tienne, dit Blanchon. C'est de la roupie de sansonnet... Un jeu de petites filles... Vous ferez du rugby comme tout l'monde. Deuxième ou troisième ligne... Je verrai ça. Votre nom?

— Chalumot, chef...

— Ah! c'est vous! s'écria Blanchon. Le zigoto dont le dossier est si copieux! Tentative d'évasion, si ma mémoire est bonne... N'est-ce pas? On nous a prévenus d'avoir à vous surveiller de très près. Pour ça, n'ayez pas peur. Je m'en charge... Je vous aurai sous ma coupe... Avec moi, vous en baverez des ronds de chapeau. D'ailleurs les anciens se feront un plaisir de vous parler du maréchal des logis chef Blanchon. Ça vous amènera sans doute à méditer. Je suis bien content de vous voir! Et comme vous avez la tête dure, je vous ferai pilier d'office...

Changeant d'école, Simon changea de bourreau. Le maréchal des logis chef Blanchon remplaça le sergent chef Vieillard, décédé. Les leçons de rugby lui étaient un moyen légal d'extérioriser sa puissance de frappe, et il ne s'en privait pas. Il rectifiait la mêlée à coups de genou, tabassait, pilait de-ci, de-là, sans discernement, sans contrôle et n'admettait ni plainte ni rébellion.

— Le rugby, c'est un sport d'athlètes! Voulez-vous devenir des hommes, oui ou non? Si ça ne vous chante pas, demandez votre affectation à la caserne La Botte. Y a une équipe de hockey, là-bas... Ça sera plus dans vos cordes, peut-être. Hop! Les trois-quarts en place! Foncez! Plaquez aux jambes, Chalumot! Si vous avez la trouille de morfler, je suis à votre disposition, en fin de séance, pour vous tanner le cuir, espèce de poule mouillée! Regardez-moi ce grand con de Gelpoux qui n'est même pas foutu d'attraper le ballon en touche!

Approchez ici, Gelpoux, que je vous étire les biceps... Au trot!

A la caserne, Blanchon continuait à transformer ses élèves en parfaits rugbymen. Toute occasion lui semblait propice à les endurcir, à les préparer aux grands matches. De son initiative, Gelpoux et Chalumot furent passés à la tondeuse pour une peccadille. Belle façon, en tant que piliers, de viriliser leur aspect afin de refroidir les lignes adverses. Et le choc des crânes nus, en mêlée, y gagnait une résonance qui flattait son orgueil d'entraîneur capable.

A la moindre incorrection, il conduisait l'élève dans une salle de classe, dans un dortoir désert, et là, tout comme Vieillard, se payait un peu de bon temps. Il poussait sa proie contre un mur, contre un bat-flanc, se collait à elle, l'écrasait sous ses cent kilos de viande riche, puis commençait une savante torsion des oreilles entre ses grosses pattes de tueur. Auparavant, il coinçait son sifflet dans ses doigts, comme une bague énorme, et, soumis à la subtile torture, comprimé par le ventre et les pectoraux du monstre, l'élève piaillait tant bien que mal.

— Qu'est-ce que c'est que cette musique? Hein? Je ne vous fais rien, pourtant... Une petite amusette, sans plus... Vous voulez que j'emploie la manière forte? Ça, par exemple. Qu'est-ce que vous en dites?

Son coup préféré... Le massage des tibias avec le champ de la godasse, qui arrachait des larmes aux plus têtus, aux plus aguerris.

— Voilà! C'est terminé! Caltez, volaille... Et jeudi, après ça, tâchez de me sortir un beau match...

Suprême élégance ou dernier scrupule, Blanchon

ne s'attaquait qu'aux grands élèves. Sans doute croyait-il aussi qu'ils hésiteraient à pleurnicher, à révéler publiquement ces « roustes », à se plaindre, même, en haut lieu... Cependant, un jour, Gelpoux demanda le rapport du capitaine. On l'avait vu se présenter au réfectoire, rouge de honte, de rancune, de colère, et ne maîtrisant pas ses sanglots.

— Ce putain de Blanchon! Je l'tuerai, l'ordure... Je l'tuerai... Il m'a battu comme si j'étais encore un niston. Si j'osais, j'irais tout raconter au pitaine...

— Vas-y! dit Chalumot. J'irai aussi. Ça peut plus durer, ce truc-là... A deux, y a des chances pour qu'on ait raison...

Le capitaine Maryla, cheveux courts et drus sur un visage osseux, carré, ombragé par le massif des sourcils en surplomb et l'épaisse moustache à la Lyautey, les attendait de pied ferme.

— Vous désirez me voir, paraît-il? Je vous écoute. Soyez brefs, soyez formels... De quoi s'agit-il?

— Voilà, mon capitaine, dit Gelpoux. Le maréchal des logis chef Blanchon n'arrête pas de nous battre... C'matin encore, il m'a flanqué des coups de chaussure dans les jambes et broyé les oreilles avec son sifflet... Voyez, mon capitaine... J'vous mens pas...

Sans un regard pour les oreilles de Gelpoux, le capitaine Maryla dit à Chalumot :

— A votre tour... Et pressons...

— C'est juste, dit Simon. Moi aussi, j'ai à me plaindre du maréchal des logis chef Blanchon. Il m'a bastonné deux fois, la semaine dernière... Et j'avais rien fait... Ma parole, mon capitaine...

Le capitaine s'empara d'un coupe-papier comme

d'un sabre d'abordage, et le tint brandi, menaçant, pendant toute sa harangue.

— Mes petits gaillards, nous ne sommes pas dans un pensionnat. Les gradés connaissent leur métier, et Blanchon mieux qu'aucun autre. Je me fie à mes subalternes plus qu'à des trous du cul de votre genre. Et si j'ai un conseil à vous donner, c'est de filer droit et de ne plus venir baver sur mes bottes! Qu'est-ce que c'est que ces renégats? A la cravache, qu'on devrait vous mener! J'aurais aimé vous avoir avec moi à la Légion, à Sidi-bel-Abbès... Là-bas, on savait dresser les hommes... Ça ne faisait pas un pli, nom de Dieu! Ici, vous n'avez rien à espérer de moi sur le plan de la discipline. D'ailleurs, je féliciterai Blanchon pour son énergie et l'excellence de ses méthodes. Rompez! Une minute... Vous, Gelpoux, disparaissez... Chalumot, j'ai encore deux mots à vous dire...

Il s'assit, reposa son coupe-papier, puis, avec moins de violence :

— On vient de me communiquer de votre Ecole de base une lettre adressée par votre mère au commandant Félix. Vos parents s'étonnent de ne pas vous avoir vu depuis un an et d'être sans nouvelles depuis votre arrivée à Tulle... Expliquez-moi cela... Et comment se fait-il que vous n'ayez pas bénéficié de vos permissions normales, en cours d'année? Je vous écoute...

— Mon capitaine, dit Simon, tout ça c'est d'leur faute... De la faute à mon père, plutôt... C'est lui qu'a ordonné au commandant des Andelys qu'on me garde à toutes mes vacances...

— En raison de votre mauvaise conduite, sans doute? C'est très bien. Après?

— Ben, j'comprends pas pourquoi ils réclament, maintenant. Mon père est un peu fou, mon capitaine... Alors! Pour les lettres, c'est moi qui veux plus écrire. Aux Andelys, on m'obligeait toutes les semaines, mais ici, j'en ai profité...

— Et c'est d'un bon fils, n'est-ce pas? Vous trouvez?

— Peut-être pas, mon capitaine. Mais mon père il m'aime pas... Il m'a cassé l'nez à moitié, un jour, d'un coup de poing... J'vois pas pourquoi il faut que j'lui écrive. D'abord, j'peux plus... C'est plus fort que moi. Je n'sais jamais quoi mettre...

— Vous me ferez le plaisir de rédiger une longue lettre pour vos parents, dit le capitaine Maryla. Et tendre! Et respectueuse! Ou sans cela, je vous fourre au bloc immédiatement! C'est compris, chacal?

— J'préfère aller en prison, dit Chalumot.

Le capitaine empoigna de nouveau son yatagan, et se dressa, les sourcils gonflés.

— Vous écrirez votre lettre et vous irez quand même au bloc! Et si vous persistez à me tenir tête, je vais vous secouer les puces et vous foutre mon pied dans le bas des reins! Quant à vos permissions, je partage l'avis de votre père. Vous n'en méritez pas. J'avertirai votre mère, trop douce, trop sensible à mon gré, de ma façon de voir. Autre chose... Vous vous êtes vanté, m'a-t-on dit, d'avoir remarqué la femme du capitaine Bourguignon complètement nue à sa fenêtre... Qu'est-ce que c'est que cette rocambolade, hein? Saligaud!

— C'est pas une rocambolade, mon capitaine... Quand on s'amuse à la barre fixe, dans la cour, près d'sa maison, elle est tout l'temps en chemise derrière ses carreaux... Elle vient près de la fenêtre pour se débarbouiller, et elle rigole aussi... J'suis pas seul à l'avoir vue, mon capitaine. Tous les autres ils l'savent... Même qu'ils vont exprès à la barre fixe.

— Je ne crois pas un mot de toute cette histoire, dit le capitaine, et je commence à bien lire dans votre jeu. Les notes qui vous ont précédé, de votre Ecole de base, m'ont d'ailleurs éclairé suffisamment sur votre état d'esprit et vos tendances révolutionnaires... Ouste! J'ai assez perdu de temps avec vous. Vous serez privé de sortie libre le dimanche jusqu'à nouvel ordre. Et si vous ne vous améliorez pas, Chalumot, vous apprendrez de quel bois je me chauffe. C'est les bataillons d'Afrique qui vous guettent... Biribi! Tataouine! Vous y finirez vos jours, foi de Maryla!

La perspective des Bat'd'Af' n'effraya pas Simon. Cela rejoignait, dans sa pensée, les menaces de son père, ses vœux, ses prédictions quant à l'achèvement de son destin, l'échafaud, les galères, le bagne, symboles d'épouvante à l'échelle de son glorieux métier, suite logique au Fouettard, au Croquemitaine de l'enfance. En revanche, il accueillit moins placidement la suppression de « sorties libres ». Ces quelques heures de détente, l'après-midi du dimanche, étaient pour les élèves un piment rare, le privilège unique, une clarté soudaine, et combien cordiale, sur leur univers de contrainte et d'amertume. Las des deux ans de séquestration dans les écoles préparatoires, avec quel enthousiasme, quel délire n'avaient-ils pas accepté cette preuve de mansuétude à leur égard! Toutefois, si les anciens en jouissaient depuis la rentrée d'octobre, les jeunes souhaitaient encore qu'on voulût bien leur faire confiance. Chaque semaine, des rumeurs apparemmment fondées nourrissaient leur espoir, exaspéraient leur désir. C'était pour dimanche, sûr... On avait aperçu, sur le bureau de la batterie, les précieuses cartes individuelles, ces cartes quadrillées en cases hebdomadaires pour les visas. Donc...

La décision du capitaine à l'égard de Chalumot annonçait la première sortie libre, et Simon surmonta mal son déplaisir. Il assista, contrit, aux apprêts de ses camarades, les regarda se ruer au poste, à deux heures sonnantes, pour l'inspection du sergent de garde. Comme beaucoup, Simon devrait se satisfaire de la balade rituelle dans les collines proches, sur les chemins boueux et gluants; des insipides parties de « carotte » ou d'osselets au pied des arbres nus étalant sous un ciel bas la nasse de leurs branches mortes et noirâtres, sans charme, sans vraie poésie. De toute façon, Chalumot ne possédait pas la moyenne réglementaire en classe et en atelier pour obtenir la sortie libre. Mais cette consolation ne l'apaisait pas. Il se demandait si le capitaine lèverait bientôt sa consigne, s'il importait, en cette incertitude, de mieux travailler, de provoquer sa clémence par une application soutenue, une suite d'efforts sérieux... Quel crève-cœur! Marcher, marcher encore dans la gadoue, s'exténuer sur des sentiers de chèvres glissants ou rocailleux, subir les sempiternelles observations des sous-offs qui se vengeaient bassement de leur stupide corvée, alors que les copains, affranchis un instant de tout patronage, erraient à leur guise dans la ville, découvraient mille choses curieuses, voyaient de près des filles, leur parlaient, les embrassaient peut-être... Et le cinéma! Depuis longtemps Simon se promettait d'y aller toutes les semaines, dès que possible, de combler son retard, d'apprécier les nombreux films dont Lepage, Braval et tant d'autres soulignaient la valeur, les étonnants mérites. Par les anciens, il connaissait les programmes du petit cinéma de Tulle, et tremblait de convoitise, de jalousie, de colère, à chaque bande projetée.

— Mince! *Sous les Toits de Paris!* Comment qu'j'aurais aimé l'voir çui-là! C'est de René Clair, hein? Paraît que c'est rudement bien!

Avec prudence, il s'était remis à collectionner les photos, les documents, les périodiques, rêvant d'établir un dictionnaire, une encyclopédie du cinéma. Mais il trouvait peu de compréhension auprès de ses camarades qui se contentaient de détailler les stars, de s'extasier sur les jambes de Marlène Dietrich, sur le visage de Greta Garbo, de Clara Bow, de Louise Brooks, de se raconter le soir, à voix basse, de lit à lit, tel ou tel « chouette film ».

— Tu la f'ras imprimer, p'têt', ton encyclopédie? Faut d'la galette pour ça, Ducon... Et à quoi qu'ça servirait d'abord? Un film, une fois qu'il est passé, on s'en fout... On va voir le suivant...

— Un d'ces quatre, disait Lepage, on te chauffera encore tout ton packson de journaux, et nous on s'gondolera un coup d'plus. Tu perds ton temps, Chalume. J'suis sûr que quand tu seras au régiment tu t'intéresseras plus au cinéma. Y aura autre chose à faire, va... Et les poules, tiens, les vraies, en chair et en os, c'est autrement plus badour. On t'verra v'nir...

Simon n'en démordait point. Au terme de l'épreuve, de ce régime insupportable, il y aurait des années et des années pour oublier, pour changer de peau, se faire une âme, une conscience, pour chercher une raison de vivre saine et fructueuse. D'ailleurs, bien d'autres élèves se raccrochaient à des projets intimes, à quelque secret idéal, et n'acceptaient pas bêtement leur condition. Le grand Gilles, qu'on entendait pousser des airs d'opéra, le matin, aux lavabos, deviendrait un ténor célèbre. Lui l'avait clamé franchement, en pleine étude, au maréchal des logis Haguenheck qui confisquait son cahier de chansons si bien tenu, rehaussé de dessins, de fioritures, de titres en gothique...

— Oui, je serai chanteur! Et j'aime mieux ça que d'être un jour colonel ou même général. C'est plus gai! Et on fait de mal à personne, surtout...

Le Quéré vocalisait également; mais lui, le futur gentleman-farmer, songeait à s'exiler en Argentine, quitte, au début, à garder les bestiaux dans une hacienda...

— Mes cinq ans finis, je m'tire. Avec un ouf comme ça!

Chapelain voulait être pilote d'avion, battre des records de vitesse et d'endurance.

— Pilote civil, vous comprenez, les gars... C'est pas la même chose!

Comme Simon, il accumulait des registres, des registres bourrés de prototypes extraits des *Ailes* et autres journaux spécialisés.

— L'armée, j'en ai marre! C'est une connerie. On peut rien faire de soi-même, rien combiner. Faut se plier aux ordres. Tandis qu'avec mon avion à moi, j'pourrai aller où j'voudrai et dire merde à tout le monde.

Ceux, aussi, que le commerce, le sport, les sciences,

la peinture, le théâtre, les arts attiraient, et qui puisaient dans un penchant, une aptitude, une soudaine révélation, le moyen et la force de rompre leurs chaînes... Tayole, six grands soleils d'affilée à la barre fixe, serait acrobate; Passavante, footballeur professionnel; Le Guern, horloger; de Marchey, poète-écrivain... Et Tricoche avait commandé secrètement, à la manufacture de Saint-Etienne, un attirail complet pour la dissection des oiseaux et des bêtes nuisibles. Béat, il entreposait les cadavres dans sa boîte à paquetage, en dépit des menaces de ses voisins gênés par les relents de mort et de pourriture.

Les autres niaient ces vocations, la possibilité, surtout, d'une ouverture dans la carrière imposée, seule méritoire, seule permise. Par lâcheté, indolence, défaut de révolte ou d'ambition, total agrément de leur sort, ils jugeaient bon d'accabler ceux moins prêts à sacrifier leurs ressources et leur vie.

— Quand on est dans l'armée, faut y rester. On nous instruit à l'œil, exprès pour qu'on puisse payer notre dette à la France, plus tard. Ça sera pollope pour se tailler... Et dégueulasse, en plus! Pas correct. D'abord, vous savez pas ce que vous perdriez. Etre officier, ou même sous-off, c'est pas à la portée d'n'importe qui... Et puis comment qu'on s'la coule douce... Aux colonies, par exemple, y a rien à branler. On attend que l'temps passe, en se faisant servir, en baisant les négresses, en s'promenant dans le désert... Et la solde arrive quand même tous les mois, avec les galons, p'tit à p'tit, sans se biler...

Ils s'entraînaient, au cours des sorties libres, à mimer, à devenir ces héros de légende, ces braves sous-officiers français qui font à coup sûr frissonner les vieux de la vieille, mouiller les femmes et les jeunes filles, s'émouvoir, se pâmer les foules, les matins de 14 juillet, au souffle des drapeaux et des cuivres miroitants... Dans les débits de la ville, ils ingurgitaient des chopines de blanc à la régalade, braillaient en chœur les bonnes chansons gauloises toujours de mise en joyeuse compagnie, et partaient sans payer quand le billet de cent sous, attribué chaque dimanche sur les fonds personnels, ne suffisait pas pour régler la dépense. Puis, éructant, dégobillant à pleine gorge, mais hurlant encore, ils se débandaient dans les rues tortueuses, pissaient au hasard, apostrophaient les civils, chahutaient les « poules » au passage, montaient jusqu'au bordel, bourraient le vantail, ameutaient toute la smalah, qui ne cédait point, fidèle à la consigne...

Six heures... Ils fonçaient s'abreuver une dernière fois, cavalaient, pétaradant, vers leur caserne, et s'abandonnaient, léthargiques, à la fouille réglementaire.

— Enlevez les vestes et les souliers... Déboutonnez les chemises... Déroulez les ceintures de flanelle... Et que ça saute! Pas de cigarettes dans le caleçon? Pas de pinard? Pas de livres interdits? Non. Montrez voir...

Un sondage consciencieux le long des reins, le long des jambes, entre les cuisses, autour des fesses...

— Ça va... Disparaissez.

Et ils s'en allaient, un peu dégrisés, se vautrer sur leur lit, tout en se remémorant la belle foire.

— Vivement dimanche qu'on remette ça. Qu'est-ce qu'on s'est fendu la gueule!

Les privés de sortie les contemplaient, ces veinards, d'un œil mélancolique, quémandaient des impressions, un récit d'exploit. Ou bien, pour se consoler, rôdaient près de la porte Sainte-Claire qui donnait sur une ruelle obscure. Là, de jeunes poufiasses accouraient mendier des vivres, des mégots, en échange d'une caresse bâclée par l'entrebâillement des battants vermoulus.

— Tus! Tus!

L'adjudant Collas arrivait à pas de loup, beuglait soudain :

— Inutile de vous enfuir! Je vous ai reconnus tous! Cagnardel... Buzy... Lepage... Vous aurez de mes nouvelles, cochons!

Puis, se ruant vers la porte :

— Foutez-moi le camp, salopes! Y a pas assez d'hommes dans le quartier, non? Vous faut du poulet de grain? Je vais vous chatouiller la moule, moi, d'une drôle de manière! Attendez!

Noël vint sans que Simon Chalumot eût profité d'une sortie libre. Le capitaine semblait tenace. Cependant, il avait convoqué Simon pour l'avertir qu'une lettre de Mme Chalumot l'autorisait à l'envoyer en vacances chez une tante de Lyon. Simon y fut accueilli chaudement, et gâté comme un fils au retour d'une folle aventure. Le cousin, antimilitariste, approuva la haine de Simon pour les gradés et le régime qu'il subissait. Mais il conservait de pieux principes quant au respect de la famille et de l'autorité paternelle.

— Si mon oncle t'a mis là-dedans, c'est qu'il avait ses raisons. Il se trompe peut-être. Personne n'est infaillible. Toujours est-il que ton devoir est de lui obéir. Il a plus d'expérience que toi, Simon... Sois sûr, aussi, qu'il ne cherche que ton bien... Relève le nez. Fais pas la grimace. Souris un peu. Au fond, c'est moins dur d'aller à l'école que de trotter à l'usine, comme moi, par tous les temps... Pas vrai?

Pour l'amadouer, il le conduisit plusieurs fois au cinéma, et Simon ne se formalisa pas trop de cette confiance exagérée dans les vertus éducatives de l'adjudant. Le dernier jour, en se rendant à la gare, Simon vit qu'on annonçait la projection, le soir même, au Comédia, d'*A l'Ouest rien de nouveau*...

— Ça te plairait? dit le cousin, avec un sourire complice.

— J'pense! C'est un film de guerre, mais ça doit être fameux, n'empêche...

— Tu veux qu'on y aille?

— J'voudrais... Seulement, si je rentre pas à l'heure à l'Ecole, j'me ferai sonner...

— Bah! Ils ne te mangeront pas. Tu repartiras demain matin, et ça ne fera guère qu'un jour de retard. C'est pas le diable! Et ils commenceront bien sans toi, va...

— D'ailleurs, si on m'punit, j'm'en fous. J'ai l'habitude...

Simon n'eut pas le loisir de regretter cet acte d'indiscipline et de méditer ses conséquences. Il suivit le film avec une curiosité enthousiaste, découvrant, non sans surprise, de judicieux arguments à l'appui de son aversion croissante pour l'armée, la guerre et les foireuses théories patriotiques.

— C'est un film comme çui-là que je tâcherai de faire, plus tard, dit-il à son cousin.

— Toi? Tu rigoles? Tu n'y connais rien, au cinéma... Et puis, c'est pas un métier pour toi, ça!

— Il suffit d'apprendre, non... Et d'en avoir bien envie, surtout... C'est un métier aussi beau qu'un autre, t'sais... J'l'apprendrai... Dès que j'serai plus militaire. Et je réussirai, j'suis sûr...

— Bon... Bon... Attendons toujours... Mais je mourrai avant de voir ça, j'parie...

En cours de route, Simon acheta le livre de Remarque, s'en pénétra, renforçant à chaque page son propre mépris des gradés, de leurs conseils et de leurs semonces.

— Comment! dit le capitaine Maryla. On se montre bon prince avec vous, on vous octroie, contre toute logique, une permission, et vous rappliquez à l'Ecole un jour après vos camarades?

— Y avait du verglas, mon capitaine, dit Simon. On n'a pas pu arriver à la gare. Le taxi dérapait...

Simon ne mentait qu'à demi.

— Ça m'est égal! hurla le capitaine. L'heure, c'est l'heure! La prochaine fois, vous irez en congé avec mes bottes. Ça vous fait rire?

— J'ris pas, mon capitaine...

— J'espère bien! Allez vous mettre en tenue de travail... Et au trot, chacal!

Simon jubilait, malgré cela, d'avoir soustrait à la fouille le livre planqué sur ses fesses, entre la chair et le caleçon. Il brûlait de le prêter aux copains, à Lepage, à Braval, à quelques autres encore pour qui les beautés et les délices du métier de soldat apparaissaient chaque jour plus évidentes.

Avant tout, Simon Chalumot inscrivit sur la dernière page de ses cahiers une phrase magnifique qu'il ressassait depuis le Comédia : *C'est sale et cruel de mourir pour sa patrie,* les paroles mêmes du héros, Paul Baümer, convié par un ancien professeur, lors d'une permission, à stimuler le courage et l'esprit de sacrifice de jeunes étudiants. Simon eût aimé marquer cette sentence en caractères énormes sur tous les murs, sur tous les tableaux noirs, dans toutes les classes, dans toutes les chambres... Passé de main en main, le roman eut beaucoup de succès. Mais les avis différèrent, et nombre d'élèves ne retinrent que les épisodes comiques, les farces de Tadjen le dégingandé, du gros Kat qui savait si bien chaparder les cochons du ravitaillement.

— V'là c'qu'on devrait faire à Blanchon, disait Cagnardel. Comme à Himmelstoss... Le guetter un soir, dans un coin, le déculotter et lui foutre une rouste à le laisser sur le carreau...

Les fanatiques, les purs s'indignaient.

— Forcément, c'est un livre boche, écrit par un Boche. Ils ont perdu la guerre, alors ils râlent, ils sont contre, maintenant... Puis d'ailleurs, dans notre armée, chez nous, c'est pas comme ça. On marche tout seul, de bon cœur... Pas besoin de prendre la cravache pour faire avancer les poilus. L'armée française, c'est la meilleure du monde! On n'a pas le droit de dire le contraire! En tout cas, Chalumot, ton bouquin, ça peut t'amener des histoires. C'est contre l'armée, contre la guerre. Si on était justes, on te signalerait...

Simon ne croyait point en ces avertissements. Le mouchardage lui semblait une méthode trop vile, même pour ses compagnons les plus « réglos », et c'est en toute confiance qu'il donna son livre à Mercier, parfait exemple du garçon d'avenir, bûcheur jamais distrait, camarade peu loquace, dédaignant jeux et sorties libres pour se mieux consacrer à son travail. On le savait rampant, lécheur, avide d'attentions de la part des gradés. Néanmoins, au dortoir, il avait tendu l'oreille, entre deux coups d'œil à son manuel d'algèbre ou de trigonométrie, aux controverses nées du roman de Remarque. Et Simon, près d'espérer un revirement soudain chez cet élève gorgé de fausse morale, de leçons désuètes, de mythes héréditaires, s'empressa d'agréer sa timide demande.

— Tu verras, c'est fameux... Peut pas y avoir plus dur sur la guerre. Te l'fais pas chiper, surtout... Je dérouillerais vachement...

Le lendemain, Simon aperçut son livre sous le bras du maréchal des logis Haguenheck. Blanchon et l'adjudant Collas le lurent ensuite avec passion. Si bien que le capitaine Maryla fit appeler Chalumot pour discuter, en tête-à-tête, la valeur de l'ouvrage.

— Cette fois, vous dépassez les bornes! Non content de vous conduire comme un sagouin, de vous foutre de nos directives et de l'instruction qu'on vous offre, de vous pourrir volontairement, vous incitez vos camarades à la débauche! Et les meilleurs! Renégat! Qu'est-ce que c'est que cette ordure qu'on m'apporte et qui vous appartient? Un livre allemand! Et pour peu que j'en aie lu, un livre qui traîne l'armée plus bas que terre, qui la ridiculise, et dont le but est d'exciter les jeunes à l'insoumission, à la révolte. C'est du joli! Vous, Français, fils d'un militaire, d'un glorieux combattant de 14, vous avez le culot d'introduire à l'Ecole ce tissu de mensonges? Que faites-vous du sacrifice de tant de braves, dites? Sont-ils crevés pour que des chacals de votre espèce, en devenant des suppôts de l'ennemi, souillent leur mémoire et les insultent? Mais il y a dans cette Ecole de bons éléments, des éléments incorruptibles!... Ceux-là ne connaissent que leur tâche, et le jeune Mercier mérite, par son geste courageux, d'être affiché au tableau d'honneur. Quant à vous, Simon Chalumot, vous serez en quarantaine. Au rapport, je préviendrai moi-même les élèves qu'ils aient à vous fuir. Dorénavant, pas un n'aura le droit de vous adresser la parole, sous peine des plus dures sanctions. Vous êtes nuisible, salopard!... Dangereux comme la peste ou le choléra. Le saviez-vous?

Chalumot haussa les épaules.

— Non, mon capitaine...

— Quelle candeur! Quelle effronterie, plutôt! On devrait vous passer par les armes immédiatement, maudite teigne! Vous fusiller comme on fusille les traîtres, les criminels d'envergure! Etes-vous fou, malade, inconscient? Vous rendez-vous compte de vos actes? De l'insanité de votre conduite à l'Ecole? Répondez, nom de Dieu!

— J'pensais que c'était pas défendu de lire ce livre-là, mon capitaine... Puisqu'on le vend partout, et que j'ai même vu le film, à Lyon...

— La vie civile et la vie militaire sont deux choses totalement différentes! Rien ne doit vous intéresser de ce qui existe hors des murs de la caserne... Pour ma part, je souhaite qu'on écrase bientôt toute cette graine de révolutionnaires, de renégats, tous ces meneurs, ces dissidents... Je vais demander au colonel qu'il prohibe dans Tulle la circulation de pareils factums... Et votre bouquin, mécréant, voilà ce que j'en fais... Je ne veux même pas le regarder jusqu'au bout...

D'un ample mouvement, bien théâtral, il ouvrit le livre, le déchira par son milieu, jeta les deux morceaux dans la corbeille à papiers...

— Quand je ne serai plus là, se dit Simon, il va le ramasser, je suis sûr, pour le finir. Moi, je m'en fiche... Je l'rachèterai...

Le capitaine frotta ses mains d'un air dégoûté.

— Filez maintenant! Allez moisir dans votre isolement. Et dites-vous qu'au lieu de lire de telles cochonneries, vous feriez bien de soigner vos travaux pratiques. J'ai vu vos notes, la semaine dernière... C'est du propre! Zéro! Zéro! Un, au maximum. Sortez, crétin, pendant que je suis encore maître de mes réflexes...

La porte franchie, Simon se reprocha de n'avoir pas justifié quelque peu ces mauvais résultats. Les moniteurs, que ce fût à l'ajustage, à la forge, aux machines, « repoussaient vachement du bec », selon la remarque commune. D'année en année, de promotion en promotion, on se léguait leurs sobriquets irrespectueux, mais probants : Bouche d'égout... Pud'lag'... Brise de chiottes... La Vidange... Et Simon, déjà sans aptitude pour limer droit, épargner les cotes, mortaiser ou calculer les combinaisons d'engrenages de son tour horizontal, s'interdisait de recourir aux conseils des préposés. Lorsque Tabarin, dit Pud'lag', le rejoignait à son étau, lorgnait sa pièce informe, et disait à Simon, en l'hypnotisant :

— Vous vous débrouillez bien mal, mon garçon...

Je vais vous montrer une fois de plus... Approchez. N'ayez pas peur...

Chalumot se dépêchait de lui ôter des mains sa lime ou son bédane.

— Je sais, m'sieur... J'ai compris...

— Vous avez compris?

— Oh! oui, m'sieur... Compris que c'est pas pour moi, ce boulot-là... Alors, pas la peine de vous esquinter à me faire voir... C'qu'il me faut, à moi, c'est l'air pur...

— Très bien... J'avertirai le chef d'atelier...

Les premiers temps, afin de guider Pud'lag', La Vidange ou Bouche d'égout dans la bonne voie, Simon disposait sur l'établi sa réserve de brosses et de dentifrices. Mais les moniteurs, insensibles à la parabole, continuaient en toute quiétude, en toute innocence, de souffler, de soupirer à droite et à gauche...

Simon imagina l'étonnement du capitaine devant une semblable excuse, et la lui promit, à l'occasion.

Tous les élèves se régalèrent aux dépens de Chalumot et le tinrent à l'écart en dehors même de la présence des sous-offs. En étude, à table, dans la chambre, ils s'appliquèrent à le mortifier, s'amusant, entre eux, de son embarras, de sa gêne, lorsqu'il lui fallait, pour un devoir, une question de service, « un morceau de rab », provoquer leur bienveillance. Mais Chalumot, loin de s'en irriter ou d'en souffrir, trouva dans la brimade un surcroît d'énergie, et quelque motif d'assurer son projet de déserter le bagne, de s'arracher, quoi qu'il advînt, à cet esclavage.

Blanchon l'expulsa de l'équipe de rugby, railla publiquement ses maigres qualités d'homme, sa peur de la « châtaigne », des sports virils. Puis ajouta :

— Je vous posséderai dans les coins, Chalumot. Les coups durs que vous ne gagnerez pas en mêlée, je vous les offrirai d'une autre manière. Gare à vos côtelettes!

Le professeur d'histoire, ex-commandant de chasseurs alpins, héros des batailles d'Alsace, qu'on surnommait « le Vainqueur de Péchelbronn », fustigea Simon en pleine classe pour « ses lectures pernicieuses, son mépris des gloires centenaires chèrement acquises et toujours chèrement défendues ».

— Je vous retire mon estime, monsieur! A l'Ouest, quoi qu'on en dît, il y avait constamment du nouveau! De braves soldats luttaient et mouraient pour vous, ignorant! A chaque heure, à chaque minute, à chaque seconde. Pour que vous ayez une belle existence, et que la liberté demeure votre bien le plus précieux.

— Je ne suis pas libre! dit Simon. Puisqu'on m'a mis de force ici, et qu'on m'oblige à des trucs qui ne me plaisent pas...

— Suffit! Je n'aime pas les raisonneurs...

Point de sorties, point de permission à Pâques. Mais, aux grandes vacances, Simon Chalumot retourna dans sa famille, où, selon ses craintes, le contact fut pénible. Simon n'embrassa pas l'adjudant, et il resta coi, prostré, des journées entières. Un matin, Adrien Chalumot dit à son fils :

— J'admets pas qu'tu sois là deux mois l'cul sur une chaise... J'me suis arrangé avec Lachaume, le boulanger... Tu iras chez lui en pension, et tu l'aideras à cuire son pain. C'est un gaillard, le Lachaume! Il te laissera pas en repos. D'ailleurs, j'lui ai passé la consigne...

Simon eût préféré partir pour Bréviaux, et moissonner avec le parrain Francis. Mais il apprit, de Mme Chalumot, que son père « s'était fait critiquer là-bas », pour ses fortes idées militaristes, « et qu'il avait juré tous ses dieux de ne plus foutre les pieds dans ce pays de croquants ».

— Si on t'a fait venir de l'Ecole, dit encore Mme Chalumot, c'est parce que les voisins nous interrogeaient tout l'temps et qu'on savait plus quoi leur répondre...

Les relations avec les Comparois paraissaient rompues. Simon s'en étonna, quoiqu'il eût décidé de ne jamais revoir le gendarme et sa sale fille.

— Tu peux pas comprendre, lui dit Mme Chalumot. C'est des choses pour les grandes personnes. T'es trop jeune, mon gamin. On t'expliquera plus tard...

Un jour qu'il allait aux commissions avec sa mère, Simon aperçut Zézette, sur le trottoir opposé; elle poussait une voiture d'enfant. Mme Chalumot la toisa d'un air dédaigneux, outré.

— Elle a eu un p'tit frère, dit-elle à Simon.

Le boulanger Lachaume, incidemment, mit « les choses » au point. Zézette Comparois tenait ce petit frère d'un officier du 106e d'infanterie. Un brillant capitaine sans monocle, mais avec moustache, un capitaine quadragénaire que les Comparois avaient longtemps accueilli comme un futur gendre, bien que Zézette eût à peine dix-sept ans.

— Elle doit être contente, dit Simon.. Elle qui voulait se marier avec un officier...

— Ouaite! dit Lachaume. Elle est pas mariée, la garce! Son capitaine, un beau salaud, avait déjà une femme et trois gosses du côté d'Chaumont. Ça a fait un peu de bruit! Tu demanderas à ta mère... C'est de c'jour-là qu'ils se causent plus, j'crois bien, tes parents et les Comparois...

XVII

Le professeur Brizoulet, chargé des cours de français à la caserne Marbot, homme rond, jovial, optimiste, toujours gaillard, toujours de bonne humeur, apportait dans les classes une détente inhabituelle, et les élèves le remerciaient, à son entrée, par de bruyantes manifestations de sympathie, d'avoir su ne point copier les cadres et les autres maîtres en s'épargnant ce masque sévère, triste, ridicule, sans quoi, dit-on, n'est possible aucune autorité.

— Bonjour, m'sieur... M'sieur... M'sieur. V'z'allez bien, m'sieur?... Bien dormi, m'sieur? M'sieur... M'sieur...

Les cabochards, lents à se lever pour saluer ses confrères, bondissaient et s'associaient à l'hommage collectif.

— Assis, les enfants...

Brizoulets grimpait sur l'estrade, et, maintes fois, commençait par exprimer son plaisir de vivre en se remémorant quelque agape récente. Il se délectait, les yeux, les lèvres humides, son visage couperosé suintant de bien-être...

— Je viens de passer devant vos cuisines, mes enfants. J'ai respiré... Brrr! Quelle odeur! Et comme je vous plains! Tenez... Hier, j'ai fait un de ces repas! Il y avait un cochon entier sur la table... Un porcelet doré, cuit à point, tout dégouttant d'un jus exquis, tendre comme un cœur de jeune fille... Quelle ivresse! Et accompagné d'un vin sans pareil, d'un bourgogne dont la saveur m'est encore présente au palais. C'était le nectar des dieux qui vous caressait la gorge... Oh! ce cochon de lait! Inoubliable! Absolument inoubliable! Mais j'ai tort, sans doute, de vous parler de cela, pauvres déshérités...

Les quarante élèves l'écoutaient, bouche ouverte, la langue frémissante, les prunelles emplies de la vision pantagruélique.

— Oh! oui, m'sieur... Assez... Assez... On n'en peut plus!

— Je suis impardonnable. Encore un peu de patience, mes enfants, et vous connaîtrez, à votre tour, de telles délices. Allons... Au travail.

Pendant la leçon, il lui arrivait, pour argumenter, de jouer une sorte de sketch, et de distraire longtemps son auditoire.

— La possession... La propriété... Le mien... Le tien... Vous voyez la différence? Le bien de l'individu est sacré, intouchable... Supposez, par exemple, que je veuille me servir de mon chapeau comme d'un ballon de rugby. Personne ne peut m'en empêcher. Mon chapeau m'appartient, je suis donc libre d'en disposer à ma guise...

Il empoignait son couvre-chef, le boxait, le pilait, le martyrisait et l'envoyait, d'un shoot adroit, à l'autre extrémité de l'étude...

— ... Mais si je m'empare du béret d'un de vos camarades. Du béret de Pastorelli... Et que j'aie le désir de le transformer en serpillière...

Il joignait le geste à la parole, piétinait la galette de Pastorelli, s'apprêtait à la balancer, d'un second shoot, à travers la classe...

— ... M. Pastorelli, possesseur de ce béret, a le droit le plus strict de se rebeller contre un tel procédé et de m'en demander réparation à la rigueur... Allons, Pastorelli... Venez reprendre votre bien... Et n'y mettez pas de gants! Quant à vous, Besse, ramassez mon chapeau, s'il vous plaît... Avec précaution...

— Ah!... ah!... ah!... Vous êtes drôle, m'sieur...

— Riez... Riez... Le rire, c'est le propre de l'homme, a dit...

— Buffon... m'sieur...

— Non, m'sieur... C'est pas Buffon, c'est Rabelais...

— Très bien, Chalumot. Et Alphonse Karr, encore : « Le rire et la gaieté sont une nécessité pour l'homme. » Vous ne rirez jamais assez. Moi, je ris du matin jusques au soir, et la nuit même, quand je rêve... Car je ne fais que des rêves comiques. Mes enfants, je vous souhaite de rire durant toute votre existence, à pleins muscles. Ce sera la marque d'un juste équilibre, d'une conscience tranquille, d'un état d'âme admirable...

Un jour d'hiver, il pénétra dans la classe, alla se planter devant la fenêtre, et contempla, au fond de la vallée, la ville de Tulle silencieuse et comme morte sous la neige. Il se retourna; puis, grave, ému :

— C'est beau, hein, les enfants?

— Oh! oui, m'sieur! dirent vingt voix, trente voix.

Deux jours plus tard, même manœuvre. Mais la neige avait fondu; la campagne, noirâtre, crevassée, galeuse, liquide et froide, cernait une cité morne, désolante, aux toits boursouflés par un limon boueux. Brizoulet regarda les élèves. Alors, tous, d'un seul cri :

— C'est beau, hein, m'sieur!

Un instant, le professeur chercha l'attitude compatible avec cette réplique imprévue. Puis, soudain hilare :

— Nous aimons le théâtre, à ce que je vois! Nous avons tous un talent de comédien... Parfait... Parfait... Samedi, les tournées Salva jouent *Andromaque* au Théâtre municipal... J'offrirai ce spectacle rare à dix d'entre vous. Les dix derniers en dissertation. J'ai bien dit les dix derniers! Ce sera une dure pénitence. Racine a quelque valeur, je n'en disconviens point. Mais il est difficile d'en trouver aux tournées Salva...

Ce n'était qu'une boutade. Le capitaine n'eût pas permis qu'on menât dix mauvais élèves au théâtre afin de punir leur inapplication. En revanche, Brizoulet y conduisit Chalumot, qu'il comblait de sollicitude pour ses excellentes notes en littérature.

Soucieux de prouver l'intelligence de sa conduite, toute de morgue et de haine à l'égard des lois militaires, des vocations contraintes, des préceptes abstrus, routiniers, dont l'aveugle observance dénotait, pour les chefs, le signe du génie; avide, également, de justifier son dégoût des travaux manuels, des matières où l'esprit, l'imagination, la personnalité n'intervenaient pas, Simon s'était fait un devoir, depuis la rentrée, de briller en français et d'affirmer ainsi ses vues. L'abord affable de Brizoulet, ses méthodes plaisantes, sa répugnance de la bêtise, des vertus de commande, de la servilité, du manque d'élans et de caractère, avaient aidé Chalumot à réaliser ce dessein. Ses dissertations, nettement supérieures à celles de ses camarades, étaient lues par Brizoulet lui-même, à haute voix, sans qu'il jugeât utile, ou prudent, de taire les remarques tendancieuses glissées par Chalumot dans tous ses exercices, invariablement, pour éloigné qu'en fût le thème de la vie de soldat, de la guerre, du « beau pays de France » ou de la « mère patrie ».

Les élèves de sa section le jalousaient, le traitaient de chouchou, lui montraient idiotement les faibles avantages d'une telle science dans l'avenir.

— Ça servira pas, le français... Ou presque. L'adjudant Schaeffer, il fait des fautes et il est quand même adjudant. Quand il faudra que tu pondes un rapport, que t'alignes le motif à un gars, t'auras pas besoin de faire du style ou de t'occuper d'la syntaxe...

Le professeur de physique, au courant des dons de Chalumot, l'obligea de copier en vers les règles d'aimantation, d'induction, d'électro-magnétisme.

Un jour que Brizoulet venait de féliciter Simon devant tous ses camarades, Fournilien s'écria, sa bouche cariée prête au délire :

— M'sieur... Chalumot a écrit un film, aussi. *Le Mercenaire,* ça s'appelle... C'est marrant, m'sieur. Il veut faire du cinéma, Chalumot... qu'i dit...

Soudain intimidé, Simon tentait de se dissimuler derrière la large carrure de Tortora.

— Il n'y a pas de quoi être honteux, Chalumot, dit le professeur Brizoulet. Apportez-moi ce scénario, que je puisse vous donner un avis sincère...

Il examina les quinze pages du manuscrit, puis regarda, d'un œil impitoyable, les faces bornées, ironiques ou méchantes de ces garçons qui guettaient un mot, un geste pour se distraire aux dépens de leur voisin.

— Je vous défends de rire! hurla Brizoulet. Anes que vous êtes! Aucun de vous n'est capable d'en faire autant. Aucun! Ah! c'est facile de compenser par la moquerie des déficiences congénitales, une invraisemblable sécheresse de pensées, de sentiments, de moyens d'expression. Vous vous croyez très forts, songeant que, dans quelques mois, vous vous pavanerez avec de petits galons sur les manches. Votre univers s'arrête là, sans doute... Et vous clouez au pilori celui qui essaie de renverser des barricades, de s'échapper d'un cercle trop étroit, celui que vous enviez, j'en jurerais...

Jamais Brizoulet n'avait témoigné tant de violence et tant de franchise. Debout près de la chaire, confus plus que satisfait de cette algarade, Simon Chalumot voyait se violacer le visage du professeur.

— En tout cas, continuait Brizoulet, si je me fais quelques soucis pour vous, pour votre entière et saine réussite, je n'en ai pas le moindre pour celle de votre camarade...

Et, s'adressant à Simon :

— Je vous rends votre devoir, Chalumot. Je dis bien votre devoir... Et je vous invite à persévérer. Avec discrétion, cela s'entend, le lieu n'étant pas choisi pour se livrer à des travaux de ce genre... A votre place...

Brizoulet encouragea son amour de la lecture, conseilla des auteurs, point marqués au programme, et lui remit régulièrement des livres que Simon étudiait avec passion. Il connut ainsi Shakespeare, Molière, Jean-Jacques Rousseau, Voltaire, Benjamin Constant, des classiques anciens, Ovide, Platon, Térence, Homère, Sophocle et même Aristophane.

— Si quelque chose vous échappe, disait le professeur, ne vous gênez pas avec moi. Venez bavarder après le cours... Ce ne sera pas du temps perdu. Je suis certain que tout ceci vous sera profitable, un jour, lorsque vous aurez rompu les amarres... N'est-ce pas?

— Sûr, monsieur...

Cependant, il était difficile, à l'intérieur de la caserne, de bien se consacrer à *Othello,* aux *Acharniens,* à la *Nouvelle Héloïse,* aux *Métamorphoses...* Outre que ces écrits fussent en principe défendus, Chalumot avait peu de loisirs. En dehors des heures de classe, et des longues séances d'atelier l'après-midi, il fallait encore piocher le règlement et préparer le brevet militaire... « La discipline faisant la force principale des armées... Le mousqueton se divise en six parties, à savoir... Au commandement de présentez armes... » Quant aux récréations, elles ne distrayaient que les gradés. L'adjudant Schaeffer, le maréchal des logis chef Le Gentil, un mètre cinquante-cinq, dit Bas-du-Cul, le maréchal des logis Thibaudeau, sportif obsédé, spécialiste du saut à la perche, pourchassaient les élèves autour des bâtiments, allaient les débusquer des chiottes où certains se rassemblaient pour « tuber », « tirer une biffe, une goulée », au mégot collectif, pour lire des romans cochons ou regarder, les yeux brillants, la main dans la poche, les femmes nues de *Paris-Flirt* et de *Sex-Appeal.*

Schaeffer ne songeait qu'au rugby. A la moindre occasion, entre deux cours, à l'issue des repas, il convoquait les balèzes et, par sadisme, ceux qui préféraient la rêverie, le recueillement au tumulte et aux châtaignes.

— Chalumot... Lepage... Fournilien... Tortora... Hop! Quelques passes...

C'était alors une ruée brutale autour des platanes, le long du mur d'enceinte, sur les pavés du préau. Que de chutes, de mémorables « valdingues », de bosses, de genoux couronnés, de sanglantes frictions des oreilles! Schaeffer se croyait au milieu d'un terrain normal, gazonné, propice aux placages. Il fonçait, tête basse, le coude en avant, et conviait les élèves à l'imiter, sous peine de représailles un jour ou l'autre...

Toutefois, à l'atelier, Simon s'arrangeait pour subir au mieux les heures de travaux forcés. Il coinçait son livre dans son béret, à plat sur l'établi, et s'instruisait à sa manière entre deux coups de lime ou de burin espacés à l'extrême. Il lui fallait une prodigieuse attention, tant pour comprendre ses lectures que pour parer aux ruses des moniteurs sans cesse à l'affût. Mais Simon pensait qu'avant lui d'autres élèves mériteraient un blâme éventuel. Le grand Besse, par exemple, qui « exécutait » ses morpions sous le marteau... Lepage et Muller, acquis à la belote... Cagnardel, inventeur d'un jeu de compas proche des fléchettes... Batardon, qui pissait dans le mélange réfrigérant des machines-outils...

Certes, Chalumot sortait des pièces, des assemblages de piteuse allure, et s'inquiétait peu des délais de réalisation. Raison suffisante, cependant, pour que le capitaine Mourache s'insurgeât contre l'initiative du professeur de lettres, désireux d'offrir le théâtre à Simon.

— C'est un non-sens, monsieur Brizoulet. L'élève Chalumot fait preuve, en travaux pratiques comme en conduite, d'une indécrottable mauvaise volonté...

— Pardon, mon capitaine... Il s'agit de mener Chalumot à la représentation d'*Andromaque*... Donc de récompenser ses efforts en français et en littérature. Je n'ai qu'à me louer de Chalumot. Non seulement il obtient les plus hautes notes, mais il montre aussi, à mon égard, tout le respect et toute la politesse désirables. J'aimerais que tous ses camarades lui ressemblassent...

— Ce serait du beau! Ne me faites pas rire, monsieur Brizoulet. Je conçois très bien votre préférence pour ce garçon qui, dans les matières que vous enseignez, manifeste quelques dispositions. C'est... Comment dirais-je?... C'est humain... Et ses résultats ne peuvent que flatter votre amour-propre... Mais, pour vous éclairer, consentez à jeter un regard sur le dossier de l'élève Chalumot, le plus lourd, le plus abominable que j'aie jamais vu... Votre déception sera profonde.

— Inutile! dit Brizoulet. Sans doute ce dossier est-il copieux. Pourtant, je gage qu'on n'y rencontre aucun indice de dépravation, de perversité, de lâcheté surtout. Simon Chalumot, j'en suis certain, n'a jamais été puni pour vol, grivèlerie, cruautés envers ses camarades, propos ou actes obscènes... Ce jeune homme est un des plus droits, des plus probes, des plus attachants que je connaisse. Et je me crois assez de flair, depuis quinze années que je fréquente des enfants de tout âge... Ce que vous reprochez à Chalumot, c'est son refus de céder, sa révolte perpétuelle, son orgueil, sa soif de justice et de liberté. Et sa tentative d'évasion! Car je suis au courant... Il m'a fallu peu de temps pour le sonder et provoquer une confession sincère... Eh bien! En toute honnêteté, est-il tellement judicieux de vouloir rompre à la vie militaire cet enfant qui a horreur de la contrainte, de la férule, des lois et des théories inculquées par la violence et la menace?...

— Brizoulet!

— Laissez-moi parler, mon capitaine... Je ne cherche pas à faire le procès de l'armée. C'est une institution à l'égal de bien d'autres, nécessaire, obligatoire. Je l'accepte. Mais je n'accepte point qu'on ait le courage, ou l'impudence, de détruire chez un enfant toute vocation, toute aptitude, tout désir, toute velléité d'ambition contraire aux visées de parents sans discernement, à l'intelligence souvent modeste, ou que guident de mesquins et d'hypocrites calculs. De nombreux élèves feront de parfaits sous-officiers, quelques-uns de parfaits officiers. Ils en ont les moyens, l'étoffe. C'est aussi leur rêve le plus cher. Eux, j'imagine, n'auront point gâché leur vie, et trouveront, dans leur métier, les joies qu'ils en attendent. Il en est d'autres, pourtant, que nulle qualité, nul symptôme, dirai-je, ne désigne à la carrière qu'on s'emploie, ici, à leur fabriquer. Tout va bien, encore... Ils n'ont pas eu le temps de réfléchir, de confronter les chances, d'ouvrir leurs yeux sur le monde. Qui sait s'ils ne se retourneront pas, plus tard, sur leur existence, avec peine et regrets? Seront-ils toujours heureux du bilan qu'ils ne manqueront point de dresser, des satisfactions gagnées et des satisfactions irrémédiablement perdues? Quoi qu'on en pense autour de moi, il y a, parmi tant d'élèves, des êtres sensibles, riches de délicatesse et de vertus, de vraies vertus, qui n'acquerront jamais, en dépit de l'accoutumance, de la routine, cette sorte de blindage aux chocs moraux, aux brimades, aux excès, aux blessures d'amour-propre. Evaluez leurs remords et leurs tourments, un jour, lorsqu'ils éprouveront l'impérieux besoin, sans en avoir la possibilité, de fuir une sphère point à leur convenance...

— Bon sang! s'écria le capitaine Mourache. A vous écouter, le métier de soldat ne serait fait que pour les idiots, les brutes, les hommes sans scrupules, sans sentiments, sans âme... Vous y allez un peu fort, Brizoulet! Pour ma part, je me suis hissé au rang d'officier après de longues années d'apprentissage, et j'accorde que ce n'était pas toujours rose. Mais je n'en suis pas mort! Et j'ai connu plus de bons moments que de mauvais. D'ailleurs, la question n'est pas là... L'armée française réclame des cadres, des sous-officiers dévoués suffisamment instruits dans leurs devoirs. Les Ecoles d'enfants de troupe lui en procurent tous les ans un contingent appréciable. Elles continueront longtemps, je veux le croire, à tenir leur rôle de pépinière. Le problème est donc résolu, monsieur Brizoulet. Ceux qui n'ont pas la vocation, comme vous dites, suivront tant bien que mal, mais ils suivront. L'habitude fait bien des choses... D'anciens élèves, fortes têtes, rebelles, des pirates au temps de leur stage à Marbot, sont devenus de remarquables meneurs d'hommes. J'en ai revu, beaucoup, qui ne paraissaient pas regretter d'être dans la carrière. Avec l'âge, on change, monsieur Brizoulet. On s'endurcit, on rêve moins. Les préoccupations matérielles priment les soucis sentimentaux, les soucis affectifs...

— Je ne vous entends pas, mon capitaine...

— Tant pis! Contentez-vous d'apprendre le français aux élèves, monsieur Brizoulet. Parlez-leur de Victor Hugo, de François Coppée, d'Albert Samain, de Sully Prudhomme, de tous ces poètes au grand cœur, mais ne vous acharnez pas à vouloir découvrir, dans celui de nos futurs soldats, la fleur bleue qui n'y existe point... Quant à votre protégé, ma foi, je vous donne carte blanche. Payez-lui, s'il vous plaît, ce spectacle théâtral. Après tout, peut-être est-il miséricordieux de lui dispenser maintenant quelques plaisirs. Car je parierais bien qu'une fois dans son corps de troupe il passera la plupart de ses jours et de ses nuits en prison. Allez, monsieur Brizoulet... Allez... Mais vous vous repentirez sans doute d'avoir tendu la perche à ce raté...

— Ça, mon capitaine, dit Brizoulet, tout sourire, c'est autre chose! Je me porte garant de la réussite de Chalumot. Et si l'on vous parle de lui, dans dix ans, ce ne sera pas de la façon dont vous semblez le souhaiter. Pas plus que pour ses prouesses à la tête d'une section ou d'une quelconque compagnie... Je vous salue, mon capitaine...

Cette représentation d'*Andromaque,* par d'humbles acteurs, avait enchanté Chalumot. C'était son premier contact avec le théâtre, et Brizoulet le comprit bien, qui laissa Simon admirer et méditer à son aise. Puis, en sortant, il lui demanda de critiquer le jeu des interprètes, et tint à lui en révéler les défauts, les outrances, cherchant même, au grand contentement de Simon, à le comparer au jeu des artistes de cinéma, à faire, sur le plan technique, un parallèle des deux arts...

Avant de le renvoyer, M. Brizoulet dit à Chalumot :

— Un prochain dimanche, vous viendrez déjeuner à la maison... Nous aurons tout le temps de bavarder et de nous instruire... Cela vous plaît-il?

— Beaucoup, monsieur...

— A bientôt donc... Et bonne nuit.

— Bonne nuit, monsieur...

Simon fut frappé que le professeur Brizoulet ne l'accompagnât pas, si tard, jusqu'à la caserne Marbot, qu'il ne lui eût pas fait, tout au moins, des recommandations.

— Surtout, ne musardez pas en route... Rentrez directement à votre Ecole... N'en profitez pas pour courir les rues et commettre quelques bêtises.

Cette preuve de confiance toucha Simon, et il accueillit d'un cœur plus léger, au corps de garde, la fouille du maréchal des logis Thibaudeau.

— Vous voilà, vous! C'est un privilège que vous ne méritez guère. Autant donner des confitures à un cochon. Je vous en foutrai, du théâtre! Mais ça ne durera pas longtemps, je vous le promets. En tout cas, tâchez de vous lever au réveil, demain matin, si vous ne voulez pas que je vous sonne une fois de plus... Vous m'avez compris?

— Oui, maréchal des logis, dit Simon en ôtant son manteau, sa veste, sa ceinture de flanelle...

Un dimanche matin, après bien des pourparlers, on autorisa Simon à se rendre chez le professeur Brizoulet. Atmosphère joyeuse et simple, cordiale. Mais Simon eut de la peine à vaincre son involontaire componction, une bizarre timidité qui l'empêchait de bien apprécier, sans rougir, sans se troubler, les gentillesses de Mme Brizoulet, et de ses deux fils. Il semblait que les quatre années de geôle, de servage, d'une lente et continuelle atrophie, lui interdissent d'affronter un monde où la douceur, la loyauté, l'intelligence, la réserve, tenaient lieu de préceptes.

Avec tact, Brizoulet l'interrogea sur son enfance, sur ses projets, et Simon, répondant en toute franchise, mais non sans fanfaronnade, fut heureux de susciter enfin une amicale attention à la place de l'ironie et des sarcasmes coutumiers. Cependant, il ressentit quelque honte à renseigner Brizoulet sur ses parents, à parler d'une famille qu'il tâchait à renier, et dont l'abrutissement, les misérables conceptions, la tragique inconscience l'accablaient soudain. Oserait-il dire que son père, à Noël, lui avait défendu de quitter sa chambre durant toute une semaine, pour le châtier de son « banditisme » à l'Ecole?

— Ils ne me comprennent pas, monsieur... Et je ne les comprends pas non plus. Des fois, je ne sais pas si je suis bien d'eux...

— Pouvez-vous me montrer une de leurs lettres? dit Brizoulet. Quelques lignes seulement... A moins que cela ne vous gêne trop...

— Oh! non, monsieur... Je veux bien...

Et Simon lui remit une lettre de sa mère, où l'adjudant avait tenté d'écrire deux ou trois phrases pénibles au bas de la dernière page. Le professeur Brizoulet la lut rapidement, réfléchit. Puis, la main sur l'épaule de Simon :

— Il ne faut pas leur en vouloir, mon pauvre vieux.

Ayez-en pitié, au contraire... Mais quelle chance vous avez eue, Simon! Quelle chance! Allons... Trinquons ensemble... Comme de bons amis, de bons amis qui se comprennent, eux...

Avant six heures, Simon Chalumot revint à sa caserne et dépassa des élèves qui rentraient en beuglant à tue-tête, bras dessus, bras dessous. Ils l'apostrophèrent durement.

— Encore un bon coup d'lèche, Chalume... T'en as profité pour dire c'que tu pensais d'nous, en douce. T'en fais pas. T'auras ton dix-huit en compo, la prochaine fois...

Simon eut un sourire désabusé, mais il ne répliqua point. Il songeait surtout à s'épargner, au poste de police, la confiscation du livre offert par M. Brizoulet, un livre qu'il rêvait de connaître depuis longtemps : *la Chartreuse de Parme,* de Stendhal...

Le lendemain, alors que les élèves buvaient leur café en plein air, selon la règle, hiver comme été, debout près du treillis, à la limite de la cour en terrasse, Cagnardel, descendu l'un des derniers du dortoir, dit à Simon :

— Y a Thibaudeau qu'est en train d'faire une razzia. Il fouille partout, la vache! Sous les matelas... Dans les valoches. Y aura des drames!

— Je m'en doutais, dit Simon. Il a une dent contre moi, je l'sais. Il fait semblant de fouiner dans tous les coins, mais c'est moi qu'il vise...

Il transpirait, il haletait de colère et de crainte en grimpant les escaliers. Il avait en effet caché ses livres entre les pièces de son fourniment, dans son polochon décousu, sous l'isolateur, en les coinçant sur les lames du sommier métallique. Et sa valise bâillait, bourrée des ouvrages les plus précieux, de documents cinématographiques et d'écrits personnels...

Avec Thibaudeau, maniaque de la saisie, tout était à redouter. Lui n'irait pas par quatre chemins. Il déchirerait les livres sans même jeter un regard sur les titres, comme il avait déchiré, deux jours plus tôt, les *Nick Carter* de Courtejambe. A moins qu'il ne les emportât dans sa chambre, pour sa propre distraction... On le verrait ensuite, malgré son peu de goût pour la lecture, arpenter le dortoir soir et matin, *la Chartreuse de Parme* bien en évidence, et s'arrêter exprès, mais comme par hasard, devant Chalumot, afin de le narguer, de « lui en faire péter les larmes des yeux ». Il procédait de cette manière avec les fumeurs... Le sportif hostile au tabac se découvrait une subite passion pour les cigarettes orientales à bout doré, celles-là mêmes qu'il avait prises à Lepage, à Habert, à Fournilien. Il paradait, se pavanait en tirant de ridicules bouffées, le nez en l'air, la bouche rétrécie, et soufflait la fumée au visage des victimes.

— Ça ne marchera pas toujours, disait Habert, l'œil mauvais. On se retrouvera...

— Des menaces? Et que me reprochez-vous, d'ailleurs?

— C'est p't'êt' pas mes cigarettes que vous vous tapez en c'moment, non?

— Vos cigarettes? Elle est bonne, celle-là! Vous en avez le monopole, sans doute? Vous seul, dans toute la ville, avez les moyens, j'imagine, de vous payer des Sultanes? Vous êtes malade, mon p'tit bonhomme. D'autre part, si vous continuez sur ce ton, je vous flanque un motif salé pour insultes à un supérieur. Ménagez vos paroles, Habert! Sachez aussi, une fois pour toutes, qu'il vous est absolument défendu de fumer à l'Ecole. Pour moi, ce n'est pas la même chose! Et j'use de mon droit, comme vous le remarquez...

Le maréchal des logis Thibaudeau contempla Simon, immobile à l'entrée du dortoir.

— Qu'est-ce que vous venez foutre ici, vous? N'ignorez pas, pourtant, que c'est interdit de remonter dans les chambres après l'appel? Disparaissez!... Et vite!

Sans répondre, Simon s'approcha de son lit chambardé. Tout autour, sur le plancher, les livres gisaient, cornés, froissés par la patte nerveuse de Thibaudeau.

— Vous voulez que je vous fasse dégringoler les étages en quatrième vitesse?

Toujours muet, Simon se pencha, prit sa valise sous le châlit.

— Laissez ça!

— Non! dit Chalumot, sans élever la voix. Cette valise ne contient que des livres. Des livres que le professeur Brizoulet m'a donnés, et qui me sont utiles. Ils m'appartiennent, et je ne veux pas qu'on les abîme ou qu'on les confisque. Ce ne sont pas des romans d'aventures, des romans d'amour, des bouquins cochons... Ce sont des livres d'étude... Des livres de Shakespeare... de Jean-Jacques Rousseau... de Stendhal...

— Laissez ça, dit encore le sous-off, et déguerpissez tout de suite! Ou je vous avertis que ça chiera pour votre matricule... Je n'ai pas l'habitude qu'un élève me tienne tête, c'est compris? Ici, je suis le maître!

Et je fais ce qui me plaît! Lâchez cette valise, une dernière fois!

Simon toisa Thibaudeau, ce sous-officier squelettique, à la gueule de serpent mouchetée d'éphélides, aux yeux minuscules perdus dans les orbites saillantes, ce sportif vaniteux mais bancal, aux jambes cagneuses, à l'allure de vieille ballerine, qui, lors de ses essais, perche en main, attirait le long du sautoir une cour d'admirateurs ébahis, prêts à l'encenser pour ses modestes exploits.

— Vous ne me faites pas peur! dit Simon. Je suis plus grand que vous... Mais je ne me battrai pas, n'ayez crainte! Par fierté...

— Je vous dispense de vos réflexions... A dix-sept ans, vous n'êtes encore qu'un gamin. Un sale gamin qui a envie d'être maté, et que je me charge de mater... Je vous ordonne, vous entendez, je vous ordonne de remettre cette valise à sa place... Sans ça...

Il marcha vers Simon, les poings en avant, la lèvre retroussée sur de petites dents jaunâtres.

— Ne me touchez pas, surtout! dit Simon. Tous, ici, vous ne voyez que ça... Dérouiller! Toujours dérouiller! Parce que vous savez bien qu'on ne peut pas se rebiffer. Hier soir, l'adjudant Schaeffer est venu à quatre pattes se planquer sous mon lit après l'extinction des feux, pour écouter ce qu'on disait entre nous, la nuit... Une heure qu'il est resté là! A nous espionner! C'est beau, p't'êt'? Alors il m'a fait lever, courir en chemise, et il me pilait les pieds avec ses grosses godasses, dans les virages, quand j'ralentissais...

— L'adjudant Schaeffer a de bonnes idées, dit Thibaudeau en avançant d'un autre pas. Maintenant, c'est moi qui vais vous apprendre à vivre...

D'un élan, Simon se plaça près de la fenêtre ouverte.

— Si vous me touchez, j'me jette en bas!

Le sous-off éclata de rire...

— Ça vous va bien de jouer les romantiques, imbécile! Et je vous crois trop lâche pour vous risquer à ça...

— Trop lâche? dit Simon. C'est vous, le lâche! Vous abusez de votre pouvoir et de vos galons... On ne vous a jamais rien fait, pourtant... On n'a pas demandé à y aller, aux enfants de troupe... C'est nos parents qui nous ont eus en traître. Ils savaient bien qu'on avait confiance en eux... Qu'on avalerait ça comme du bon pain. A présent, y a plus moyen de fuir le bagne, d'être un peu comme tout le monde, d'échapper à vos tortures, à vos vols, aux châtaignes de Schaeffer, à toutes vos vacheries...

— Je prends note, dit Thibaudeau. Vous aurez un de ces rapports au cul, je ne vous promets que ça! Et personnellement, vous me paierez vos impolitesses à mon égard. La comédie a assez duré, Chalumot! Posez cette valise sur le lit et donnez-moi vous-même les livres que vous camouflez un peu partout... C'est entendu?

— Vous seriez bien trop content!

Puis, avant que Thibaudeau ait pu faire un geste, Simon, sa valise à la main, grimpa sur le rebord de la fenêtre.

— Descendez de là, Chalumot! C'est un ordre!

— Oh! non, dit Simon, souriant. Je sais trop ce qui m'guette après, et pendant des années encore... J'en ai marre, vous savez! Bien marre... Depuis longtemps...

Marre de mon père, de ma famille, de l'Ecole, de l'armée, de vous tous...

— Je vais prévenir le capitaine, dit Thibaudeau. Voulez-vous descendre de là, oui ou non?

— Non! dit Simon. Et si j'attends, c'est bien pour vous montrer que je ne suis pas fou, que j'ai réfléchi, que je me tue de bon cœur...

— Je vous en défie! dit Thibaudeau.

Et il croisa les bras, le pied gauche en retrait, pareil à quelque athlète de la glorieuse époque.

— Vous avez tort, dit Simon...

On le ramassa sur la véranda grillagée, au milieu de ses livres et de la valise difforme. Il avait un bras cassé, une large entaille à la cuisse, de multiples coupures. L'ambulance de l'hôpital civil vint le chercher, une heure plus tard, et il avait eu le temps de recouvrer ses esprits. Le capitaine Mourache, d'autres officiers, quelques sous-offs, des professeurs l'observaient.

— Vous êtes bien avancé, dit le capitaine, d'une voix sévère.

Simon fit la grimace; puis, tournant les yeux, aperçut le visage de Brizoulet, un visage vidé de tout sang, plus pâle encore que le sien. Le professeur essaya de sourire et, voyant Simon remuer les lèvres, s'accroupit à son côté.

— Vous désirez quelque chose, Chalumot?

— Mes livres, monsieur... Vos livres... Il faut les ranger...

— C'est fait, dit Brizoulet en lui serrant la main. Ne vous tracassez pas... J'irai bientôt bavarder avec vous à l'hôpital... Bon courage, mon vieux...

Quand Simon fut couché dans l'ambulance, le capitaine Mourache regarda tout son monde, et dit, d'un ton ferme :

— Avertissez bien vos élèves qu'il leur est expressément défendu de parler de cette histoire à des tiers. Qu'ils ne la mentionnent surtout pas dans les lettres à leur famille! Quant à vous, Thibaudeau, suivez-moi. J'ai quelques indications à vous donner pour votre rapport... Allez, messieurs! Rompez! Et pas de ces têtes d'enterrement! Il n'y a point là de quoi fouetter un chat, que diable! Nous connaissions tous Chalumot, il me semble? Un garçon hypersensible... Excentrique... Qui ne possédait certainement pas toutes ses facultés... Cette comédie était à prévoir!

Les sœurs de l'hôpital ne faisaient pas de discrimination entre les malades civils, hommes mûrs ou vieillards, et les enfants de troupe des diverses casernes. Même rigueur, même souci de la discipline et du respetc des obligations. A l'arrivée de Chalumot, mère Marie-Victoire s'écria :

— Un accident de rugby, sans doute!

— Non, dit l'infirmier. Il a voulu se suicider en se jetant par la fenêtre de son dortoir, à Marbot...

— Voyez-moi ça! Le païen! Le mécréant!

Et elle n'attendit pas que Simon fût mieux pour lui prêcher la bonne parole. Elle le talonna tandis qu'on le déshabillait, qu'on lavait et pansait ses blessures, que le docteur plâtrait son bras, et elle ne cessa de le gourmander.

— Est-ce d'un chrétien que de vouloir se suicider? Le bon Dieu vous a offert la vie, et lui seul a le droit de vous la reprendre, le jour qu'il choisira. Si vous ne vous rachetez pas, vous irez en enfer, mon ami. Sûr comme deux et deux font quatre... Et je ne prierai pas pour vous... Ah! non.

— Ouille... Ouille...

— Vous souffrez? Vous avez mal? C'est bien fait! On n'a pas idée d'attenter à sa vie, quand on a votre âge... Le bon Dieu vous en punit... Voilà ce que c'est d'écouter Lucifer... N'ayez pas de scrupules, docteur... Charcutez-le... Lorsqu'on a le front de passer par les fenêtres, il faut savoir en supporter les conséquences. .

— Il est bien abîmé, ma mère...

— Ouat! Son âme, oui, est abîmée! Pour sûr! J'en ai soigné, pendant la Grande Guerre, de braves petits soldats ceux-là, qui étaient autrement atteints! Et qui serraient les dents pour ne pas crier. Pourtant, ils auraient pu se plaindre, ces pauvres petits. Mais lui, ce mauvais chrétien, qui dispose de sa vie comme si elle lui appartenait, qui a le diable dans le corps! Patientez, docteur! Je me chargerai de lui tant qu'il sera à l'hôpital, et je vous promets qu'il en sortira doux comme un agneau du ciel...

Elle approchait du billard son gros visage velu, regardait Simon dans les yeux, se repaissait de ses tourments, de son supplice.

— Allez-vous seulement à la messe, le dimanche? Depuis quand n'avez-vous pas reçu la communion? Vous préférez ne pas répondre? C'est bien. Mais, ici, si vous voulez manger comme tout le monde, il faudra accomplir votre devoir, tout votre devoir! Je repère les méchants sujets... Avec moi, ils ont vite fait de céder et de prendre la bonne route. Vous ferez comme eux, petit paria... Vous céderez!

Par bonheur, mère Marie-Victoire ne put, aussi bien qu'elle le souhaitait, consacrer à Simon Chalumot son temps et sa foi. Ses occupations nombreuses, sa marotte du commandement, son besoin de veiller sur tous les services de l'hôpital, de justifier à ses collègues son expérience et son ancienneté, laissèrent à Simon quelque répit.

On l'avait couché dans une salle où trois enfants de troupe et quatre civils, privés de livres, de jeux de cartes, de tabac, de la moindre distraction, épiaient avidement la guérison de leurs furoncles, de leurs panaris, de leurs entorses. A sa droite, un cantonnier variqueux crachait en permanence dans son bac, l'emplissait régulièrement deux fois chaque jour, et il semblait qu'il cherchât à battre ce record tant il mettait de bonne volonté pour tirer de sa carcasse, au prix de raclages, de graillonnements interminables, des excrétions de plus en plus volumineuses... De l'autre côté, paressait un élève des Récollets, un ancien de Saint-Hippolyte, Toulonnais obsédé par le soleil et les « nistonnes ». Il avait tout de suite fait des confidences à Simon.

— J'ai pas eu le pot, putain! J'voulais aller à l'infirmerie, parce que là-bas, à La Botte, y a un bleu qui te régale! Funérailles! Pour deux cigarettes, il t'amuse à fond... Un beau petit jeune, mon vieux... On croirait une vraie fille. Quand j'y suis été, en décembre, pour un clou que j'avais sur la nuque, les copains sont allés dans sa piaule, un soir, et ils l'ont ramené en douce à l'infirmerie. Alors, la semaine dernière, j'ai dit : J'y refonce... Ça me démangeait, putain! Et ces cons, ils m'envoient à l'hôpital! Je m'étais coupé la main exprès, à l'atelier... Mais eusses, ils ont eu peur que je chope le tétanos. Tu parles si je l'avais sec! Même qu'en plus, à La Botte, y a l'infirmière, une vieille qu'a peut-être quarante ans, qui te fait allonger sur le billard pour te soigner n'importe quoi, et elle s'arrange que tes doigts lui caressent le ventre... Alors, qu'est-ce qu'elle se frotte, la garce! J'en transpirais à chaque coup, moi... Vivement que je retourne en perme, funérailles! A Toulon, mon vieux, qu'est-ce qu'il y a comme braves nistonnes! Elles demandent qu'à se faire peloter... Et le soleil! Oh! là là. Tu t'imagines pas... Quand je pense à ce trou où on est nous autres! Merde! Y a de quoi crever, ici... Il pleut tout le temps, il fait froid, les gens ont des gueules d'Auvergnats. Putain! Qué vie! D'où que tu es, toi?

— De Reims...

— Reims... C'est dans le Nord?

— Presque...

Chalumot le vit partir sans regret, une semaine plus tard. En quittant Simon, il lui dit, clignant l'œil :

— Je serais de toi, comment que je me défendrais avec sœur Béatrice... Tu as une touche, mon vieux... Une drôle de touche! Tu ferais ce que tu voudrais... Moi, putain, à ta place...

— T'es fou! répondit Simon. Elle est gentille avec tout le monde. Et puis faudrait être gonflé pour se risquer à ça...

— Vas-y, que je te dis... Vas-y! Chaspe, mon vieux. Chaspe...

Certes, sœur Béatrice paraissait témoigner à Simon une affection extraordinaire. Elle souriait en approchant de son lit, lui prenait la main comme pour lui tâter le pouls, la gardait longtemps dans la sienne.

— Avez-vous passé une bonne nuit? Etes-vous plus gai, ce matin? Je vais vous aider à faire votre toilette... Et nous changerons ces pansements si pénibles à ôter. Je serai douce, ne craignez rien. Comme d'habitude... Encore un peu de courage, mon petit Simon...

« Mon petit Simon », alors qu'elle appelait les autres enfants de troupe par leur nom de famille...

Intimidé, Simon contemplait cette pâle et fine jeune femme, trop belle, songeait-il, pour une sœur de charité, aux yeux d'un éclat insoutenable, aux lèvres rouges et brillantes, et dont les gestes tendres lui causaient un étrange bien-être...

— Je vais tâcher de me débarbouiller seul...

— Mais non... Vous dites cela tous les jours... Et vous savez bien que c'est trop difficile... N'ayez pas de honte, Simon... Je suis là pour ça... Allons...

Quel contraste avec Marie-Victoire, énorme statue laide et grimaçante, au visage d'homme jamais égayé d'un sourire, qui pénétrait dans la chambre en maugréant et trouvait sans cesse à critiquer, à punir, à vilipender les malades. Et vicieuse, peut-être... Roulant ses chairs, elle allait, au réveil, vers le lit de Cheligney, de Mathias, de Chalumot, les « satanés enfants de troupe », rabattait la couverture d'un mouvement sec, et disait, pour légitimer son regard sur le ventre tendu des garçons :

— Encore des pensées mauvaises! Je vous y prends à vous trifouiller... Cachez donc ça, petit sale, petit dévergondé. C'est du beau! Je vous signalerai au docteur.

— Mais, ma mère, j'ai envie d'uriner...

— Uriner? Ouat!

Et lorsqu'elle apercevait sœur Béatrice en train de laver Simon ou de renouveler ses pansements :

— Pas tant de précautions, ma sœur, avec ce païen! Ou je vais m'en occuper moi-même. Vous êtes trop indulgente, sœur Béatrice... La charité s'emploie à bon escient.

— Ses plaies ne sont pas cicatrisées, ma mère...

— J'ai dit!

Sœur Béatrice se contentait de faire la moue, à l'abri de sa cornette, et continuait de soigner Simon Chalumot avec délicatesse. Elle le rasait chaque semaine, le coiffait tous les jours, et sans qu'il eût besoin de l'en prier.

— Vous avez de jolis cheveux, Simon...

— Oh! il n'y a pas longtemps... On me les a rasés si souvent à l'Ecole. Et on me les rasera après, c'est sûr...

— Parce que vous n'êtes pas assez sage...

Mais, devant la figure soudain attristée de Simon :

— C'est vrai... J'ai promis de ne plus aborder ce sujet. Pour la peine, je vous apporterai un livre tout à l'heure...

— Merci, mademoiselle...

— Ma sœur, Simon... Une dernière fois...

— Je ne peux pas... J'ai beau essayer...

— Quel entêtement, mon Dieu! Je finirai par me fâcher contre vous...

Elle revenait néanmoins, quelques minutes après, en cachant dans ses larges manches un numéro des *Annales* ou de *Conférencia*...

— Faites attention que la mère supérieure ne vous voie pas lire...

C'est seulement lorsque Simon put se lever que sœur Béatrice tenta de le confesser et de le connaître mieux. Un matin, à la salle de pansement, elle dit à Simon :

— Croyez-vous en Dieu?

— Non, mademoiselle...

— Vous êtes catholique, cependant?

— Oui, parce que mes parents l'ont voulu... Comme tout le reste...

— Et pourquoi ne croyez-vous pas en Dieu?

— C'est dur à expliquer, mademoiselle... Mais si c'est vrai que Dieu est juste, bon, pitoyable, tout, et qu'il sait ce qui se passe sur la terre, il ne devrait pas accepter que je sois si malheureux depuis des années, que je sois en prison, qu'on m'oblige d'être soldat et de supporter des tas de rosseries. Je n'ai pourtant jamais fait de mal à personne, vous savez... Jamais... Vraiment du mal. Alors, pour ça, je ne crois pas en Dieu...

— En qui croyez-vous donc, Simon? En quoi, plutôt?

— A pas grand-chose... Si... En vous, mademoiselle...

— En moi?

— Oui... Parce que vous êtes juste et bonne, vous... Et que je vous vois... Que vous êtes belle, aussi.... Et que ça me change de tout...

— Taisez-vous, Simon... Vous n'avez pas à croire en moi...

— Pourquoi? Puisque je suis bien près de vous, que

vous ne me faites pas souffrir... Au contraire! Que je vous attends tous les matins, toutes les fois que vous devez arriver dans la chambre. Que je n'ai plus envie de rien d'autre lorsque vous êtes là... Je ferais tout ce que vous me demanderiez... Tout! Sans réfléchir... Alors!

— Je vais en profiter, dit sœur Béatrice en finissant de lui bander la jambe. Assurez-moi de ne plus recommencer ce que vous avez fait...

— Quoi, mademoiselle?

— De vouloir vous... vous tuer...

Simon la regarda longtemps, puis baissa la tête.

— Vous ne pouvez pas comprendre, mademoiselle. Il y a quatre ans que j'endure cette vie qui n'est pas faite pour moi. Quatre ans qu'on me force à ramper, à lécher les bottes, à saluer des hommes bêtes, méchants, malpropres... A me tenir au garde-à-vous devant eux comme un esclave... J'avais treize ans quand mon père m'a mis aux enfants de troupe, et je n'imaginais pas du tout ce que c'était... Moi, je pensais à un collège où j'étudierais pour me préparer un avenir comme tous les autres, un avenir que j'aurais choisi... Mais là, une fois entré, c'était plus possible de s'en aller. Il fallait être militaire jusqu'au bout des ongles, jour et nuit, et le rester toute son existence. J'ai tâché de m'évader, une fois... Mon père m'a ramené le lendemain à la caserne et il m'a battu devant les officiers, tellement qu'il rageait et pour qu'ils n'hésitent pas, eux, à me corriger encore. Mon père ne parle que de l'armée. Il n'y a que ça qui compte. C'est son idéal! Et il voudrait que ce soit le mien automatiquement, parce que je suis son fils... C'est pas logique, ça... J'ai encore un an d'Ecole à faire, plus cinq de service obligatoire... Je n'aurai pas le courage d'attendre jusque-là, mademoiselle. Il faut me croire... Je ne suis pas fait pour ce métier. Il y a trop d'injustice, trop d'imbécillité, trop de choses qui me font mal, dans l'armée... Bien sûr, à vingt-trois ans, on ne m'empêchera pas de partir... Mais il sera trop tard. J'avais fait des projets... Je n'y pense plus déjà... Maintenant, je sais que je serai abruti comme eux tous, à la fin. Que je n'aurai plus de force ni d'intelligence pour me guider seul, pour refaire ma vie...

Pendant que Simon parlait, sœur Béatrice, penchée sur la table d'opération, avait entassé de la gaze et de la charpie dans des boîtes.

— Tenez, mademoiselle, pour vous montrer ce qu'ils sont, là-bas... Mon professeur de français est venu me voir... Lui, il est de mon avis. Il me conseille d'abandonner l'armée un jour, d'entreprendre ce que je rêve d'entreprendre... Devinez ce qu'il m'a dit, la dernière fois? Qu'on me ferait passer une visite mentale, à ma sortie. Parce qu'ils veulent que je sois fou! Pour bien prouver à tout le monde qu'on n'a aucune raison de se suicider à l'Ecole, autrement... Qu'on y est heureux, et qu'il y a, après, un avenir magnifique pour des garçons comme nous... Et puis j'ai reçu une lettre de mon père, encore... Il m'annonce qu'il débarquera à la caserne, un de ces quatre matins, comme il dit, pour me frictionner les côtes et me faire payer mes idioties. . Pour lui, c'est une idiotie que j'aie essayé de mourir...

Sœur Béatrice releva son beau visage où la cornette laissait une ombre triste. Elle saisit la main valide de Simon, la serra de toutes ses forces.

— Jurez-moi que vous ne recommencerez jamais, Simon?

— Oh!... Jurer!...

— Accordez-moi votre parole, si vous préférez.

Simon hésita. Mais il y avait tant de supplication, tant d'angoisse dans les grands yeux clairs...

— Je vous l'accorde, mademoiselle...

Alors, avec un cri de joie qui stupéfia Simon, sœur Béatrice lui emprisonna la tête entre ses mains et le baisa sur la joue. Puis s'éloignant très vite :

— Je sais que vous subissez une dure épreuve, Simon. Moi non plus, je n'apprécie pas les militaires. Mais je leur pardonne leur bêtise, leur grossièreté, leur orgueil si naïf, car c'est mon rôle de tout pardonner et de ne voir en eux que d'humbles créatures. Mon petit Simon, nous sommes sur la terre pour notre apprentissage de la douleur, et non pour assister à la réalisation de nos rêves et de nos désirs les plus secrets. Peut-être n'ai-je pas le droit de vous dire cela... Pourtant, il m'arrive, la nuit, de méditer et de pleurer sur mon sort, comme vous méditez et pleurez sur le vôtre... Pensez-vous que ce soit toujours de bonne grâce que j'essuie les réprimandes, ou les méchancetés, si vous aimez mieux, de la mère supérieure? Je n'ai pas été tout à fait maîtresse de mon destin, de mes ambitions, et je m'applique maintenant à me résigner, sans jamais me plaindre. Allez, mon petit Simon, soyons courageux ensemble. Certes, cela m'est plus facile... Je crois en Dieu, et Il m'est quand même d'un grand soutien.. Pour trouver la fermeté qui vous manquera, Simon, songez quelquefois à sœur Béatrice. Moi, de mon côté, je prierai pour vous chaque jour, de toute mon âme.

Simon refusa la convalescence d'un mois que le médecin lui proposait « afin qu'il se remît de ses émotions ». Il appréhendait l'accueil de son père, et préférait rester à l'hôpital, près de sœur Béatrice. Mais mère Marie-Victoire ne partageait pas cette idée.

— On l'a assez vu, ce paresseux, ce païen qui n'a pas encore été à la chapelle... Qu'on m'en débarrasse. Il n'y a pas d'argent, ici, pour nourrir des athées de son genre... Qu'il retourne à son Ecole... Là-bas, les fenêtres sont plus hautes... Il pourra faire l'acrobate autant que ça lui chante...

Il fallut toute la persuasion du docteur civil, averti des tourments de Simon, pour qu'elle daignât le garder dans son asile.

— C'est bon... Mais alors, il ira à la messe tous les matins. Et il travaillera à la lingerie et aux cuisines. Ce sera d'un bon entraînement pour son bras... Compris, monsieur le mécréant?

— Oui..

— Oui, mon chien....

— Oui, madame...

— Madame! Juste Dieu! Quel infâme personnage En enfer, je vous dis... En enfer! Tout droit.

Quoiqu'il ne fût pas libre de tous ses mouvements. Simon Chalumot tint à seconder de son mieux sœur Béatrice. Il lui épargna bien des allées et venues dans l'hôpital, et surtout les répugnantes corvées quotidiennes. Il se levait le premier pour vider les bassins et les crachoirs, puis, dans la journée, brûlait les pansements, enroulait des bandes, vaquait à de petits travaux. Sœur Béatrice l'en remerciait par des attentions répétées. Elle lui apportait des livres, des périodiques, lui donnait un dessert en cachette quand la mère Marie-Victoire avait jugé bon d'en frustrer « le petit incrédule ». Mais, pour Simon, rien ne valait l'invitation à la suivre dans la lingerie, la pharmacie, dans quelque autre endroit où l'isolaient les besoins du service.

— Accompagnez-moi, Simon... Nous serons tous les deux et nous pourrons bavarder un bon moment... Puis, plus bas :

— La mère supérieure est descendue en ville... » Ou : « La mère supérieure fait la sieste... »

Simon sentit avec tristesse approcher la fin de sa convalescence. Il s'alarmait de perdre brutalement cette béatitude dans l'intimité de sœur Béatrice, de retrouver sans transition l'atmosphère de la caserne, d'avoir à lutter de nouveau contre le sadisme des gradés et les moqueries de ses camarades, encore bien moins favorables après cette tentative de suicide.

La veille du départ, au coucher, Simon attendit que sœur Béatrice eût terminé sa ronde dans les chambres.

— Je m'en vais demain, mademoiselle... Et j'aurais voulu vous dire au revoir, déjà...

— Je sais, dit sœur Béatrice. Allez dans la salle de pansement... Je vous y rejoins...

Elle parla d'abord, et ce fut d'un grand secours pour Simon.

— Nous allons nous séparer, mais je vous regretterai beaucoup, Simon... Je vous aimais bien... et je serai souvent inquiète. Nous n'avons pas le temps de nous faire de longs adieux... A cause de la mère supérieure... Vous devriez être couché... Alors, Simon, au revoir... Et que Dieu vous protège vraiment, plus qu'un autre, quoique vous doutiez de Lui...

Elle offrait sa main... Simon la prit violemment, y colla ses lèvres avec une fougue, une ferveur qu'il ne cherchait pas à réprimer.

— Mon petit Simon...

Lui ne pouvait rien dire. Un désespoir inconnu le gagnait soudain. Il se redressa, bouleversé, près des larmes. Comme il désirait étreindre cette femme, se blottir contre elle et demeurer là sagement, sans penser même, jusqu'à la mort! Ne point la quitter... Ne point se priver de sa tendresse, de son affection... Entendre toujours sa voix, ses mots de réconfort et d'apaisement...

Il implorait un appel des yeux de sœur Béatrice, et il avança sans honte, sans nulle crainte. Elle essaya de le repousser, mais ses mains cédèrent peu à peu, se reculèrent, et le baiser de Simon effleura sa bouche.

— Je ne vous oublierai jamais, mademoiselle...

Elle rajustait sa cornette, et son regard n'abandonnait pas Simon.

— Vous viendrez me voir, quelquefois...

— Tous les dimanches!

— A bientôt donc...

Puis elle s'enfuit si vite que Simon crut avoir rêvé.

Le matin, tandis que Simon se préparait, elle entra dans la chambre pour l'aider à serrer ses affaires, à vêtir son manteau, avec sa sollicitude accoutumée. Et tout à coup, lui parlant bien en face :

— Il ne faudra pas me revoir, Simon... Jamais...

— Mademoiselle...

— Jamais. Vous me le promettez?

— Vous m'en voulez? dit Simon. Vous êtes fâchée...

— Oh! non. Et c'est pour cela qu'il ne faut plus me revoir...

Simon sembla réfléchir. Et, brusquement, pour bien montrer qu'il comprenait, qu'il était un homme enfin, un homme à qui l'on pouvait se fier :

— Je vous le promets, dit-il.

XVIII

Hormis certains vrais camarades, les élèves de Marbot s'empressèrent de simuler envers Simon une pitié mêlée d'effroi. Ils n'avaient pas pris à la légère les conclusions du capitaine et de ses sous-ordre. Chalumot était fou; il fallait s'en écarter, le bannir, bien lui montrer comme on redoutait ses crises éventuelles.

A son entrée dans une étude, après des « Tus! Tus! » et des « Vingt-deux! » apeurés, chacun se composait une gueule hagarde et mimait l'épouvante. Durant quelques minutes, régnait un silence gênant. Mais Simon allait à sa place sans éprouver la moindre gêne, et les élèves se lassaient vite. Au réfectoire, à l'atelier, dans les chambres ou dans la cour, il était en butte à des singeries analogues.

— Gaffe! V'là le fada!

— Sans compter qu'il peut devenir dangereux avec une lime ou un outil à la main... On devrait mettre un grillage autour de son établi...

— Les fous, c'est tranquille comme ça, en apparence... Et puis un jour, pof! ça te saute sur le râble et t'as pas le temps de t'débiner ni d'te défendre... T'es déjà étranglé ou poignardé. J'en ai vu un, d'fou.

une fois, à qui qu'on passait la camisole... Dix mecs, qu'i z'étaient après lui pour le ligoter! Alors, tu parles!

Et des mimiques, des grimaces, des pantomimes idiotes derrière Simon, à toute heure, pendant que pouffait la galerie.

— Comment que j'en dérouillerais un, si j'étais d'toi, dit Cagnardel à Chalumot, au terme d'une de ces séances. T'as tort de t'laisser foutre de ta poire. Ils en profitent. Même les nabots qui te craignaient un peu, avant... I s'planquent dans le dos des autres pour faire leurs conneries... Vas-y donc, Chalume... Bourre-z'en un une bonne fois... T'auras la paix...

— Se battre, gonfler ses biceps, c'est une méthode de sous-offs, dit Simon. Vaut mieux les mépriser. Ce sont eux, les pauvres types. Ça se vérifiera plus tard. Et si je voulais me bagarrer, avec mon bras ça serait difficile. Ils s'en doutent peut-être, les salauds...

D'aucuns, moins féroces, se souciaient uniquement de savoir si Chalumot avait eu du champagne à l'hôpital.

— Paraît qu'on en refile aux grands malades ou aux grands blessés, dit Fournilien. Le gars de La Botte qu'est mort, l'année dernière, il en a sifflé deux bouteilles pleines... T'en as pas eu, toi? C'est dommage... Moi, si j'étais sûr d'en picoler, j'essayerais bien de choper la crève, juste c'qu'il faut... J'en ai jamais bu, d'champagne...

Braval, qui, chaque trimestre, recevait les galons de sergent ou de sergent-fourrier, se plut à narguer Simon.

— Quel retard tu as, Chalumot! Deux mois! Tu les

rattraperas pas, tu sais... Aux épreuves de fin d'année, tu vas être boulé, y a des chances. Et tu n'auras même pas le droit de choisir ton centre. On te versera d'office dans un régiment...

— Ne te frappe pas pour moi. Le capitaine m'a tenu le même discours à ma sortie de l'hôpital. C'est peut-être lui qui t'a commandé de me faire la leçon et de m'exciter? Tu es tellement dans ses papiers! J'ai du retard? Possible... Mais rien que pour vous vexer, vous tous qui travaillez comme des sourds, comme des anges, du matin au soir, je vais le rattraper le temps perdu. En moins de deux. Bien sûr, je ne te dégotterai pas... Tu es l'élite, toi! C'est le refrain dans toute la caserne! Mais je t'inquiéterai dur. Maintenant, choisir ou ne pas choisir un centre, je m'en fous! Je n'ai pas de préférence, moi... Dans l'un ou dans l'autre, ça sera toujours l'armée. Et l'armée, dans n'importe quelle arme, dans n'importe quelle ville, ça me dégoûte autant. D'ailleurs, même que j'aie le droit de choisir, je refuserai...

— Tu dis ça...

— Laisse faire...

— Tu serais bien trop content d'être affecté à Saumur, par exemple, ou à Versailles, près de Paris... D'abord y a rien à craindre! C'est le dernier trimestre... Et en deux mois, j'te l'dis, jamais tu te rattraperas... Jamais!

Cependant, Simon rêvait de bien terminer l'année scolaire et de confondre ainsi le capitaine Mourache qui avait accepté, non sans réticences, de ne point lui infliger un examen mental.

— Je ne suis pas fou, mon capitaine!

— Vous l'êtes! Et c'est l'opinion du maréchal des logis Thibaudeau, de quelques autres gradés et de beaucoup de vos camarades. Vous irez donc à Limoges, samedi prochain, et l'on vous fera subir une visite sérieuse. Ainsi vous quitterez l'Ecole et l'armée. Rien ne risque de vous être plus agréable, je pense?

— Pas dans ces conditions, mon capitaine. On m'a déjà assez brimé, on s'est assez moqué de moi! Je peux vous prouver que j'ai toute ma lucidité... Je le peux...

— Et comment, jeune exalté?

— En travaillant... En me classant bien au concours... En tâchant d'égaler les meilleurs, ceux qu'on considère... Je le peux, mon capitaine!

— Curieux, cela! En un mot, vous n'en faites qu'à votre tête, pour le bien et pour le mal? Vous êtes une fichue nature, Chalumot! D'accord... C'est votre dernière cartouche! Mais je vous avertis qu'à la moindre faute, à la moindre incartade, au plus petit manquement à la discipline, je vous expédie à Limoges sous escorte. Entendu?

— Oui, mon capitaine...

— Rompez! Ah!... Un conseil, encore... Lisez moins... Ne vous farcissez pas l'imagination, comme vous l'avez fait jusque-là, de Shakespeare, Stendhal et consorts... Il est beau de vouloir s'instruire, même au-delà du programme réglementaire... J'ai peur, toutefois, que vous n'utilisiez à faux ces lectures, et qu'elles n'aient, sur vous, un pernicieux effet. De même que pour le cinématographe, dont vous semblez si friand. Potassez plutôt les sciences, les mathématiques, et votre histoire, où vous vous montrez si faible...

— Justement, mon capitaine, j'ai vu qu'on m'avait

confisqué tous mes livres... Les livres que m'avait donnés M. Brizoulet...

— Vous en disposerez à votre départ de l'Ecole. M. Brizoulet lui-même, quoique je critique fort sa façon d'agir, a obtenu de nous qu'on vous les conserve. Ils sont là, vos livres! Dans mon bureau. Et si vous avez la veine de demeurer ici jusqu'à la fin de l'année scolaire, je vous les remettrai en main propre... Estimez-vous heureux!

Bien qu'il l'attristât, le souvenir de sœur Béatrice affermit Simon dans ses résolutions de travail et de stoïcisme. Mais ce lui fut un rude tourment de ne pouvoir aller à l'hôpital le dimanche, et de goûter encore quelques instants de joie auprès de la jeune femme. Fidèle à sa promesse, il résistait aux impulsions, à cette fièvre qui le gagnait davantage chaque jour, au désir neuf, lancinant, que le sommeil, ou l'étude, ne savaient apaiser. En classe, il lui arrivait de s'égarer dans d'interminables songes, et plus rien, ni la voix du professeur ni les murmures ou les cris de ses camarades, ne l'atteignait. Hors du monde présent, les yeux agrandis, il regardait, sans voir, le coin de ciel doré dans les fenêtres entrouvertes.

— Chalumot! Chalumot! Il pique un somme, ma parole! Secouez-le, Muller, je vous prie... Alors, où étiez-vous?

— Excusez-moi, m'sieur...

— Vous dormiez?

— Oh! non, m'sieur... Je pensais...

— Pas à la leçon, en tout cas...

Et les élèves riaient, se touchaient le front d'un

geste éloquent, s'adressaient des clins d'œil entendus.

Soudain appliqué, soudain passif, Chalumot bénéficia chaque semaine des quelques heures d'indépendance accordées aux bons élèves comme un rare privilège. Il n'en profita point pour satisfaire sa passion du cinéma. Saoulé d'un espoir toujours inutile, il rôdait près de l'hôpital, et guettait, tremblant, la poitrine brisée, une apparition de sœur Béatrice. Toutes les fois qu'il apercevait une religieuse dans les rues, il connaissait une émotion si forte que le cœur lui manquait. Puis, il continuait sa marche désemparée, allant et revenant, souvent tenté de pousser le portail noir qu'il frôlait au passage, ou qu'il contemplait à s'aveugler...

A la caserne, dès qu'un élève rentrait de l'hôpital, Simon partait à sa recherche pour le questionner longtemps, torturé d'inquiétudes, de regrets, de jalousie.

— Sœur Béatrice? Si je l'ai vue? Tu parles! Une chouette poule, mon vieux... Pourquoi qu'tu veux savoir? T'as peut-être couché avec elle, non? Tiens, moi, si j'avais voulu m'en donner la peine... J'y ai reluqué les jambes, une fois... Et avec les bonnes sœurs, c'est drôlement vache pour z'yeuter leurs cuisses...

— Ça m'étonnerait...

— Si j'te l'dis!

— Elle ne t'a pas parlé de moi? Elle ne t'a pas fait de commission pour moi?

— Non... D'abord faut pas que tu croies qu't'avais une faveur... Elle était chic avec tout le monde, sœur Béatrice... C'était son boulot, ça, d'être chic... Moi aussi elle me soignait bien... Elle me pelotait en me posant mes enveloppements pour ma bronchite... Elle était douce, faut l'dire... Et elle me regardait avec des yeux!

— Tu te fais des idées...

— J'te l'jure!

— Mais moi, si j'te racontais...

— Quoi qu'tu peux raconter? Allez... Vas-y!

— Non... Rien... Je disais ça pour rigoler... Tu penses!

Et d'autres angoisses assaillaient Simon. Il souffrait un martyre encore obscur, imaginait sœur Béatrice conviant dans sa chambre les enfants de troupe, se déshabillant devant eux et s'offrant à tous... Un remords le tiraillait de n'avoir osé plus. Comme elle devait être belle sous ses lourds vêtements de drap... En l'embrassant, il avait senti ses seins, plus durs que toute chair... Il s'apprêtait alors à renier son serment, à l'aller voir, le prochain dimanche, pour l'aimer de gré ou de force... Mais il se reprenait vite, honteux, contrit de telles pensées. Et c'est avec scepticisme, avec dédain surtout, qu'il écoutait les confidences amoureuses, tant de fois rabâchées, des élèves de sa classe. Selon eux, pendant les dernières vacances, ils avaient tous passé leurs nuits et leurs jours entre les bras de femmes extraordinaires, depuis longtemps avides de les combler, et qui ne vivaient plus, désormais, que dans leur attente.

Un soir, Pétrus hurla dans l'étude, en l'absence du sous-off :

— Il doit être encore vierge, Chalume! Lui qui va pas souvent en perme...

A quoi bon mentir? Bluffer, comme tant d'autres?

— Oui, dit Simon. Et qu'est-ce que ça prouve?

— Ça prouve, dit Pétrus, que tu veux jouer les affranchis à l'Ecole, mais qu'au fond t'es pas capable de faire l'amour. T'as jamais été au boxon, j'suis sûr, même pour boire un coup?

— Non, dit encore Simon.

— Vous entendez, les gars? Il a pas encore dérouillé, Chalume! Pas fort, pour un anarchiste...

Alors, Simon bondit jusqu'au dortoir, reparut avec une glace de bonnes dimensions qu'il avait prise sous le paquetage de Cagnardel, puis s'approcha de Pétrus, lui mit la glace sous le nez, lui maintint longtemps la tête immobile, d'une poigne violente.

— Tu te vois bien?

— Et après? Tu vas m'lâcher, oui?

Sans répondre, Simon rejoignit Lepage, Fournilien, Besse, Braval même, ce nabot galonné, bambin d'aspect, qui le ridiculisaient par plaisir, et les obligea de se contempler, chacun à son tour, dans le miroir de Cagnardel. Il revint lentement à sa place, et, d'un ton sans réplique :

— Avec les gueules que vous avez, faut croire que les femmes qui vous acceptent n'ont pas grand-chose à s'offrir. Tout le monde ne peut pas avoir la tête de Ramon Novarro, d'accord.. Mais vous, vos figures pètent de connerie et d'abrutissement. Et ça ne servira guère de vous pommader les cheveux à la gomina ou de vous laisser pousser la moustache... Vous garderez toujours vos faces et vos crânes de militaires prédestinés, baiseurs de bonniches et piliers de bordels... J'ai du retard, mais le choix, là-dedans, importe sans doute plus que la quantité...

Le maréchal des logis Thibaudeau rentra comme Simon terminait.

— Vous faites un discours, à ce que je vois?

— Oui, dit Chalumot, et si vous désirez que je le recommence, maréchal des logis?

Il parlait d'une voix ferme, les poings serrés sur sa table de classe, et les élèves ne bronchaient pas, convaincus, semblait-il. Thibaudeau les examina du coin de l'œil.

— Je vous en dispense, dit-il. Vos théories n'intéressent personne. Asseyez-vous... Et continuez de vous soumettre comme vous l'avez fait jusqu'ici, depuis votre vol plané...

— Je sais ce que j'ai à faire, dit Simon. Mais si je me soumets, ce n'est pas seulement pour vous contenter... Loin de là!

Et, tranquille, il se pencha sur son livre de géométrie..

D'ordinaire prompt à la riposte, attentif à conserver intact son prestige, son autorité, Thibaudeau ne donna pourtant pas de suite à cet intermède. Le capitaine Mourache put donc persister, avec retenue, et non sans quelque surprise, à se louer du redressement de l'élève Chalumot. Selon les professeurs, Simon était en mesure de réussir au concours, et M. Brizoulet, à qui Simon avait confié son dessein de se réhabiliter, par simple amour-propre, l'encourageait fort, exigeant même de ses collègues, naguère mal disposés pour Chalumot, un surcroît de sollicitude.

Néanmoins, Simon eut encore une belle occasion de témoigner son indépendance et sa liberté de jugement. Une semaine avant le début des examens, on conduisit tous les élèves au cinéma pour la projection d'un film adapté des *Croix de Bois.* Au retour à la caserne Marbot, le capitaine Mourache les pria d'exprimer leurs « pensées » dans une composition française exceptionnelle, et promit au lauréat de chaque classe un menu sensiblement amélioré.

— Distinguez-vous, dit M. Brizoulet à Chalumot. C'est le moment...

— Je n'en ai pas envie, monsieur, répondit Simon.

— Tiens! Qu'est-ce qui vous arrête?

— Le sujet, d'abord... Le procédé, ensuite...

— Pour une fois, dit Brizoulet, tâchez à vaincre vos scrupules...

Chalumot fit la moue.

— Difficile! Je trouve tellement mesquin, tellement hypocrite de provoquer les sentiments des élèves pour une double ration de confiture et une sardine supplémentaire... C'est un peu comme si l'on faisait disputer une épreuve d'élégance à des mendiants, une épreuve sportive à des infirmes, et qu'on assure l'un des vainqueurs d'un formidable gueuleton, l'autre d'un appareil orthopédique... Demain, il y aura trois cents pauvres types pour regarder, d'un sale œil, s'empiffrer dix de leurs camarades plus aptes à vanter l'héroïsme du soldat français, la qualité de nos canons et de nos baïonnettes, et, après ça, la grandeur du pays...

— Bien sûr, dit Brizoulet, rêveur. Mais faites quand même pour le mieux, Simon. Epargnez-vous, je vous en conjure, l'animosité du capitaine Mourache qui vous a donné crédit et paraît ne pas le regretter. N'allez pas gâcher bêtement deux mois de lutte et de maîtrise sur vous-même. N'est-ce pas?

— Je voudrais bien, monsieur...

Mais, après le sujet, artistement calligraphié : « Quelles réflexions vous a suggérées le film *les Croix de Bois,* ce magnifique hommage à la mémoire de nos poilus », Simon écrivit en ronde, au milieu d'une page blanche :

Je déteste la guerre.

Brizoulet fut plus troublé que Simon, quand le capitaine Mourache réclama quelques devoirs pour les lire et peser l'effervescence de ses apprentis héros. Il étudia longuement celui de Braval, lyrique, pompier, véritable exhortation « à la mort fraîche et joyeuse ».

— Voilà un garçon pétri de nobles idées. Il ira loin, ce petit Braval. Et je serais aise de pouvoir le primer. Mais que nous a pondu Chalumot? Voyons...

Brizoulet ne laissa point le capitaine Mourache feuilleter et feuilleter encore, vainement, l'amas de compositions.

— J'ai préféré ne pas vous présenter son travail, mon capitaine.

— Ah! Eh bien, présentez-le-moi malgré tout, Brizoulet.

Le professeur tira de sa poche la copie de Chalumot.

— C'est clair, net et précis, dit le capitaine. Mais, pour un champion en français et en littérature, cela me semble manquer quelque peu d'exposition et de développement. Qu'en pensez-vous?

— Je crois, dit Brizoulet, sur le gril, que Chalumot n'a pas agi par mauvais principe, ou simplement par esprit de contradiction. Sans doute a-t-il décidé d'abandonner la récompense à l'un de ses camarades... Il n'est pas matérialiste... La bonne chère ne l'intéresse que médiocrement...

Le capitaine Mourache lorgna Brizoulet, se permit un fin sourire.

— C'est également mon opinion, monsieur Brizoulet. Ne vous fatiguez donc pas à vouloir me convaincre. Mais comme j'ai hâte qu'il disparaisse, cet empêcheur de tourner en rond, ce triste individu pour lequel vous avez tant de mansuétude, et d'admiration, j'ose le dire!... Après tout, je suis content qu'il n'ait pas montré, aujourd'hui, son talent habituel! Cela m'eût été pénible, insupportable, de le voir assis, au réfectoire, à côté de réelles valeurs, privant en outre ce bon petit Braval d'une joie bien méritée... Et le boni de l'ordinaire, que je sache, n'a jamais été fait pour engraisser les brebis malsaines! Nous en resterons là, monsieur Brizoulet...

La marche de vingt-cinq kilomètres, avec les trente kilos de charge, fut l'épreuve apothéose du brevet de préparation militaire. Un matin de juillet, par sections, on lâcha les élèves sur les routes corréziennes, et leur orgueil s'épanouit. Dans la brousse, loin des paysans, ils consentaient à freiner la cadence, à courber le dos, à laisser se détendre leurs muscles; mais, à l'approche d'un village, de la moindre baraque, et dès qu'ils apercevaient une silhouette humaine, ils se recomposaient une allure et des têtes de bretteurs. Les campagnards se fichaient bien de ces sportifs congestionnés, raides comme des épouvantails, qui s'essayaient à les distraire. Qu'importe! Les braves enfants de troupe avaient à cœur d'étaler leur science, de se persuader qu'ils possédaient une âme de fantassin, et qu'on ne ferait pas, un jour, inutilement appel à leurs ressources...

Les chansons du répertoire les secouraient. Depuis *Les Trois Orfèvres, la Bite à papa, la Grande Suzon,* jusqu'aux couplets de choc, *la Marseillaise, le Chant du Départ, les Girondins, Sambre-et-Meuse,* et autres consolantes rengaines. Menés en paquet à la riflette, ils n'eussent pas manifesté moins de délire et d'innocence... Chalumot, qui traînait en queue de défilé, se refusait « à leur sort le plus beau », à cette mort pour la patrie qu'ils quémandaient à pleine gueule...

Par la voix du canon d'arlarmeu
La-afranssapel... leussézenfants...
Allons dit lesoldattozarmes
Cémaméreu.... jeuladéfends...

— In Di! Suivez, Chalumot, bon Dieu! Et chantez comme tout le monde!

— C'est pas assez gai, maréchal des logis... Ça me ferait plutôt pleurer, ces chansons-là...

— Très bien! Je ne vous mettrai pas la note limite... Comme ça, votre B. P. M. S. il vous passera sous le nez! Et vous pourrez dire adieu à vos galons de caporal ou de caporal chef, l'année prochaine...

— Je ne cours pas après, vous savez...

En dépit de son lymphatisme et d'ânonnements aux interrogations sur la théorie, Simon Chalumot obtint son brevet de préparation militaire supérieure. Il n'en fit point de cas, et n'envia nullement des trapus, tireurs et autres grenadiers classés, qui paradèrent un long temps dans la caserne, soudain grandis, soudain dédaigneux, et pareils à des demi-mondaines en représentation...

Pour l'examen technique, des officiers instructeurs débarquèrent de quelques centres, et, durant une semaine, en alternance avec les professeurs de Marbot et des Récollets, sondèrent les élèves, tantôt avec énergie, tantôt avec lassitude. Simon affronta tous ces gens, sans crainte, sans appréhension, et satisfit la plupart. Quoique handicapé pour le travail manuel, il estima sa posture excellente au terme des épreuves, et ne se dissimula point son plaisir de voir certains élèves, des favoris toujours acharnés à contenter leurs maîtres, et qui ne goûtaient guère sa société, s'écrouler en larmes sur leur table après un oral désastreux. Intimidés par les capitaines, les commandants grognons et moustachus, victimes d'irrépressibles coliques, ils avaient dépouillé, pour le coup, leur suffisance coutumière...

En grande pompe, ainsi qu'à leur arrivée dans les Ecoles préparatoires quatre années auparavant, on rassembla tous les élèves. Ce fut une vraie surprise quand on appela Simon Chalumot à la vingtième place, et d'aucuns cherchèrent à se rassurer... Sans doute le lieutenant avait-il mélangé les feuilles de classement, à la lecture... Une petite seconde de réflexion, et tout allait rentrer dans l'ordre... Non! Le lieutenant enchaînait :

— Moyenne 13,82... Quel centre choisissez-vous, Chalumot?

— Je n'ai pas de préférence.

— On vous dit de choisir! cria le capitaine Mourache. Alors? Vous avez la chance d'être dans les premiers, d'avoir encore à votre disposition de nombreux centres intéressants à plus d'un titre, d'être un privilégié en somme... Voyons... Versailles génie? Versailles chars? Saumur? Décidez-vous!

— Je n'ai pas à décider, mon capitaine... Normalement, c'est mon père qui devrait le faire... Puisqu'il commande à mon avenir...

— Trêve de discours ineptes! Pourquoi donc avez-vous fait cet effort, en fin d'année, si ce n'est pour bénéficier du choix de votre arme? Répondez...

— Une simple démonstration, mon capitaine...

Les élèves lorgnaient Chalumot, étonnés qu'on fût si bête, si tenace, si curieusement irrespectueux des convenances.

— Choisis, merde! Au lieu de nous laisser poireauter! A ta place, j'te jure qu'on jouerait pas au couillon comme toi...

Le grand Besse râlait de n'être pas avant Chalumot...

— Sacré bonsoir, dit le capitaine Mourache, nous sommes en pleine anarchie, avec vous, Chalumot! Eh bien! je vous affecte au centre de Saumur... Comme votre camarade Braval, qui vous précède au classement. De cette façon, vous l'aurez toujours en exemple, en bon exemple, coûte que coûte!

Les élèves des premières sections s'en tiraient presque tous à leur honneur, et beaucoup rejoindraient au mois d'octobre le centre rêvé. Mais quelque deux cents pauvres gars, les C et les C', sauf de rares têtes de file, iraient d'office où le Ministère les conviait à se rendre, dans des pelotons de cavalerie, d'artillerie, d'infanterie... Ils attendraient d'humbles galons, durant des années, pour finir leur existence dans la peau d'un sergent, d'un adjudant, d'un adjudant chef à la rigueur, bien perdus, bien sonnés par tant d'usage, par tant de routine, à moins qu'une guerre, ce tremplin des inintelligents, des faibles d'esprit, mais encore des tueurs prédestinés, ne leur permît de décrocher d'autres sardines, plus « rentables », à la force de leur inconscience, de leurs seules capacités vocales, et surtout de leur aptitude à prêcher le dédain de la mort, ou de la vie, aux subordonnés.

La veille du grand départ, M. Brizoulet emmena Simon déjeuner chez lui, et ce fut comme une fête intime. On parla de littérature, de théâtre, de cinéma, on but à sa réussite, et Mme Brizoulet se reprocha de n'avoir pu davantage le gâter.

— Le capitaine Mourache, dit Brizoulet, ne voyait pas d'un très bon œil l'amitié que je vous portais. Je lui ai fait, une fois, une virulente critique de l'armée qu'il ne me pardonnera pas de sitôt. Tout s'arrange... Lui est heureux que vous quittiez l'Ecole, et vous, j'imagine, ne le regretterez pas...

— Certes, dit Simon. Mais je vous remercie de toute votre bienveillance. Sans vous, ç'aurait été intenable. Je vous en suis très reconnaissant. Hier, on m'a remis vos livres, et c'est encore à vous que je le dois. Je ne m'en séparerai jamais...

Mme Brizoulet l'embrassa; le professeur faillit l'imiter, mais il préféra serrer rudement la main de Simon et lui taper sur l'épaule.

— Bonne chance, mon vieux... J'ai confiance en

vous... Ne vous faites pas trop de bile. La fin du calvaire arrive. Vous mettrez ensuite les bouchées doubles. Et relisez souvent quelques bonnes pages de Montaigne...

— Bien sûr, monsieur...

En sortant, Simon résolut d'aller faire ses adieux à sœur Béatrice. Puis il réfléchit, convint de ne pas trahir son serment, et trouva dans cette preuve de volonté le baume à ses regrets. Non sans de longues hésitations, il écrivit une lettre, sur une table d'un café.

« Mademoiselle,

« J'ai lutté jour et nuit pour m'interdire de vous revoir. Des heures, chaque dimanche, je suis resté devant la porte de l'hôpital, n'ayant plus qu'un pas à faire pour être encore près de vous. Maintenant que je n'ai plus guère de temps à vivre dans cette ville, je pourrais renier ma parole, et peut-être m'absoudriez-vous... Mais je vous aime trop pour vouloir vous déplaire. Je crains aussi de souffrir plus lorsque je vous aurai volé cet instant de joie. Soyez donc rassurée. Vous m'avez dit d'être fort, et je vous en donne un témoignage. Je ne vous oublierai pas, mademoiselle. »

Les sous-officiers accompagnèrent les élèves à la gare. Shaeffer et Thibaudeau, pour une fois détendus, se firent aimables, conciliants, paternels. Ils aspiraient à se reposer, deux mois entiers, à reprendre leur souffle afin de se préparer au dressage d'une autre génération d'enfants-soldats. Thibaudeau continuerait de fouiller les valises, de lire et de fumer à bon compte, d'accumuler les rapports et les motifs. De son côté, comme le collègue Blanchon, l'adjudant Schaeffer entretiendrait de nouveau sa forme sur des reins plus ou moins soumis, et s'empresserait encore, à chaque rentrée de permission, de piétiner, en une grotesque danse du scalp, les grenades et les insignes « fantaisistes » collectés sur les galettes, les vestes et les manteaux des élèves par trop désireux de séduire les filles.

Cependant, sans vergogne et sans rancune, certaines victimes acceptaient leur poignée de main, sur le quai, et les louaient presque d'avoir su s'occuper si vigoureusement de leur éducation.

— Au revoir, mon adjudant... On reviendra peut-être vous dire bonjour, plus tard... Bonnes vacances, vous aussi!

— Au revoir, Pétrus... Au revoir, Fournilien... Tâchez de vous distinguer... Ayez bientôt des galons et faites honneur à votre Ecole. Ne laissez pas tomber le rugby, surtout!

— Pas de danger, mon adjudant!

Thibaudeau eut l'impudeur de s'approcher de Simon, et de lui dire, en souriant :

— Vous ne m'en voulez pas, j'espère, Chalumot? J'ai été dur avec vous, c'est un fait. Mais vous vous apercevrez vite que j'agissais pour votre bien. Allons... Passons l'éponge...

Il tendait sa main maigre, paume en l'air, en toute sérénité. Simon crut ne pouvoir se retenir d'y cracher un bon coup. Il regarda cette patte candidement offerte, puis, ses yeux bien ouverts dans ceux du sous-off :

— On devrait s'embrasser, aussi... Vous ne pensez pas, maréchal des logis? Ce serait de bon ton... L'armée est une grande famille..., etc. Heureusement, ma mémoire est meilleure que la vôtre... Je vous le montrerai peut-être mieux, dans dix ans, dans vingt ans... Quand nous serons du même bord. Et je peux vous souhaiter quelque chose, en guise de réconciliation, c'est de dénicher parmi les jeunes un type de mon genre, pour bien vous divertir, l'année prochaine...

— Hop! Disparaissez! dit Thibaudeau, prêt à mordre. Ou je vous reconduis tout de suite à la caserne... Sale voyou!

— Ne vous gênez pas, maréchal des logis... Une insulte de plus ou de moins...

Et tranquillement, sa valise de livres à bout de bras, il se perdit dans la cohue.

Après Limoges, Chalumot se lassa de voir ses compagnons de voyage admirer leurs diplômes. Depuis l'embarquement, afin de ne pas les froisser, ils brandissaient contre leur flanc, comme des cierges, les parchemins roulés, ou les développaient à chaque minute pour en apprécier encore les dimensions, la gravure, la calligraphie.

— C'est rien bath, quand même, dit une fois de plus Lepage. En arrivant chez moi, j'les fais tous encadrer : *le Brevet de Préparation militaire, le Certificat d'Etudes pratiques,* et mon diplôme de tireur classé. Un vache cadre en bois sculpté... Quèqu' chose de cher!

— Je crois bien! dit Simon. Parce que ces trucs-là, ça a de la valeur...

— C'est c'qui nous permettra d'être nommé caporal chef, six mois après l'engagement...

— Je te l'disais! Moi, les diplômes, les galons, les médailles, en récompense de sacrifices non librement consentis, ça me répugne drôlement... C'est bon pour des gosses, les joujoux, les hochets, les images, les rubans qui brillent au soleil. Les miens, d'ailleurs...

Et Simon tira de sa valise ses deux souvenirs, les plia, les déchiqueta posément, pour en éparpiller les morceaux au vent de la campagne limousine...

— Ça, alors!

— T'es vraiment cinglé, dit Marcelin. Nous, on pensait qu'tu faisais l'dingue pour t'amuser, seulement!

— C'est pas terminé, dit Simon. J'ai encore mon prix de français à liquider... *Debout, les Vivants!* de M. Jacques Péricard, avec de belles illustrations sur le casse-pipe mondial... Y a pas d'amateur?

— Si, hurla le petit Geoffroy, pupille de la nation. File-moi-le! Moi, j'aime bien ça, les histoires de guerre...

— T'as raison, dit Chalumot. Adjugé!

Il ne regretta pas de s'être dénanti de ses pauvres trophées. Il s'en félicita même, quelques heures plus tard, quand, à Tours, des élèves du Prytanée de La Flèche montèrent dans leur train. Képi d'aplomb, graves comme des croque-morts, trois ou quatre d'entre eux se plantèrent dans le couloir, en face du compartiment de Simon. Lepage s'avisa bientôt de leur adresser la parole, « pour voir »... Mais, cabotins jusqu'aux moelles, les élèves du Prytanée l'ignorèrent. C'étaient bien là les officiers de demain, prêts à jouer de la cravache et du monocle. Futurs espoirs de l'armée française, ils prenaient les devants et se carraient avec sang-froid au beau milieu de leur ridicule grandeur. On les imaginait déjà, lèvres pincées, l'œil vague, le jonc fouaillant les bottes, s'employant à menacer des pires foudres de pitoyables recrues, à les écraser de leur morgue et de leur sotte prétention... Ou, dans des salons de sous-préfecture, à tâter du rond de jambe devant les femmes des notabilités. Ils auraient vite fait de rattraper, en insignifiance, en drôlerie involontaire, à force de superbe et de gloriole, leurs aînés de Saint-Cyr et de Saint-Maixent, ces pantins bariolés, orgueil des couvertures de magazines bien-pensants, des soirées de gala, des revues de 14 juillet, Princes Charmants de tant de vierges sans inspiration, de tant de vieilles filles refoulées...

— Pas la peine de crâner, dit Lepage. Et vous pourriez quand même être polis... Vous êtes des trouffions comme nous, pas plus...

Un des jeunes guignols se retourna, haussa les épaules, et dit, d'une voix de tête bien désagréable :

— Fichez-nous la paix! Nous n'avons rien de commun avec vous... Et si vous continuez à nous brimer, nous ferons notre rapport en rentrant, au commandant du Prytanée...

— Ça va, dit Lepage. On vous laisse choir. Vous êtes trop cons...

Simon souriait, dans son coin.

— Quand je pense, dit-il à ses camarades, qu'avec un peu de pot vous leur ressemblerez tous, un jour, au fur et à mesure de la montée en grade... Le bel avenir, quoi!

M. et Mme Chalumot reçurent leur fils avec assez de cordialité.

— Comme t'as forci! dit Mme Chalumot. Comme t'as poussé! C'est vrai qu'tu vas sur tes dix-huit ans, mon gamin. Et il y a si longtemps qu'on t'avait pas vu! On serait bien allés à Tulle, moi et ton père, quand t'as fait tes bêtises. Mais les voyages, à l'heure qu'il est, c'est pas pour des gens d'notre espèce. Faut trop d'sous. Toi, t'as de la veine. Tu payes quart de place... Et c'est bien c'qui prouve que l'armée a du bon...

— Alors? s'écria l'adjudant. C'était ta dernière année là-bas... Qu'est-ce que tu vas fabriquer maintenant? Et combien qu't'étais, à l'examen?

— Vingtième, dit Simon.

— Ça n'a rien d'trop!

— Vingtième sur au moins trois cents élèves, papa...

— Bon... Et après?

— Après, j'ai eu mon Brevet de Préparation militaire. Au mois d'octobre, je rejoindrai mon centre, à Saumur, et j'irai ensuite dans un régiment de cavalerie motorisée ou du train des équipages...

— Cavalerie! Train des équipages! Tu pouvais pas prendre la coloniale, bon Dieu? J't'avais pourtant fait la leçon! C'est la seule arme, que j't'ai dit mille et mille fois! Là, y a encore de la discipline et du savoir-vivre!

— Peut-être, dit Simon. Mais j'ai choisi ce qu'on m'a donné à choisir... Et les pelotons d'infanterie, d'ailleurs, sont réservés aux derniers élèves, aux moins intelligents, aux plus nuls...

— N'empêche que j'suis bien content qu'tu sois là,

dit le père Chalumot. Tu peux me rendre un grand service, mon garçon. T'es instruit, t'es éduqué, t'as une fine écriture... Tu vas t'asseoir dans la salle à manger et tu me rédigeras une demande sur papier ministre... On m'a dit que j'avais l'droit de réclamer la Légion d'honneur, après tout c'que j'ai fait, après mes vingt-cinq ans de carrière, mes campagnes du Tonkin, de 14-18, du Maroc, et les autres! Alors, si c'est mon droit, y a pas à hésiter. La Légion d'honneur, c'est quelque chose! Ça f'ra bien, à côté de ma croix de guerre et de ma médaille militaire. Pas, Octavie? Tu seras fier, monstre, d'avoir ton père décoré de la Légion d'honneur. Tout le monde a pas la chance de la mériter, sais-tu? On ne la donne qu'aux braves! Qu'aux héros! Allez, mon fils. Installe-toi... T'auras vite fait, hein?

Simon, qui se réadaptait difficilement, réfléchit avec une souffrance visible.

— Ça t'plaît pas qu'on dirait? Tu refuses de servir ton père? Toi qu'j'attendais depuis des mois...

Simon regarda les yeux congestionnés de l'adjudant Chalumot.

— Je ne peux pas faire ça, dit-il courageusement.

— Qu'est-ce que tu chantes?

— Non, papa. Je ne suis pas un partisan des décorations...

— Alors, si c'est ça, tu renies les miennes? Et tout c'que j'ai enduré pour les gagner? A Tahure, dans la Somme, à la Main de Massiges, à la cote 108... Partout! Cause, salopard!

— C'est pas ce que je veux dire, papa....

— Explique-toi...

— Tu ne comprendrais pas... Mais moi, je n'en aurai jamais, de médailles. Jamais!

L'adjudant ouvrit plusieurs fois la bouche comme un poisson sur une berge, et ses moustaches s'animèrent. Puis, se maîtrisant, ou ne trouvant pas de mots pour fustiger son bandit de fils, il se rua vers la porte de la cuisine.

— T'as donc pas changé? dit Mme Chalumot, d'une voix de *mater dolorosa*. Ton père va encore me faire une séance en rentrant. Quelle vie maudite, mon Dieu! Pas plus tôt arrivé qu'ça r'commence! Et tes deux mois de permission sont fichus, Simon... Par ta faute... T'es pas raisonnable, mon gamin.

— Console-toi, m'man, dit Simon. C'est sans doute la dernière fois que je vous dérange... La dernière fois que je vous inflige ma sale présence...

XIX

Saumur, cirque national, eût comblé le père Chalumot. Ses vieilles tripes d'adjudant patriotard et discipliné se fussent réjouies d'une telle profusion de généraux, d'officiers supérieurs, de lieutenants ou d'aspirants de toutes armes, d'étoiles et de feuilles de chêne, de képis cerclés d'or et d'argent, de grandes ou de petites sardines, de chevrons, de rubans et de médailles, de tous ces clinquants attributs dont aiment à se parer les militaires, gens de peu d'humilité, pitres, bateleurs, comédiens en perpétuelle représentation, torturés du naïf désir de trancher coûte que coûte sur le pâle, l'insignifiant, le pauvre monde qu'ils ont la charge de protéger.

Mais Simon n'avait pas hérité cette stupide vénération de l'élite et le goût des « marques extérieures de respect » auxquelles elle ne manque pas de prétendre. Il trouvait même bien amer que le hasard l'eût conduit dans cette cité privilégiée où des ribambelles de « grosses légumes » jalonnaient chaque boulevard, chaque rue, chaque impasse, bourraient les bistrots, les restaurants, les boxons et les églises, se baladaient du matin au soir en d'incalculables allées et venues, apparemment las où rêveurs, et cependant prêts à recouvrer quelque énergie pour héler le sagouin qui les négligerait.

— Hep! Vous, là-bas... On ne vous a pas appris à saluer?...

Simon ne comptait plus les rappels à l'ordre, les réprimandes, les « motifs » qui fêtaient ses moindres déplacements aux alentours de l'Ecole de cavalerie. Il n'était pas toujours facile de s'esquiver, de jouer les myopes ou les distraits. Lorsqu'on menait, en colonne, aux cuisines, au manège, dans un quelconque amphithéâtre, les vingt enfants de troupe maintenant vêtus de bleu horizon et coiffés d'un calot à pointes gigantesques, Chalumot pouvait encore s'épargner les « tête droite », les « tête gauche », et s'installer fermement, presque sans risque, dans une méprisante indifférence. Mais seul, il semblait surhumain de vouloir à tout coup, avec cette suite ininterrompue d'officiers, se pencher sur un lacet plus ou moins lâche, allumer une cigarette à l'abri d'un vent imaginaire, ou changer brutalement de direction, en un demi-tour parfait, sans qu'à la longue un de ces messieurs, ayant de l'amour-propre une conception toute personnelle, s'aperçût de la combine...

Les sous-offs, pourtant fort préoccupés de leurs supérieurs, admettaient mal qu'on les frustrât, à l'étage au-dessous, du salut réglementaire. Ils tenaient, plus peut-être que le général commandant l'Ecole de Saumur, à ce signe de considération qui les consolait sans doute d'avoir tant à faire pour accéder à de meilleurs emplois, et bénéficier, en conséquence, de salamalecs plus riches et plus nombreux.

Au centre de perfectionnement des enfants de

troupe, l'adjudant chef Muguet, bras droit du capitaine instructeur, s'était vite signalé par son extrême susceptibilité en matière de bienséance.

— Je suis adjudant chef... Mais, dans la cavalerie, vous devez me dire : mon lieutenant. C'est bien entendu, n'est-ce pas? Sinon, je sévirai...

Il eut, en effet, mainte occasion de sévir. En outre, ne sachant se contenter du salut que les élèves lui adressaient, chaque matin, avec beaucoup de déférence et d'application, il exigeait son renouvellement toutes les fois qu'on le croisait, qu'on le dépassait, qu'on le rencontrait dans le quartier; et comme il y demeurait en permanence, sa ration quotidienne d'hommages était inestimable... Simon essaya bien, au début, de lui montrer l'ineptie d'une telle marotte.

— Je vous ai déjà salué dix-sept fois aujourd'hui, mon lieutenant... J'ai pointé... Normalement, on se dit bonjour et l'on se serre une fois la main, pas plus, dans la vie civile.

Mais l'adjudant chef Muguet se foutait de la logique.

— Vous voulez faire le polichinelle? C'est bon. Privation de sortie dimanche... Revue de détail immédiatement... Et corvée de chambre toute la semaine... Avant que de vous envoyer en conseil de guerre! Ici, on n'est plus à l'Ecole de Tulle, mon petit ami... Il faut filer droit... Et ne pas se moquer de ses supérieurs, surtout! Sans ça, c'est le peloton d'exécution! Vous serez joli, avec vos douze balles dans la peau, hein? C'est quand même révoltant qu'un futur gradé fasse preuve d'une pareille indiscipline! D'ailleurs, vous ne les possédez pas encore, vos galons de brigadier chef! Faites-moi confiance! Le capitaine est prévenu contre vous depuis votre arrivée au centre, et je ne plaiderai pas en votre faveur... Ah! non. Les lascars, c'est la plaie de l'armée. Et nous vous avons tous à l'œil, Chalumot! Vos gradés d'encadrement ne vous pardonneront rien... Je leur ai attribué quelques solides consignes. Saluez-moi, et filez me préparer votre revue de détail. Doublures impeccables! Avant que d'aller coucher au poste de police, avec les Arabes...

Certes, les gradés d'encadrement ne ménageaient point Chalumot, en raison du rude mépris qu'il leur témoignait. Mutés de l'Ecole de Tulle l'année précédente, et maintenant parés de leurs galons de brigadier chef, ils étaient une quinzaine à veiller sur les bleus, à les diriger, à leur inculquer des principes tout frais. Pour cette mission délicate, ils avaient redoublé leur stage, et soudain fiers de leur savoir, de leur rôle, de leur tenue fantaisie, de leur grade, surtout, ils ne permettaient pas aux jeunes de les considérer encore comme d'anciens camarades. Voussoiement, salut, garde-à-vous obligatoires! Et c'était à qui, de ces maîtres tout neufs, se montrerait froid, réservé, ferait du zèle ou de l'épate... Ayant partagé leur prime d'engagement entre le tailleur et le bottier, ils prenaient des allures de grands seigneurs, bombaient le torse sous leur tunique bleu ciel, marchaient jambes écartées pour qu'on vît bien la basane de leur culotte de cheval, sonnaient de l'éperon sur leurs fausses bottes lumineuses, battaient l'air de leurs inutiles gants de pécari, serrés, bien raides, dans la main gauche...

Simon Chalumot ne supportait pas l'autorité de ces nouveaux chefs. Il avait joué naguère, avec la plupart, au rugby, conservé le souvenir de cordiales, de franches relations, et trouvait cruel, insensé, qu'il lui fallût désormais se soumettre à leurs caprices, les honorer d'un constant respect comme s'ils fussent soudain des modèles en toute chose. Il ne comprenait pas davantage que ses camarades subissent avec tant de résignation, sinon de plaisir, cette prétentieuse tutelle, où se devinait si bien la marque de Blanchon, de Schaeffer, de Thibaudeau, ces spécialistes du sadisme et de la vacherie. Plutôt que de réprouver leurs aînés, de se refuser à leur servir de cible et de bouffons, ils les admiraient, les enviaient, louaient leur splendeur, leur faisaient une cour écœurante.

— Est-ce que je peux aller pisser, brigadier chef? Merci, brigadier chef...

— Paraît que vous serez bientôt nommé maréchal des logis, brigadier chef? Y a de quoi bicher dur.. Nous, on est bien contents pour vous, vous savez, brigadier chef...

Jour après jour, ils attendaient, piaffants, l'ineffable minute où ils pourraient comme eux imposer leurs lois et rivaliser de maîtrise. Tout aidait, alentour, à l'entretien de cette généreuse ambition. Témoins, à chaque instant, d'édifiantes démonstrations de domptage, et quoique eux-mêmes asservis, ils se délectaient à l'anéantissement du prochain. Entre autres, les officiers du Cadre Noir, véritables pachas galonnés, leur paraissant mériter la plus grande estime, ils ne se lassaient point d'applaudir au comportement de ces fantoches, habiles écuyers, certes, mais pour qui les gardiens de manège et d'écurie ne valaient pas, tous ensemble, un pet de leurs montures. Qu'ils fussent travestis, bicorne en tête, ou simplement affublés de la petite tenue noire lestée d'ors, ces hystériques de la parade se donnaient en spectacle avec une joie d'innocent, et, du haut de leur piédestal, la symbolique cravache en main, l'œil glauque derrière l'indispensable rond de lunette, semblaient regarder le reste de l'humanité comme un entourage de manants juste bons à les idolâtrer, à se repaître de leurs prouesses, et, ainsi maintenus en contrebas, à bien marquer le rapport exact des valeurs.

Les ordonnances, les préposés aux chevaux ne s'embarrassaient pas d'une vaine dignité. Ils se précipitaient au moindre signe de leurs patrons, flattaient, rampaient, léchaient par plaisir, présentaient l'étrier avec une joyeuse soumission, se laissaient mener en toute docilité, recevaient, comme une grâce, les remontrances, les reproches qu'on leur dispensait avec largesse, d'un ton précieux, du bout de la cravache, ainsi qu'il sied entre maître et valet, s'apprêtaient à se rouler dans le crottin, à servir de carpette, à jouer les augustes pour satisfaire leurs modernes chevaliers... Et les Arabes du détachement de spahis, désormais bien domestiqués sous le couvert de la civilisation, venaient encore renforcer ce choix économique de grooms et de larbins placides à souhait...

Les messieurs du Cadre Noir consentaient seulement à se départir de leur morgue, à rompre la remarquable apathie de leurs visages, lorsque la fille du général commandant la place se lançait, le matin, sur son pur sang, à la récolte de civilités et de coups d'œil gaillards. Pour les enfants de troupe, qui profitaient parfois de cette cérémonie rituelle, c'était un savoureux moment d'émoi. A l'image des champions de la volte et de la croupade, ils se redressaient, se guindaient dans leurs pauvres hardes, levaient leurs têtes ridiculement calottées, dans le dessein d'intéresser l'amazone, de mendier un de ses chauds regards dont les officiers de tout âge, de tout grade, de toute nature, paraissaient si friands...

Conquis, et tellement pénétré de ses moyens, Lepage jugeait bon de dire, à chaque rencontre de l'héroïne :

— Elle est d'plus en plus bath! Vivement que j'sois nommé et qu'j'aie ma tenue fantaisie! J'me contenterai pas de la saluer de loin, moi, comme les types du Cadre Noir...

Le brigadier chef responsable, infatué de ses galons et de son uniforme, se trémoussait à la gauche de la colonne, confirmait son aptitude au commandement, et pour un peu, quêtant un sourire de la cavalière, lui eût fait adresser par ses jeunes un « tête droite » hors programme.

— Silence dans les rangs! C'est encore vous qui parlez, Lepage? Une! Deux! Une! Deux! Claquez du talon... Conservez l'alignement! Regardez devant vous! Et ne vous mêlez pas de ce qui se passe sur la piste... Attention! Voilà le commandant de La Mazardière... Ne me faites pas épingler, surtout! Saluez comme il faut... Attention! Taète...

Mais le commandant de La Mazardière, lauréat de tant de concours hippiques, et si bien absorbé par le trot de son cheval, se souciait peu, d'habitude, de répondre à cette politesse.

— Un coup pour rien, disait Chalumot. Il se fout pas mal de notre amour-propre... L'abolition des privilèges, c'est une couillonnade... La preuve... Et l'on ne mélange pas les torchons avec les serviettes. La prochaine fois, au lieu de saluer, faites comme moi... A l'indignité, opposez la dignité... J'ai drôlement hâte, en tout cas, de quitter cette sacrée ville de clowns...

Par intervalles, le jour de leurs dix-huit ans, les élèves du centre allaient au bureau du major signer leur engagement et toucher la prime de sacrifice. Pour beaucoup, ce fut l'occasion d'une bringue mémorable, impatiemment espérée. Il fallait fêter cet heureux résultat, marquer d'une pierre blanche la noble tractation, enterrer avec joie, enthousiasme, folie, ce refus délibéré d'indépendance... Une fois encore, selon leur bonne coutume de consacrer à la chopine et à la bouffe leur moindre argent, leurs moindres loisirs, les enfants de troupe aidaient à l'enrichissement de bien des bistrots saumurois. Cependant que le maître tailleur et le maître bottier s'employaient à la confection de la tenue fantaisie en drap de Suède, du képi bleu ciel, des fausses bottes, des souliers « élastiques », sans lesquels il semblait impossible d'attendrir les filles de l'endroit.

Un matin, on avertit Simon Chalumot de se présenter au bureau du major. Il y signa l'acte historique sans vouloir trop réfléchir, et tendit la main pour qu'on y posât deux billets de mille francs vierges de toute souillure. Au casernement, ravis de l'aubaine, ses camarades le félicitèrent avec chaleur. Mais Simon, qui s'était toujours exclu de leurs agapes-souvenir, ne se priva point de les rembarrer. Le soir même, il expédiait à l'adjudant Chalumot un mandat de deux mille francs, non sans avoir écrit sur le coupon de correspondance :

« Ceci te revient de droit. C'est la prime d'engagement de cinq ans que tu m'as fait contracter avec l'armée française. Comme tu as disposé de moi entièrement, de ma personne, de mes pensées, de mes désirs, il est bien normal que tu disposes aussi du produit de ma vente. »

La réponse arriva rapidement :

« Tu es le dernier des bandits! Puisque tu insultes ton père et que as le culot de lui faire la morale, je te défends de refoutre les pieds à la maison. Tu n'es plus mon fils. Je te renie. Et que jamais je te retrouve sur mon chemin! En plus de toutes les vacheries que tu nous as fait endurer, à moi et à ta mère, tu me bafoues, comme un salaud que tu es, et tu as obligé le facteur à se payer de ma gueule! Quant à tes deux mille francs, je ne serai pas assez gourde pour te les renvoyer. Je ne rougis pas de ce que j'ai fait, moi, et je les prends la tête haute. D'abord, ça tombe rudement bien. Avec, je vais me racheter un paletot de cuir tout neuf, car le vieux était usé jusqu'à la corde. Au moins, tu m'auras été utile une fois, salopard! Je termine en te promettant que tu finiras tes jours au bagne ou sur l'échafaud. Ça te pend au nez, et ça sera bien fait pour toi, petit criminel... Et dis-toi que ton père, lui, quand il s'est engagé, en 1906, n'a pas reçu autant d'argent. Ça l'a quand même pas empêché de faire son devoir jusqu'au bout, mieux que les autres... Je te le répète : ne fous plus jamais les pieds ici, ou je te casse les reins, voyou... »

— Voilà une bonne chose de faite, dit Simon.

Six mois plus tard, bien qu'il n'eût pas témoigné, durant les cours, un zèle encourageant ni révélé des dons indispensables, on nomma Simon brigadier chef. Muguet dut le harceler pour qu'il daignât porter sa veste au galonnage.

— Vous n'êtes guère pressé, Chalumot? Par esprit de contradiction? Pour ne pas faire comme vos camarades?

— Il y a de ça, mon lieutenant...

— Je ne veux pas discuter avec vous... Mais je parierais bien que vous ne les conserverez pas longtemps, vos galons... Vous êtes autant fichu d'être gradé que moi d'être évêque. Et vous devez une fière chandelle au capitaine, croyez-moi! Après tout, il fallait bien qu'on tente de justifier votre stage au centre de Saumur... Allez... Otez-vous de mes yeux... Votre insolence et votre nullité me dégoûtent...

Ainsi, pourvu de quelque science en technique automobile, capable de conduire, sans dégâts, un camion à bandages, une voiture blindée, un sidecar, et, non sans tâtonnements, de changer une durite ou de réparer une chambre à air; capable, encore, de parcourir le manège au trot enlevé, mais, en revanche, honteusement maladroit à la mitrailleuse, qu'il s'agît de tir bloqué ou débloqué, avec fauchage ou sans fauchage, Simon Chalumot reçut l'ordre de rejoindre, au mois d'octobre, un escadron du train sis à Toul (Meurthe-et-Moselle), dernier régiment disponible sur la liste offerte au choix des élèves, selon leurs compétences.

Le jeune Braval, soldat vertueux et travailleur,

irait à Versailles, au 19e train. Satisfait de son sort, il dit à Simon, le jour qu'ils se séparèrent :

— On se rencontrera sûrement, Chalumot... Au cours des manœuvres, par exemple... Mais si je suis sous off, et toi encore brigadier chef, faudra que tu m'obéisses comme si tu me connaissais pas. J'aime mieux te prévenir tout de suite... Parce que j'ai pas envie de dérouiller et de compromettre ma carrière, par ta faute... Tu comprends?

Sans le sou, ne sachant, d'autre part, où passer ses vacances, Simon fut obligé de se rendre tout de suite à son régiment. Il quitta Saumur par un beau matin de juillet, heureux, au fond, d'aborder l'ultime tranche de sa vie militaire. En un an, il avait accru l'importance de sa bibliothèque et de ses archives cinématographiques. Et c'est non sans mal qu'il atteignit la gare, chargé de ses deux grosses valises pleines de livres, de documents, d'essais de toute sorte...

Le capitaine Déodat, commandant une des compagnies de l'escadron du train, n'approuva pas l'adjudant comptable qui, pour s'épargner quelques formalités intempestives, refusait d'incorporer le brigadier chef Chalumot avant la date légale.

— Vous tombez à pic, jeune homme! dit-il à Simon. Il me manquait un brigadier chef pour compléter le détachement délégué, demain, aux obsèques du général gouverneur de la place. Savez-vous manier le sabre? Non! Curieux! On ne vous a pas appris ça, à Saumur? Qu'importe! Vous défilerez avec un mousqueton... Vraiment, jeune homme, je suis réjoui de vous accueillir. L'escadron a besoin actuellement de gradés experts ayant une forte conception de leur métier... Nous avons là d'autres enfants de troupe... Le maréchal des logis Sistello, le chef Ballensac, l'adjudant Jude... Tous donnent entière satisfaction. Je pense que vous aurez à cœur, vous aussi, de perpétuer une tradition qui ne peut que vous être chère... S'pas? Le lieutenant Buffet, mon adjoint, vient également de l'Ecole de Tulle... Il guigne sa troisième ficelle. Je compte sur lui pour vous piloter... Naturellement, vous allez suivre les cours de garnison, et tâcher de nous faire un brillant officier dans quelques années. C'est bien votre intention, s'pas?

— Non, mon capitaine, dit Chalumot, toujours au garde-à-vous, et qu'une crampe commençait à gêner sous les bandes molletières.

Le capitaine Déodat, obèse et farci d'hémorroïdes, crut bon, cependant, pour méditer sur ce refus, de s'asseoir derrière son bureau.

— Et pourquoi ça! dit-il entre deux grimaces. Etes-vous donc décidé à rester brigadier chef toute votre existence? Hein? C'est bien la première fois qu'un enfant de troupe n'accepte pas de s'inscrire aux cours de garnison... Vous m'avez l'air d'un drôle de ouistiti, vous! Et j'ai peut-être eu tort de me fier aux apparences. Ainsi, vous n'aspirez pas à être lieutenant ou capitaine? Vous dédaignez la belle carrière qu'on veut vous assurer? Vous n'avez pas la moindre ambition? Vous vous foutez de votre avenir? Répondez!

— Je ne suis pas fait pour être militaire, mon capitaine, dit Chalumot, soucieux d'éclairer d'emblée cet autre pontife. J'ai hâte d'avoir fini mes cinq ans pour abandonner l'armée et tenter ma chance ailleurs...

— Et que ferez-vous, imbécile?

— Je ne sais pas encore, dit Simon. Mais j'ai confiance...

Il se mit au repos, d'autorité, tandis que le capitaine Déodat, mal à l'aise, arrachait ses fesses du fauteuil pour s'approcher de Simon et le contempler de plus près.

— Jeune homme, vous êtes catalogué, et je vais m'occuper de vous! Comment! Vous arrivez ici comme dans un moulin, on vous reçoit à bras ouverts, et vous ne trouvez rien de mieux que de narguer votre capitaine en affichant des idées subversives! Qu'est-ce que c'est que ça? Hein? Mon garçon, j'aime autant vous dire qu'avant d'avoir vu le bout de vos obligations militaires vous en mangerez des vertes et des pas mûres! On ne vous laissera pas souffler une seconde! Pas une! Et si vous faites le Jacques, on vous enlèvera vos petits galons tout neufs et vous irez coucher sur un bat-flanc, en salle de police, jusqu'à ce que vous vous traîniez à mes pieds, repentant et prêt à vous racheter. C'est entendu? Ah! ça ne vous plaît pas de suivre les cours de garnison et d'acquérir des connaissances supplémentaires! Vous les suivrez quand même, monsieur la forte tête, monsieur le soviet, monsieur le cabochard! De force! On vous y conduira trois fois par semaine, sous escorte, comme un déserteur. Vos camarades anciens enfants de troupe y vont régulièrement et s'en félicitent. Il n'y a donc aucune raison pour que vous ne les imitiez pas. Allez percevoir votre paquetage et vos armes au magasin d'habillement... Et que demain matin, à sept heures, lorsque je passerai l'inspection, je n'aie pas la plus petite observation à vous faire. Sans ça, je vous apprendrai à vivre, cré nom! Un enfant de troupe, c'est fait pour être soldat toute son existence! Pour obéir sans murmurer! Pour défendre la France de bon cœur! Pour montrer l'exemple! Sur ce, débarrassez-moi le plancher immédiatement...

Le bras tendu, l'œil rouge, il indiqua la sortie, pendant que de sa main libre, décollant le fond de sa culotte, il aérait son postérieur enflammé.

Par milliers, dès l'aube, les Toulois s'étaient rués vers la cathédrale afin de ne pas manquer le service religieux exceptionnel promis à la glorieuse dépouille du général Bigot. De mémoire d'archevêque, on n'avait jamais vu pareille affluence. Les cordons d'agents, les soldats et les suisses, arc-boutés sur les vieilles dalles, pliaient d'ailleurs sous la poussée furieuse, enthousiaste, de cette foule de catholiques, de protestants, de juifs, d'athées, d'impies, de libres penseurs, pour une fois solidaires à l'annonce d'un si rare, d'un si beau spectacle. Ceux qui ne s'étaient point couchés de la nuit pour monter la garde près du portail et guetter son ouverture, maintenant assis aux premières loges après un sprint éperdu, contemplaient, narquois, offusqués même, l'émouvante bataille que se livrait, depuis le porche jusqu'au transept, et tout le long du chemin de croix, la multitude endimanchée d'hommes et de femmes, d'enfants et de vieillards, de militaires aux pieux desseins. Agglutinés au seuil de la cathédrale, puis tout à coup projetés vigoureusement, et dans la même seconde aspirés par le vide, les gens tournoyaient, voltaient et virevoltaient, hilares, s'immobilisaient un instant, s'orientaient, humaient l'air, et, leurs esprits recouvrés, se lançaient à fond de train, avec des appels sonores pour leurs amis, à la conquête d'une place de choix... Au plus chaud de la bagarre, les grandes orgues se déclenchèrent, sans qu'on sût si leurs riches accords tendaient à voiler les beuglements de la populace, ou bien à soutenir, à stimuler sa tumultueuse progression...

L'édifice enfin comble, les malchanceux s'égaillèrent, parmi les cris de désespoir et les invectives, à la recherche de moyens de secours. Toujours courant, certains revinrent munis d'escabeaux ou d'échelles, de planches ou de caisses, puis résolurent de se hisser jusqu'aux fenêtres. On eût dit la reconstitution d'un mystère moyenâgeux, d'un épisode historique; l'assaut d'un château fort, la prise d'Orléans par les compagnons de Jehanne, le massacre de la Saint-Barthélemy...

N'y voyant rien, et malgré leur fièvre hésitant à briser les vitraux, les acrobates redescendirent. Mais, avides d'une compensation, ils invitèrent les dames à tenter l'expérience, et, soudain galants, le nez au ciel, les aidèrent dans leur escalade. Naguère prudes, ou conscientes du piteux régal qu'offraient leurs jambes et leurs dessous, des femmes de tout âge, de toute qualité, de tout calibre, enfants de Marie et bourgeoises ombrageuses, y allaient maintenant de leur numéro, découvrant à chaque degré des chairs pâles exceptionnellement propres et nimbées du linge des grandes occasions... Que n'eût-on fait, pour rendre un dernier hommage au général gouverneur Bigot, si légendaire, si nationalement apprécié! Et la troupe, chasseurs, tringlots, artilleurs, sapeurs, tirailleurs, massée, l'arme au pied, autour de la cathédrale, dans l'attente du pompeux défilé, finissait par ne plus regretter le branle-bas matinal, quoiqu'elle s'estimât bien trop éloignée des échelles où, croupes raidies, cuisses au soleil, tant de femmes s'exposaient.

Au coude à coude derrière le catafalque, d'abord curieux et bavards, les élus s'attristaient lentement, les uns après les autres, ne retenant point leurs larmes, leurs renifleries et leurs sanglots. Oh! oui. C'était un brave général! Un général brave, surtout... Bouleversés par les orgues, la myrrhe et l'encens alloués à profusion, par la magnificence du cadre, la gravité des militaires flanquant le cercueil comme des cierges énormes, ils s'amollissaient en chœur, se rappelaient d'un coup toute l'histoire de France, de Bouvines à la Marne, entendaient, au travers du *Te Deum,* les strophes enivrantes du *Chant du Départ* ou de la *Marche Lorraine,* se croyaient prêts, brusquement, à mourir eux aussi comme le général, avec un drapeau tricolore en guise de linceul.

Depuis six ans qu'il gouvernait la place de Toul, le général Bigot avait su gagner la sympathie des civils. On connaissait sa noble conduite au cours de la Grande Guerre, son sens du sacrifice, ses conceptions personnelles en matière d'héroïsme... Commandant en 1914, il se distingua tout de suite en exigeant de trois de ses fils un engagement volontaire dans son régiment d'infanterie, « pour la durée des hostilités ». Il les fit tuer joliment, en quinze jours, mais décorer aussitôt de la Légion d'honneur, et, peu de temps après, le galon de colonel récompensait ce violent zèle patriotique. En si bonne forme, ayant payé de sa famille le droit de démembrer celle des autres, le colonel Bigot se révéla comme l' « un de nos plus remarquables artisans de la victoire ». Appliquant sa belle devise : « On ne fait pas d'omelette sans casser d'œufs », il jonglait avec les états de pertes et les propositions pour la croix de guerre à titre posthume. En octobre 1918, son régiment étant une fois de plus décimé, le colonel Bigot fut promu général, et, pour flatter son goût du réapprovisionnement en têtes de pipe, envoyé sur Paris, au service des effectifs. Par bonheur, le clairon Sellier s'apprêtait à sonner le « Cessez le feu... »

La campagne du Rif, en 1925, lui valut une étoile supplémentaire. Avec les « sauvages », selon son terme, il s'était donné du bon temps, ébauchant même un projet de décision qui autorisait ses soldats à couper les oreilles des Bédouins blessés ou morts, en représailles de leur fâcheuse manie de s'attaquer, eux, aux testicules, toute paire d'oreilles laissant à son possesseur le bénéfice d'un double bidon de vin.

En tant que commandant de place, et dans l'espérance d'une autre guerre bien longue à venir, le général Bigot se conduisit en joyeux drille, jonglant cette fois avec ses crédits et les réserves du conseil municipal. Non content de présider les bals de Sainte-Catherine, de Sainte-Barbe et autres patronnes vouées aux réjouissances, il organisa chaque semaine des fêtes somptueuses, accumula, pour la plus grande satisfaction des citadins, les sauteries, les galas, les corsos, les soirées dansantes, les feux d'artifice, les cavalcades en costumes. Sexagénaire alerte, point amoindri par les campagnes, il déployait une fougue surprenante dans cette tâche d'amuseur public, de Néron évolué, veillant lui-même aux préparatifs, allant en personne chez les commerçants qui, touchés d'une telle munificence, le portaient au pinacle et se tenaient constamment courbés à angle droit.

Son amour du luxe, de la parade, de la riche gaudriole, lui avait acquis tant de popularité qu'on l'invitait, dans un large secteur, à la moindre des cérémonies... Et le général, heureux comme un gamin de revêtir une fois de plus son uniforme et son képi des dimanches, ne se faisait pas prier pour se rendre, dans son coupé automobile, à Nancy, à Neufchâteau, à Frouard, à Pont-à-Mousson, partout où le peuple le réclamait.

Bien qu'il ressentît quelque orgueil à se lancer, au bras de la reine du lieu, dans le quadrille ou le boston d'ouverture, le général Bigot se plaisait surtout parmi les enfants. Lors des distributions de lauriers, des paisibles fêtes scolaires, installé sur le meilleur fauteuil, il appelait à lui les petits garçons et les petites filles, les embrassait, les pelotait, les triturait longuement, sans que quelqu'un vît jamais, dans ces excessives preuves de tendresse, une dangereuse et vilaine manie. Il put même, à son aise, en convier certains à des goûters intimes, et, durant ses balades en ville, offrir à l'un de « ces ravissants petits diables », sans distinction de sexe, une place à son côté sur la banquette de sa grosse voiture.

En revanche, le général Bigot ne badinait pas sur le chapitre de la discipline et du respect qu'entraînaient son grade et sa fonction. Il voulait bien se consacrer aux Toulois, gâter les enfants, payer des pétards et le champagne à leurs pères et mères, mais il fallait, pour sa peine, le saluer très bas lorsqu'on le rencontrait, qu'il fût à pied, à cheval, en automobile. Sinon, il n'hésitait point à déléguer son chauffeur ou son officier d'ordonnance pour stopper l'impoli.

— Comment se fait-il, monsieur, que vous omettiez de vous découvrir devant mon fanion? Vous êtes civil, certes... Toutefois, je peux disposer de vous comme du dernier de mes tirailleurs. Un commandant de garnison l'a tout entière à sa merci, enfoncez-vous bien cela dans la tête! Je ne suis pas n'importe qui, monsieur! En cas de mobilisation, je vous l'apprendrai, croyez-moi... Suffit! Vous pouvez rompre...

A l'égard de la troupe et de ses subalternes, il avait témoigné dès le premier jour une lancinante sollicitude. Plein de louables principes, tenant en haute estime l'hygiène et les soins corporels, il allait, de quartier en quartier, faire des sondages, s'assurer, *de visu,* du parfait fonctionnement des lavabos, de la propreté des latrines, mais il se désintéressait volontiers de l'ordinaire afin d'affirmer son mépris de tout matérialisme. Que le bœuf sauce relevât d'un nouveau procédé de vulcanisation, que les nouilles sentissent la toile de sac et s'identifiassent à la mixture des colleurs d'affiches, le général Bigot s'en souciait peu, pourvu que les soldats eussent des orteils d'albâtre et des ongles de midinette. Les caporaux, les sergents, les adjudants même, devaient se soumettre sans rechigner à ses inspections. A la caserne, tous consentaient bravement à se dénuder pour que leur général évaluât la fréquence et l'efficacité de leurs bains. Mais, en ville, la plaisanterie tournait au supplice. Car Bigot, hanté par sa marotte, et déniant à ses inférieurs amour-propre ou dignité, les contraignait, dans la rue, au hasard de ses promenades, à se débarrasser un instant de leurs godasses, à se déculotter à demi pour exhiber leur ceinture de flanelle, à se laisser bêtement examiner le cou, les mains et les oreilles. Rien n'arrêtait le général dans ses investigations. Ni les mines rigolardes des passants ou du personnel rassemblé derrière les vitrines des magasins, ni la présence, au bras du militaire, d'une petite amie ou de la femme légitime...

— Une minute, sergent... Avez-vous changé de chaussettes, cette semaine?

— Oui, mon général...

— Je demande à voir... Otez vos souliers, je vous prie.

— Ici, mon général?

— Pourquoi pas? Y a-t-il une honte à montrer ses pieds lorsqu'ils sont bien entretenus? Exécutez-vous...

Et tant bien que mal, mimant les hérons, le sous-off sacrifiait toute pudeur au bon plaisir de son chef.

Aujourd'hui, cependant que le général Bigot, allongé sur son affût de canon, visitait une dernière fois les rues de Toul, les troupes acceptaient gaillardement de l'escorter jusqu'à la gare, et le souvenir de ses brimades les encourageait à défiler, l'arme sur l'épaule, sous un soleil saharien, au milieu d'une population exhalant sa tristesse justifiée.

Les commerçants, surtout, regrettaient ce mécène. Du plus humble confiseur au patron du Café de Paris, qui lui avait à mainte reprise loué sa salle de danse, ils s'écrasaient sur les trottoirs, sueur et larmes mêlées, et s'accordaient pour clamer leur infortune. Hormis les grands malades, tous les habitants participaient à ces imposantes funérailles. Des infirmes, des impotents, soutenus par leurs proches, oubliaient leur sombre sort pour pleurer sur celui du valeureux général Bigot. On se bousculait, on cherchait une visibilité satisfaisante à coups de coude et de genou, on grimpait aux becs de gaz, aux lampadaires, sur les appuis des fenêtres, et pilés, étouffés, anéantis, les plus faibles des spectateurs, mais non les moins têtus, disparaissaient, frappés d'insolation ou bien à bout de souffle, entre les jambes impitoyables des voisins.

Lorsque le cortège atteignit le monument aux héros de la Grande Guerre, on venait d'embarquer une cinquième victime. Le général, qui, de son vivant, avait vu sous lui mourir tant d'humains, était comblé au-delà de toute espérance... De leur côté, quelques badauds bénissaient ces défections inattendues. Après un léger flottement de leurs réflexes, ils s'étayaient, poussaient, bramaient, progressaient d'un pas, et pouvaient, à leur tour, s'emplir l'œil de la grandiose cérémonie...

Derrière le cercueil, un vieux sous-officier, brave entre les braves, portait sur ses avant-bras un coussin de velours chargé de toutes les décorations du général. Aveuglé par les scintillements des joujoux de prix, ou peut-être ému de cette consécration au terme de sa longue domesticité, le vénérable page semblait évoluer entre ciel et terre, dans un brouillard perfide, et lutter à chaque mètre contre l'affaissement. Sur ses traces, prêt à le secourir, marchait le dernier fils du général, un capitaine d'infanterie qui devait à son trop jeune âge, en 1914, de n'être pas, à l'heure présente, étendu dans une quelconque nécropole, côte à côte de ses glorieux frères. Lui, bien content de vivre, se tenait droit, le front haut, le menton pointé, son regard de chef rejoignant la ligne d'horizon comme par un cran de mire imaginaire.

Puis, précédant la troupe, à la suite du préfet, des autorités civiles et d'une kyrielle d'officiers supérieurs, venaient les enfants des écoles, si chers au général Bigot, dans leurs robes ou leurs costumes d'une symbolique blancheur; les membres de la fanfare municipale, muets, désolés, mais secrètement heureux de s'offrir au public coiffés de leur belle casquette; les sapeurs-pompiers gonflés de prétention dans leurs tuniques mal ajustées; les anciens combattants, toutes médailles, tous drapeaux dehors, qui ne gardaient nulle rancune au général et à ses collègues d'avoir fait si peu de cas de leur chair et de leur attachement à la vie, puisqu'ils étaient encore là, tout considéré, solides, malgré quelques trous témoins dans leur peau de guerriers impénitents et même disposés « à remettre ça s'il le fallait ».

Si sensible en certaines occasions, la foule redoublait ses pleurs, intensifiait son désespoir au fur et à mesure que le cortège s'étalait devant elle. Tenace, et n'étant pas admise au transbordement du cercueil dans le fourgon qui mènerait le général vers de nouvelles obsèques sur sa terre d'origine, elle attendit, crevant de chaleur et de lassitude, que le préfet et d'autres spécialistes eussent achevé leurs discours. Sans doute dut-elle maudire l'exiguïté de la gare, qui la privait de cette apothéose, tandis que les privilégiés s'abreuvaient de phrases sublimes, de mots standard aux effets jamais usés, et que le barde toulois, correspondant de l'*Est Républicain,* auteur d'impérissables strophes sur le naufrage du *Georges-Philipar,* la mort du ministre Bokanowski, le tamponnement de Lagny-Thorigny-Pomponne, s'appropriait au vol quelques termes choisis pour la complainte qu'il réservait à l'auguste mémoire du général Bigot.

A leur cadence habituelle, les troupes se replièrent, et les habitants, toujours amalgamés le long des rues, purent ainsi se consoler. Ayant, par force, délaissé les soldats de plomb, les images d'Epinal de leur jeunesse, et se sentant frustrés dans leur besoin d'adorer de vieilles idoles, ils se rattrapèrent amplement, braillèrent, applaudirent, chialèrent encore. Au premier rang de sa formation, et contraint, sans entraînement, à cette pénible corvée, Simon Chalumot serrait les dents pour ne point défaillir ou s'alléger, en le posant dans les bras d'un fanatique, du mousqueton qui lui patinait l'épaule depuis l'aube. Sur le chemin du retour, en longeant les trottoirs, il ne sut, comme ses confrères, agréer avec un fat sourire, le torse avantageux, le talon frappant le bitume, les flatteries de cette humanité stupide.

— Bravo, les p'tits soldats! Bravo!

Secouant son chapeau melon, un homme bondit sur la chaussée pour mieux beugler son enthousiasme.

— Vive la France! Bravo, les p'tits gars!

— Ta gueule! lui cria Chalumot, l'œil mauvais.

Il en eût pleuré, lui aussi, tant cette solidarité, cette persévérance dans la bêtise le révoltaient. Et, lancé soudain, il continua de renvoyer leurs compliments à ces furieux amateurs de parades militaires, à ces sadiques du drapeau, des bandes molletières bien roulées, des baïonnettes étincelant au bout des espingoles...

Au quartier, deux kilomètres après la sortie de la ville, sur la route de Nancy, le commandant de l'escadron félicita ses hommes pour leur superbe allure au cours des funérailles.

— Mais, dit-il, je voudrais bien connaître le nom de ce brigadier chef qu'on a foutu en tête de colonne et que je n'osais regarder tellement j'avais honte! Oui, vous, le grand escogriffe! Approchez un peu... Comment vous appelle-t-on?

— Chalumot, mon commandant...

Le capitaine Déodat, jambes arquées, accourait en sautillant.

— C'est le nouveau brigadier chef, mon commandant... Arrivé hier du centre de Saumur... Un enfant de troupe...

— Ça ne m'étonne pas! s'écria le commandant en se giflant la cuisse. On est frais avec un zigue comme celui-là! Et c'est destiné, en plus, à faire l'instruction aux recrues!... Laissez-moi rire... Faut vous cacher, mon ami! Vous n'êtes pas digne de porter des galons! Et encore bien moins de défiler en ville avec un mousqueton! Tout le monde vous visait, triple andouille! Je vous le répète, j'en rougissais de honte! Tenez-vous droit, quand je vous parle! Le petit doigt sur la couture du pantalon! Brigadier chef de mes deux!

Autour de Chalumot, les gradés et les hommes se divertissaient, fiers de bien savoir manier leur sabre ou leur mousqueton.

— Déodat, dit le commandant, je ne vous loue pas

pour votre initiative... Avant de faire manœuvrer quelqu'un devant le préfet et les grandes huiles, on s'assure de ses capacités... Si dans huit jours votre brigadier chef n'est pas à même de marcher, l'arme sur l'épaule, sans me soulever le cœur, je le casse immédiatement et l'affecte comme aide-cuisinier... A bon entendeur, salut! Vous m'avez compris, vous, grande saucisse?

Chalumot ne répondit pas.

— Je vous parle, tête de mule!

— Mon commandant, dit Simon, vous n'avez pas le droit de m'insulter.

Le commandant se frappa la cuisse de plus belle.

— Et il rouspète, ce cancre! Ce bougre d'abruti! Allez! Qu'on me le foute de garde ce soir, pour commencer... Un mot de plus, et je l'envoie au cabanon jusqu'à perpète...

Le capitaine Déodat craignit que Chalumot n'exaspérât le commandant. Il fit un geste de sa main tremblante à l'adresse de Simon, un geste de paix vite réprimé. Mais le commandant Dumangin s'éloignait déjà, le sabre écarté de ses courtes jambes, poussant sa ronde silhouette à petits pas ridicules, comme une vieille servante de comédie...

XX

CHALUMOT partageait une modeste chambre avec le brigadier chef Jacomard, un ancien garçon de ferme qui terminait sa cinquième année de volontariat, et s'apprêtait à rempiler. Outre sa malpropreté, sa balourdise, ses manières d'homme des bois, Jacomard se saoulait tous les soirs à la cantine, venait cuver sur son lit sa bière ou son vin blanc, puis en aspergeait le plancher vers les onze heures, même lorsqu'il tentait de réduire les dégâts en utilisant son casque ou sa gamelle. Jacomard avait trouvé ce seul moyen pour « tuer son bourdon » et ne pas tromper sa fiancée, une tricoteuse à domicile des environs de Verdun. Quatorze jours d'une claustration adoucie par l'ivresse, et, le quinzième, perme en poche, il allait rejoindre « sa poupée ». Il en rapportait régulièrement un souvenir, une relique, paire de bas, soutien-gorge, culotte, combinaison, qu'il ajoutait aux autres, sous son traversin, et dont la vue, ou l'odeur, lui était un réconfort.

Chalumot s'habitua difficilement à ce contact, d'autant plus que Jacomard s'ingéniait à se rendre désagréable. Jusque-là douillettement installé dans la crasse, il ne comprenait pas que Chalumot voulût purifier sa porcherie. Rien ne pouvait le convaincre, ni le persuader, ni les menaces, ni la promesse d'un bidon de « picrate », ce qui, d'ailleurs, eût aggravé les choses. Simon dut se résigner, attendre que son voisin, fragile des bronches, fût endormi, pour oser ouvrir la fenêtre et renouveler l'air, recourir à toute sa patience pour tirer de dessous son lit, vingt fois d'affilée, les chaussettes sales que Jacomard y camouflait afin de s'épargner des représailles en cas d'inspection, et, secondé d'un soldat, laver la chambre à grande eau chaque semaine...

Le premier jour, Simon s'était empressé d'édifier une sorte de bureau-bibliothèque, très rudimentaire, en usant de la table et de quelques vieilles caisses. Jacomard, le regardant se démener, lui dit, la main sur le tas de livres :

— Qu'est-ce que c'est qu'tous tes bouquins? Des manuels du gradé? Des cours d'automobile?

— Oh! non, dit Chalumot. Je ne me donnerais pas tant de mal... Ce sont des romans... Des ouvrages de littérature classique...

— A quoi ça va te servir, alors?

— A moins m'ennuyer, ici... A préparer un travail pour après ma libération. Si vous aimez lire... Seulement, faudra les soigner... Ne pas les tacher d'huile ou de cambouis...

Simon regretta tout de suite cet essai d'amabilité... Mais le brigadier chef n'y était pas sensible.

— Crains rien, dit-il. Moi, la lecture, j'm'en tamponne. Pourvu que j'aille auprès d'ma petite poule tous les quinze jours, et que le patron de la cantine me fasse crédit quand j'suis fleur, c'est tout ce que je demande... Tes bouquins, j'y toucherai pas... J'peux déjà pas arriver à lire mon *Gradé du Train...*

Une fois, cependant, Simon s'aperçut d'un décalage, sur la rangée supérieure de sa bibliothèque. Intrigué, il prit un ou deux livres, et n'en crut pas ses yeux. On avait déchiré les pages à pleine main dans l'*Adolphe* et *la Chartreuse de Parme...* Jacomard, qui entrait justement, n'en disconvint pas.

— Ben oui, dit-il, les feuilles blanches, c'était pour inscrire mes corvées. Les autres, les feuilles qu'étaient imprimées, j'les ai coupées un midi que j'avais la cliffe et pas d'papier-cul... Moi, j'ai pensé qu't'y verrais rien... C'est pas grave, quoi! Un bouquin, c'est qu'un bouquin...

Pourtant hostile à toute violence, Simon gifla Jacomard à la volée. Puis, apitoyé par cet innocent qui se préservait le visage de son bras, comme un gosse, Simon eut honte de son geste.

— Allez, dit-il, excuse-moi. Je n'ai pas su me retenir. Mais les livres, comprends-tu, c'est toute ma vie pour l'instant...

— J'm'en fous! dit Jacomard. Je vais me plaindre au capitaine... Depuis qu't'es dans ma piaule, j'suis plus tranquille. J'peux plus faire c'qui me plaît... J'en ai marre. J'aurai trente ans l'mois prochain, et j'veux pas me laisser emmerder par un bleu comme toi... J'irai tout raconter au capitaine, que j'te dis...

Il y courut, en effet, et le capitaine Déodat sauta sur l'occasion pour cingler Chalumot.

— Ainsi, propre à rien, vous vous vengez de votre médiocrité en rouant de coups votre camarade Jacomard? Vous profitez de sa faiblesse de constitution? Je vous savais paresseux, anarchiste, indigne de la moindre confiance, mais pas lâche à ce point! Dites-vous bien en tout cas que le brigadier chef Jacomard est un excellent gradé et que vous ne lui venez pas à la cheville. Il en vaut dix, vingt, cent comme vous! Il a de l'autorité sur les hommes, lui! Au tableau d'avancement pour le grade de maréchal des logis, il a maintenant le n° 1!... Après tout, c'est peut-être ce qui dicte votre méchanceté à son égard? S'pas?

— Je vous remercie de me prêter de telles idées, dit Chalumot.

— Ménagez vos paroles!

— Non, mon capitaine. Et je soutiens que Jacomard est un malappris, un ivrogne, un véritable porc... J'en ai assez de nettoyer ses vomissures tous les matins... Il considère la chambre comme une bauge, déchire mes livres et se torche avec les pages...

— Taisez-vous! dit le capitaine. Je le répète, Jacomard est un brigadier chef plein de qualités. En dehors du service, qu'il se distraie comme il l'entend, ça m'est égal! La cantine est un havre pour la troupe, et je ne m'insurgerai pas contre les écarts de quelques êtres qui n'ont pas eu, comme vous, la chance de pousser leurs études assez loin pour raffiner leurs goûts... La caserne n'est pas un salon mondain, Chalumot... Et vous devriez être rompu, après vos cinq années d'Ecoles militaires, à tous ses inconvénients. J'ai eu de nombreuses conversations avec vos gradés de compagnie, à votre sujet, et je suis totalement édifié. Vous êtes antipathique à tous, inférieurs ou supérieurs, en raison de votre morgue, de votre vanité sans fondement, et surtout de votre inaptitude à bien remplir les missions dont on vous charge. Que vous soyez de garde ou de semaine, à la manœuvre à pied ou bien en convoi, c'est toujours la même incurie... Il faut vous surveiller comme un jeune soldat, passer derrière vous pour réparer vos bourdes et vos maladresses. Je commence à en avoir par-dessus la tête, Chalumot! Aujourd'hui même, je vais demander votre rétrogradation... Et vous irez dans l'autre compagnie donner un peu de tintouin au capitaine Trugex, qui a la réputation d'être un vrai meneur d'hommes, lui!

Chalumot n'essaya pas de se disculper, d'attendrir le capitaine Déodat. Qu'il redevînt d'un seul coup deuxième classe, ou qu'on consentît, par miséricorde, à lui laisser quelque temps encore des galons de bricard, cela ne le mortifiait point. Au contraire... En toute conscience, il aimait mieux subir des lois empiriques, incompréhensibles, que d'être tenu de les imposer. Il souffrait de devoir accepter les ordres, les grossièretés, les engueulades des officiers et de leurs séides, mais, s'estimant l'égal des simples soldats, et ne se servant guère de son humble grade, il n'ajoutait pas un quelconque remords à ses tourments. Rien ne l'autorisait, pensait-il, à régner sur des hommes qu'on avait par force privés d'une existence normale, arrachés de leurs habitudes, de leur métier, de leurs affections, en prétextant de hauts et nobles desseins, en leur claironnant aux oreilles, non sans ironie, les mots-clefs d'indépendance et de liberté, alors qu'il s'agissait principalement de légitimer la corporation des gradés de carrière et d'assurer à ses membres, le plus longtemps possible, la solde mensuelle, la sainte-touche, comme ils disaient, leur seul et positif idéal...

S'arroger le droit de gouverner ses semblables, de détruire en eux toute dignité, tout amour-propre, toute décence, toute délicatesse, toute notion d'individualité, de tact, d'élégance morale, chercher à les avilir, à les domestiquer coûte que coûte, en matant, de la bonne manière, leurs tentatives de révolte, c'est témoigner une impudence, une prétention sans borne, se croire élu sur terre et concurrent du prétendu maître, renier tout progrès, toute civilisation, s'identifier, mais avec moins de courage et plus d'hypocrisie, à la race des seigneurs pour qui les serfs et les valets étaient censés ne posséder ni âme, ni cœur, ni cerveau...

Les gradés de l'escadron du train détestaient Simon et lui reprochaient de ne pas applaudir à leurs méthodes « en prenant des gants avec la troupe ». Heureux d'avoir acquis sous l'uniforme un semblant d'influence, d'avoir masqué leur vide héréditaire, leurs tares, leur manque de discernement et de finesse, d'avoir compensé, par de plates satisfactions, les quelques saines joies que la vie civile leur eût toujours cachées, ils exerçaient bassement leur despotisme et se payaient sur les hommes qu'on leur livrait, sur les plus instruits et les mieux éduqués, de leur pauvreté native, en les contraignant à s'aplatir, en les ridiculisant en public pour leur inadaptation à cette cour des miracles. Que le jeune requis, lors de son incorporation, se targuât d'un métier libéral, peu courant, qu'il annonçât des diplômes, des titres universitaires, on l'obligeait aussitôt de dépouiller ses complexes d'artiste ou de philosophe, au grand plaisir de certains compagnons d'infortune, terrassiers, paysans ou marchands de vins, qui ne toléraient pas, eux non plus, les différences intellectuelles.

La fameuse page d'écriture, qu'on réclamait des recrues à leur arrivée au corps, était rédigée sous la surveillance d'un sous-officier, qui, le plus souvent, écrivait et lisait à peine. Et le chef comptable, spécialiste des caractères en belle ronde, des chiffres « qu'on dirait imprimés », se refusait à prendre le brevet supérieur, le bachot, le doctorat, la licence ou l'agrégation pour une preuve catégorique de savoir.

— Je vous demande si vous avez le certificat d'études. Répondez par oui ou par non?

— Non, monsieur... Mais...

— C'est bien. J'inscris illettré... Au suivant...

Le commandant Dumangin dut se mordre les doigts après coup, le jour qu'il convia les brigadiers, brigadiers chefs et sous-officiers de carrière point nantis de ce bon vieux certificat d'études, à fréquenter les cours du soir à l'école de Dommartin-les-Toul. On vit alors des adjudants gâteux, des chefs aux lourdes moustaches, des maréchaux des logis suffisants et forts en gueule, partir, après le repas, cahiers de classe en main, à la conquête d'un rudiment de culture. Sur la quinzaine d'ignares redevenus écoliers par discipline, deux seulement obtinrent la moyenne aux épreuves, et le commandant put se taper les cuisses à son aise.

Durant ses cinq années de service, Simon Chalumot eut le loisir d'apprécier ses chefs, d'analyser leur comportement, d'évaluer leur grandeur d'âme, de s'expliquer le choix de leur profession. Outre la secrète envie de pallier leurs déficiences au sein d'un monde naturel par ce pouvoir qu'on leur accordait d'emblée, sans qu'ils eussent à justifier leur valeur humaine, le bon état de leur subconscient, la plénitude de leurs facultés, ils avaient avant tout goûté, dans cette branche si facilement accessible, le gage d'une vie matérielle confortable, la longue assurance du boire et du manger à prix réduit, le tabac au rabais, les permissions et la retraite, la garantie d'être respectés, craints, enviés même toute leur existence, la possibilité d'affirmer près des femmes, consentantes ou non, les prérogatives inhérentes à leur condition de beaux militaires harnachés, bottés, dorés sur tranche, au verbe haut, aux plaisanteries poussées, à la main ferme et aventureuse, mille avantages, en somme, devant lesquels tout individu scrupuleux et fier aurait longtemps balancé...

Sans autre ambition que d'accroître leur solde et leur puissance en décrochant lustre après lustre des galons supplémentaires, ils méprisaient tous ceux qui tâchaient, en dehors du service, de s'élever, de s'instruire, de connaître les meilleures sources de contentements. Dédaigneux de toute lecture, de tout art, de toute passion profitable, ils se gaussaient des adeptes, les accablaient de leurs critiques, visant surtout Chalumot qui se rendait à Nancy exprès pour un film, une pièce de théâtre, et consacrait ses maigres gains à l'achat de livres et de revues plutôt que de leur offrir un « godet » de temps en temps, entre deux parties de manille coinchée.

Le mess et la cantine étant leur seul exutoire, ils y couraient à la moindre occasion, abandonnaient sans cesse leur travail pour s'en jeter un dans le col, et, aux heures de grande détente, y jouer aux cartes interminablement, en maltraitant les tables et les soucoupes, en accumulant les tournées de pernod, en ressassant d'éternels souvenirs de manœuvres, de jardinage, de pêche à la ligne, des histoires de cul, des palmarès de « grognasses » troussées à foison. Certains sous-offs, quoique mariés et pères de famille, n'hésitaient pas, le dimanche, à remonter au quartier pour partager avec les célibataires l'ambiance qu'ils chérissaient.

L'accès du mess était interdit aux brigadiers chefs, mais si l'un d'eux, et Jacomard entre autres, proposait un abreuvage général, on se montrait coulant et bon garçon. Nul n'y manquait d'ailleurs, afin de s'attirer de précieuses sympathies, de frayer avec les innocents caïds. Chalumot, qui n'avait même pas arrosé sa venue à l'escadron, paya cette impolitesse. Les sous-offs de sa compagnie s'étaient froissés de le voir conserver exagérément ses distances. Il ne riait pas à leurs farces, à leurs calembours, se tenait à l'écart, se croyait plus délicat, plus raffiné qu'eux tous, et cette attitude les irritait. En outre, ne pouvant se décharger sur lui de leurs responsabilités, il leur fallait demeurer en permanence dans les garages, surveiller le travail des hommes, et perdre ainsi les heureuses récréations dont ils profitaient jusque-là.

— Pas moyen de compter sur vous, Chalumot! Faut toujours être derrière vos fesses... Le boulot n'avance pas... Quel con, quel empaqueté vous faites, bon Dieu!

— Je vous vaux bien, chef...

— Soyez correct, hein? Ou je vous file le motif! J'en ai soupé de vos manières... Tout le monde en a soupé! Le commandant, le capitaine, toute la compagnie! C'est-y pas une honte de foutre des galons à un pignouf pareil!

— Je ne les ai pas demandés, chef... On me promet toujours de me les enlever, et j'attends encore...

— Ça approche, ayez pas peur! Pour l'instant, occupez-vous de faire astiquer les camions comme il faut... Je vous regarde...

— J'espère bien, chef... C'est votre devoir...

Et le maréchal des logis chef Moreau, dit le Squelette, qui roulait des torchons sous ses molletières afin d'augmenter le galbe de ses tibias, recommençait sa marche de fauve, pestant de ne pas se joindre aux collègues en train de picoler et de coincher en douce...

Avec les soldats, Chalumot ne se départait jamais de son calme et de sa courtoisie. Mais il savait à qui confier les ouvrages les plus sales. Rendant hommage à la vocation des engagés volontaires, il les comblait de corvées pour épargner à d'autres un surcroît de peine.

— J'ai déjà nettoyé les chiottes hier, brigadier chef... Y a d'l'abus...

— Ne vous plaignez pas... Vous aviez la chance d'être libre, de disposer de vous-même, et il vous a plu d'entrer dans l'armée... Par paresse, sans doute... Peut-être aussi parce que la prime vous tentait, et qu'il est toujours agréable d'encaisser un peu d'argent sans douleur... Vous vous êtes vendu, n'est-ce pas? Acceptez maintenant de servir ceux qui sont ici contre leur gré...

Cependant, il n'accordait pas une égale considération à tous les appelés. En sus des ordonnances, larbins-nés, peloteurs et mouchards, et des fiers-à-bras rogues avec la menue gradaille, mais placides et cois devant le moins dangereux des adjudants, il abhorrait les hommes contents de leur sort, prêts à se faire tuer pour un quart de rouge, ces pauvres êtres arrivés de chez eux comme d'une geôle, qui se croyaient soudain au paradis, et qu'un peu de propagande allait définitivement gagner à la grande cause. De même que leurs directeurs de conscience, ceux-là se sentaient régénérés, ennoblis, pleins d'aplomb parce qu'ils portaient depuis quelques mois une pelure sans trous, du linge potable, des écussons aux couleurs vives, un képi, des gants de laine, l'attirail complet, enfin, du petit soldat de France si prisé des serveuses de bistrots et des jouvencelles de toute origine. Naguère honteux de leur disgrâce, de leur bêtise, de leur misère sciemment entretenue, n'osant affronter le prochain, rasant les murs, ils se pavanaient aujourd'hui, tendaient à parler fort, à jouer au plus futé, puis, gommeux et pédants, interpellaient les femmes au passage, quand ils ne se risquaient pas à leur palper la croupe en guise de présentation...

Pour certains paysans, certains ouvriers qui regrettaient leurs terres ou leur usine et détestaient l'armée, Simon Chalumot était plein de prévenances. Il n'usait pas avec eux du tutoiement à sens unique, comme bien des gradés; il l'exigeait en retour, et ne souffrait pas qu'on l'appelât brigadier chef. Au courant de sa curieuse situation d'engagé volontaire contraint, ces braves types considéraient Simon comme un des leurs et lui simplifiaient de leur mieux sa tâche.

D'autres hommes, étudiants, musiciens, avocats, se

réunissaient dans sa chambre, lorsque Jacomard daignait l'abandonner. Mais le capitaine Déodat n'agréait point les cénacles à l'intérieur de sa compagnie.

— Je ne veux pas de ces privautés avec les jeunes recrues, Chalumot! Comment espérez-vous avoir de l'ascendant sur vos hommes si vous les invitez à des surprises-parties de ce genre? La caserne n'est pas un salon mondain, je vous le répète... Vous avez autre chose à faire que d'amuser les conducteurs avec votre gramophone, et de discuter avec eux des problèmes qui ne sont d'aucune utilité pour la bonne marche de l'escadron. C'est la troisième fois qu'on me signale ces manquements à la discipline... Attention, s'pas? Il y a trop longtemps que je vous promets de faire sauter vos galons. Vous allez décrocher la timbale, Chalumot! Après, il sera trop tard pour pleurnicher et vous repentir. Le lieutenant Buffet est écœuré de vos procédés... Il estime que vous déshonorez les enfants de troupe, et fait pression sur moi pour que je balaie mes derniers scrupules de brave homme et de père de famille... Vous êtes averti... A la prochaine faute, je vous saque. Vous m'avez entendu, s'pas?

— Je crois, mon capitaine....

Avant qu'on se décidât enfin à le rétrograder, Chalumot multiplia les esclandres. Lors de la visite d'un photographe officiel, il résolut de ne pas s'aligner auprès de ses confrères en uniforme de gala, qui, songeant à la postérité, méditaient la meilleure pose, la plus sublime posture, l'angle le plus flatteur. Camouflé dans un garage, Simon craignait qu'on ne l'obligeât, lui aussi, de bien regarder le petit oiseau.

En effet, le capitaine de compagnie délégua son

adjoint à la recherche de Chalumot. Et lorsque le lieutenant Buffet l'eut découvert, couché sur la banquette d'un camion, un livre entre les mains, il explosa, jura, s'étrangla, mais Simon ne céda pas.

— C'est un non-sens, mon lieutenant. Je suis la brebis galeuse, le corrupteur, le pestiféré, et l'on réclame quand même ma présence sur la photo qui doit immortaliser la compagnie! En toute logique...

— La logique, Chalumot, exige que vous obéissiez aux ordres et que vous fassiez comme tout le monde... Suivez-moi...

— Non, mon lieutenant. Je ne désire pas laisser un pareil témoignage de mon séjour dans l'armée. J'aurais un remords perpétuel de savoir que des centaines, des milliers de gens conservent chez eux, dans le tiroir de la commode ou pendue au mur de la salle à manger, l'image de mon déguisement, qu'ils se la transmettront de père en fils, que je serai, jusqu'à ma mort, et au-delà, flanqué de l'adjudant Pinson, du maréchal des logis chef Moreau, du brigadier chef Jacomard. La photographie, c'est le régal, c'est l'opium de tout militaire. Mais moi, mon lieutenant, je ne suis pas militaire, en dépit de la tenue que je porte, et je n'accepte pas de me ridiculiser une fois de plus...

— Eh bien, dit le lieutenant Buffet, je vais vous envoyer quatre hommes, baïonnette au canon. Vous capitulerez, parole d'honneur! Ensuite, on s'occupera de vous dégrader et de vous mener à l'ombre. Quand je pense que vous avez, comme moi, vécu cinq ans aux Ecoles, que l'Etat vous a fourni tous les moyens, toutes les chances de vous faire une excellente situation, et que vous terminerez votre engagement en qualité de deuxième classe! Vous êtes un individu abject, Chalumot! Je n'ai pas peur de vous le dire! Un individu sans conscience, indigne de tout intérêt... Et je pâtis de vous avoir serré la main le jour de votre arrivée au corps. Attendez que je sois nommé capitaine et que je remplace Déodat à la tête de la compagnie! Vous en subirez de cruelles! Ancien enfant de troupe moi-même, vous vous imaginez sans doute que je devrais passer l'éponge sur vos exactions et me faire votre complice? Erreur, Chalumot! C'est justement parce que j'ai la charge, étant votre aîné, de veiller sur vous et à la bonne réputation de l'Ecole de Tulle, que je serai dur... dur... mais dur... jusqu'à ce que vous imploriez grâce. Et tous vos camarades, anciens enfants de troupe, ici présents, m'approuveront, j'en suis certain... Aucun n'a d'amitié pour vous... Aucun! Ils redoutent, et je ne leur donne pas tort, que vous ne les compromettiez, que vous ne tentiez de les détourner de leur tâche... Suffit! Etes-vous, pour la dernière fois, décidé à me suivre à la photographie?

— Non, mon lieutenant...

— Parfait! Nous allons rire...

Mais, en marchant, le lieutenant dut comprendre toute la puérilité de ses exigences. Regretta-t-il de s'être conduit comme une mère avec son premier communiant, pour qui la séance chez le photographe tient plus de la corvée que de la consécration? Ou la compagnie s'impatientait-elle, massée en plein soleil, de ce retard dans la manœuvre? Et Buffet tremblait-il de ne point figurer, par excès de zèle, sur la superbe œuvre d'art, à la gauche de son capitaine, entouré de tous ses serviteurs, de se priver bêtement d'une pièce à conviction qui ne pourrait qu'enrichir sa panoplie de bel officier d'active? En tout cas, Simon Chalumot ne vit pas déboucher le piquet en armes, féroce par peur et par discipline, chargé de provoquer sa risette à l'objectif...

A chaque incorporation, Chalumot avertissait les recrues, dotées d'un certain bagage, des manigances du capitaine qui, « pour leur bien et dans l'intérêt du pays », les inciterait à s'inscrire aux pelotons d'E. O. R. La plupart n'écoutaient pas Simon, séduits par la perspective d'en retirer quelques avantages matériels, ou d'étonner leurs amis en s'attribuant, à moins de frais que les messieurs de carrière, des bribes de ce pouvoir souverain combien exaltant... Mais Simon s'acharnait, les tarabustait jusqu'à leur mutation, méprisant les risques d'un pareil apostolat.

Un jour, et ce fut l'ultime goutte dans le vase, Simon s'avisa d'adoucir la captivité d'un nommé Foucard, un insoumis amené par des gendarmes, menottes aux mains, deux semaines après la date légale. A Dumangin, qui le menaçait de la fusillade et le questionnait sur les motifs de sa rébellion, Foucard avait répondu, simplement :

— Je ne veux pas être commandé, monsieur... L'armée me répugne, et vous n'y changerez rien...

— C'est ce qu'on verra, saligaud! En cabane, tout de suite! Jusqu'à ce que vous soyez pâle comme mes fesses... J'ai dit!

Chalumot prit la garde plusieurs fois, volontairement, afin d'approcher Foucard et d'encourager son attitude. Mais il ne put que lui passer quelques vivres par le judas. Les sous-officiers refusaient de prêter à

Simon la clef de la cellule. Ne dormant plus, tant ils appréhendaient l'évasion de ce voyou, ils fulminaient qu'un brigadier chef songeât à s'apitoyer sur son sort. Quelle semonce, si le commandant savait qu'on dérogeait à ses consignes!

Une nuit, après l'appel, Simon projeta de porter à Foucard une lampe électrique et quelques bouquins. Il atteignit sans peine la prison accolée au corps de garde. Il ne lui restait plus qu'à convaincre la sentinelle, d'ordinaire en faction au seuil des locaux. Simon ne l'y vit pas et se félicita d'avoir autant de chance. Il entra, longea le couloir en s'éclairant de sa lampe électrique, et soudain il découvrit, agenouillé sur une paillasse, le maréchal des logis chef Ballensac, de la compagnie voisine, un ancien enfant de troupe, qui le regardait venir, pantois, presque épeuré.

— Qu'est-ce que c'est?

Peu chiche de sa conscience professionnelle, Ballensac s'était couché devant la cellule de Foucard pour parer à toute éventualité de fuite.

— Mais c'est Chalumot! s'écria-t-il en reposant son étui-revolver. Qu'est-ce que tu branles ici, toi?

— J'apportais des livres à Foucard... Maintenant, décidez.

— C'est tout décidé, dit Ballensac en se levant promptement. Je te fous un rapport au cul et tu vas voir ce que ça te coûtera...

— Alors, dit Simon, laissez-moi au moins passer les livres à Foucard...

De nouveau, Ballensac empoigna son revolver.

— T'as donc juré, p'tit con, de me faire aller à Biribi par ta faute! Ah! j'ai eu le nez creux de m'installer là! Je me doutais de quelque chose! Cavale te coucher, Chalumot, ou je te boucle en taule immédiatement! Si c'est pas honteux quand même! Un brigadier chef qui se fait le défenseur des salopards! Qu'est-ce que tu as dans le sang, hein? Pour un ancien enfant de troupe, c'est pas fort, bon Dieu d'bon Dieu! Je suis bien de l'avis de Buffet... Tu n'es qu'un communiste!

Après un tel scandale, Chalumot s'attendait à perdre tous ses galons. C'est cependant comme brigadier qu'on l'expédia, au terme de sa troisième année de service, entre les mains du capitaine Trugex, commandant la seconde compagnie. Tout le monde s'était loué de sa mésaventure, et les sous-officiers anciens enfants de troupe avaient hautement approuvé leur camarade Ballensac, son sens du devoir et sa mésestime, en de telles circonstances, de la solidarité qu'ils prêchaient d'habitude. Ils ne pardonnaient pas à Simon Chalumot son refus, dès le premier jour, de s'affilier à l'association des anciens élèves, « reconnue d'utilité publique », qui groupait périodiquement, dans le grand salon d'un hôtel toulois, les A. E. T. de la garnison. Révoltés par l'insolence de ce geste sans précédent, après avoir banni Chalumot ils lui gardaient toujours un chien de leur chienne.

Pour eux, l'association avait en effet quelque utilité. Outre leur délire de participer aux gueuletons mensuels, ils se retrempaient dans l'atmosphère de l'Ecole, rencontraient des copains, s'interrogeaient avec fièvre sur leurs chances respectives de montée en grade, et, surtout, ils fréquentaient des officiers influents, tel le lieutenant Buffet, capables, entre deux pots fraternels, de les assurer d'un sérieux coup de piston. Ces retrouvailles, où le pelotage et la flatterie semblaient de mise, demeuraient essentiellement militaires et ne suscitaient, en aucun cas, de sentiments d'affection véritable, d'élans désintéressés.

Point rancunier, se plaçant au-dessus des vaines contingences, Simon crut pouvoir, peu de temps après son changement de compagnie, témoigner un intérêt seulement humain à l'un de ces fanatiques du protocole et de l'entraide dirigée, l'adjudant chef Jude, ex-élève des Andelys. Jude venait d'accueillir une engueulade du capitaine Trugex, lorsque Simon l'aperçut par hasard, affalé sur le marchepied d'un camion, au fond d'un garage, et pleurant à gros sanglots.

— Faut pas vous en faire, mon adjudant chef, dit Simon. Un savon du capitaine, c'est bien peu de chose...

Confus, l'adjudant chef Jude se leva, torcha d'un revers de main ses yeux rouges et sa face maigre.

— Regardez, dit encore Chalumot. Moi, depuis trois ans que je suis à l'escadron, on m'assomme de tout côté. C'est à qui me rendra la vie dure... On m'a dégradé... Et après? J'encaisse ça avec le sourire, mon adjudant chef. S'il avait fallu se frapper, aux Andelys et ailleurs, toutes les fois que...

— Vous, dit Jude, mêlez-vous de vos oignons! Je n'ai rien de commun avec vous, vous m'avez compris? Le capitaine Trugex a eu raison de me saquer, et je lui en suis reconnaissant... Si vous m'avez vu pleurnicher comme un moutard, c'est parce que je m'en voulais de ses reproches mérités... Prenez-en de la graine! D'ailleurs, pour vous, c'est trop tard... Vous êtes un raté... Moi, je suis adjudant chef! J'ai treize ans de service, et je sais mes responsabilités vis-à-vis de moi-même. En attendant, tâchez de ne plus m'adresser la parole sans autorisation... Il n'y a pas d'enfant de troupe qui compte... Pour moi, vous n'êtes qu'un vulgaire brigadier comme les autres... Moins que les autres! Une lavette... Et je vous soignerai! Mieux que dans votre ancienne compagnie, vous faites pas de bile...

Simon haussa les épaules, shoota vigoureusement dans un chiffon gras à portée de sa godasse.

— A votre disposition, mon adjudant chef, dit-il.

Et il abandonna Jude à ses remords et à son examen de conscience.

XXI

Le capitaine Trugex, qu'on disait promis au plus brillant avenir, inspirait à ses subordonnés une panique perpétuelle. Caricatural, tant il essayait d'accentuer le côté grand d'Espagne de sa personne, teint mat, nez aquilin, moustache finement frisée, cheveux noirs, port altier, Trugex vivait dans sa compagnie comme un gentleman-farmer au sein de son domaine. Tous les matins, il s'offrait une courte séance de trot enlevé derrière les garages, sur la jument bonasse qu'on lui avait affectée pour qu'il pût entretenir sa forme d'ancien lieutenant de cavalerie. Puis, revêtant un bleu de chauffe, il commençait une visite minutieuse des camions, ses chers camions, les palpait, les auscultait tel un docteur spécialisé, vérifiait la tension des pneus, faisait tousser les cylindres, s'allongeait entre les roues, s'étirait, rampait sous le carter, prenait la température de l'huile, jaugeait les réflexes des démarreurs et, l'inspection achevée, frottait ses mains graisseuses au torchon que lui avançait, pareil à quelque assistant stylé, le sous-ordre de son choix. Maintes fois, durant la journée, le capitaine Trugex renouvelait ses rondes dans les garages, tombait à l'improviste au milieu des hommes, rabrouait les cadres pour leur « j'menfoutisme », annonçait des sanctions.

— Le matériel est sacré, ne l'oubliez pas, messieurs! Ce serait en cas de guerre une de nos plus sûres garanties de victoire immédiate! On nous l'a attribué pour que nous en ayons le plus grand soin. Veillez sur lui avec amour... Briquez, astiquez, sans craindre de vous user les paumes. Est-ce que j'hésite, moi, à me glisser sous le pont arrière, à mettre mon nez dans la boîte de vitesses? Si quelque chose cloche à la prochaine sortie, aux prochaines manœuvres, vous n'y couperez pas. Je veux que ma compagnie soit la plus remarquée! Je veux qu'on puisse se mirer dans les capots, se faire la barbe en face des garde-boue... Au travail, messieurs!

Lors d'un accident, d'un télescopage de camions, de la chute d'un sidecar ou d'une moto, il s'inquiétait peu de savoir si les conducteurs s'en étaient tirés sans trop de bosses.

— Quels sont les dégâts matériels? Faites-moi un rapport complet, avec le détail des réparations nécessaires, afin que j'évalue la durée d'inutilisation des véhicules... Compris?

— Oui, mon capitaine... Quant au conducteur...

— Il est sans doute responsable de l'accident... Comme d'habitude... Qu'a-t-il, au fait?

— Une jambe cassée et des plaies au visage... On l'a mené à l'hôpital...

— Je ne le plains pas! C'est le métier qui entre. Il sera plus prudent par la suite. Allez... Et dans une demi-heure, je veux ce rapport sur ma table...

Son bureau tenait du laboratoire. Il y préparait ses mélanges d'huile, de graisse et d'essence, dans sa quête obsédante d'un ingrédient qui donnât à ses camions le lustre exceptionnel. On ne comptait plus ses essais, ses expériences. Il dosait, transvasait, agitait du matin au soir, et, toutes les semaines, présentait à son état-major une composition capable de transformer enfin ses poids lourds en voitures de luxe.

Ennemi des ignares, des saboteurs, des bêtes nuisibles, il envoyait en prison gradés et hommes de troupe avec une virtuosité que lui enviait le capitaine Déodat. L'arrivée de Chalumot dans sa compagnie l'avait profondément irrité. Convoquant aussitôt « cet oiseau de mauvais augure », il délaissa la préparation d'un cocktail de lubrifiants pour fouailler Simon de son mépris.

— Que savez-vous faire? Rien! Etes-vous apte à quelque poste? Non! Peut-on vous confier un travail, si simple qu'il soit? Pas le moins du monde! Je sais que vous êtes un pauvre hère, plus digne de pitié que de reproches, et l'on m'a fait un fier cadeau en vous expédiant dans ma compagnie. Je ne vois rien, chez moi, qui convienne à vos faibles moyens. Je ne voudrais même pas de vous comme ordonnance. Vous ne seriez pas fichu de ramasser proprement les déjections de mon cheval. Bien que vous ayez, m'a-t-on dit, fait un long stage à Saumur... Trêve de plaisanterie! Monsieur Chalumot, vous êtes un ancien enfant de troupe... A ce titre, il y avait beaucoup à attendre de vous. Les quelques anciens enfants de troupe que j'ai le plaisir d'avoir sous mes ordres m'apportent, tout pesé, entière satisfaction. Ils ont un sens aigu de leur devoir, le sentiment de la discipline, un courage appréciable, et l'on doit espérer d'eux, en cas de conflit — ce qui ne pourrait d'ailleurs tarder — une loyale attitude.

Avec vous, tout est différent. Sans doute votre petit esprit ne s'est-il jamais soucié de l'avenir de la France, de la mission qui vous incombe, en tant que soldat de carrière, de vous apprêter à défendre ses droits, ses libertés, et sa place d'élite... Toute votre éducation est à faire, j'en suis certain. Mais je ne m'en chargerai pas... Je n'ai pas de temps à perdre avec des minus de votre espèce. Alors? Qu'attendre d'un pareil parasite, je vous le demande? Je ne vous permettrai même pas de fréquenter mes conducteurs... Vous n'en êtes pas digne. Ce serait les insulter, que de les astreindre à subir vos pâles directives. J'ai le respect de l'homme! Voyons! Combien d'années vous reste-t-il à passer sous les drapeaux, avant de nous délivrer de votre présence?

— Deux ans, mon capitaine....

— Deux ans! Hélas! Et je n'ose m'interroger sur le sort qui vous guette lorsque vous serez rendu à la vie civile! Mais cela ne me concerne pas... A moins que vous n'ayez l'intention de rengager et de profiter encore des largesses de l'Etat? Pourquoi pas?

— Je n'y pense pas une seconde, mon capitaine...

— Tant mieux! Cependant, je ne vous cache pas qu'en dépit de ma répulsion, votre misérable destin me touche... Nous autres, officiers, avons la tâche de guider, de conseiller, les individus qui nous ont fait confiance, et d'assurer leur sauvegarde loin de la caserne. Un capitaine de compagnie a charge d'âmes, comprenez-vous? Et si dur qu'on me connaisse, si intransigeant que je me flatte d'être, je peux faire preuve, à votre égard, d'une mansuétude toute particulière. Que vous essayiez seulement de vous montrer au niveau de votre rôle insignifiant de brigadier, et je militerai en votre faveur. Rien n'est impossible... Vous finirez vos deux années de service avec le grade de maréchal des logis, et, si vous ne désirez pas rengager et bénéficier de la retraite, un emploi réservé vous tendra quand même les bras... Je vous parle, Chalumot! Et je vous prie de ne pas vous occuper de ce qui a lieu dans la cour...

— J'ai très bien entendu, mon capitaine, dit Simon. Mais je ne me sens aucune envie d'être un jour garde champêtre, homme de peine à la Banque de France, surveillant de square, douanier, gendarme ou garde mobile... Je laisse ces professions méritoires à d'autres.

— C'est de l'insolence! Je n'accepte pas qu'on me réponde sur ce ton! Ici, dans ma compagnie, tout le monde doit m'obéir et se tenir coi... Ce n'est pas un garçon de vingt ans qui me fera baisser les yeux!

Le capitaine Trugex, le front haut, jouait de la prunelle et des sourcils comme un matador.

— Quelles sont ces manières de frappe? Hein? Seriez-vous communiste, par hasard?

— Mon capitaine, dit Chalumot, je ne me suis jamais intéressé à la politique, je ne m'en mêlerai sans doute jamais. Je ne vois aucune distinction entre les royalistes, les républicains, les communistes, les radicaux-socialistes et les socialistes tout court. Et je n'imite pas tant de gradés qui n'apprécient les évolutions du gouvernement qu'en fonction des avantages pécuniaires qu'elles peuvent leur valoir.

— Plus un mot! dit le capitaine Trugex. Ou c'est le conseil de guerre! Je m'étais abusé... Vous êtes autre chose qu'un simple d'esprit, et je me débarrasserai de vous dans le plus bref délai... Suivez-moi... Je vais vous affecter au bureau de la compagnie. Au moins, vous aurai-je à proximité, et constamment à l'œil. Ganache!

Et quand l'adjudant comptable se fut dressé, pieds joints, fesses moites, singé par sa petite équipe de scribouillards :

— Repos! Le brigadier Chalumot fera partie dorénavant de votre personnel, Francetta. Je ne veux pas de lui autour de mes camions. Tâchez qu'il soit utile à quelque chose. Faites-lui ligner des états, épousseter vos classeurs, vider les corbeilles à papiers... Ça l'amusera... Et, à la moindre alerte, prévenez-moi sans crainte. Je saurai ce que j'ai à faire...

L'adjudant Francetta n'était pas un méchant homme. Il avait seulement une peur bleue du capitaine Trugex et redoutait toujours qu'on ne l'envoyât, pour une erreur de comptabilité, commencer son apprentissage de « chef de rame » dans une section. Présentement, il coupait aux sorties de l'escadron, aux petites et grandes manœuvres, et s'estimait heureux. Respectable père de famille — Mme Francetta venait de se délester d'un huitième enfant — il se félicitait de ses aptitudes. Sur son bureau, un agrandissement photographique le représentait en tenue de cérémonie, au garde-à-vous derrière sa progéniture étalée par rang de taille, un agrandissement que le planton avait mis en couleurs « à ses moments perdus », pour continuer de mériter la sympathie de l'adjudant comptable et prétendre à des permissions supplémentaires.

Ancien colonial, Francetta se rappelait souvent, à haute voix, les heures de farniente goûtées jadis à

Dakar, à Bamako, à Tombouctou, et qu'une malencontreuse cirrhose avait interrompues. Il aimait à prêcher la bonne parole à ses collègues, les pressant de solliciter leur affectation au T. O. E.

— Ah! le Soudan! L'Afrique Occidentale Française! C'est le paradis sur terre, christouche! On se la coule douce, on gagne des pépètes en veux-tu en voilà.. Et la sieste est obligatoire! Tous les après-midi, je piquais un fameux roupillon à côté de ma bourgeoise... Tandis qu'ici, à la métropole, c'est boulot boulot dans débander... A votre place, vous qu'êtes jeunes et bien portants, je me payerais un de ces séjours dans le bled! N'oubliez pas que les années comptent double, aux colonies, pour la retraite! C'est quelque chose!

Simon eut bientôt droit au speech sur les beautés de l'A. O. F...

— Vous, Chalumot, qu'êtes un brave type, au fond, un peu aigri, je le vois bien, qu'attendez-vous pour vous embarquer? Tenez... Je vous rédigerai moi-même votre demande... Là-bas, mon vieux, vous vous ferez une situation pépère, je ne vous dis que ça! Vous êtes un poète, pas vrai? Alors, vous serez servi, christouche! Le soleil, le ciel, le sable, les palmiers, les oasis... Tout! On est d'accord? Vous voulez que j'en cause au capitaine?

Mais Simon lui signifia brutalement la vanité de sa propagande.

— J'ai entendu tant de fois mon père rabâcher ses pauvres souvenirs, quand j'étais gosse, que je ne souhaite pas me pavaner sur le terrain de ses exploits. Il est allé, lui aussi, à Dakar, à Kayes, à Tombouctou, à Koulikoro... Et auparavant en Indochine, à Hanoï, à Pnom-Penh, etc. Il fallait l'écouter raconter ses faits d'armes, avec son gros rire... « J'en ai eu des femmes à ma disposition! Ah! vérole! Des congaïs! Des négresses! Une de perdue, cent de retrouvées... Et avec elles, pas de pétard! Quand j'en avais empli une, et qu'elle me montrait son ventre en faisant la grimace, je lui disais : « Ma fille, va voir ailleurs si j'y suis. Je t'ai assez entre- « tenue. Envoie-moi quand même une de tes copines, « que je lui apprenne les bonnes façons. Allez... Du « vent, salope! Et pleure pas... On est là pour se réga- « ler, sans blague! » Il était fier de soi, l'adjudant Chalumot! Fier d'avoir su si bien baiser, à si peu de frais, lui, le colonisateur officiel, le marsouin légendaire chargé de témoigner notre civilisation aux sauvages, à l'ombre du beau drapeau tricolore! Ce n'est pas tout, mon adjudant! Il se vantait de bien d'autres choses! « Là-bas, mon garçon, disait-il, on faisait la loi, et pas qu'un peu! Un sous-officier français, c'était quelqu'un, je te prie de te le figurer. Si les Annamites descendaient pas assez rondement du trottoir en nous croisant, moi et mes collègues, on leur bottait le cul et ça valsait. Ils nous tiraient leur chapeau, ces cons, que j'en rigole encore! » Après, à Tombouctou, il a eu la vie belle, en effet... Dix boys à ses genoux... Un pour la grosse cuisine, un pour le dessert, un pour agiter le « panka », un pour lui laver les orteils... Alors que le dernier de ces indigènes valait mieux que lui... Et vous m'invitez à courir me promener, képi en tête, parmi ces gens qui ne demandaient rien à personne et que des soldats, des sous-offs et des officiers de carrière, nuls, cent fois nuls, mais pourtant orgueil du pays, gloire nationale, fleurons de l'armée française, tout ce que vous voudrez, ont aplatis, exploités, ridiculisés par plaisir?

En dépit des gestes de prudence et d'apaisement de l'adjudant comptable, Chalumot avait pu terminer son exposé. Et Francetta, pantois, à court d'arguments, se contenta de dire :

— Vous allez me donner du fil à retordre, vous, avec des opinions pareilles! Mais je vous en supplie, ne me faites pas arriver d'histoires avec le capitaine... J'ai huit gosses à nourrir... Réfléchissez à ça... C'est pas rien, vous savez! Huit gosses! Et je crois bien que ma femme est encore enceinte...

— J'imagine, dit Chalumot, que vous n'avez pas inscrit vos cinq garçons aux enfants de troupe?

— Justement, j'y pensais, dit l'adjudant Francetta, candide. Mais ma bourgeoise, elle est contre. Après tout, c'est peut-être mieux comme ça...

— Aucun doute, dit Simon. Et ne le regrettez pas... Vous aurez toujours le loisir de les voir se déguiser plus tard, et faire les guignols entre les pattes d'un autre capitaine Trugex, d'un autre commandant Dumangin...

— Allons... Allons... Pas de mauvais propos... Les secrétaires vous écoutent... Et vous savez ce que vous risquez, hein? Je suis brave, d'accord, mais je pourrais me fâcher... Tenez... Dressez-moi donc l'état signalétique du maréchal des logis Le Vaillant... Ça vous changera les idées...

.

A l'incorporation d'un nouveau contingent, on découvrit un opérateur de cinéma, et le capitaine

Trugex, qui ne détestait point feindre de temps en temps une grande libéralité, poussa le commandant à prendre une décision inattendue. Toutes les semaines des films seraient projetés dans le réfectoire, et Louistin, le jeune cinéaste, disposerait de crédits pour la location d'outillage et de bobines. Déjà créateur d'un jazz qui, lors des manœuvres, au cantonnement, distrayait à bon compte les femmes de l'endroit et sa compagnie, Trugex fut satisfait de son autre innovation.

Simon Chalumot rendit souvent visite à Louistin, dans le local où il entreposait son matériel, lui parla de son désir d'être metteur en scène, de ses funestes aventures aux Ecoles militaires, à cause de sa passion sans borne, se documenta, s'instruisit à son aise.

— Ai-je une chance de réussir? Je débarquerai à vingt-trois ans, sans expérience, handicapé par un long emprisonnement... Ne sera-ce pas trop tard? Je sais que la profession est courue, qu'il faut de sérieux appuis pour y accéder. Mais je suis prêt à tout faire, croyez-moi. De la figuration, un travail quelconque dans un studio... Rien ne me rebutera, pourvu qu'on m'accorde d'approcher, de voir, d'étudier, et de m'essayer à mon tour. Vous me jugerez bien naïf... J'ai envoyé deux scénarios à des metteurs en scène, il y a un an de cela... Et, bien sûr, j'attends encore une réponse, un simple avis...

Louistin ne le décourageait pas, mais il l'avertit des difficultés qu'il aurait à vaincre, même pour figurer modestement dans un film.

— En tout cas, je vous donnerai un coup d'épaule. . A votre libération, je vous recommanderai auprès de quelques-uns de mes amis. Pas trop d'illusions, quand même! Dans les studios, c'est la grande foule... Un défilé de gens pistonnés par des personnes influentes, et qui veulent tâter du métier. Non par vocation, le plus souvent. Ni par besoin... Rien que pour se distraire... En curieux, en amateurs... Les metteurs en scène et les régisseurs en ont marre. Vous tâcherez de vous amener au bon moment... Un jour creux...

Entre deux stations au mess, les gradés des compagnies venaient admirer Louistin, fouiner dans son bordel, comme ils disaient, et s'offrir un surcroît de détente. Cependant, ils éjectaient Chalumot qu'ils ne souffraient pas d'y rencontrer.

— Quoi qu'vous branlez ici, vous? Z'avez donc rien à foutre au bureau? Voulez qu'on vous signale au capitaine Trugex, hein? Disparaissez... Laissez ce garçon travailler en paix...

Puis ils relançaient l'opérateur, mendiaient des programmes « aux œufs ».

— Quand que vous nous repasserez un Fernandel, dites? Mes gosses, i z'ont bien rigolé la dernière fois... Comment qu'i s'appelait déjà, ce bon Dieu de film?

— *Les Gaietés de la Finance...*

— C'est ça! On s'en est payé une sacrée tranche. Pas vrai, Moreau?

— J'en pissais!

— Alors on compte sur vous, Louistin... Vous nous en rejouerez un autre le plus tôt possible! J'ai dit à ma femme que j'vous l'réclamerais... Dans le fond, vous avez une bonne petite planque, là... Vous vous faites pas de mousse, hein? Continuez, mon vieux!

Continuez... Mais pensez à notre Fernandel, pas?

Tous étaient présents aux séances, ravis de profiter d'un spectacle « gratis », envieux, surtout, de flatter le capitaine Trugex et le commandant Dumangin, officiers à la page, par leur goût de la discipline même en matière de récréations. Suivis de leur tribu, les sous-officiers mariés franchissaient allégrement les kilomètres entre leur domicile et la caserne, bien que la plupart, avant ces réjouissances réglementaires, eussent affiché leur dédain du cinéma.

Tout ce monde s'épanouit lorsqu'on annonça « la fête de l'escadron », prélude à certaines manœuvres du Dijonnais. Un soir de juin, dans le réfectoire ruisselant de guirlandes, après les affligeantes apparitions, sur un plateau de fortune, de quelques soldats par trop pénétrés de leurs dons de troubadours, le commandant ouvrit le bal.

— En avant la musique! Et que notre jazz se distingue, nom de nom! Faites dire aux musiciens, Trugex, qu'on ne leur ménagera pas les rafraîchissements. Il y a deux caisses de bière au frais! Que ça roule! Mesdames, tous ces messieurs sont à votre disposition pour un tour de valse...

Ce fut un tumulte de gloussements, de rires précieux, d'exclamations folles, et les femmes des sous-offs se trémoussèrent dans leurs toilettes rococo, chatouillèrent leurs récentes ondulations, rectifièrent l'ordonnance de leurs robes à fleurs, réglèrent leur gaine ou leur corset, aérèrent leur croupe et leurs aisselles mouillées.

Chalumot les évalua d'un regard, perches anguleuses toutes d'os et de nerfs, ou matrones bedonnantes, avachies, rubicondes, en lutte continuelle avec leur porte-seins et les multiples attaches de leurs sous-vêtements. Mais il remarqua, debout près du buffet, une fort jolie femme en tailleur noir, un peu méprisante, et déjà lasse, semblait-il, de cette soirée à laquelle on l'avait conviée. Un singulier sourire atténuait à peine la froideur de son visage et la fixité de ses yeux d'un bleu rare, trop limpide. Elle prit une cigarette dans son sac, alors que le capitaine Trugex, quittant le commandant, la rejoignait.

— Vous amusez-vous, ma chère amie? Venez... Je vais vous présenter à mes sous-officiers... Voici d'abord l'adjudant chef Jude, un de mes plus dévoués collaborateurs... Ma femme, Jude...

L'adjudant chef se mit au garde-à-vous, salua, tendit une main moite.

— Mes respects, madame Trugex...

Le capitaine l'arrêta devant tous ses subordonnés transis de déférence, inertes comme pour une revue sur la place d'armes. L'adjudant Grisotte... Le chef Ballensac... Le maréchal des logis Le Vaillant, « un fougueux sous-officier » qui, néanmoins, faisait tous les soirs, aux frais de l'Etat, le plein d'essence de sa moto personnelle. Le maréchal des logis Rouscougne, douze ans de service, et père de quatre enfants, qu'on voyait parfois rôder derrière les cuisines, à l'affût « d'un morceau de bidoche pas trop vilaine » qui lui permît d'améliorer sans douleur le menu familial...

— L'adjudant Francetta, mon comptable, chère amie. Comment va votre femme, Francetta? Elle n'est pas ici?

— Non, mon capitaine... Non, madame... Faut que

vous sachiez qu'elle est près d'être délivrée... Le neuvième, mon capitaine...

— C'est très bien, cela... Très, très bien... Vous entendez, Bérengère? L'adjudant Francetta va avoir son neuvième enfant...

— J'entends... Et je crois qu'il me faut vous féliciter, monsieur...

— Au fait, Francetta, dit Trugex, quand prenez-vous votre permission de détente? Le 18, si je ne m'abuse?

— Exactement, mon capitaine. J'en ai besoin... Mon foie me pique d'une drôle de manière...

— Ne buvez pas trop, ce soir... Oui, je suis inquiet pour votre intérim. Votre adjoint, le maréchal des logis Torton, doit partir, vous ne l'ignorez pas, suivre un cours de mécanique à Saumur...

— Peut-être, dit Francetta, que le brigadier Chalumot pourra s'occuper de la comptabilité... Il s'est bien mis au courant... Je n'ai qu'à me louer de son travail, mon capitaine... Alors...

— Soyons sérieux, Francetta... Je n'ai aucune confiance en cet individu.. Aucune! Et je ne veux pas qu'il glisse son nez dans les affaires de la compagnie...

— Bien, mon capitaine...

— De toute façon, ce n'est pas le jour pour discuter ces questions... Je vous remercie, Francetta.

Le capitaine Trugex continua d'exhiber à sa femme son petit personnel, brigadiers chefs et brigadiers. Il vit Chalumot, au second plan, et leurs regards se rencontrèrent. Mme Trugex, elle aussi, leva les yeux sur ce grand garçon dont le maintien, la silhouette, l'expression détachée, sinon narquoise, l'intéressèrent.

Simon supporta l'examen sans faiblir. Il apprécia la beauté de cette femme, sa distinction mêlée de hauteur, et fit le vœu de lui être présenté. Mais le capitaine Trugex brûlait de témoigner une fois de plus sa mésestime, et Chalumot encaissa l'insulte; puis, écoutant alentour les murmures admiratifs, les paroles pleines de réserve à l'égard de Mme Trugex, « une dame si bien », il résolut tout à coup d'estomaquer ces humbles courtisans pour qui l'épouse du maître devenait une déesse sacrée, intouchable, sereinement établie sur son piédestal de gloire factice. L'adjudant chef Jude, la main encore tremblante d'avoir serré celle de Mme Trugex, dit à son voisin :

— C'est chic, de la part de notre capitaine? Tu crois pas, Ballensac? Un beau geste, mon vieux... Quelle classe elle a, sa femme! Quelle classe!

— En effet, dit Simon, derrière eux. J'ai même envie de l'inviter à danser...

— Vous êtes pas fou! dit Jude, en baissant la voix. Qu'est-ce qui vous prend, Chalumot?

— Une idée... Comme ça, en passant... C'est défendu?

— Couillon! dit Ballensac. Je suis bien tranquille... Faudrait un fameux toupet. Vous faites pas de mauvais sang, mon adjudant chef... Il a une grande gueule, Chalumot... Ça va pas plus loin...

Simon contemplait Mme Trugex, maintenant assise à côté de la femme du commandant. Elle tourna la tête, comme attirée, retrouva les yeux de Simon, défia leur assurance. A l'écart, le capitaine Trugex bavardait avec d'autres officiers, disputait de manœuvres sans doute, de camions, d'ingrédients, de mélange ad hoc, toutes choses fort passionnantes. L'orchestre jouait un slow, seule danse qui convînt à Simon, encore novice.

— Je vous interdis..., cria l'adjudant chef Jude.

Mais déjà Simon se glissait entre les couples. Il s'inclina...

— S'il vous plaît, madame...

Elle l'étudia quelques instants, amena sur ses lèvres son sourire sans douceur, se pencha vers la femme de Dumangin :

— Excusez-moi...

Comme il l'enlaçait, Simon vit le commandant palper l'épaule de Trugex. Le capitaine pivota, très souple, eut un haut-le-corps, et derechef, mais avec un dédain accru, son regard accrocha celui de Simon.

— Pardonnez-moi, dit Simon, de n'avoir pas sollicité le bon vouloir de votre mari... Il était en conférence... D'autre part, il avait omis de me présenter...

— Il ne vous aime guère, m'a-t-il semblé, dit Mme Trugex. Ne craignez-vous pas qu'il ne blâme votre... témérité?...

— Non, madame... Je ne crains pas le capitaine Trugex... Est-ce tellement extraordinaire?

Elle dégagea sa tête, s'ôta légèrement à l'étreinte de Simon, puis, avec beaucoup de sérieux :

— D'autres s'en étonneraient... Moi, je vous en suis reconnaissante... Curieux, n'est-ce pas?

Et d'elle-même elle se rapprocha de Simon, accentuant sa pression sur la main qui tenait la sienne. Simon ne sut quoi répondre... Tous les visages des danseurs s'attachaient à lui. Il y découvrait une dure réprobation, de l'effroi, l'annonce d'un scandale inévitable. En longeant la haie des sous-offs de sa compagnie, il aperçut la figure bouleversée de l'adjudant chef Jude, les maxillaires qui gonflaient la peau. Instinctivement, il emprisonna davantage sa cavalière, crut bon de sourire en face de cette fureur muette. Mme Trugex fredonnait très doucement le leitmotiv du slow... Simon comprit alors toute l'importance de sa victoire, plus réconfortante, plus symbolique qu'aucune action d'éclat, qu'aucun fait d'armes sur d'anciens ou de futurs champs de bataille... Les galons, l'autorité sans mesure, la morgue des grands, la turpitude des moindres, tout cela s'évanouissait d'un bloc. A cette minute, les hommes s'affrontaient nus, sans panoplie, sans le cher attirail dispensateur de vaine puissance... On tolérait, dans la joute, des moyens légaux. Et quoi que pense l'aréopage de fantoches, quoi qu'ils méditent comme sévices, Simon prouvait sa supériorité.

Il accompagna Mme Trugex jusqu'à sa chaise, baisa les doigts qu'elle offrait très naturellement, et les officiers, en demi-cercle côté cour, s'intéressèrent beaucoup à ce finale mondain. Puis, d'un pas ferme, mais sans hâte, Simon se dirigea vers la porte. Les gradés l'attendaient, et Jude lui saisit le bras au passage.

— Vous ne l'emmènerez pas au paradis, petit morveux! On ne se moque pas comme ça de son capitaine... C'est une honte!

— Il fait tout pour choper des emmerdements, ce crétin, dit Ballensac. Quel culot, quand même! Inviter Mme Trugex à danser! Demain, tu coucheras en taule, c'est réglé comme du papier à musique... Le capitaine va te filer une de ces danses, lui...

— Foutez le camp, dit encore Jude. On vous a assez

vu ici. D'abord, à cette fête-là, on n'aurait dû accepter que les sous-officiers. L'année prochaine, si ça se représente...

— L'année prochaine, dit Simon, je me ficherai bien de vos divertissements de patronage. Je serai loin... Mes respects, mon adjudant chef...

— Je pourrais vous châtier d'une façon exemplaire, avait dit le capitaine Trugex à Simon, le lendemain du bal. Vous vouliez vous venger bêtement, n'est-ce pas? Mais mon rang et ma dignité me mettent au-dessus de vos innocentes intrigues, brigadier Chalumot... Je me contenterai donc de revenir sur une décision que j'avais prise, pour récompenser votre zèle au bureau de compagnie. Oui, je comptais faire de vous mon agent de liaison motocycliste durant les grandes manœuvres de Bourgogne. C'eût été l'occasion inespérée de vous racheter et de prétendre à de l'avancement. N'en parlons plus. Vous demeurerez ici, et tâcherez de remplacer de votre mieux l'adjudant Francetta. Il y aura d'ailleurs peu de travail. Bonne raison, cependant, pour que je l'examine de plus près à mon retour. Gare à vous si tout n'est pas hors ligne... Sur ce, rompez!

C'était agir bien naïvement. Le matin du démarrage de l'escadron, une lettre pour le capitaine parvint au quartier, et, plutôt que de la faire suivre, Simon alla le soir même au domicile de Trugex.

— Je désirais vous revoir, dit Simon à la femme du capitaine. Cette lettre pour votre mari...

— Entrez, dit simplement Bérengère.

Et, dans le vestibule :

— Vous n'êtes donc pas en voyage comme tout le monde?

— Le capitaine a sanctionné mon esclandre au cours de la fameuse fête, en me privant de promenade... Mais je n'en ai pas de regret, croyez-moi...

Elle sourit, poussa la porte du salon et pria Simon de s'asseoir. Après un discret coup d'œil, Simon dedanda :

— Vous avez un enfant?

— Non, dit Bérengère. Pourquoi cette question?

Simon désigna de la tête une longue table empire où, par centaines, s'alignaient des soldats de plomb multicolores.

— La grande passion de mon mari, dit Bérengère. Et ce n'est là que le dixième des effectifs! Notre chambre, même, sert de caserne à des légions de cuirassiers, de fantassins, d'artilleurs et autres troupes montées ou non... Je suis ici comme une vivandière cernée de reîtres et de soudards, heureusement paisibles... Le capitaine prépare en secret l'Ecole de Guerre!

— Vraiment? dit Simon.

— On ne plaisante pas sur un tel sujet! D'ailleurs, je vais vous révéler quelque chose de plus symptomatique... Le musée intime... Mais, après, nous changerons de conversation...

Véritable hall, le bureau de Trugex était tapissé de photographies qui le montraient à tous les stades de sa belle carrière, depuis ses modestes débuts de cavalier de deuxième classe au 37e dragons. De face, de trois quarts, de profil... De dos, même; alors qu'il recevait le baiser d'un général pendant une distribution de médailles. Flanquée d'un double motif de portraits en espaliers, comme des arbres généalogiques, trônait l'œuvre d'art, une gigantesque peinture du capitaine, sabre au côté, képi sur les deux oreilles, moustaches luisantes, la main droite coiffant un buste de Napoléon Bonaparte. Par-ci, par-là, bivouaquaient d'autres troupiers de plomb; des attelages s'abreuvaient au bord des encriers; des canons, des chars, des véhicules stationnaient sur des étagères... Et des collections d'armes, d'obus, de grenades, de cartouches, de cuirs, d'insignes étincelants, bardaient les murs, entre les multiples effigies.

— Admirez! dit Bérengère.

— Du narcissisme, dit Simon, assez étonné. Comment pouvez-vous...

— J'obéis... Et il n'y a rien d'autre à faire. Mon cher capitaine a manqué d'avoir des convulsions un jour que je m'étais violemment révoltée contre sa manie, et risquée à mettre dans une malle tous ses joujoux... Maintenant, battons en retraite... Laissons dormir en paix sa Grande Armée...

Ils retournèrent au salon, et Simon regarda longuement Bérengère. La robe de soie noire ornée d'une étroite collerette blanche ajoutait à son étrange attitude, toute de fatalisme orgueilleux, d'amertume et d'ennui, intensifiait la pâleur de son visage où la bouche, un peu large, semblait saigner... D'un geste machinal, elle serra quelques cheveux fous dans les tresses étagées autour de sa tête...

— Puis-je vous avouer, dit Simon, que je suis satisfait d'avoir eu le courage de venir chez vous?

— Le courage?

— Le désir, si vous préférez...

Ils s'assirent et bavardèrent, abordant bien des thèmes, confrontant leurs impressions et leurs goûts.

— Nous allons boire, dit soudain Bérengère. Apéritif? Thé?

— Je vous remercie, dit Simon. Et il me faut peut-être partir... Mais, si vous le permettez, je reviendrai...

— Certes, je vous le permets...

Puis, souriant tout à coup avec une franchise inhabituelle :

— Pourquoi ne pas dîner avec moi? Acceptez... Faites-moi ce plaisir...

Elle s'était levée. Sa main chercha celle de Simon.

— Personne ne nous dérangera... Je suis ici comme une nonne dans un cloître... Nous avons encore beaucoup à parler, n'est-ce pas? Répondez-moi...

— Je le souhaitais, dit Simon.

Et cette nuit-là, s'offrant bien des libertés avec la hiérarchie, l'ordre et la discipline, Simon Chalumot ne remonta pas à la caserne...

Simon fut surpris de découvrir chez Bérengère, sous son apparente froideur, tant de violence passionnée, une soif de tendresse, un besoin sensuel jamais comblés, qui la transfiguraient et l'attachaient à lui par tout son être. Des quelques femmes qu'il eût connues, et vaguement aimées, aucune ne lui avait apporté pareilles joies, aucune ne s'était soumise avec autant d'enthousiasme. Riche de son corps admirable, neuf, disait-elle, et de cette fièvre qui l'incendiait, elle s'abandonnait à son délire, bannissait toute pudeur, se vouait à Simon, l'étreignait même dans le repos, pleurait de gratitude, criait parfois, comme effrayée de son enchantement.

Et Simon, qui l'adorait aujourd'hui, ressentant une extraordinaire ivresse où quelque vanité s'unissait aux intentions de revanche, se plut d'abord à l'étudier, à déceler les raisons de ce subit amour, puis l'abaissa, l'humilia, quoiqu'elle fît tout, d'elle-même, pour rompre les derniers liens qui la retenaient à sa condition récente, des habitudes de parade, de snobisme, de dignité prescrite. Il n'eut pas à provoquer ses confidences; elle lui conta d'un trait son piteux roman, son trouble de jeune fille devant l'officier qui n'avait pour lui que son superbe uniforme et l'assurance de toujours subvenir, sinon de mieux en mieux, à l'entretien de sa maison.

— Mon père, le colonel de Jussiez, m'a jetée dans ses bras à vingt ans, plus vite encore que je ne le demandais. Un beau mariage, mon chéri... La voûte des sabres au seuil de la cathédrale d'Orléans... Toute une brillante escorte d'officiers, les camarades de mon mari, qui ne faisaient guère de différence entre cet événement et la revue d'un 14 juillet... Et moi, alors stupidement ravie, saoulée de soleil, de chants liturgiques, de blanc nuptial, de reflets d'armes, de bottes, d'éperons et de galons d'or! J'en ai subi des réceptions, des visites de mess, des galas, de pesantes soirées où l'on ne parlait que d'avancement, de manœuvres, de guerre probable ou certaine, sans qu'il me fût loisible de donner un avis pour me divertir, ou de détourner la conversation... J'étais là, les mains sagement croisées sur mes genoux, entre la générale X..., la colonelle Z..., les petites femmes de lieutenants sottes et jalouses, souriant d'un côté, grimaçant de l'autre, attendant que mon capitaine expose jusqu'au bout ses théories sur l'utilité de la cavalerie pure en campagne, ou sur le geste des saints-cyriens chargeant en casoar à la bataille de la Marne... Puis, nous nous retrouvions... Seuls, hélas! Parce que le capitaine Trugex, si présomptueux, si plein de mérite, de prestige, de force conquérante, était impuissant! Oui, mon chéri... Et cela le gênait peu, pourvu qu'il ait tous ses réflexes à la tête de sa compagnie, qu'il y montre son entière autorité, l'autre, et que sa jument se maintienne docile entre ses jambes...

— Bérengère... Avant moi...

— J'ai tenté, oui... C'était un lieutenant que mon mari portait aux nues. Pour ses qualités militaires, bien sûr. J'ai fait les premiers pas... Discrets... Mais son avenir l'intéressait davantage. Il ne voulait pas se risquer à le compromettre pour quelques instants de distraction... Ces mots sont de lui... Alors, j'ai joué mon rôle, en vraie femme de soldat... Avec des révoltes de temps en temps, des accès de haine que je tâchais de vaincre, afin de ne pas indisposer le capitaine qui exigeait toute sa lucidité et le calme absolu pour mener à bien ses projets... Mais tout cela est fini, mon amour... Fini! Fini! Je ne te laisserai jamais partir. Comprends-tu que je ne saurais plus me passer de toi? Je me sens maintenant capable d'aller au bout de la terre, de briser tous les obstacles. De tuer, pour ne pas te perdre... Dis que tu ne me quitteras jamais... Dis-le-moi...

— Pourtant, le terme de mon engagement approche... Dans six mois, je serai trop content de fuir et de chercher, par tous les moyens, à refaire ma vie. Je guette cette heure depuis toujours... Nous sommes au même rang, toi et moi... Nous existons sans exister... Avec une bride et des œillères, entre les mains de mêmes maîtres... Ne crois-tu pas que mon esclavage a assez duré? Dix ans, Bérengère! Dix années de contrainte, d'étiolement, de vie pour rien...

Bérengère se nouait à lui, l'emprisonnait, le berçait, baisait ses cheveux, son visage, l'étourdissait de toute son affection.

— Ce n'est plus pareil, mon chéri... Je suis là... Et n'as-tu pas tout ce que tu désires? Tout ce qu'il te faut? T'ai-je déjà refusé la moindre chose? Personne n'a eu, avec moi, cette domination, les libertés que je t'accorde... Demande-moi l'impossible... Dis-moi de me traîner à tes genoux... Punis-moi si tu le veux... J'accepterai tout sans me plaindre, en t'en remerciant même... Je suis trop heureuse!

Elle cédait en effet à tous les caprices de Simon, applaudissait à ceux que guidaient sa rancune et des idées de vengeance. Elle avait enfoui la « grande armée » dans la malle, et poussé ce cercueil au fond d'un débarras. Un jour, Simon ayant aperçu dans la lingerie un mannequin de modiste, elle consentit qu'il l'habillât en capitaine Trugex, avec son uniforme des solennités, et qu'ils s'aimassent ensuite devant cet épouvantail.

— Accroche-lui son sabre, mon chéri... Oh! oui. Ce sera plus drôle!

— Je voudrais te posséder sous ses yeux, disait Simon. Te faire hurler de joie...

— Tais-toi...

— Non... Tu ne peux pas comprendre, Bérengère...

— Si, je comprends...

— Souhaite, alors, qu'il crève au cours des manœuvres... Dans sa belle voiture à fanion... Souhaite-le...

— Je souhaite qu'il meure, mon chéri...

— Qu'il crève, Bérengère...

— Qu'il crève, mon chéri... Oh! oui, qu'il crève! Qu'il crève vite... Je n'en peux plus... Je n'en peux plus...

L'escadron allait rentrer, et Bérengère ne vivait plus. Les derniers jours, elle congédia l'ordonnance et supplia Simon de venir déjeuner avec elle, ne redoutant pas que les voisins ne s'émussent de voir ce brigadier hanter sa porte.

— Je m'arrangerai, dit Bérengère. Nous nous rejoindrons souvent. Et ce sera plus merveilleux encore avec le risque autour de nous... Nous irons en dehors de Toul... A Nancy... Laisse-moi faire... Et n'aie pas peur, surtout, mon chéri...

— Je n'ai pas peur, répondit Simon. Si ce n'était pour t'épargner le pire, je me promènerais avec toi, en ville, au nez de tout ce monde sans intérêt, arriéré, prêt au supplice... Rencontrer, à ton bras, les collaborateurs du capitaine Trugex, si plats, si constamment épouvantés, et Trugex lui-même!

A la caserne, un après-midi, l'ordonnance épia Chalumot et lui remit une lettre, non sans bien des précautions.

— On m'a dit de vous donner ça, brigadier. Une dame que vous connaissez...

Impatiente, affolée, Bérengère l'attendrait le soir même dans un « infâme bistrot », mais tranquille, afin qu'ils fissent des plans pour le prochain dimanche.

Quant à l'ordonnance, il ne devait pas s'en inquiéter. C'était la seule méthode pour correspondre à toute heure avec lui et l'avertir de son emploi du temps. Et, disait Bérengère, je l'ai si bien acheté qu'il ne pensera pas à me trahir...

Cependant, leurs rendez-vous furent de plus en plus périlleux, de plus en plus espacés, et ils en souffrirent l'un et l'autre. Sauf de rares échappées à Nancy ou dans les bourgs des environs de Toul, ils durent souvent se satisfaire de quelques minutes d'entretien dans l'arrière-salle des cafés, et des lettres que Riesemann, l'ordonnance, se chargeait, sans sourire, avec flegme, de leur porter quotidiennement.

Maintes fois, tant le mortifiait l'arrogante attitude de Trugex à son égard, Simon eut envie de lui clouer le bec, de rabattre sa suffisance et, du coup, les pointes de sa moustache de conquistador. Néanmoins, Trugex semblait avoir apprécié le travail de Chalumot. L'adjudant comptable ayant joui d'une prolongation de perme, à cause de son foie qui le chatouillait de plus belle, Simon fut même désigné pour assurer l'intérim.

— Je crois qu'on fera quelque chose de vous, à la fin, brigadier Chalumot. Mais seulement dans la paperasse... Je ne m'avancerais pas encore à vous affecter à une rame, à vous laisser approcher de mes véhicules... Espérons...

Et lorsque survint, en septembre, l'alerte de Munich, Simon, guerrier inapte, laissa partir, prêt au baroud, l'escadron au complet, mitrailleuses tirées des gaines, en position de fauchage, cartouchières ventrues, officiers un peu gênés par cette gâterie de l'Histoire, fébriles, mais pétant des flammes à tort et à travers, sous-offs constipés, oubliant soudain la primordiale raison de leur présence sur les livres de paye nationaux, leur rôle de mercenaires engraissés spécialement pour la défense, au moment opportun, des contribuables qui leur permettaient d'exister, et ne se souciant plus, à l'heure H, que de perturbations éventuelles dans les services de la trésorerie...

Trois semaines durant, tandis que les réservistes, toujours en quête d'un uniforme, d'un fusil, et surtout d'un logement, emplissaient les rues de Toul, dormaient sur les trottoirs, sous les porches des maisons, se démenant dans une monstrueuse pagaïe, Simon goûta de nouveau, près de Bérengère, une paix consolante. Il eut même, à certains réveils, en récompense de la passion désintéressée qu'il témoignait à la femme du capitaine Trugex, le contentement de voir l'ordonnance, fidèle, placide, impénétrable, lui voiturer au lit le petit déjeuner.

— Si j'avais écouté mon mari, disait Bérengère, je serais à Orléans, et bien loin de toi. Car il voulait que j'aille m'y réfugier... A quoi donc lui suis-je utile, pour qu'il ait si grand soin de moi, pour qu'il désire me retrouver saine et sauve, bien vivante?

A deux reprises, pendant cette symbolique garde à la frontière, le capitaine put accourir saluer sa femme. Mais il tint, chaque fois, à déléguer un motard pour prévenir de sa visite...

A la veille d'être libéré, de changer d'horizon, de connaître de vraies responsabilités d'homme intelligent et fort, fait pour vivre et non ramper, à la veille d'entrer dans un monde neuf dont le mystère l'excitait,

Simon Chalumot mêlait à sa joie une tristesse inattendue.

Quoi qu'il fît pour s'exalter, si stimulants que fussent ses rêves de conquête et d'indépendance, il pensait à Bérengère, appréhendait la séparation, se refusait à la tourmenter sciemment, craignait d'affronter lui-même une douleur sans mesure. Il avait longtemps considéré cette liaison comme un délassement, comme un agréable moyen d'assouvir sa rancune envers les têtes faussement couronnées. L'exutoire étant de choix, il en avait usé sans remords, au-delà de ses espérances. Mais l'amour de Bérengère, sans calculs, admirable par sa fougue et sa fraîcheur, prolongeait maintenant en lui sa résonance. Il le partageait, sans oser s'en défendre, s'attendrissait sur cette révélation réciproque... Aurait-il le courage de le renier à l'ultime instant, de se montrer cruel, sceptique et lâche pour la femme qui l'idolâtrait et l'avait découvert à lui-même?

Un mois avant son élargissement, Simon partit pour Paris, en permission de quarante-huit heures, y louer une chambre, commander un costume civil, s'habituer à son prochain milieu. Bérengère le supplia de renoncer à ce projet.

— Tu m'as appris à vivre... Sans toi, je serai de nouveau perdue, et je n'ai plus envie de me sacrifier... Reste, mon chéri... Je te ferai une si douce existence. Tu auras de l'argent, tout ton confort... Un appartement en ville... Je te donnerai ce que j'ai, tout ce qui est à moi...

Simon regardait se dilater ses yeux, des larmes éclaircir encore leur bleu si limpide. Il tremblait, souffrant de sa propre rigueur.

— Je ne peux pas, Bérengère. J'ai réclamé jour et nuit ma libération depuis la minute où je suis arrivé, à treize ans, dans ma première caserne, à l'Ecole des Andelys... Je me suis accroché à cette délivrance, pourtant lointaine... C'était mon doping, la seule raison de ne pas me laisser avilir stupidement, et d'encaisser quand même les insultes, les brimades.. Une fois, j'ai voulu me suicider. Je me suis jeté par la fenêtre du dortoir... Le terme de mon calvaire me paraissait inaccessible, hors du temps, et je n'avais plus la force de patienter. Si je n'ai pas essayé de me tuer encore, c'est parce que, songeant aux années qui m'appartiendraient après l'épreuve, je me persuadais d'oublier cet apprentissage de la torture, de la honte, et du mal. Il faut que je tente ma chance. J'ai travaillé sans cesse, en secret, pour me tirer de ma misère, m'élever dignement et démontrer un jour à ceux qui m'accablaient de leur supériorité qu'ils sont, quoi qu'ils fassent, quoi qu'ils disent pour tromper leur entourage et sauver les apparences, en bas, tout en bas de l'échelle... Penses-tu, Bérengère, que je puisse d'un coup abjurer mes rêves, mes espoirs? Et rengager? Et river mon sort au leur jusqu'à la fin des fins, m'infliger volontairement cette contrainte, cette déchéance? Toul! Me confiner dans ce périmètre bourré d'uniformes, de képis, de galons... Rôder comme une âme en peine, étouffer dans ce magma vaniteux, aveugle, engorgé de consignes, de principes étroits... Etre tenu, par surcroît, à la plus grande vénération, au plus plat respect...

— Je t'aime, dit Bérengère, et je ne veux pas que tu pâtisses par ma faute. C'est moi qui te suivrai, mon chéri. Je divorcerai... J'irai te rejoindre, et nous n'aurons plus rien devant nous, autour de nous, pour nous empêcher d'être heureux. Tu verras comme je t'aiderai, comme nous nous comprendrons...

— Tu divorcerais?

— Oui! Tu ne me connais pas encore!...

Simon caressa ses cheveux près de la tempe, serra sa main, si durement que Bérengère se mordit les lèvres. Une fierté soudaine le gagnait, lui brûlait le cœur. Quelle revanche! Bérengère le choisissant pour toute sa vie, lui, le pauvre brigadier nul, sans avenir militaire, tant de fois offensé, tant de fois ridiculisé... Retourner un jour avec elle, dans cette ville, dans cette navrante cité-caserne, et se trouver en face de Trugex au coin d'une rue! Puis, rencontrer tous ses disciples, l'un après l'autre... Tous! Jude... Moreau... Ballensac... Ces pleutres, ces guignols, ces bouffons, ces amoindris de naissance...

— Certes, dit Bérengère, il me faudra lutter. Contre mon mari, d'abord. Mais surtout contre mon père. . Du plus loin que je me souvienne, il m'a toujours effrayée, dominée, gardée sous sa cravache. Strict, rude, impitoyable... Avec moi comme avec ses hommes. Apprenant mon divorce, je le crois capable de se lancer lui-même à ma recherche, d'alerter la police, de me ramener à mon mari pieds et poings liés. Mais rien ne m'arrêtera, mon chéri. Rien. Je te le jure...

La nomination de Chalumot au grade de maréchal des logis parut à l'*Officiel* quelques jours avant qu'il posât sa demande de congé.

— Vous voyez! dit le capitaine Trugex. Tout arrive

à point! Je vous prie de me remercier, maréchal des logis Chalumot. Le commandant n'était pas très ferme pour transmettre ma proposition. Mais j'avais besoin d'un sous-officier comptable en remplacement de Francetta, réformé et rayé des cadres. J'ai noté qu'il y avait en vous quelques ressources, en dépit de l'attitude que vous vous plaisez à afficher. Maintenant, je suis tranquille! Cette nomination vous touche, et vous allez tout faire pour que je n'aie pas à me repentir de ma bienveillance. N'est-ce pas, maréchal des logis?

— Mon capitaine, dit Simon, j'étais résolu à quitter l'armée, bien résolu... Ce n'est pas cette grâce qui me fera changer d'avis. J'étais prêt, d'ailleurs, à rendre mes galons de brigadier avant mon départ...

— J'espère qu'il s'agit d'une boutade, Chalumot?

— Pas du tout. Dans deux semaines exactement, je passerai la grille du quartier, en civil, et sans le moindre regret.

— Je vous somme de retirer vos paroles et de vous excuser! C'est inadmissible!

— La franchise est une grande qualité, mon capitaine.

— Entendons-nous bien... Vous allez aborder une nouvelle existence pleine de traquenards, pleine d'embûches... Handicapé, avouez-le! Vous n'êtes pas habitué à vous diriger seul. Ici, on vous guide, on vous mâche le travail... Il n'y a pas de combat pour le bifteck, comme on dit vulgairement. Et réfléchissez, surtout, que la guerre approche... Dans quelques mois, si vous persistez dans votre sotte décision, vous reviendrez parmi nous. Mais privé de tout bénéfice! De la retraite, de la solde mensuelle... Que sais-je encore! Et que ferez-vous dans la vie civile, Chalumot? Rien! trois fois rien! Vous végéterez... Vous crèverez de faim... Ou, ce qui est pire, vous vous contenterez de méprisables palliatifs. Vous vous ferez entretenir, peut-être... Joli garçon comme vous l'êtes... C'est votre intention, sans doute?

— Vos injures...

— Je ne vous injurie pas... Je constate... Je prédis. Et je tâche de vous sauver malgré vous. Vous n'imaginez pas ce que vous allez gâcher, Chalumot! Vous voilà maréchal des logis... A un poste qui entre dans vos cordes... Un peu de patience, encore, et vous serez promu chef, adjudant, et même officier... Car vous fréquenterez les cours de garnison, je m'y engage formellement. C'est dit! Ne me faites pas gaspiller mon temps, toujours précieux. Et je n'ai pas accoutumé de m'abaisser devant mes inférieurs... J'attends votre assentiment....

— Je refuse vos galons, dit Chalumot, et je reprends la liberté que je n'aurais jamais dû perdre si j'avais possédé de vrais parents, conscients de leurs vrais devoirs. Je vous salue, mon capitaine...

Et Simon sortit du bureau-laboratoire en claquant la porte.

Lorsqu'il eut empoché son pécule — deux autres billets de mille francs bien mérités — on remit à Simon sa tenue de sous-officier de réserve, en l'invitant à la soigner, à n'oublier jamais qu'elle appartenait à l'Etat, ce généreux fournisseur de travestis pour les êtres en panne d'avenir et de situations mirobolantes.

— Je n'en veux pas, dit Simon à l'adjudant magasinier. Si j'abandonne l'armée, ce n'est quand même pas pour traîner avec moi ce déguisement comme un boulet... Pensez un peu, mon adjudant...

— Un ordre, c'est un ordre! En cas de mobilisation, faut vous rendre à votre dépôt vêtu d'un uniforme. Vous écoutez le français?

— Parce que vous croyez que je me laisserais mobiliser? Et fourrer une fois de plus, après mon expérience, entre les pattes de la haute autorité militaire?

— Ah! vous! hurla l'adjudant, vous m'échauffez les oreilles! Z'êtes pas encore libéré, mon p'tit gars! Un mot de plus, et je vous conduis chez le commandant...

— Dans ces conditions, dit Chalumot, il vaut peut-être mieux que je fasse un effort. C'est bien ce que vous me conseillez, mon adjudant?

— Sûr! Allez... Flanquez ça dans vos valises. Et ne crânez pas trop, hein? D'ici qu'on vous raperçoive à l'escadron, un de ces quatre, la queue basse, pour rempiler. M'étonnerait guère...

— Et la dignité, mon adjudant. Qu'est-ce que vous en faites?

— La dignité! La dignité! Ça n'a rien à foutre là-dedans, la dignité. Décampez! Continuez pas à me baver sur les roupettes! Compris? On ne vous regrettera pas, mon cochon! Je vous le dis!

Simon ne quitta pas Toul le jour même. Il accorda cette joie à Bérengère qui le retrouva l'après-midi à l'hôtel de la Gare. Le lendemain, triste, affligée, plus pâle, cachant à peine ses larmes, elle osa l'accompagner sur le quai. Puis, alors que débouchait le train, elle courut vers un employé, revint, haletante.

— Jusqu'à Lérouville, Simon... Je ne peux pas me séparer de toi si vite...

Mais, à Lérouville, elle n'eut pas le courage de descendre. Ils passèrent Commercy, atteignirent Bar-le-Duc...

— Maintenant, dit Bérengère, c'est bien fini. J'ai l'impression de n'être plus moi... Que tu emportes mon cœur, mon cerveau, toute ma chair. Ecris-moi souvent... Bureau central... J'irai à Paris, bientôt... Comme je souffre! Comme j'ai mal, Simon! Tu ne peux savoir... Attends-moi... Tout le temps qu'il faudra. Je serai forte, pour mes promesses. Je n'ai pas peur... Au revoir, mon chéri... Ne pleure pas, toi! Oh! non... Je n'ai plus de volonté... Tu vas me faire mourir...

Elle restait là, immobile sur le refuge désert et froid, telle une tombe, la main levée pour un dernier geste d'affection. Et Simon ne voyait que sa bouche, ses lèvres si rouges qui remuaient, qui tremblaient en prononçant les mots qu'il n'entendait plus...

XXII

Patronné par Louistin, Simon avait bénéficié d'une convocation aux studios de la rue Francœur. Non sans mal... Laforêt, le metteur en scène, était nerveux ce jour-là. A cause de son décor... Et Simon dut patienter longtemps, près de la loge du concierge, avant de pouvoir approcher Laforêt qui consentit à regarder la lettre de son ex-opérateur.

— Ah! Louistin... Va bien? Peinard, j'espère? Bientôt la classe pour lui... En avril, je crois?

— Oui, monsieur... Il s'occupe aussi de cinéma, là-bas. Il organise des séances... Projette des films...

— Il veut qu'on vous procure un petit boulot? Comique, lui! L'a pas changé... Vous n'êtes pas de la partie! Figuration? Pas maintenant, en tout cas... Je suis débordé... Demain... Ou après-demain... Ça ne vous dérange pas?

Par l'intermédiaire du premier assistant metteur en scène, puis du second, Simon avait joint Bourdaloux, le régisseur.

— Possédez-vous un smoking? Dommage... M'fallait encore un grand type pour la semaine prochaine, dans le décor de boîte de nuit... Dommage... Rien d'autre chez moi... Attendez! Papillon a besoin de gars bien bâtis... Production à côté... Plateau 3... Allez-y de ma part... Bourdaloux... Pas de smoking, là. C'est un film de guerre... Ils vous offriront le costume. Je note quand même votre nom... Ne me remerciez pas...

Trop enthousiaste pour se choquer de ce hasard, Simon se laissa transformer en un planton du Deuxième Bureau bien impersonnel. Dix fois de suite, on lui commanda d'ouvrir une porte, de se planter au garde-à-vous, de saluer des officiers qui pénétraient à la file dans le champ. Il fit tout avec conscience, en bon militaire discipliné, respectueux, et ses anciens chefs eussent été ravis, émus, de le voir enfin si compréhensif. Mais Simon se souciait peu de ce rappel d'un passé gênant. Il venait d'aborder le merveilleux univers, objet de ses rêves depuis son enfance, et s'y promenait avec des yeux avides, follement intéressés. Durant les pauses, incapable de lire, de rester en place, il collait aux pas des techniciens, contemplait, ébahi, le chef opérateur en train de diriger ses hommes sur les praticables, le cameraman réglant son appareil, et brûlait de se pencher lui aussi sur le viseur. Il allait lorgner par-dessus l'épaule de la script-girl, s'énervait avec le metteur en scène lorsqu'un acteur ânonnait, manquait un de ses gestes, une de ses répliques... De temps en temps, bien qu'il fût d'une extrême prudence, qu'il s'arrangeât pour esquiver les brusques reculs, les voltes, les sauts, les démarrages foudroyants de l'un ou de l'autre, il lui arrivait en pleine face une violente injonction de vider les lieux.

— Du vent, le deuxième classe... On veut travailler... Qu'est-ce que tu fous, toujours dans nos jambes?

— Je regarde...

— Tu regardes... Tu regardes... T'en as pas marre, encore? Pousse-toi, qu'on te dit...

Il se repliait avec lenteur jusqu'à ce qu'on l'eût oublié, puis retournait, tenace, réduisant peu à peu les distances, « bader » comme un gamin et parfaire sa documentation.

Dès le premier jour, les figurants lui avaient reproché de trop se passionner pour la question, de bondir au moindre cri du metteur en scène ou de ses aides. Les figurants de cinéma, les vieux de la vieille, solidement ancrés dans la corporation, n'aiment pas que des innocents troublent leur béatitude, que des novices veuillent modifier les rites, les frustrer d'une tranquillité précieuse qu'ils réclament comme un droit, après des lustres et des lustres d'assiduité, ainsi qu'il sied à tout fonctionnaire...

— T'es nouveau, ça se remarque... Si t'avais vingt ou trente ans de métier, comme nous autres, tu ne cavalerais plus. Peux pas t'asseoir dans un coin, non? Et nous foutre la paix? Merde! Faut que le temps passe, ici, c'est tout... Et doucement! Si on n'a pas fini la scène ce soir, on recommencera demain... C'est autant de bénef, t'as saisi?

Un crachat à droite, le mégot à gauche, ils reprenaient leur belote, bien à l'abri derrière un décor, et bougonnaient tout en jouant, écœurés par l'impudence de cet amateur.

Naïf, Simon confia même à l'un de ces « artistes de complément » qu'il venait là pour s'instruire, non pour le cachet.

— La vache! T'as du fiel, toi! Eh ben, nous, mon vieux, on est ici pour gagner notre bifteck, t'entends!

Le cinéma, on s'en tape. Carre-toi ça dans ta petite tête. Si c'est pas malheureux! Et t'as pas ta carte, sûr... Hein, qu'tu l'as pas? J'l'aurais parié... Tu t'es fait pistonner pour pouvoir t'amuser à la vedette, et t'as pris la place d'un pote... Mais ça va changer... On râlera auprès du syndicat. Y a pas d'raison, merde!

Qu'ils songent, uniquement, à gagner leur bifteck, rien de plus normal en somme. Mais ils trichaient par plaisir, se planquant comme des trouffions devant une corvée, lambinant, se traînant vers le plateau, las, rompus, infirmes, dégoûtés, pour faire renvoyer au lendemain une partie du tournage. Certains, les champions, calculaient finement leur coup et se présentaient, toute énergie déployée, pour la dernière scène, à l'ultime seconde, au cas qu'il y eût quelques raccords. Ainsi, leur casse-croûte serait-il assuré sans trop de peine un jour de plus...

Après cette expérience, et n'osant quêter une autre recommandation près de Laforêt, Simon courut de studio en studio, à Neuilly, à Billancourt, à Joinville, aux Buttes-Chaumont, harceler les régisseurs ou se mêler à la foule des figurants qui stationnaient devant les portes closes, dans l'espoir d'un besoin de main-d'œuvre imprévu. Pour Simon, il ne s'agissait plus d'art et de cours à bon compte. C'était la pêche aux sandwiches, ou, selon la chance, aux repas à prix fixe. Le plus souvent, les portes un instant entrouvertes se refermaient sur lui. Et, déçu, Simon continuait de poireauter jusqu'à ce que la lassitude, ou son amour-propre, le contraignît à lever le siège. Il aurait fallu jouer des coudes, bousculer le voisin, l'engueuler, montrer les dents, se débarrasser des principes de bienséance et d'éducation, n'avoir pitié ni des femmes ni des gâteux. Mais Simon, naguère impulsif, et sans scrupules avec les officiers et les sous-offs, avait soudain perdu tout aplomb, toute désinvolture en accédant à ce milieu neuf où chacun rivalisait de culot, de roublardise, de savoir-faire...

Il s'accrocha néanmoins, sûr d'une récompense à son entêtement. Deux ou trois cachets encore, à de grands intervalles, puis Simon dut chercher un autre moyen de subsister. Démarcheur dans une maison d'assurances, il ne sut forcer les retraites, convaincre des gens furieux de son intrusion, et fit alors, sur les boulevards, de piteux essais de bonimenteur pour un jouet articulé....

A Bérengère qui lui écrivait tous les jours, et s'inquiétait, il affirmait que tout allait bien, en dépit de son manque d'adaptation. Il refusa l'argent qu'elle lui proposait, « son aide amicale »... Elle eût aimé qu'il vînt parfois à Toul, pour la réconforter, l'arracher à sa détresse qu'elle disait insurmontable. Son peu de ressources interdisait à Simon d'entreprendre ces pèlerinages... Mais il voulut surtout s'épargner les fâcheuses rencontres, et ne pas laisser croire à d'anciens gradés que la misère le poussait à tâter le terrain pour un éventuel rengagement...

Pourtant, il souffrait d'être privé de Bérengère, et lorsqu'il se retrouvait seul, le soir, en haut de la rue Tholozé, au pied du Moulin, dans son « deux-pièces », il souhaitait qu'elle pût bientôt abandonner son capitaine.

Un jour de mars, elle annonça par télégramme son arrivée pour le lendemain. Fou de joie et d'impatience, Simon déambula durant une heure dans le hall de la gare. Il l'aperçut enfin, s'élança, l'étreignit longtemps entre les voyageurs qui les heurtaient de leurs valises. Puis il la regarda et la vit près de s'évanouir. Il semblait qu'elle relevât d'une grave maladie. Ses yeux cernés trouaient un visage sans expression, d'une pâleur artificielle. Elle tremblait, ses ongles enfoncés dans la main de Simon...

— Viens, dit-il. Je vais te mener tout de suite chez moi.

Elle essaya de sourire.

— Je ne peux pas, mon chéri... Il me faut reprendre le premier train... Le premier... J'ai dit que j'allais à Nancy, pour des achats... Quel mal j'ai eu, Simon... Il avait peur que je ne tombe en chemin... Je t'expliquerai... Entrons dans un hôtel, tu veux... Le plus proche...

Et couchée, rendue, elle dit à Simon tout ce qu'elle cachait encore dans ses lettres. Depuis un mois, Trugex savait sa résolution de divorcer tôt ou tard; mais loin de l'accueillir avec dignité, compréhension même, il avait menacé Bérengère d'avertir le colonel de Jussiez. Elle était sa femme et devait le rester, quoi qu'il lui en coutât, par respect de sa condition, pour empêcher qu'un scandale n'ôtât à sa gloire et ne compromît ses chances de succès.

— J'ai fait l'impossible, disait Bérengère. Je me suis jetée à ses genoux, je l'ai menacé, à mon tour, de révéler sa tare ridicule, j'ai juré de me tuer devant lui... Il se contentait de hausser les épaules... Ou de serrer les poings, de rouler de gros yeux pour m'effrayer et me vaincre. Puis, j'ai décidé de l'apitoyer... Pendant des jours, je n'ai pris aucune nourriture... Je ne me levais plus... Juste pour t'écrire et donner mes lettres à l'ordonnance... Hier, à bout de courage, j'ai eu besoin de toi terriblement. Quel prétexte? Aller à Nancy? Il s'y est opposé. Toujours sa peur du scandale... J'étais trop faible, disait-il... On me ramasserait sur la chaussée... On me transporterait à l'hôpital... On viendrait l'en aviser au quartier... Quand il me jugea plus calme, obéissante en apparence, il s'empressa de courir à la caserne... Je me suis habillée aussitôt... Mais j'ai bien cru, mon chéri, ne pas parvenir au terme du voyage...

— Maintenant, dit Simon, il n'est pas question que tu retournes là-bas. Je te garde... Moi aussi, j'ai trop attendu. Et je t'aime au-dessus de tout, Bérengère. Peut-être fallait-il cette séparation pour que je le sache bien. Nous allons quitter l'hôtel et je te conduirai en taxi jusqu'à la rue Tholozé... Tu te plairas là-haut, j'en suis sûr... Un petit appartement bien propre, bien clair, où il ne manque plus que toi...

— Je t'en supplie, dit Bérengère. Tu n'imagines pas quelle ardeur il mettrait à me rechercher... Et il s'en prendrait à toi, sans doute... Non, patiente encore, chéri. Pense à moi... A ce que j'endure depuis des semaines... Je vais repartir, mais je te promets d'être là bientôt pour toujours. Je suis certaine de le fléchir... Laisse-moi un peu de répit, encore... Tu veux bien? Aie confiance en moi... Crois-tu, si je ne t'aimais pas de toutes mes forces, que je me serais traînée jusqu'ici, pour te voir deux heures, deux heures seulement?... Oh! je ne le regrette pas... Je n'en aurai que plus de volonté pour la dernière lutte. Mais toi, es-tu bien?

As-tu tout ce qu'il te faut? Ton travail? Réussiras-tu comme tu le désires tant? Tu m'en parles si peu dans tes lettres. Veux-tu que je t'aide? Ne sois pas bête, chéri... J'ai cinq mille francs, là... Ils sont à toi... D'ailleurs, il ne faut pas que tu aies à me les demander... C'est moi qui suis stupide...

Simon l'empêcha d'atteindre le sac, sur la table de nuit.

— Ne te tourmente plus pour moi... J'arriverai... Mais si tu veux que j'aie plus d'énergie encore, et plus de chance même, viens vite me rejoindre...

Bérengère paraissait en effet plus forte quand Simon l'embrassa dans le couloir du compartiment. Elle souriait sans trop de peine, frottait son nez contre le visage de Simon, pour l'obliger à sourire lui aussi.

— Bientôt... Bientôt, dit-elle, lorsque le train démarra.

— Oui, répondit Simon, qui lui tenait la main en marchant le long du quai. A bientôt, Bérengère... A bientôt...

Il apprit sa mort quinze jours plus tard, un matin qu'il se rendait aux studios de Courbevoie, convoqué par Bourdaloux « en costume de ville et pardessus ». Un entrefilet, à la dernière page d'un quotidien, dans les faits divers de province... Mme Trugex s'était tuée d'une balle de revolver, et l'on attribuait à la neurasthénie « ce geste irréparable ».

D'abord, Simon n'y crut point. Il regarda bêtement les gens affaissés sur la banquette de l'autobus, comme s'il en attendait un démenti. C'était une erreur, une effarante confusion... Il lut et relut les lignes, d'un trait, puis lentement, posément, tâchant à découvrir un détail qui lui permît de nier le drame... Et sûr, enfin, que tout était réel, que Bérengère n'existait plus, qu'il se retrouvait seul avec son désarroi, ses remords, et le souvenir de cette femme qui avait voulu l'aimer et le combler au-delà de ses droits, avec son propre amour aussi, dont la violence, la grandeur l'étonnaient soudain, il ne put supporter la quiétude des êtres assis à ses côtés, inertes, ensommeillés, volubiles ou vaguement rigolards, tous indifférents à sa torture. Il se leva, descendit de l'autobus qui roulait à pleine vitesse, perdit pied, trébucha, s'équilibra par miracle, et l'on dut le réputer pour un malade en le voyant brandir comiquement son journal, tandis qu'il se démenait afin d'éviter la chute...

Il passa le pont de Neuilly... Ses yeux errèrent sur la Seine... Et il se rappela tout à coup, avec trop de netteté, une phrase de Bérengère dans sa dernière lettre : « ... Je me promenais. La Moselle était là, près de moi, et je pensais qu'il serait facile de ne plus souffrir... J'ai de moins en moins de courage... » Simon s'arrêta. Une autre phrase l'obsédait : « ... d'une balle dans la tête... dans la tête... dans la tête... » Il contemplait Bérengère, curieusement immobile, son calme et beau visage plus que jamais impénétrable, la pauvre tête meurtrie sous les cheveux en tresses, ces tresses brunes de jeune fille...

— C'est pas vrai, dit Simon, presque à voix haute. C'est pas vrai...

Il regarda de nouveau la Seine. Ce serait en effet si simple... Ne plus avoir à réfléchir, à douter de soi, de sa conscience, à se reprocher une sotte réserve, de vaines hésitations, un mauvais orgueil, quand il aurait fallu remercier à genoux cette femme toute de sacrifice et de dévouement... Connaître la paix dont elle profitait enfin... Ne pas se résoudre à vivre désormais sans elle, refuser la consolation de plaisirs qu'elle ne pouvait plus partager...

Simon reprit sa marche, longea la berge... Et le capitaine? Toujours sur terre, lui! D'attaque... Avec une victime de plus à son actif... Discipline, discipline... Impitoyable pour les inférieurs! Mme Trugex avait plié comme tant d'autres... Le devoir avant tout... L'avenir... Les galons... L'Ecole de Guerre... Colonel... Général... Une, deux, trois, quatre étoiles! Et pour oublier l'incident technique, il disposait de baumes efficaces : ses camions lumineux, sa grande armée miniature, le bureau et sa galerie de portraits.

— Il faut que je le rencontre, se dit Simon. Qu'il sache que Bérengère m'aimait depuis longtemps. Qu'elle a été une maîtresse merveilleuse... Qu'il n'a rien eu, rien goûté d'elle... Il faut que je la venge... Il faut qu'il en crève... Et que le père, le colonel de Jussiez, si strict, si intransigeant, si soucieux de l'hérédité de caste, s'étrangle du même coup, de colère et de dépit...

L'œil au viseur, Louistin réglait sa camera lorsqu'il vit Simon traverser le plan.

— C'est Chalumot! C'est lui!

Et, à l'assistant :

— Tiens, Solniac... Attrape le bout une minute... Un gars que je connais... Un copain...

Il rejoignit Simon, qui venait de s'adosser contre un

portant, dans l'ombre, pour méditer encore, pour intensifier ses regrets.

— Alors! On répète son rôle, Chalumot... On se recueille avant la grande scène...

— Louistin! Comment se fait-il?

L'opérateur saisit Simon aux épaules, le secoua joyeusement.

— La bonne blague! Je suis libéré, mon vieux... Libéré depuis quatre jours... C'est classé... On n'en cause plus. Et vous? Non... On se tutoie, maintenant... C'est trop beau! Qu'est-ce que tu fous? Mon petit piston, qu'est-ce que ça a donné? Puisque tu es là, j'imagine que ça fonctionne, non... Tu es content d'y toucher, au cinéma... Pas vrai?

— Ecoutez, dit Simon.

— Ecoute...

— Si tu veux... Il m'arrive une chose terrible... Pas commode à expliquer... Ça paraît tellement invraisemblable... Tellement cinéma, aussi...

Il baissa la tête, chassa distraitement un copeau du bout de son pied, le ramena vers lui, tenta de l'encastrer dans une fente du plancher.

— Alors, dit Louistin, qu'est-ce qui ne va pas? N'aie pas peur, bon Dieu! On est assez amis... Fais vite quand même... Va falloir que je retourne à ma manivelle...

— Je n'en ai jamais parlé à personne, dit Simon. C'est une drôle d'histoire... Pas très propre, en apparence... Pourtant! Tu te souviens du bal de l'escadron, de cette soirée où je m'étais permis d'inviter à danser la femme de Trugex... Ça avait fait du bruit, le lendemain, au quartier...

— Un peu, dit Louistin. Même qu'un jour où tu étais dans mon cagibi, l'enflé de Jude s'est radiné et t'a asticoté à ce sujet...

— Eh bien, je suis allé chez elle, pendant que Trugex était aux manœuvres du côté de Dijon... Au culot... Et je l'ai eue le premier soir... Oh! sans peine, tu sais... Elle était si seule, si malheureuse avec Trugex... Ça a duré des mois, un an presque... Au début, je n'avais pas fait de sentiment... Elle était belle, intelligente, un peu bizarre... Mais à mon départ de Toul, en janvier, j'ai compris que c'était sérieux... Pour elle et pour moi. Elle me promit de divorcer, de tout faire pour venir me retrouver à Paris. Moi aussi, j'eus du chagrin de la laisser. Je l'aimais, c'était sûr... Elle m'écrivit tous les jours... M'encourageant... M'offrant de m'entretenir. M'assurant de son arrivée dans toutes ses lettres... Il y a deux semaines, elle est accourue entre deux trains... Malade... Désespérée... Elle avait averti Trugex de son intention de le quitter... Mais lui, tu penses! Les cris, les menaces... Un calvaire, disait-elle. Elle repartit un peu réconfortée, me jurant encore d'être là, bientôt... Et ce matin, dans l'autobus, j'ouvre un journal... Morte! Elle s'était tuée d'un coup de revolver...

Louistin regardait Simon, en clignant un œil, très intéressé.

— Ça, dit-il, comme scénario! Je te connais, heureusement... Avec un autre, ça ne marcherait pas... Bon... Et après? Tu ne vas pas rester là à te morfondre dans ton coin... Qu'est-ce qu'on peut faire contre ça? Rien...

— Si, dit Simon. Tout à l'heure, en passant sur le

pont de Neuilly, j'ai voulu me foutre dans la flotte...

— Le con!

— Tu ne peux pas comprendre... Il faudrait que je te parle d'elle, encore... Que tu saches comment elle était avec moi... Comment...

— Mais si, Chalumot... Mais si... Je comprends... Seulement, dis-toi que c'est un pépin comme un autre, et que tout se tasse petit à petit... Tu verras...

La voix de Laforêt, le metteur en scène, domina les rumeurs du studio.

— On vous attend, Louistin... Quand ça vous fera plaisir...

— Je t'abandonne, dit l'opérateur à Simon. C'est un bon zigue, Laforêt, mais il adore gueuler... Accroche-toi jusqu'à ce soir, Chalumot. Et je me charge, après, de te remettre d'aplomb... Ça tombe bien... Je fête mon retour... Il y aura Laforêt, justement... Solniac, mon aide... Des copines... Allez... Redresse-toi... La vie est longue... Longue... Et quant au cinéma, si ça te passionne toujours, fais-moi confiance... Maintenant que je suis là!

Au dernier moment, Simon faillit se dérober à l'invitation. Il n'éprouvait aucune envie de se distraire, de mêler son désespoir à la liesse générale. Mais Louistin l'entraîna fermement vers son atelier de la rue Vaneau, où « sa lionne », une sympathique rousse de trente ans, monteuse à Joinville, et qu'il comptait bien épouser un jour, avait préparé le dîner maison. Des bouteilles d'apéritifs, de vins fins, de champagne, de liqueurs s'alignaient dans le couloir, et, comme le dit Laforêt en entrant, « ça présageait dur »...

Intimidé, ne pouvant en outre échapper à sa tragédie, Simon s'était mis à l'écart, près d'une fenêtre, et, cherchant quelque contenance, feignait d'admirer l'enfilade des toits et le jeu des lumières, à perte de vue. Puis, à table, on en vint au cinéma, et Simon se détendit. Louistin avait jugé bon de le placer à la gauche de Sophie, la script-girl de Laforêt, et Simon se rappela l'avoir rencontrée aux studios Francœur, lors de ses essais de figurant. Une grande fille maigre, masculine, à la tignasse sombre, frisottée, qu'elle ébouriffait encore d'un geste machinal quand il lui fallait se concentrer ou donner un avis. Mais le visage était attrayant, un visage bruni d'Indienne, sans fards, aux joues creuses, aux pommettes marquées, à la bouche charnue constamment entrouverte sur une denture éblouissante. Quant aux yeux, un régal, bien qu'il fût difficile de soutenir leur hardiesse... Des prunelles noires, se mouvant à peine dans l'étrange couleur, bleu turquin, de la cornée. Toutes les fois qu'elle se penchait sur la table, son corsage, boutonné très bas, montrait le flanc nu d'un sein de fillette...

— Comme ça, dit l'opérateur à Laforêt, vous n'avez pas reconnu mon ami Chalumot que je vous avais adressé de mon studio particulier, à Toul? Avec une chaude lettre d'introduction...

— Non, dit Laforêt. Rien d'extraordinaire, mon vieux. Avec la multitude de trombines que je vois chaque jour... Au fait, vous ai-je été utile, Chalumot? Qu'est-ce que j'ai pu vous raconter, à ce moment-là? Je devais être emmerdé, comme d'habitude, et pas trop de bon poil... Non?

— Il y a de ça, dit Simon. Mais vous m'avez quand

même gratifié d'une recommandation verbale pour votre régisseur, qui, lui, m'a envoyé auprès de Papillon... Et j'ai eu un peu de travail dans le film de Zapalette... *l'Espionne aux gants de verre...*

— J'y suis, maintenant! s'écria Sophie. C'est vous qui m'avez signalé, un matin, que l'acteur qui entrait, la veille, dans le plan, avait une cigarette allumée, et qu'il ne fumait plus au raccord... Je vous ai regardé d'un sale œil, pas?

— Oui, dit Simon. Plutôt...

— Mais remercié, après! Parce que, je l'avoue, je ne m'en étais pas aperçue... Et vous paraissiez si malheureux, si contrit, si estomaqué de votre culot...

— Il a encore des réflexes, dit Louistin. Et dans son cas, ma parole, ça vaut d'être salué. Tenez, Laforêt! Que je vous mette au courant de sa jolie petite existence jusque-là... Vous n'aimez pas l'armée, vous? Alors, vous comprendrez mieux... Chalumot est militaire depuis l'âge de treize ans... Treize ans! Oui, mesdames, oui, messieurs! Enfant de troupe! Dix ans de service forcé... Normalement, il était fait pour rempiler et s'offrir une mignonne carrière d'adjudant ou d'adjudant chef... Non! il a eu le courage de ne pas se laisser abrutir pendant ces dix années-là, et de se tirer énergiquement à la fin du compte. Pour faire ce qu'il avait l'idée de faire depuis l'école... Du cinéma! Qu'est-ce que vous en dites? Ça ne mérite pas qu'on s'intéresse un peu à son sort? Plutôt que de s'engraisser gratis et de vouloir étonner le peuple avec un chouette uniforme de juteux, il a préféré tenter la chance, crever de faim, j'imagine, un jour sur trois, pour se tailler sa petite place au soleil, bravement... Pas, Chalumot?

Simon dessinait des arabesques sur la nappe, du bout de sa fourchette. Il releva le front, sourit avec gêne, approuva Louistin d'un regard affectueux.

— Alors, dit Louistin à Laforêt, notre devoir, à nous, c'est de lui filer un vrai coup de main. D'autant plus qu'il a le feu sacré! Et un sacré bagage... On peut lui demander la liste complète des films de Griffith, de Stroheim, de Poudovkine, les noms de leurs opérateurs, l'âge de Gloria Swanson, le nombre de versions des *Misérables* ou de *Quo Vadis,* qu'est-ce que c'est qu'un cache, un transparent, une découverte, un travelling, un plan américain, comment on réalise tous les trucages, etc., etc., il ne séchera pas une fois... Et je pense qu'il devait jubiler drôlement quand il a mis enfin le nez dans un studio.

Laforêt observait Simon tout en battant la mesure sur le bord de la table...

— Qu'est-ce que tu vises spécialement, Chalumot? dit-il soudain.

Sophie sauta sur sa chaise.

— Laforêt qui tutoie! Miracle! Profitez-en, vous savez! C'est qu'il est en veine de gentillesse... Sentimental! Et chez lui c'est rare... rare...

Fallait-il croire tout cela sérieux? N'abusait-on pas de sa naïveté, de son inexpérience? N'allait-on pas se tordre en chœur lorsqu'il révélerait franchement toutes ses prétentions à ces professionnels? Laforêt, qui avait d'autres soucis, tenait peut-être à se délasser... On était en bringue... Il semblait donc illogique qu'on prît le temps de compatir à l'infortune de l'ancien enfant de troupe Chalumot... Simon réfléchissait, lorgnait les invités, quêtant un conseil, une approbation, mais n'osant regarder Laforêt par crainte de déceler trop d'ironie derrière les vastes lunettes d'écaille...

Simon se tourna vers la script-girl, vit le corsage entrebâillé, la chair mate, regretta cette indiscrétion, affronta quand même les yeux déconcertants.

— Alors? dit Laforêt. Parlez, bon Dieu! Je suis passé par là... Comme bien d'autres... Comme Louistin, si gonflé à présent... Je me souviens de ses débuts de deuxième assistant opérateur... La syncope le guettait... Il faisait tout à l'envers... Il a même écrasé les pieds de la vedette... Qui les avait sensibles, trop sensibles! On a perdu deux heures, le temps qu'on lui masse le gros orteil... A vous la parole...

— Je voudrais faire de la mise en scène, dit Simon. Mais, avant, je m'essayerais à autre chose... J'ai déjà écrit pas mal de scénarios. Des découpages... Peut-être pas très bons, parce que je manquais de pratique... J'ai même recomposé des films, en cherchant à revenir au découpage original... *La Grande Illusion* et le *Quai des Brumes*... Je me suis payé une dizaine de séances pour chacun d'eux. Un rude boulot! Je les connais sur le bout du doigt... Quant au travail d'opérateur, je suis assez documenté. J'ai potassé des revues... J'ai étudié la photographie, l'optique durant deux ans... Et Louistin, à Toul, m'a encore instruit. Enfin, j'accepterais n'importe quoi pour commencer... Mais après, je choisirais la mise en scène...

— C'est ce qui s'appelle de la bonne volonté, dit Laforêt. Ne croyez pas, cependant, que tout marche sur des roulettes... Dans ce foutu métier, il faut s'accrocher ferme, serrer les dents, et n'avoir pas trop d'ambitions... On y bouffe aussi de la vache enragée.

Quant aux engueulades... Mais vous, sans rire, vous devez être blindé de ce côté-là. En attendant, je vous propose de nous suivre tous les jours au studio et de nous regarder faire. Il y a pour deux mois de tournage... Vous aurez le temps d'apprendre quelque chose... Demain, je demanderai à Bourdaloux qu'il vous inscrive au maximum sur les feuilles de figuration. Comme ça, vous ne crèverez pas de faim complètement... Y a tant de pognon qui s'égare, on ne sait trop de quelle façon... Il pigera tout de suite, Bourdaloux. C'est un brave type. Dans trois semaines, on part en extérieurs à Chantilly... J'aviserai à ce moment-là. Maintenant, si vous voulez vous perfectionner dans le découpage, je peux vous présenter à Tourette... Il est en train de bricoler sur un scénario que je tournerai peut-être, et il ne refusera pas de vous donner des leçons. Ça vous va? Je vous établirai un laissez-passer. Si l'on vous emmerde, à l'entrée des studios — ça m'étonnerait — faites-moi signe... Et ne vous frappez pas si j'ai l'air un peu nerveux... C'est une habitude.

La fête se termina vers deux heures du matin. Quoiqu'il n'eût pas, comme Louistin ou Laforêt, grandement honoré la réserve de bouteilles, Simon se retrouva sur le trottoir dans un curieux état d'inconscience. Certes, il avait pensé maintes fois à Bérengère; mais sans qu'il lui fût permis, dans le tumulte, de trop s'attrister. En outre, l'appui de Laforêt, cette chance incroyable juste à l'instant qu'il flanchait et touchait au fond de sa détresse, lui semblait un encouragement à narguer la vie et ses coups durs...

— Où allez-vous? demanda Sophie à Simon, quand

Laforêt et l'opérateur Solniac les eurent quittés au carrefour Sèvres-Babylone. J'habite à Montmartre... Rue Burq... Si c'est votre chemin...

— Exactement! dit Simon, émerveillé de cette autre gâterie du sort. Rue Tholozé... A deux pas de la vôtre... On prend un taxi?

— Non..., dit Sophie. Je préfère marcher... Toute une journée de studio... Et cette soirée pompante! J'en ai marre. Il faut que je respire. Ça ne vous fera pas de mal, à vous non plus... Venez...

Ils purent à loisir bavarder et mieux se connaître. Après avoir promis à Simon de lui faciliter son acclimatement au studio, de l'initier aux coutumes, de lui prêter son scénario de travail pour qu'il s'en pénétrât à son gré, Sophie parla d'elle-même, de ses goûts, de ses conceptions, de son besoin d'indépendance, de son mépris des préjugés. Elle se voulait l'égale de l'homme et n'admettait aucun lien, aucune contrainte.

— Avant d'atterrir rue Burq, dit-elle, dans un meublé pas très luxueux, mais où je suis bien tranquille, j'ai vécu avec un ami, dans un appartement d'Auteuil... Pas longtemps... L'ami m'aimait... Et il aurait fallu que je sois en permanence à sa disposition, que je ne bouge pas un pied, que je m'allonge toutes les fois que ça lui chantait, que je ne me partage pas, surtout... Une scène, deux scènes, et j'ai fait ma valise... Vous comprenez, la chaîne, l'obligation de rire ou de pleurer sur commande, de faire l'amour à heure fixe pour ne pas mécontenter le partenaire, moi, ça ne me convient pas. J'aime suivre ma route et mes idées. L'indépendance, en dehors du travail, il n'y a rien au-dessus... On est copains, on s'amuse un peu, puis chacun pour soi, chacun chez soi... Si j'ai envie, après avoir couché avec l'un, de coucher avec l'autre, je ne veux pas qu'on m'en empêche, qu'il y ait des larmes et des grincements de mâchoires... Laforêt, Louistin, Solniac, la fine équipe, ou celles des autres productions, se payent un peu ma tête, à cause de ça. Pour eux, je suis l'Amazone... En tout cas, ils me respectent, et personne ne songe à me peloter ou à me raconter des histoires. A votre avis?

— Sans doute, dit Simon, tâchant à bien deviner Sophie.

— Tenez, nous deux par exemple... On va être de bons amis, c'est sûr. On va partir pour le studio tous les matins, ensemble, comme de gentils petits employés amoureux... Mais il ne faudra pas, un jour, me rouler des yeux morts et me chatouiller dans le cou en prétextant qu'après trois ou quatre semaines d'autobus ou de métro en commun, il est obligatoire que vous me fassiez la cour afin de ne pas paraître ridicule... Vous comprenez? Non... Sur ce plan-là, j'ai mes principes... Rien à faire. Il se peut, quand même, que vous me plaisiez assez un soir pour que j'aie besoin de vous. Si ça se présente, je vous avertirai... Mais, de votre côté, si ça ne vous emballe pas, ce soir-là, dites-le franchement. D'accord?

Simon regarda la tache lumineuse de ses dents mouillées.

— Vous êtes drôle, dit-il.

— Drôle, non! Prudente, si vous voulez. On n'est pas sur terre pour se martyriser mutuellement, jouer aux bons esclaves... Et l'hypocrisie, moi, j'en ai une sainte horreur... Comment est-ce, votre prénom? Parce que Chalumot, entre nous, ça ne m'inspire guère... Qu'est-ce qu'il faisait, votre papa, avec un nom pareil?

— Il était adjudant de carrière... Voyez... Appelez-moi Simon... J'aime mieux, moi aussi...

Ils arrivaient rue des Abbesses, et Simon accompagna Sophie jusqu'à son hôtel. Elle tendit la main.

— Bonne nuit, Simon... Et réveillez-vous! A huit heures, je vous attends ici... Mais à huit heures cinq, si vous n'êtes pas là, vous vous taperez le voyage tout seul, comme un grand garçon... D'ailleurs, je suis rassurée! Maintenant que vous voilà le unième assistant de Laforêt! On tournera peut-être ensemble, un jour... Qui sait! Allez... Au dodo, Simon. Dites : bonsoir, Sophie... pour voir?...

— Bonsoir, Sophie, répéta Simon.

Il ramassa sous sa porte une lettre de Bérengère, et l'examina longtemps sans oser l'ouvrir, redoutant le choc des mots inutiles, soudain privés de sens, la cruauté de ce message d'avant la mort, de ce testament secret qui ne serait qu'un long cri de passion et d'angoisse... Pourtant, si Bérengère vivait encore? Si l'effrayant fait divers ne tenait plus? Simon déchira l'enveloppe... Quatre feuillets blancs emplis d'une écriture haute et serrée... « Mercredi matin... »

— Jeudi... Vendredi... Samedi même..., dit Simon.

Les phrases dansaient, se mêlaient, l'atteignaient mal, par ricochet, mais leur résonance s'amplifiait à mesure... « Je suis à bout et rien ne m'arrêtera, mon chéri. Je veux vivre. Vivre avec toi... J'ai commencé à préparer mes bagages. Deux jours encore, un peut-être... Il me semble que je rêve. Je t'enverrai un télégramme, jeudi ou vendredi. Tu viendras à la gare, n'est-ce pas? S'il m'empêchait de te rejoindre, au dernier moment, je sais que je me tuerais. Même s'il t'en coûtait beaucoup de peine... »

Simon marcha vers le lit, s'y laissa tomber, crut qu'il allait étouffer de chagrin et de colère. Puis, il se leva, tira d'une commode des liasses de lettres, s'assit à la table, les relut une à une... Avant de les brûler, Simon hésita... N'était-ce point, pour le capitaine Trugex, la preuve de sa petitesse, de sa nullité? De son sadisme? Mais Simon pensa qu'il devait préserver Bérengère des insultes et du mépris de ses proches...

A l'aube, il descendit dans la rue. Il erra, impatient de retrouver Sophie, d'être au studio, de ne plus avoir à supporter sa solitude, et arriva devant l'hôtel, pâle, barbu, les yeux las, terrifiant.

— Quelle tête! dit Sophie. Vous ne vous êtes pas couché pour être à l'heure? C'est pas possible! Vous avez pleuré, vous?

— Oui, dit Simon sans honte. Bien sûr, vous ne comprenez pas... Je vous expliquerai peut-être un jour. Mais maintenant, je suis libre! Comme je ne l'ai jamais été... J'ai fait peau neuve, entièrement. Renié la dernière chose qui me rattachait à la vie militaire, à mon pauvre passé d'idiot. C'est ma petite consolation...

Comme s'il était temps que la malchance l'abandonnât, qu'il bénéficiât enfin, après tant d'années vides, d'une période faste et propice, que la société reconnût ses torts à son égard et cherchât à l'en dédommager, Simon Chalumot gagna d'emblée toutes les satisfactions. On l'entoura peu à peu, dans l'équipe, d'une sollicitude amicale, sincère, impulsive, qu'il semblait mériter par sa correction, sa réserve, sinon sa timidité, son intelligence, son amour du travail, et surtout sa franchise, qui lui avait valu jusque-là bien des déboires. Laforêt, même, veillait sur Simon avec une vraie tendresse, ne dissimulant pas son admiration « pour ce type, disait-il, capable d'en montrer bientôt à beaucoup ». Et Louistin, ravi, s'amusait à provoquer ses confidences.

— Alors, Laforêt, qu'est-ce que vous pensez de mon poulain? Est-ce qu'il est sur la bonne voie?

— Tu parles! Si tous mes zigues avaient autant de conscience, de jugeote, de discrétion aussi... Sais-tu ce que m'a dit Tourette, avant-hier? Qu'il avait lu les scénarios de Simon et ses petits essais, et qu'il en avait été soufflé. A tel point qu'il veut lui donner toutes les chances en le laissant signer seul l'adaptation de *Germinal*. Et lui demander de faire les dialogues! Selon lui, il se défend comme un maître. Je n'ai pas voulu annoncer ça à Simon avant que ce soit définitif, pour ne pas l'affoler définitivement... Mon vieux, il me plaît ton protégé!

De son côté, Sophie témoignait envers Simon une affectueuse sympathie, dont ses camarades la raillaient.

— D'abord, nous sommes voisins, leur répondait-elle. Ensuite, il est normal que je collabore, moi aussi, à la cause commune... Vous êtes tous aux petits soins pour lui... Simon par-ci... Simon par-là... C'est à qui l'invitera à dîner, le dépannera, le cajolera, lui fera des grâces.... Surtout ne vous imaginez rien... Pas de roman, entre nous... Amis amis... Ça s'arrête là...

A la cantine, elle s'asseyait auprès de Simon; ils quittaient ensemble le travail, allaient ensemble au restaurant, au spectacle, mais elle prétendait payer sa propre place. Elle venait souvent chez Simon, s'y sentait bien, lisait, bavardait, allongée sur le lit, puis rentrait à son hôtel de la rue Burq Elle agrémenta le meublé, mit des fleurs, apporta des bouteilles d'apéritifs et d'alcools, une théière, son phono et des disques de jazz ou de musique classique. Certains dimanches, elle accourait réveiller Simon et préparer le petit déjeuner. Et quoiqu'on fût en été, ils ne songeaient pas à sortir, préférant cette intimité saine et tranquille au contact de la foule qui déambulait, tête basse, aveugle et poisseuse, en quête d'une récompense aux six jours de labeur et d'abrutissement. Ils achetaient des victuailles pour la journée, se faisaient la lecture, discutaient un scénario, et paraissaient se suffire. Jamais Simon ne s'était permis un geste équivoque. Il craignait trop qu'elle ne lui en tînt rigueur, et que leur entente n'en souffrît. Certes, ils disposaient tous les deux d'assez de loisirs pour pouvoir respecter sans mal leur sorte de pacte. Mais la curieuse personnalité de Sophie attirait Simon de plus en plus. Il avait besoin d'elle, s'affligeait lorsqu'il était seul, bondissait au moindre bruit de pas dans l'escalier... L'aimait-il? Il s'interrogeait parfois; le croyait... Et il en voulait à Sophie de jouer avec lui comme avec un gosse, de ne point se gêner en sa présence, de tirer ses bas, de s'accroupir sur le lit, les genoux hauts, de continuer à ne pas boutonner son corsage, de le tenter, peut-être inconsciemment, d'éprouver sa résistance... Une nuit, elle n'eut pas le courage de regagner son hôtel.

— Je vais coucher là, Simon... Vous me prêterez un pyjama... J'ai confiance en vous...

— Bien sûr, dit Simon.

Il ne dormit guère, et fut heureux, le matin, de la voir se lever et s'habiller, en toute quiétude. Mais, dehors, elle le regarda longuement, sourit, et dit en le tutoyant pour la première fois :

— Décidément, Simon, tu me plais beaucoup... Je ne suis pas déçue... Allez... Au sprint... On est en retard...

Le soir même, elle cédait enfin. Pendant qu'elle lisait, étendue sur le lit, Simon, à la table, revisait les dialogues de *Germinal*, terminés la veille. A plusieurs reprises il tourna les yeux vers Sophie, et elle attendit, à dessein, avant de remarquer l'intérêt qu'il lui portait.

— Viens près de moi, Simon... J'ai quelque chose à te demander...

Il s'agenouilla près du lit.

— J'écoute...

— Tu as envie de moi, Simon... Dis-le...

— Tu le sais bien... Pas toi, non!

Elle posa son livre, pressa ses mains sur les joues de Simon. Il vit trembler sa bouche, la salive luire sur les dents.

— Si... Et depuis longtemps... Ce sera meilleur, va... Mais après, il ne faudra pas trop exiger... Laisse-moi t'embrasser la première...

On était à la fin d'août, et la guerre approchait. Déjà, Solniac et Louistin avaient été rappelés. Laforêt, réformé, assistait au désagrègement de son équipe, et ne cessait de maudire « cette infâme connerie qui ne ferait rien de mieux de l'humanité et ne changerait pas ses sales habitudes »...

— Et toi? dit-il à Simon, un soir qu'ils quittaient le studio, tu vas partir aussi, comme les copains... On ne tiendra pas compte de tes vieux services... Quel est ton fascicule?

— J'avais le n° 3... Je l'ai déchiré avec mon livret individuel, deux jours après ma libération. Quant à la tenue de sous-off de réserve qu'ils m'avaient offerte là-bas, généreusement, un chiffonnier a dû en faire son beurre. Je l'ai balancée dans une poubelle, un matin, pour ne pas avoir de remords... N'ayez crainte, ils ne me reverront pas... Ou faudra qu'ils envoient les gendarmes me chercher à domicile. Et encore!

Laforêt ôta ses lunettes, les caressa d'un coup de mouchoir...

— C'est dangereux. Je souhaite, moi aussi, qu'ils te foutent la paix, à toi particulièrement, après le tribut que tu as versé à ces branquignols... Mais méfie-toi... Ils ont le bras long et de la suite dans les idées... En tout cas, si ça va bien, Simon, et que la guerre soit remise à plus tard, je te prends comme deuxième assistant dans *Germinal*... C'est du tout cuit... Ton adaptation, tes dialogues, tout cela m'a convaincu... Tourette a été chic de te donner carte blanche... Faudra le remercier... Le directeur de production est d'accord. Normalement, on devrait commencer le tournage le 10 septembre... A Joinville... Louistin et Solniac seront sans doute relâchés... Sophie sera là, bien sûr... Et l'on fera du bon travail, tous ensemble... Il n'y a plus qu'à attendre, Simon. Si tu veux, ce soir, viens dîner à la maison... Ma femme t'estime, tu sais... Elle sera contente...

— J'accepterais volontiers, dit Simon, mais j'ai promis de conduire Sophie au *Coq d'Or*... Un petit restaurant russe près de la Sorbonne... Pas cher... Avec orchestre, vodka, zakouskis...

— Alors, demain. Et amène Sophie... C'est une brave fille...

— Si je la perdais, maintenant...

— Aucune raison... Et ne vous faites pas de bile, tous les deux... Profitez-en... Ne réfléchissez pas trop quand vous êtes couchés... Je ne suis pas pessimiste, non. Mais c'est peut-être le moment de mettre les bouchées doubles.

Les gendarmes se présentèrent le 4 septembre, comme Simon et Sophie achevaient de déjeuner.

— Chalumot Simon, c'est vous?

— Oui, dit Simon, sans bouger.

Massifs, et moustachus comme de vrais gendarmes, ils avancèrent d'un pas ferme en faisant pivoter la sacoche autour de leur ventre.

— On a eu du mal à vous dénicher, vous! dit le brigadier. Savez pas qu'il y a la guerre et que faudrait être dans votre régiment depuis bientôt dix jours?

— Je le savais, dit Simon. Mais ça ne me plaisait pas de faire le zouave une fois de plus... J'ai dix ans de vie militaire sur le dos... Dix ans! Et par contrainte! Je crois que ça suffit, comme stage?

— Mon ami, dit le brigadier, on se fout de votre opinion... Z'avez un devoir à remplir, et nous, on est là pour faire le nôtre... Si vous refusez de nous suivre calmement, on emploiera la manière forte...

Sophie sortit de la cuisine où elle venait d'éteindre le gaz sous la bouilloire. Elle toisa le brigadier...

— Vous ne comprenez pas? Il était enfant de troupe... Vous voyez ce que c'est, oui? Il a passé toute sa jeunesse à encaisser les saloperies des gradés, à se mettre au garde-à-vous, à marcher à la baguette... Il a payé l'idiotie de son père qui n'avait pas d'autre ambition que d'avoir un fils capitaine, ou commandant, ou colonel! Dix ans de bagne! Et maintenant qu'il a réussi à se tirer de là sain et sauf, qu'il s'est choisi un travail sérieux, intelligent, propre celui-là, vous voudriez qu'il y retourne et qu'il s'aplatisse encore devant des types qui ne le valent pas et qui ne le vaudront jamais? Vous n'avez pas le droit de l'emmener! Et vous ne l'emmènerez pas!

Elle parlait avec tant de colère que Simon, inquiet, se leva et lui prit la main. Mais le brigadier recouvra vite son sang-froid.

— Dites donc, vous! Ménagez vos expressions, hein? N'avez pas à fourrer votre nez là-dedans... D'abord, qu'est-ce que vous êtes pour lui? Sa femme?

— C'est la même chose, dit Sophie...

Le brigadier sourit bêtement, et, à Simon :

— Viviez en concubinage?

Simon haussa les épaules.

— Va, dit-il à Sophie. Sois gentille... Prépare le thé...

Elle parut prête à se rebeller; puis elle se soumit avec une résignation inhabituelle.

— Bon, dit le brigadier. On n'est pas là pour gaspiller notre temps. Faites votre valise, et en route... Et estimez-vous heureux d'être pas considéré comme déserteur! Là, ça serait le peloton tout de suite. Douze balles dans le buffet! Ça vous aurait dressé, bon Dieu! Pas vouloir aller défendre le pays alors que les Boches y touchent! Si on avait fait comme vous, nous autres, en 14, ç'aurait été du joli! Où vous seriez en ce moment, hein?

— Où est la différence? dit Simon. Mais ne vous fatiguez pas... Mon adjudant de père m'a rabâché longtemps la même théorie, et ça ne m'a pas fait l'estimer davantage. Lui aussi ne pensait qu'à sa grande guerre! Les anciens combattants! Nous, ceux de 14! La belle rengaine! Ah! oui, vous êtes tous fiers d'avoir servi de cobayes, d'avoir souffert pour la peau, pour que les généraux Untel et Untel aient l'admiration des concitoyens, pour qu'ils contemplent leurs têtes bariolées dans l'*Illustration* en dix volumes, entre deux ronflants articles de messieurs Abel Hermant, Pierre Loti et autres bardes de la guerre fraîche et joyeuse! Jamais un cadavre de soldat français, dans l'*Illustration!* Jamais! Invincible, invulnérable, le beau poilu de France! Pour lui, c'était du sport! Mais, en revanche, des pages pleines d'ennemis ventre ouvert, farcis de mitraille... De ces méchants Boches moins malins que nous en face des tirs de barrage... L'hypocrisie! L'éternelle pommade! Vous en pleuriez d'attendrissement, de reconnaissance, trop heureux qu'il y ait eu cette fameuse petite guerre pour qu'on vous croie apte à quelque chose, et qu'on vous colle deux ou trois bananes sur la poitrine. Moi, je n'irai pas de bon cœur, je vous le dis! Je n'irai pas, le front haut, me faire casser la gueule pour que d'autres écrivains sadiques, d'autres journalistes, d'autres champions de la plume et du crayon gagnent sans danger leur bifteck en rééditant une autre magnifique *Illustration,* en vingt tomes celle-là, pour que des photographes et des poètes mineurs écoulent des stocks de cartes postales héroïques où des trouffions de luxe rêvent de marraines et de petites femmes, le pied glorieusement appuyé sur l'aigle maudit, en roucoulant des vers de mirliton...

— Vous causez un peu trop, dit le brigadier. On n'aime pas les discours, nous, ni les orateurs de votre espèce...

— De mon espèce, bien sûr, dit Simon. Alors, qu'est-ce qu'il faut faire, pour vous être agréable?

— Venir avec nous immédiatement! Et sans un mot.

Sophie apportait deux tasses de thé; elle les posa sur la table, et le brigadier y vit une attention flatteuse.

— C'est bien de votre part, mademoiselle... Mais on doit embarquer votre ami tout de suite...

— Elle est bonne! s'écria Simon. Vous n'imaginez quand même pas qu'on va, par-dessus le marché, vous offrir le petit verre de l'entente cordiale!

— N'affectionnez pas les gendarmes, vous? dit le brigadier, la main étirée sur sa sacoche vernie.

— Non, répondit Simon. Lorsque j'étais aux Ecoles militaires, j'ai essayé de m'évader, un jour. J'avais quinze ans.... Mais chez moi, à Reims, dans la rue, j'ai eu le malheur de tomber sur un vieux copain de la famille... Un ancien gendarme... Qui n'a pas hésité à me passer les menottes pour me reconduire fièrement à la maison... Après ça...

— C'est juste, dit le brigadier. Le devoir, c'est le devoir! La discipline, c'est la discipline! Je ne sors pas de là, moi non plus. Avec du sentiment, où qu'on irait, j'me l'demande! Et les gendarmes, qu'ils vous plaisent ou pas, c'est du pareil au même... On va vous le montrer séance tenante! Ouste!

— D'accord, dit Simon. Mais à une condition... Vous me mettrez les menottes, vous aussi... Pour qu'on sache bien que je ne vais pas là-bas de mon plein gré, en toute conscience...

— Ayez pas peur, dit le gendarme. Je vas vous boucler illico. On tient pas que vous filiez de nos pattes en chemin... J'peux agir, brigadier?

— Une minute, Maisonneuve... Voyons... Vous n'avez rien à prendre, vous? Vous partez comme ça... En bras de chemise... Sans casse-croûte?

— Oui, dit Simon. Et si je pouvais m'y rendre à poil, je m'y rendrais à poil, comme un nouveau-né... Avec ma seule chair anonyme... Quant au litre de vin d'encouragement, je le laisse à d'autres...

Il entraîna doucement Sophie vers le fond de la chambre.

— Ce matin, dit-il, au lieu de lire, on aurait peut-être dû s'aimer une dernière fois...

Elle l'embrassa, le serra contre elle si violemment qu'il sentit craquer ses membres.

— J'essaye d'être forte, Simon... Mais j'ai tellement envie de me jeter par la fenêtre... C'est trop cruel, trop bête ce qui nous arrive...

— Et moi, dit Simon, crois-tu que je ne fais pas semblant d'être fort? Il le faut, devant eux... Certes, ils s'en fichent... Mais il y a aussi l'amour-propre...

L'orgueil... Un orgueil bien à nous. Va... Il n'y a plus rien à faire... Ne sois pas triste... Reste ici, dans l'appartement... Il est à toi... Et je serai consolé en te sachant là où nous étions si bien... Où j'étais si heureux... Même avant que tu m'acceptes... Au revoir, Sophie... Tu expliqueras tout à Laforêt... Il s'en doutait, d'ailleurs... Dis-lui que je le remercie, qu'il m'a donné plus que je n'espérais... Que grâce à lui j'ai eu la certitude d'exister enfin, d'être bon à quelque chose. Il y a une lettre sur la commode... Une lettre que j'ai écrite, hier soir, à l'un de mes anciens professeurs. Lui aussi m'avait fait confiance... Il sera content d'apprendre que tout marchait jusqu'aujourd'hui... Tu lui enverras... Maintenant, au revoir, Sophie... Ils gueulent encore, ces imbéciles!

— Je vais avec toi, dit Sophie. Ils ne m'empêcheront quand même pas...

— Non, dit Simon. J'ai du courage, tu sais. Embrasse-moi encore, seulement...

Il se rapprocha des gendarmes, et le brigadier lui fit un vague sourire.

— Reconnaissez qu'on n'est pas de mauvais bougres, dit-il. Ça fait plus d'une heure qu'on est là... On a de la patience... Pas vrai?

Simon tendit ses mains au gendarme Maisonneuve qui jouait avec ses menottes, les jambes écartées, d'aplomb sur ses grosses chaussures réglementaires.

— Emmenez-moi vite, dit Simon.

La concierge sortit de sa loge, le caraco dégrafé, la bouche bordée d'huile à salade.

— Vous avez eu du fil à retordre, hein? Je l'disais qu'il était pas catholique, ce type-là... Pas vouloir se battre, à son âge!... Alors que mon vieux va peut-être partir, lui, à quarante-deux ans!

Elle les suivit sur le trottoir, ameuta les voisins, les renseigna bruyamment.

— C'est un déserteur! !I r'fusait d'aller à la guerre. C'est-y pas une honte!

On vint sur le pas des portes, au seuil des boutiques, dans l'embrasure des fenêtres, à tous les étages, pour contempler le triste individu qu'encadraient deux gendarmes illuminés de leur puissance et des reflets de leur passementerie. Des femmes, des enfants firent cortège, conspuant Chalumot, l'accablant d'injures, le bourrant de coups de poing en dépit d'appels au calme des représentants de l'autorité...

— Dégoûtant! Salaud! Pendant qu'y en a déjà qui se font descendre à l'heure qu'il est! C'est toujours les mêmes qui trinquent... Tu crânes pas, dégonfleur!

Des hommes, en excellente condition physique, pétant de santé, le huèrent d'un bistrot, sans qu'on comprît bien pour quelle raison ils ne participaient pas, comme d'autres, à la défense du pays et de ses avantages.

Simon marchait, point gêné de cette escorte monstrueuse, et se retournait parfois afin de braver ces gens et d'opposer à leur rage une ironique placidité. Soudain, il vit Sophie qui accourait derrière la foule, et reconnut sa voix cinglante :

— Lâchez-le! Lâchez-le! Il ne vous a rien fait, non? Vous êtes des lâches, tous! De sales lâches!

— Va-t'en, Sophie... Va-t'en! cria Simon.

Elle tapait au hasard, de toutes ses forces, essayant de sauver Simon. Alors, d'un élan, les femmes se ruèrent sur elle, l'empoignèrent aux cheveux, lui crachèrent à la figure, et Simon, qui cherchait en vain à se libérer, entendit les menaces et les insultes.

Les gendarmes avaient ralenti, se demandant s'il était aussi de leur devoir de protéger cette femme. Et Simon aperçut encore Sophie se débattant au milieu de la bande. Un homme la gifla... Elle perdit l'équilibre, mais elle ne tomba point, rattrapée par des poignes furieuses....

— Faites quelque chose! cria Simon aux gendarmes. Vous n'allez pas la laisser tuer sur place! Je vous promets que je ne m'en irai pas... Je vous le promets.

— On est là pour s'occuper de vous, dit le brigadier. C'est notre consigne. Votre amie, d'abord, elle avait qu'à rester chez elle... Allez... En route!

Simon leva la tête, désespérément. Une main s'accrochait au corsage de Sophie, tirait, tâchait à l'ouvrir, à le déchirer... Elle y parvint, et la poitrine nue jaillit sous les beuglements de joie d'une foule prompte à la vengeance, aux belles actions d'éclat...

— Elle a même pas de soutien-gorge! hurla une femme, enfin scandalisée.

Simon crut vomir... Une sueur infecte piquait sa chair. Ses jambes fléchirent. Mais le brigadier serra la chaîne des menottes.

— Maisonneuve, dit-il, peut-être qu'on pourrait réquisitionner un taxi?

— Une bonne idée, dit le gendarme. On sera plus tranquilles... Ça évitera les manifestations... Il nous a donné rudement chaud le gaillard, bordel de Dieu! Tenez-le bon... J'y vas...

XXIII

COMME tous les matins depuis plus d'une semaine, l'artillerie allemande déclencha son tir de harcèlement, des coups de 77 très espacés qui visaient le fort des Dunes et les rares batteries encore en position autour de Dunkerque. Ce fut la ruée vers les abris. Dans la cave d'une des dernières maisons de Rosendaël, en bordure de la grand-rue de Malo-les-Bains, où, la veille, s'étaient installés Chalumot et quelques hommes de son peloton de circulation routière, des soldats de toutes armes surgirent en beuglant, poussant des genoux, des mains, des épaules; puis, une fois entrés, ne cessèrent de se démener pour atteindre les murs. Accroupi sur un matelas, dans un angle, Chalumot dut se lever vivement. Un artilleur lui pilait déjà les pieds.

— Pas le moment de roupiller, vieux... Ça barde dur... Ils remettent ça, les vaches!

Le brigadier Lemarle, du peloton de Chalumot, hurla dans le tumulte :

— Pouviez pas rester dehors, bande de cons! C'est à nous, c'te cave! C'est pas un hôtel... R'gardez-les, ces pourris! I m'écrasent mon paquetage, i s'essuient les pinglots après mon sac... J'parie qu'i vont étouffer l'Anglais! Laissez-moi que j'passe, merde! J'vous dis qu'y a un blessé qui peut pas bouger... I l'ont achevé, j'suis sûr...

— Non! cria Chalumot. Mais tout juste. Deux types font le pont sur lui. Viens quand même, Lemarle... On tâchera de le dégager...

Ils aidèrent les deux hommes à se redresser, et Simon dit à l'Anglais, avec une grimace :

— *No good?*

L'Anglais n'entendit point. Il continua de gémir faiblement, la bouche ouverte, les yeux chavirés.

— C'est cul qu'il y ait pas mèche de l'transporter ailleurs, dit Lemarle. Y va claquer...

— Y a des chances, dit Simon.

Ils l'avaient découvert en pénétrant dans la cave, seul, le dos à la muraille, apparemment endormi. Mais quand Chalumot l'éclaira de sa lampe électrique il vit, entre les mains de l'Anglais croisées sur le ventre, un cataplasme de chair, de sang, de linge et d'étoffe... Comment était-il là, paumé, sans un maigre pansement pour ses tripes en bouillie?

— Il a dû chopper un éclat d'obus en allant vers le port, dit Simon, et ses copains l'ont planqué là pour pas le trimbaler... D'abord, avec une blessure pareille, faut pas trop remuer... Ni boire... Et il a l'air d'avoir drôlement soif...

La langue sur les lèvres, l'Anglais haletait comme un grand chien.

— Si on était sûrs qu'il meure d'une façon ou d'une autre, dit le brigadier Lemarle, on lui filerait un coup de flotte. Ou de pinard... C'qu'i préférerait... Ça lui ferait plaisir, non... Comme le verre de rhum au condamné...

— Vaut mieux pas, dit Chalumot. Mais je vais bien trouver un toubib...

Le bras en écharpe, un lieutenant-médecin geignait sur un divan, au premier étage d'une villa sans toit, et Simon l'amena près de l'Anglais. A trois reprises le médecin se pencha sur lui, voulut examiner la blessure, mais l'Anglais, toutes les fois, eut un tel hurlement de panique que le lieutenant s'énerva.

— Qu'il aille se faire foutre, dit-il en s'étirant avec un petit cri de douleur. Je ne vais pas le supplier toute la nuit pour qu'il se laisse soigner. Entre nous, il n'en a plus pour longtemps. Ne vous tracassez pas... Il ne supporterait pas un voyage en ambulance jusqu'à Zuydcoote...

— Qu'est-ce qu'on peut faire pour le soulager? demanda Simon.

— Rien! D'ailleurs, il y en a une foule dans son cas, un peu partout autour des dunes. Et des Français, ceux-là! Il faut se résigner, mon ami... Si vous croyez que mon bras ne me fait pas souffrir, moi aussi... Un morceau de fusant qui est entré par la fenêtre, pendant que j'étais en train de bavarder avec des officiers d'état-major... Je venais de quitter ma chaise... Heureusement! Sans cela, je le recevais en pleine figure...

— Heureusement, en effet, dit Simon.

Le lieutenant-médecin avait regardé la cave, avant de partir, et fait une moue admirative.

— Vous ne craignez rien, ici. Cette cave est solide... Bonnes fondations... Des murs de soixante centimètres d'épaisseur... Au moins! Allez... Encore un peu de patience... Vous devez bientôt embarquer... Le 1er ou le 2 juin sans doute... Bonsoir, mes amis...

Depuis, Chalumot et ses camarades s'étaient contentés de subir les râles de l'Anglais, et d'aller de temps en temps lorgner sa face blanche, grasse de sueur, que la mort commençait à bien marquer.

Une nouvelle bousculade plaqua Lemarle contre Chalumot, et le brigadier, furieux, brandit son gros pétard.

— Fermez la porte, bon Dieu! Ou je tape dans le tas! Si vous vous imaginez que c'est plus chouette de crever étouffé qu'avec un obus sur la tranche! Ecartez-vous que j'fonce! J'men vas la boucler, moi, la lourde! C'te putain de lourde!

Il grimpait les marches, quand une forte secousse ébranla la bâtisse. Les hommes se tassèrent davantage, le cou rentré, les yeux fixes et retinrent leurs piailleries.

— L'est pas tombé loin, çui-là! dit un sous-off des chars. Le prochain il est pour nous. Faut bien qu'on y passe, nous aussi... Le pot, ça dure pas toujours...

Mais l'obus suivant, percutant sur la chaussée, ne fit point de dégâts. Il y eut seulement, par le soupirail, une pluie de barbaque putréfiée et des jets d'un mélange visqueux de sang et d'humeur... Chalumot s'épongea le visage, d'un coup de manche. En face, un fantassin gueula :

— J'chuis aveugle! J'chuis aveugle!

— C'est rien, dit Simon. Frotte-toi la figure... T'as un placard de bidoche en travers... Ça doit être le cadavre de cheval qui barrait le trottoir. L'obus l'a émietté... Mais des morceaux de canasson mort, ça fait quand même moins mal que la ferraille...

On tambourina violemment en haut des marches.

— C'est moi, Tigeaine! J'ai du picrate! Ouvrez, les gars! J'suis Tigeaine!

Lemarle entrebâilla la porte, reconnut le Parisien Tigeaine, un motocycliste du 1er peloton, au milieu des soldats tapis dans l'escalier.

— Toi, c'est tout, hein?

Puis, apercevant le visage de Tigeaine, tout balafré :

— Mais t'es blessé, non? T'as morflé un éclat?

— Des clous! dit Tigeaine. C't'un mec qui m'a tossé. Un grand con de sergent biffin qui voulait m'faucher mon pinard... Le fumier! J'pouvais pas m'défendre, tu comprends... J'tenais ma bonbonne à pleine main... Qu'est-ce qu'i m'a mis dans le porte-pipe... Oh! là là. Mais l'picrate, il l'a pas eu! Où qu'est Chalumot?

— Dans le fond, dit Lemarle. Il protège l'Anglais... Ces enfoirés sont arrivés comme des bolides dans la cave et i z'ont failli l'amocher un peu plus. Quelle pagaïe! Ça a l'air de bombarder sec, hein?

— Ça se calme, dit Tigeaine. Quand j'entrai dans notre taule, y avait des avions qui bagarraient... Des fritz et des canadiens... Une vingtaine... Ça va faire des étincelles. J'me retaille, même... Pour être aux premières loges... On n'en a pas vu souvent, d'combat aérien... J'profite... J'venais juste camoufler le pinard... S'ra durillon, dans ce bordel!

— Minute, dit Lemarle. J'vas les éjecter...

Et, poussant la porte :

— Hop! Du vent, les locataires! Le feu d'artifice est fini! Maintenant, nous faut le champ libre... Et la prochaine fois, planquez vos fesses aut' part...

Dociles, les hommes abandonnèrent la cave, gradés et soldats unis dans une même trouille, tandis que le brigadier Lemarle rengainait son pétard avec un geste de cow-boy...

Simon se décolla du mur, avança sa jambe gauche qui touchait l'épaule de l'Anglais, et le cadavre glissa sur le côté, en raclant la pierre.

— Lemarle! dit Simon en s'agenouillant. Je crois qu'il est mort...

— C'est ces salauds-là, dit le brigadier. I pouvait plus respirer, tu penses... Pauv' mec!

Il frotta son briquet, se baissa près de Chalumot.

— Si ça pue, vingt dieux! L'est mort, c'est sûr... Va falloir le virer dehors... L'enterrer dans un coin... Qui c'est qui fera ça? Les gars i vont r'naquer...

Autour d'eux, il n'y avait plus que le gros Bazarin, vautré sur sa paillasse, et déjà rendormi.

— On se démerdera, dit Simon. Remettons-le droit quand même... Pour pas que les types le piétinent, en cas d'une autre alerte...

Tigeaine montra sa figure sanguinolente entre les barreaux du soupirail.

— Chalumot! Lemarle! Eh, les potes!

— Qu'est-ce que tu veux? demanda le brigadier.

— Radinez-vous... C'est la corrida... Les zincs, y dégringolent en vrac. J'ai jamais vu ça! Et des loopings, des vrilles, des tonneaux, des trucs formidables! Comme à Vincennes... Ram'nez-vous que j'vous dis! Merde! Si ça cognotte, ici... Dans quoi qu'j'ai foutu mes mains?...

Il inspectait ses doigts, les barreaux frangés de pourriture, les bribes de cheval accrochées à la meulière...

— C'est de l'homme! cria-t-il. J'ai les pattes pleines de cervelle!

Lemarle et Simon sortirent de la cave et débouchèrent sur la route, parmi les colonnes de troupes qui se repliaient vers le port. En face, dans un terrain de lotissements, des hommes braillaient, excités, le nez au ciel.

— I dérouillent! I dérouillent, les Fridolins!... Tiens... Gaffe çui-là... Un coup dans le cigare... Eclaté, qu'il a! Eclaté!

Les chasseurs giclaient de toutes parts, piquaient en ronflant, se croisaient, s'affrontaient, s'esquivaient, disparaissaient un instant derrière l'horizon d'immeubles, semblaient plonger dans la mer, revenaient en douce après un large circuit, s'enfuyaient de nouveau, reprenaient leur place dans le carrousel, et des débris de plans et de carlingues pleuvaient, encadrant les parachutes qui se balançaient au-dessus de la ville, comme des psalliotes monstrueux.

Tandis qu'ils franchissaient la chaussée, un fantassin doubla Lemarle et Chalumot, et se retourna, la gueule aimable.

— J'ai été chercher mon mousqueton. C'te fois, faut qu'j'en descende un, d'Boche! Un d'ces fumiers de parachutistes...

— Déconne pas, dit Chalumot. Tu peux pas distinguer. Si tu bouzilles un Canadien?

— J'm'en fous, dit le fantassin. Au jugé...

Il ralentit, s'approcha de Chalumot.

— Y a trop longtemps qu'j'ai envie d'en bigorner un, d'Fritz... J'en ai pas rencontré depuis l'début de la guerre. Pas un! Alors, comment qu't'aurais voulu que j'essaye ma pétoire? Avant-hier, j'ai bien cru que ça y était! Au bord du canal, après Ghyvelde, tu vois où qu'c'est? j'repère un gonze habillé en Fritz, qui se baguenaudait, peinard, même que j'pense qu'i s'apprêtait à poser culotte et qu'i tâtait un coin pour ça... Purée! que j'crie aux copains, c't'un Boche! Un vrai! Et j'tire... Et j'tire... Et j'l'étends raide, comme une fleur! Parce que je vise bien, moi! Eh ben, mes gars, j'ai pas eu d'pot, c'te fois encore! Mon Fritz, c'était un Nollandais... Mais va-t'en savoir, toi! I sont fringués pareils, ces cons...

Il lorgna le ciel, arma son mousqueton, épaula.

— J'vous l'dis... J'en dégommerai un! I m'faut mon Fritz pour rentrer à la maison. M'en faut un, merde!

Lemarle empoigna son revolver...

— Et toi, dit-il au biffin, tu veux pas que j'fasse un carton dans ta sale gueule? Tu tues les Zollandais et tu t'en vantes! J'vas t'apprendre, moi, à pas être miraud! T'auras pas besoin du conseil de guerre, avec moi!

— Te tourmente pas, Lemarle, dit Chalumot. Ils sont là pour ça, tous... Pour viser, tirer, essayer leur flingue, et se rendre compte de l'impression quand on tue un homme... Ami ou ennemi... Ils ont des circonstances atténuantes... Chez eux, ils n'auraient pas éborgné un lapin... Mais la poudre, le sang, le bruit du canon, ça chauffe le cœur... Ça exalte...

— Quand même! dit Lemarle. Un Nollandais!

Le fantassin s'était éloigné, serrant son mousqueton contre son ventre, comme un fusil de chasse. Debout sur un monticule, bien d'aplomb, il se préparait à faire mouche.

— Aujourd'hui ou demain, dit Simon, ce sera son tour.

Ils s'assirent au bas du talus, allumèrent une cigarete, contemplèrent la foule de soldats qui se traînaient jusqu'au port de Dunkerque, pour l'embarquement promis. A la fenêtre de la cuisine, dans leur maison refuge, Collard, un de leurs hommes, se distrayait comme les autres, un litre de rouge à portée de la main. Il aperçut Chalumot et cria :

— J'ai arrêté des Anglais, t't'à l'heure... Et j'leur z'ai dit qu'y avait un gars à eux à moitié mort dans not'cave et qu'i devraient p'têt' s'en occuper un peu... I m'ont envoyé chier, les vaches!

— Trop tard! dit Chalumot. Il n'a plus besoin de personne, maintenant. Pour l'enterrer, juste. Si tu veux nous aider, Lemarle et moi...

Collard saisit son litre, essuya le goulot d'un coup de paume.

— T'sais, dit-il, j'aime pas beaucoup ces machins-là... Ça m'ferait vomir, quand j'vois un cadavre... Déjà, hier...

Mais Chalumot n'écoutait plus. Un détachement de pionniers remontait la colonne, sur le bas-côté, et les hommes butaient dans leurs jambes.

— Viens, dit-il à Lemarle. On va déménager l'Anglais... Autant tout de suite...

Il se levait, quand un adjudant de pionniers l'écarta du bout de sa canne, un bâton sculpté de serpents.

— Dégagez la route, nom de Dieu! Rien donc à faire, monstre? Ah! les paresseux! Ah! les bandits!

Simon ne broncha pas, sourit à Lemarle.

— Un mordu! dit-il. Un de la dernière... Il a pas compris, encore...

Mais Lemarle le vit soudain s'élancer, s'arrêter net,

repartir et rejoindre les pionniers. A deux mètres de l'adjudant, Simon stoppa de nouveau, hésita...

— P'pa! cria-t-il. C'est moi... Simon...

L'adjudant Chalumot se retourna tout en marchant, n'y crut pas, puis, enfin convaincu, s'immobilisa.

— Simon! Bon Dieu!

Simon considérait son père, et ne se décidait pas à l'embrasser... En six ans, Adrien Chalumot n'avait guère changé. Même teint verdâtre, mêmes moustaches, même regard borné, cruel, affligeant. Un pansement haussait le casque et l'équilibrait mal sur le crâne en pain de sucre.

— C'est drôle, dit Simon, qu'on se retrouve comme ça... Tu as été mobilisé, toi aussi?

L'adjudant prit sa canne par le milieu, et la secouant sous le nez de Simon :

— Non, mon p'tit gars!... J'connais mon devoir, moi! J'me suis engagé l'premier jour. Parce que j'savais qu'y aurait du vilain avec des cocos de votre espèce, des bons à rien, des pourris qu'vous êtes tous! Ah! elle est fraîche, la France! Elle est fraîche! C'est moi, à cinquante ans sonnés, qui faut qu'i vienne à la rescousse et vous montrer l'bon chemin... A cinquante ans sonnés... Après tout c'que j'ai déjà fait en 14, aux colonies et ailleurs! Mais j'suis encore d'attaque! Et j'ai pas peur! J'ai jamais eu peur, moi! Non, mon p'tit gars, jamais! J'suis adjudant chef, maintenant, tu l'as peut-être pas vu, et tu me dois encore plus d'respect... Si c'est pas malheureux! Un misérable qui nous a laissés sans nouvelles, sa pauvre mère et moi, qui nous a reniés comme un malpropre, après qu'on s'avait décarcassé pour lui, ce voyou! Qu'on s'avait coupé en quatre, creusé l'trou du cul, privé de tout l'nécessaire pour qu'i soye quelqu'un et qu'i nous fasse honneur! Dis quèqu'chose, donc? Dis donc quèqu'chose, si t'oses? T'as rien dans l'ventre, rien dans l'cœur... T'es qu'un criminel! Tu t'rappelles c'que j't'ai dit? Qu'tu t'représentes jamais devant moi, ou qu'sans ça j'te brisais les reins? Tu t'rappelles? Personne m'en empêchera, si j'veux! Personne! Et on m'donnera raison! Mais faut pas qu'ta mère me maudisse... Et t'as d'la veine que j'aie encore du sentiment.

Inerte, suffoqué, Simon regardait le gourdin passer et repasser sous ses narines. Des soldats s'arrêtaient, écoutaient un moment brailler l'adjudant chef, et continuaient leur route, flegmatiques, sans comprendre. Simon fit un pas en arrière, prêt à s'en aller ensevelir l'Anglais assis dans la cave. Mais l'adjudant chef happa Simon par le revers de sa veste.

— J'ai encore deux mots à t'dire, mon p'tit gars... C'est qu'moi, ton père, j'veux pas avoir à rougir de mon fils. Et si j'ai quèqu'chose à souhaiter, c'est qu'tu meures pour ton pays... Tu entends! Pour ton pays!

Le maréchal des logis Perros, du peloton de Simon, descendit de bicyclette devant eux.

— J'te cavale après partout, Chalumot! dit-il à Simon. Y a le capitaine qui t'demande... Il est à son P. C., près du casino... Paraît qu'on va au fort des Dunes... Démerde-toi...

— D'accord, dit Simon.

Il toisa longuement son père, en eut pitié, chercha des paroles conciliantes, ouvrit la bouche...

— File! dit l'adjudant chef. Fais pas attendre ton

capitaine... Et tâche de te conduire comme i faut! Prends modèle sur moi, mon p'tit gars!

Puis, abaissant enfin sa canne, et, courbé, calant d'une main son casque, il partit au pas gymnastique à la poursuite de ses hommes...

A minuit moins cinq, le maréchal des logis Vermorel pénétra dans une des casemates, promena sa torche électrique sur les corps allongés comme dans une crypte, se pencha, mais, au même instant, Simon se redressait en se protégeant les yeux de ses avant-bras.

— C'est l'heure, Chalumot, dit Vermorel. Réveille-toi, mon vieux...

— Je ne dormais pas, dit Simon.

Il repoussa sa couverture, tâta ses cigarettes dans la poche de sa culotte, boucla son ceinturon, enjamba le voisin.

— Ton revolver, dit Vermorel. T'oublies ton revolver...

— Non, dit Chalumot. Je n'en veux pas, c'est tout... D'abord, il me servirait à rien. Y a jamais eu de balles dedans. Celles qu'on m'a distribuées, en septembre, je les ai perdues... Exprès...

— T'est louf! dit Vermorel.

Ils arrivèrent dans la cour du fort, cependant que deux coups de 105 vibraient au-dessus d'eux. Une grande lueur de feu de Bengale rougit le ciel, incendia les murailles, planta brusquement le décor...

— Deux tous les quarts d'heure, dit Vermorel. De temps en temps les Boches répondent, mais ça tombe loin...

A l'extrémité du couloir central, vers la sortie du

fort, des ombres se découpèrent, et des voix roulèrent sous la voûte.

— Ils ramènent encore des blessés, dit Vermorel. Et des morts... C'est ceux qu'ils ramassent dans les dunes... I font des dégâts, les Fridolins, avec leur artillerie... I sont déjà douze dans le lavabo, là, à droite... C'est le dépôt mortuaire... Y a une couche de merde, mon vieux! L'a fallu que j'patauge dans la gadoue jusqu'aux chevilles... Z'auraient pu trouver autre chose... C'est le capitaine-major qu'a décidé... Il est pas commode, t'sais... Une mouscaille, dans ce lavabo! Si f'sait jour, tu verrais mes pompes! Mais l'aumônier, que j'suis allé chercher chez les biffins, dans l'autre casemate, i s'est quand même mis à genoux... Salut, vieux... T'auras du boulot, c'est sûr...

C'est à sa troisième ronde que Simon entendit des plaintes dans la morgue, un râle ininterrompu, monotone, presque un ronflement. Il éprouva comme une vague appréhension avant d'ouvrir la porte, faillit courir réclamer de l'aide au poste de secours. Par malchance, il n'avait pas sa lampe électrique. Il entra, frotta des allumettes... Vermorel n'avait pas bluffé. Chalumot marchait sur un tapis d'éponge, dans une boue compacte, arrachait ses pieds comme des ventouses. Les cadavres reposaient là, côte à côte, coincés dans leur gangue, pareils à des noyés sur un fond de vase; et Simon perçut encore le gémissement qui s'étouffait à ras du sol.

L'homme s'était débattu. Recroquevillé, couché sur le flanc, sa tête enturbannée d'une bande Velpeau s'enfonçait dans la boue. Simon s'approcha, sentit son pied presser une matière moins molle, presque solide...

Il s'accroupit, tâtonna, souleva la main de l'homme, et rencontra l'alliance sous ses doigts...

— Si c'est vache, dit Simon.

Il tenta de retourner le corps, de l'affermir, glissa, s'arc-bouta, tira de toutes ses forces sans que l'homme remuât d'un poil. Il paraissait scellé, rivé, prisonnier de sa carapace. Et le râle demeurait régulier, paisible, inhumain...

Le poste de secours regorgeait de blessés. Accoudé contre la table, le capitaine-médecin somnolait, son képi sur le visage. Un infirmier nettoyait la cuisse d'un tirailleur.

— Je suis le sous-off de ronde, dit Simon. Faudrait qu'on vienne avec moi au dépôt mortuaire... Y a un type qui geint...

— T'as rêvé, dit l'infirmier.

— Ça va! J'te dis qu'il est pas mort... C'est un blessé à la tête... Avec un gros pansement de Velpeau... Je l'ai vu... J'ai même essayé de le dégager, parce qu'il est à plat ventre dans la bouillasse... C'est pas beau... Alors, qu'est-ce qu'on fait?

— Moi, dit l'infirmier, j'suis tout seul, et j'ai pas l'temps. Ça fait deux nuits que j'pionce pas. Deux nuits... J'en ai plein l'cul. Si le major a dit de le porter là-bas, c'est que le mec avait son compte... Y a pas d'erreur.

— Bon, dit Chalumot. Je vais lui parler, au major...

— Fais gaffe! dit l'infirmier. Il est pas de bonne humeur...

— Moi non plus, dit Simon, en touchant l'épaule du capitaine-médecin qui sursauta, rattrapa son képi, et se carra sur sa chaise.

— Qu'est-ce qui se passe?

— Monsieur le major, dit Simon, vous avez fait emmener au dépôt mortuaire un homme qui n'était que blessé. Je l'ai entendu se plaindre...

— Quoi? dit le major. Est-ce que vous voulez m'apprendre mon métier, par hasard? Je sais reconnaître un vivant d'un mort, non! Vous avez des visions, vous! Et je suis assez emmerdé comme ça sans qu'on me raconte encore des sornettes. Je suis crevé, moi aussi! J'ai besoin qu'on me foute la paix! La paix intégrale! Mêlez-vous de ce qui vous regarde, maréchal des logis...

— Mais puisqu'il est pas mort, dit Simon.

— Je vous dis qu'il est mort, et bien mort! hurla le capitaine-médecin. C'est compris? Et s'il ne l'était pas, même, ça ne changerait rien à l'histoire. Il n'y a plus de place ici, vous ne voyez pas? Où l'installerais-je, votre ressuscité? Où? Il est aussi bien où il est. On ne respire plus dans ce poste de secours... Une chaleur à claquer... Et ça pue! Ça pue! Allez, mon ami, allez dormir... Puisque vous le pouvez, vous... Profitez-en!

— Je suis de ronde, dit Simon, et je n'ai pas sommeil, en plus. Je vous demande seulement de vous occuper de cet homme qui a mal et qu'on a jeté dans la merde comme un cochon! C'est dégueulasse, ça! Bien sûr, un homme de moins, dans le tas ça pèse peu... On a des réserves! Et les soldats, c'est fait pour tuer, et pour être tués, aussi, au moment voulu. Mais sans eux, monsieur le major, sans ces humbles types bien soumis, bien obéissants, bien faciles à tuer, vous ne seriez pas ce que vous êtes, bien considéré, bien payé, et bien planqué par surcroît... Un soldat de mort, ou d'à demi mort, la belle affaire! Pas de larmes! Pas de fleurs, pas de couronnes! Mais quand il s'agit d'un officier, là on crie au malheur, à l'assassinat. On se lamente, on s'attriste, on se désespère. On fait appel à tout le protocole... On sort les oriflammes et les discours! Pauvre colonel par-ci... Pauvre général par-là... Quel dommage! Une si noble figure! Une telle lumière! Tandis que les gars qui sont alignés dans le lavabo n'avaient que leur carcasse, leurs tripes et leur bonne volonté à mettre en évidence...

Penché vers le capitaine-médecin, les poings sur la table, Chalumot gueulait, et des blessés s'agitaient au milieu de leurs brancards, pendant que l'infirmier, le tampon d'ouate en l'air, en bavait d'effarement. Le major bondit, ôta son revolver de la gaine, et le braqua sur Chalumot.

— Dehors! Ou je vous abats comme un chien! Mais, auparavant, donnez-moi votre nom... Et demain, je vous ferai saisir par la prévôté...

— Ça m'est égal, dit Simon. J'en ai marre! Marre de vous, marre de l'armée, marre de la guerre, marre de la vie! Marre de tout! Je me nomme Chalumot... Chalumot Simon, 212e compagnie d'état-major... Capitaine Mouron... Sous-off contre mon gré et soldat contre mon gré... Faites-moi fusiller si vous le voulez, j'm'en fous! Mais je veux savoir ce que vous allez faire de ce faux mort? Je veux le savoir?

Le capitaine-médecin posa son revolver, et peut-être calmé, peut-être trop las :

— L'ambulance doit venir à Zuydcoote à six heures, comme tous les matins... A ce moment-là, j'aviserai... Maintenant, dehors! Et ne foutez plus les pieds ici. . Je suis chez moi, vous comprenez! Chez moi!

Simon ne se coucha pas. Il assura la garde jusqu'au jour, attendant l'ambulance qui n'arriva jamais. Seul, il avait traîné le blessé dans le caniveau, et s'était assis à son côté, accueillant ses plaintes avec patience, comme un témoignage de vie. A huit heures, il résolut de réveiller le capitaine Mouron, qui, dans le civil, surveillait un rayon de vaisselle des Galeries Lafayette. Le capitaine écouta Chalumot attentivement, sembla navré, s'étonna que des morts, décrétés morts, pussent ne l'être point tout à fait.

— Alors, mon capitaine, dit Chalumot, puisqu'il n'y a pas d'ambulance, il faut quand même faire quelque chose pour cet homme. Prêtez-moi votre voiture, et je me charge de le conduire au sana de Zuydcoote...

— Vous n'y pensez pas! s'écria le capitaine Mouron. C'est l'unique voiture qui reste à la compagnie! Et si j'ai réussi à la sauver du liquidage, à Ghyvelde, ce n'est pas pour que vous alliez la bouziller bêtement! Voyons! D'abord, vous ne passeriez pas. Les Allemands mitraillent et bombardent depuis l'aube... A quoi bon risquer votre peau?

— Ma peau, dit Simon, ne m'intéresse plus beaucoup... Mais celle de l'homme qui a râlé toute la nuit dans la boue du lavabo, celle-là m'intéresse... Si vous ne m'accordez pas votre voiture, je la prendrai de force... D'ailleurs, demain ou après-demain, il est probable que vous y renoncerez malgré vous. Vous le savez aussi bien que moi...

— C'est bon, dit le capitaine. Mais je décline toute responsabilité... Il est bien admis qu'en cas de pépin je ne vous ai donné aucun ordre? Aucun!

— Naturellement, dit Chalumot.

C'est en vue de l'hôpital de Zuydcoote que l'aventure devint vraiment dangereuse. Malgré les tirs d'artillerie qui pilonnaient la Nationale, Simon avait foncé sans accroc, évitant les trous d'obus, contournant les chicanes, les chevaux morts, les amas de matériel, indifférent aux gestes de prudence des soldats aplatis dans les fossés. Mais des stukas apparurent, très loin, volant en éventail, parallèlement à la route, et Simon s'arrêta. Il regarda le blessé tassé sur la banquette arrière, livide sous la bande à demi déroulée et tout imbibée de sang noir. Il n'entendait plus le râle habituel, et s'en inquiéta.

— Ça sera trop tard, dit-il à haute voix.

Il prit son portefeuille, en vida toutes les poches. Puis, vivement, déchira ses papiers, son livret militaire, deux lettres, une de Sophie, datée d'un mois, l'autre de Laforêt, éparpilla les morceaux, cassa sa plaque d'identité, la lança sur le talus... Il y aurait ainsi peu de chance, s'il mourait, pour qu'on se souvînt de lui comme d'un héros, pour qu'on gravât son nom sur une stèle, et qu'on l'honorât, lors de manifestations obligatoires, d'une pensée de commande... Peu de chance, encore, pour que l'adjudant chef Chalumot, son père, apprît sa fin glorieuse et s'en régalât...

Le chapelet de bombes creva la route, l'écartela, pulvérisa les arbres à deux cents mètres de Chalumot, l'empêchant d'avancer et d'atteindre le sana. Par bonheur, sur sa gauche partait un chemin vicinal, et Simon s'y engagea. Tout allait bien. Derrière Simon, le blessé gémit longuement, plus fort que d'ordinaire, puis sa plainte continua, mesurée, affaiblie. Le toit de tuiles de l'hôpital, sa grande croix rouge sur fond blanc, s'embrasaient au soleil. Mais Simon ralentit... Un soldat barrait le chemin, le fusil pointé...

— Halte ou j'tire!

Simon stoppa, vint près de l'homme, un vieux pionnier barbu.

— Qu'est-ce qu'il y a? demanda Simon. Je conduis un blessé au sanatorium... Et je dois faire vite... Il est au bout du rouleau...

— Y a un stock de munitions près d'ici, dit le pionnier. Personne peut passer... J'ai des consignes. Avec les espions et toute la bande de parachutistes...

— Je ne suis pas un espion, dit Chalumot. Ni un parachutiste... Je mène un blessé à l'hôpital... Tenez... Regardez-le dans la bagnole...

— Pas la peine, dit le soldat. Personne doit passer, i passera personne... Et si tu t'en vas pas, toi, avec ta voiture, j'te descends tout de suite... Demi-tour!

Simon sortit son paquet de cigarettes, en offrit une au pionnier.

— J'fume que la pipe... Et d'abord, faut pas tâcher d'm'acheter, hein? J'mange pas de c'pain-là, moi...

— Comprenez... dit Simon. C'est un blessé... Un blessé grave.... Il peut pas attendre... Il a un trou dans la tête... Oui, dans la tête... Un trou... On le croyait déjà mort... Mais non, il vivait... Il vivait encore... Alors moi j'ai décidé de le transporter à l'hôpital... A l'hôpital de Zuydcoote... Parce qu'y avait plus d'ambulance pour venir au fort... Vous comprenez?

— J'comprends, dit le soldat. Mais faut y aller par une autre route. Ici c'est défendu. J'ai des consignes. L'adjudant chef m'a dit : « Chichérieux, trois sommations... A la troisième t'hésites pas, tu tires dedans! » Alors, toi, si tu veux pas t'débiner, moi, j'hésiterai pas... J'te tirerai dedans!

— C'est ça, dit Simon. Et on vous refilera une médaille! La croix de guerre! La Légion d'honneur! Mais moi, je me fous de vos consignes à la con, et je passerai quand même...

Il jeta sa cigarette, ouvrit la portière...

— Tâche pas! dit le pionnier. Ou j'tire!

— On verra, dit Simon. Allez... Poussez-vous, que je ne vous fasse pas de mal... Je ne suis pas méchant, moi...

Il reçut la balle en pleine poitrine, chancela, s'agrippa au pare-brise, bascula, glissa doucement sur le garde-boue, s'agenouilla, puis s'étendit de tout son long, la bouche dans la poussière.

— Ça, dit le pionnier, j't'avais prévenu! Faut pas rire avec la consigne... Faut pas rire...

D'une baraque, un homme accourait, canne en main.

— J'arrive, Chicherieux... J'arrive!

— I voulait pas m'écouter, mon adjudant chef! cria Chicherieux. I voulait pas! Alors, moi, j'ai pas hésité... J'ai tiré...

— T'as eu raison, monstre, dit l'adjudant chef. As-tu fait les trois sommations?

— J'pense bien! dit Chicherieux.

L'adjudant chef s'approcha du cadavre, le contempla, se baissa pour le retourner.

— Merde! dit-il. C'est Simon! C'est mon garçon!

— Vot' garçon? dit Chicherieux. Vot' garçon?

L'adjudant chef Chalumot se releva, gratta la terre du bout de sa canne, palpa sa moustache...

— Vingt dieux! dit-il encore. Si j'aurais cru!

— V'là des avions! hurla Chicherieux. V'là des avions, mon adjudant chef!

Le père Chalumot regarda le ciel, chercha les points lumineux en clignant l'œil.

— C'est vrai! dit-il. Allons-nous-en nous mettre à l'abri... Vite, Chicherieux! I nous ont vus, les salauds!

Et quand ils furent tous deux accroupis derrière un pan de mur, l'adjudant chef Chalumot posa sa main sur la cuisse de Chicherieux, amicalement...

— Oui, dit-il, c'était mon garçon! Un qu'aurait pu déjà être officier, s'il avait voulu...

Paris, octobre 1951,
avril 1952.

ŒUVRES DE YVES GIBEAU

Aux Éditions Calmann-Lévy :

LE GRAND MONÔME, 1948.
... ET LA FÊTE CONTINUE, 1950.
ALLONS Z'ENFANTS, 1952.
LES GROS SOUS, 1953.
LA LIGNE DROITE, 1956.
(Grand Prix de la Littérature sportive).
LA GUERRE, C'EST LA GUERRE, 1961.
MOURIR IDIOT, 1988.

Aux Éditions Résonances :

LE CHEMIN DES DAMES,
(photographies de Gérard Rondeau)

Le Livre de Poche Biblio

Extrait du catalogue

Sherwood ANDERSON
Pauvre Blanc

Guillaume APOLLINAIRE
L'Hérésiarque et Cie

Miguel Angel ASTURIAS
Le Pape vert

James BALDWIN
Harlem Quartet

Djuna BARNES
La Passion

Adolfo BIOY CASARES
Journal de la guerre au cochon

Karen BLIXEN
Sept contes gothiques

Mikhail BOULGAKOV
La Garde blanche
Le Maître et Marguerite
J'ai tué
Les Œufs fatidiques

Ivan BOUNINE
Les Allées sombres

André BRETON
Anthologie de l'humour noir
Arcane 17

Erskine CALDWELL
Les Braves Gens du Tennessee

Italo CALVINO
Le Vicomte pourfendu

Elias CANETTI
Histoire d'une jeunesse - *La langue sauvée*
Histoire d'une vie - *Le flambeau dans l'oreille*
Histoire d'une vie - *Jeux de regard*
Les Voix de Marrakech
Le Témoin auriculaire

Raymond CARVER
Les Vitamines du bonheur
Parlez-moi d'amour

Blaise CENDRARS
Rhum

Varlam CHALAMOV
La Nuit
Quai de l'enfer

Jacques CHARDONNE
Les Destinées sentimentales
L'Amour c'est beaucoup plus que l'amour

Jerome CHARYN
Frog

Bruce CHATWIN
Le Chant des pistes

Hugo CLAUS
Honte

Joseph CONRAD et Ford MADOX FORD
L'Aventure

René CREVEL
La Mort difficile

Alfred DÖBLIN
Le Tigre bleu

Iouri DOMBROVSKI
La Faculté de l'inutile

Lawrence DURRELL
Cefalù

Friedrich DURRENMATT
La Panne
La Visite de la vieille dame
La Mission

Jean GIONO
Mort d'un personnage
Le Serpent d'étoiles

Lars GUSTAFSSON
La Mort d'un apiculteur

Knut HAMSUN
La Faim

Henry JAMES
Roderick Hudson
Le Coupe d'or
Le Tour d'écrou

Ernst JÜNGER
Jardins et routes *(Journal I, 1939-1940)*
Premier journal parisien *(Journal II, 1941-1943)*
Second journal parisien *(Journal III, 1943-1945)*
La Cabane dans la vigne *(Journal IV, 1945-1948)*
Héliopolis
Abeilles de verre
Orages d'acier

Ismaïl KADARÉ
Avril brisé
Qui a ramené Doruntine ?

Le Général de l'armée morte
Invitation à un concert officiel
La Niche de la honte

Franz KAFKA
Journal

Yasunari KAWABATA
Les Belles Endormies
Pays de neige
La Danseuse d'Izu
Le Lac
Kyôto
Le Grondement de la montagne
Le Maître ou le tournoi de go

Andrzeij KUSNIEWICZ
L'État d'apesanteur

Pär LAGERKVIST
Barabbas

D.H. LAWRENCE
Le Serpent à plumes

Primo LEVI
Lilith
Le Fabricant de miroirs

Sinclair LEWIS
Babbitt

LUXUN
Histoire d'AQ : Véridique biographie

Carson McCULLERS
Le cœur est un chasseur solitaire
Reflets dans un œil d'or
La Ballade du café triste
L'Horloge sans aiguilles
Frankie Addams

Naguib MAHFOUZ
Impasse des deux palais
Le Palais du désir

Thomas MANN
Le Docteur Faustus

Katherine MANSFIELD
La Journée de Mr. Reginald Peacock

Henry MILLER
Un diable au paradis
Le Colosse de Maroussi
Max et les phagocytes

Vladimir NABOKOV
Ada ou l'ardeur

Anaïs NIN
Journal 1 - *1931-1934*
Journal 2 - *1934-1939*
Journal 3 - *1939-1944*
Journal 4 - *1944-1947*

Joyce Carol OATES
Le Pays des merveilles

Edna O'BRIEN
Un cœur fanatique
Une rose dans le cœur

PA KIN
Famille

Mervyn PEAKE
Titus d'Enfer

Robert PENN WARREN
Les Fous du roi

Leo PERUTZ
La Neige de saint Pierre
La Troisième Balle
La Nuit sous le pont de pierre

Luigi PIRANDELLO
La Dernière Séquence

Ezra POUND
Les Cantos

Augusto ROA BASTOS
Moi, le Suprême

Raymond ROUSSEL
Impressions d'Afrique

Salman RUSHDIE
Les Enfants de minuit

Arthur SCHNITZLER
Vienne au crépuscule
Une jeunesse viennoise

Leonardo SCIASCIA
Œil de chèvre

Isaac Bashevis SINGER
Shosha
Le Manoir
Le Domaine

André SINIAVSKI
Bonne nuit !

Alexandre VIALATTE
La Dame du Job
La Maison du joueur de flûte

Thornton WILDER
Le Pont du roi Saint-Louis
Mr. North

Virginia WOOLF
Orlando
Les Vagues
Mrs. Dalloway
La Promenade au phare
La Chambre de Jacob
Années
Entre les actes
Flush
Instants de vie

LE LIVRE de POCHE

Raymond Carver

Parlez-moi d'amour

En apparence, rien ne se passe dans les histoires que raconte Carver, ou presque rien. Mais sous ce rien, sous l'incompréhension, le désœuvrement, la pauvreté, la maladie (et sous l'acuité du regard de l'écrivain) se cache un simple sentiment : le malheur. Et le malheur s'hypertrophie chez lui en un univers romanesque. Chaque nouvelle de Carver est un manuel de désespérance. Ici un photographe sans main ou un couple qui se déchire, là un homme qui perturbe la fête de Noël, un père qui n'arrive pas à parler à son fils, des limaces qui prolifèrent, un mari qui trompe sa femme, une femme qui trompe son mari...

Couples déglingués, *vitelloni* trompant leur ennui, pères et fils en quête d'une impossible réconciliation... Dans l'univers déchiqueté de l'Amérique moderne, Raymond Carver prélève les échantillons d'une humanité à la dérive. Dix-sept nouvelles consacrées à la même idée fixe : celle de la poursuite, toujours vouée à l'échec, d'un bonheur qui cesserait de se dérober, et, effaçant les blessures de la vie, ferait accéder à une innocence enfin retrouvée.

Serge Doubrovsky

Un amour de soi

« Étrange aventure, pour un universitaire qui enseigne confortablement Proust à New York, lorsqu'il découvre un jour que Swann, c'est soi. Qu'un amour tenace s'est tissé en lui, malgré lui, autour d'une femme "qui n'était pas son genre". Toutes ses analyses de Proust, toutes ses courses affolées chez son propre analyste ne lui sont d'aucune assistance. Il assiste au déroulement inéluctable de la passion qui va bouleverser son existence. Faute d'avoir pu se maîtriser, il entend du moins, à la différence de Swann, s'écrire. Rattraper ainsi sa vie, se rattraper. »

S.D.

Par le jeu inopiné des mots, les dérapages des sons et des sens, ce règlement de comptes exacerbé — le héros bat sa coulpe rageusement, ironiquement, à tripe ouverte —, ce duel brutal avec l'Autre au langage cru et cruel, évoluent peu à peu et le malheur de vivre se transmue en joie d'écrire.

Serge Doubrovsky, l'auteur du *Livre brisé*, avec un grand talent, une rare maîtrise, réussit, en distanciant ainsi cette histoire tragique, à en faire une histoire drôle.

Alberto Moravia

Bof !

Dans *Bof !* des femmes de milieu et d'âges différents conversent sur un ton familier, tragique, comique, souvent voilé d'ironie, de la haïssable ambiguïté de leur destin:

Malgré leur complaisance narcissique, elles souffrent de leur solitude de femmes mal aimées. Et c'est avec ce « Bof ! » qu'elles lancent d'un ton méprisant, qu'elles expriment leur lassitude des hommes et leur déconvenue devant de stupides comportements.

Ces nouvelles font l'analyse magistrale de la faillite qui menace hommes et femmes, séparés par le doute et l'incommunicabilité.

Moravia, maître incontesté de ces courts chefs-d'œuvre entraîne ses lecteurs dans un passionnant univers freudien.

LE LIVRE de POCHE

Italo Svevo

La Conscience de Zeno

Zeno, le héros du livre, est un homme âgé et velléitaire que son psychanalyste pousse à écrire ses souvenirs, convaincu que c'est là le meilleur prélude à son traitement : « Écrivez, écrivez ! Vous verrez comme vous arriverez à vous voir tout entier ! » Et c'est ainsi qu'en partant de son goût immodéré pour le tabac, Zeno va rappeler à lui toute sa vie.

La Conscience de Zeno est un roman psychologique passionnant, « stupéfiant de modernité », toujours teinté d'humour, en forme d'autobiographie.

IMPRIMÉ EN FRANCE PAR BRODARD ET TAUPIN
Usine de La Flèche (Sarthe).
LIBRAIRIE GÉNÉRALE FRANÇAISE - 6, rue Pierre-Sarrazin - 75006 Paris.

ISBN : 2 - 253 - 01342 - 0 30/0236/7